BESTSELLER

Biblioteca

DANIELLE STEEL

Hermanas

Traducción de
Julieta Yelin

DEBOLS!LLO

Título original: *Sisters*

Segunda edición en U.S.A.: septiembre, 2011

© 2007, Danielle Steel
© 2009, Random House Mondadori, S. A.
    Travessera de Gràcia, 47-49. 08021 Barcelona
© 2009, Julieta Rebeca Yelin, por la traducción

Impreso en los Estados Unidos de América

ISBN: 978-0-307-88280-6 (vol. 245/53)

Compuesto en Comptex & Ass., S. L.

BD 8 2 8 0 6

A mi madre, Norma,

y a mis increíblemente maravillosas hijas,
las más fabulosas del mundo,
las más adorables: Beatrix, Sam,
Victoria, Vanessa y Zara.

Siempre, siempre se tendrán unas a otras, llenas de
ternura, compasión, paciencia, lealtad y amor.
Cada una de vosotras es el mejor regalo
que he hecho a las demás.

Y a Simon, Mia, Chiquita, Talulah, Gidget y Gracie,
los mejores, los más bellos y adorables perros del planeta.

Con todo mi amor,

Mamá/D. S.

1

Los disparos de la cámara fotográfica no habían cesado desde las ocho de la mañana en la Place de la Concorde de París. Se había acordonado un área alrededor de una de las fuentes, y un gendarme parisino con cara de hastío la controlaba mientras observaba todos los preparativos. La modelo llevaba cuatro horas en la fuente saltando, lanzando agua, riendo, echando su cabeza hacia atrás con un gozo ensayado, pero convincente. Llevaba un vestido de noche levantado hasta las rodillas y un chal de visón. Un potente ventilador convertía su largo y rubio cabello en una melena volátil.

La gente que pasaba por allí se detenía maravillada a contemplar la escena mientras una maquilladora —con short y camiseta sin mangas— subía y bajaba de la fuente procurando que el maquillaje se mantuviera intacto. Al mediodía, la modelo todavía parecía estar pasándolo genial: reía con el fotógrafo y sus dos asistentes en las pausas, así como también ante la cámara. Los coches reducían la velocidad al pasar, y dos adolescentes norteamericanas se detuvieron asombradas al reconocer a la modelo.

—¡Madre mía! ¡Es Candy! —dijo con solemnidad la mayor de las chicas. Eran de Chicago y estaban allí de vacaciones, pero también los parisinos reconocían a Candy con facilidad. Desde los diecisiete años era la supermodelo más exitosa en Estados Unidos, y también en la escena internacional. Candy tenía ahora veintiuno, y había hecho una fortuna posando y desfilando en Nueva York, París, Londres, Milán, Tokio y una docena de ciudades más. La agencia apenas podía manejar el volumen de sus compromisos. Había sido portada de *Vogue* al menos dos veces cada año, y constantemente la solicitaban. Sin lugar a dudas, era la top model del momento, y su nombre resultaba familiar incluso para aquellos que apenas estaban al corriente del mundo de la moda.

Se llamaba Candy Adams, pero jamás usaba su apellido; era simplemente Candy. No necesitaba más. Todo el mundo la conocía y reconocía su rostro, su nombre, su reputación como una de las modelos más exitosas del mundo. Conseguía que todo pareciera divertido, ya fuera corriendo descalza en bikini por la nieve en el petrificante frío de Suiza, caminando con un vestido de noche por la playa invernal de Long Island o vistiendo un abrigo largo de marta bajo el ardiente sol de Tuscan Hills. Hiciera lo que hiciese, siempre parecía que disfrutaba al máximo. Posar en una fuente en la Place de la Concorde en julio era fácil, a pesar del bochorno y del sol matinal propios de una de esas clásicas olas de calor del verano parisino. La sesión fotográfica estaba destinada a otra portada de *Vogue*, la del mes de octubre, y el fotógrafo, Matt Harding, era considerado uno de los más importantes del mundo de la moda. Habían trabajado juntos cientos de veces durante los últimos cuatro años, y él adoraba fotografiarla.

A diferencia de otras modelos de su talla, Candy se mostraba siempre encantadora: amable, simpática, irreverente, dulce y sorprendentemente cándida, teniendo en cuenta el éxito del que había gozado desde el inicio de su carrera. Era sencillamente una buena persona de una belleza extraordinaria. Fotogénica desde cualquier ángulo, su rostro era casi perfecto para la cámara, ni la más mínima imperfección, ni el más ínfimo defecto. Tenía la delicadeza de un camafeo, con sus finos rasgos tallados, sus cabellos de un rubio natural que llevaba en una larga melena la mayor parte del tiempo, y sus enormes ojos azul cielo. Matt sabía que a Candy le gustaba salir de fiesta hasta altas horas de la madrugada aunque, asombrosamente, jamás se le notaba en el rostro al día siguiente. Era una de las pocas afortunadas que podía pasar la noche en vela sin que nadie lo percibiera después. No podría hacerlo siempre, pero por el momento no era ningún problema. Y con el paso de los años estaba cada vez más guapa. Aunque a los veintiuno difícilmente se pueden temer los estragos del tiempo, algunas modelos comenzaban a evidenciarlos muy pronto. Candy, no. Y su natural dulzura se expresaba igual que aquel día en que Matt la había conocido, cuando ella tenía diecisiete años y hacía su primera sesión fotográfica para *Vogue*. Él la adoraba. Todos la adoraban. No había ni un hombre ni una mujer en el mundo de la moda que no la adorara.

Candy medía un metro ochenta y seis y pesaba cincuenta y dos kilos y medio. Matt sabía que no comía nunca pero, fuera cual fuese la razón de su delgadez, le sentaba de maravilla. Aunque parecía demasiado delgada al natural, quedaba estupenda en las fotografías. Candy era su modelo favorita, y lo era también para *Vogue*, que la idolatraba y había designado a Matt para trabajar con ella en ese reportaje.

A las doce y media decidieron acabar la sesión. Candy bajó de la fuente como si hubiera estado allí diez minutos y no cuatro horas y media. Tenían que hacer una segunda sesión en el Arco del Triunfo esa misma tarde, y otra por la noche en la torre Eiffel, con pequeños fuegos artificiales de fondo. Candy jamás se quejaba de las difíciles condiciones ni de las largas jornadas de trabajo, y esa era una de las razones por las que a los fotógrafos les encantaba trabajar con ella. Eso, sumado al hecho de que era imposible hacerle una mala fotografía. Su rostro era el más agraciado del planeta, y el más deseado.

—¿Dónde quieres comer? —preguntó Matt mientras sus asistentes guardaban las cámaras, los trípodes y las películas fotográficas, al tiempo que Candy se quitaba el chal de visón y se secaba las piernas con una toalla. Sonreía, y daba la sensación de que había disfrutado muchísimo de la sesión.

—No sé. ¿L'Avenue? —propuso ella con una sonrisa.

Matt se sentía bien con Candy. Tenían bastante tiempo. A sus asistentes les llevaría cerca de dos horas montar el nuevo set fotográfico en el Arco del Triunfo. El día anterior, Matt había repasado todos los detalles y planos con ellos, por lo que no necesitaba acudir allí hasta que todo estuviera listo. Eso les daba a Candy y a él un par de horas para almorzar. Muchas modelos y gurús de la moda frecuentaban L'Avenue, Costes, el Budha Bar, Man Ray, y toda una variedad de concurridos locales parisinos.

A Matt también le gustaba L'Avenue, y además quedaba cerca del lugar donde tenían que hacer la sesión de la tarde. Sabía que en realidad daba igual a qué sitio fueran, de todos modos ella comería poco y bebería mucha agua, que era lo que hacían todas las modelos. Limpiaban así constantemente su organismo para no engordar ni un gramo. Además, con las dos hojas de lechuga que Candy solía comer era difícil que ganara peso; por el contrario, cada año estaba más delgada. Sin embargo, pese a su altura y a su delgadez extrema, tenía un aspecto saludable. Se le marcaban todos los huesos de los hombros, el pecho y las costillas. Era más famosa que la mayoría de sus colegas, pero también más delgada. A veces Matt mostraba preocupación por ella, aunque Candy se reía cuando él le achacaba algún desorden alimenticio. Jamás respondía a comentarios acerca de su peso. Una gran mayoría de las modelos más importantes sufre o flirtea con la anorexia, o con cosas peores. Es algo de lo que no pueden escapar. Resulta imposible que los seres humanos tengan esas tallas después de los nueve años; las mujeres adultas que comen la mitad de lo normal no logran estar tan delgadas como ellas.

Tenían a su disposición un coche y un chófer que los condujo hasta el restaurante en la avenue Montaigne que, como era usual a esa hora y en esa época del año, estaba repleto de gente. La semana siguiente se presentarían las colecciones de alta costura, y los diseñadores, los fotógrafos y las modelos ya habían comenzado a llegar. Además, era la temporada de mayor afluencia turística en París. Los norteamericanos amaban ese restaurante, al igual que los parisinos más modernos. Era siempre una puesta en escena. Uno de los propietarios vio a Candy inmediatamente y los acompañó hasta una mesa en una terraza cerrada con vidrieras a la que llamaban la «galería». Era el lugar favorito de Candy, que además era feliz con que en París se permitiera fumar en todos los restaurantes. No era una fumadora compulsiva, pero en ocasiones cedía a la tentación, y le gustaba tener la libertad de hacerlo sin soportar miradas censuradoras o comentarios desagradables. Matt le decía que era una de esas personas que lograban hacer del acto de fumar algo interesante. Candy lo hacía todo con gracia, era sexy hasta cuando se ataba los zapatos. Simplemente tenía estilo.

Matt pidió un vaso de vino antes de la comida y Candy una botella grande de agua. Se había olvidado en el coche la botella gigante que acostumbraba a llevar a todas partes. Pidió una ensalada sin aderezos y Matt un bistec tártaro, y ambos se recostaron en sus sillas, dispuestos a relajarse, mientras los comensales de las mesas vecinas miraban a Candy sin el menor disimulo. Todo el mundo la había reconocido. Llevaba tejanos, una camiseta sin mangas y unas sandalias bajas plateadas que había comprado el año anterior en Portofino. Solía usar sandalias hechas allí, o en Saint Tropez, donde acostumbraba a veranear.

—¿Irás a Saint Tropez este fin de semana? —preguntó Matt, asumiendo que la respuesta sería afirmativa—. Hay una fiesta en el yate de Valentino.

Sabía que Candy estaba siempre entre los primeros nombres de las listas de invitados y que raramente se negaba a asistir, por lo que era evidente que tampoco se negaría en este caso. Normalmente se hospedaba en el hotel Byblos con amigos, o en el yate de algún conocido. Candy tenía siempre un millón de opciones; era muy cotizada en el mundo social como celebridad, como mujer y como invitada. Todos querían tenerla con ellos y de ese modo convocar a más gente. La usaban de cebo y como prueba del propio talento social. Era un peso que Candy debía soportar y que en ocasiones lindaba con la explotación, pero a ella no parecía preocuparle demasiado, es más, estaba muy acostumbrada. Iba a los sitios a los que le apetecía ir cuando pensaba que podía pasarlo bien. Sin embargo, esta vez sorprendió a Matt. Más allá de su increíble apariencia, era una mujer con múltiples facetas, nada que ver con la belleza superficial y hueca que algunos creían. No solo era bellísima, sino también decente y lista, y, a pesar de su fama, seguía conservando ese candor juvenil. Eso era lo que más le gustaba a Matt. No había ni rastro de hastío en ella; realmente disfrutaba de todo lo que hacía.

—No puedo ir a Saint Tropez —dijo masticando lentamente su lechuga. Hasta el momento, Matt la había visto comer solo dos bocados.

—¿Tienes otros planes?

—Sí —respondió Candy sonriendo—. Tengo que ir a mi casa. Todos los años mis padres dan una fiesta por el Cuatro de Julio, y si no aparezco mi madre me asesinará. Es un deber para mí y para mis hermanas. —Matt sabía que Candy estaba muy unida a sus hermanas. Ninguna era modelo y, si no recordaba mal, ella era la menor. Candy hablaba mucho de su familia.

—¿No estarás en los desfiles de la próxima semana? —Con frecuencia, Candy era la novia de Chanel y, antes de que la firma cerrara, también la de Saint Laurent. Había sido una novia espectacular.

—Este año no. Me tomaré dos semanas de vacaciones. Lo he prometido. Por lo general voy a la fiesta y regreso justo a tiempo para los desfiles, pero este año he decidido quedarme con mi familia un par de semanas. No hemos estado todas las hermanas juntas desde Navidad. Es difícil porque todas estamos fuera de casa, especialmente yo. Casi no he pisado Nueva York desde marzo, y mi madre siempre se está quejando, así que me quedaré en casa dos semanas; luego tengo que viajar a Tokio para una sesión de *Vogue*. —Allí las modelos ganaban mucho dinero, y Candy más que ninguna. Las revistas de moda japonesa la idolatraban. Adoraban su altura y su rubia melena.

—Mi madre se enfada muchísimo cuando no voy a casa —agregó, y Matt se rió—. ¿Qué es lo que te da tanta risa?

—Tú. Eres la modelo más cotizada del momento y te preocupa que tu madre se enfade si no vas a casa para la barbacoa del Cuatro de Julio, o el picnic, o lo que sea. Eso es lo que adoro de ti. Todavía eres una niña.

—Quiero a mi madre y a mis hermanas —dijo Candy sinceramente—. Mi madre se preocupa de verdad cuando no vamos a casa el Cuatro de Julio, el día de Acción de Gracias o en Navidad. Una vez no pude estar en el día de Acción de Gracias y me lo estuvo reprochando durante todo un año. Para ella la familia es lo primero, y yo creo que tiene razón. Cuando tenga niños, también querré lo mismo. Todo esto es divertido, pero no dura para siempre; la familia sí.

Candy conservaba intactos los valores con los que la habían educado y creía en ellos profundamente. Aunque le encantara ser una supermodelo, la familia seguía siendo lo más importante en su vida; más incluso que sus relaciones amorosas que, por lo demás, habían sido breves y pasajeras hasta el momento. Por lo que Matt había podido observar, los hombres con los que Candy salía eran básicamente tontos: los más jóvenes solo buscaban exhibirse junto a ella, y los mayores tenían motivos más siniestros. Como muchas otras mujeres bellas e ingenuas, Candy atraía a hombres que solo deseaban aprovecharse de ella. El último con el que había estado era un playboy italiano famoso por relacionarse con mujeres guapas, aunque nunca durante más de dos minutos. Antes de él, había estado con un joven lord británico que al principio parecía normal, pero que pasado un tiempo le había propuesto utilizar látigo y esposas, para acabar descubriendo que era bisexual y drogadicto. Candy se asustó y en cuanto pudo salió huyendo, aunque no era la primera vez que le hacían ese tipo de proposiciones. En los últimos cuatro años había oído de todo. La mayor parte de sus relaciones habían sido fugaces; no tenía ni el tiempo ni las ganas de iniciar una relación seria y, además, los hombres que conocía no se ajustaban a lo que ella quería para compartir su vida. Siempre decía que aún no se había enamorado. Había salido con hombres que en su mayoría no valían la pena, exceptuando aquel chico del instituto; pero él ahora estaba en la universidad y no había vuelto a verlo.

Candy no había ido a la universidad. Abandonó el instituto en el último año para iniciar su carrera de modelo, prometiendo a sus padres que retomaría los estudios más tarde. Quería aprovechar las oportunidades mientras las tuviera. Reservó una buena cantidad de dinero para ese fin, pese a que había gastado una fortuna en un apartamento de lujo en Nueva York, y otro tanto en ropa y pasatiempos de moda. La universidad se fue poco a poco alejando de sus planes. Sencillamente no encontraba una buena razón para estudiar. Además, siempre les decía a sus padres que ella no era tan inteligente como sus hermanas, o al menos eso argumentaba. Su familia lo negaba; todos pensaban que Candy debería ir a la universidad cuando su vida se calmara, si es que eso sucedía alguna vez. Por el momento, ella continuaba avanzando a gran velocidad, y adoraba cada minuto de esa carrera. Iba por la vía rápida, disfrutando al máximo los frutos de su enorme éxito.

—No puedo creer que vayas a tu casa para el picnic del Cuatro de Julio, o lo que sea. ¿Puedo disuadirte? —preguntó Matt esperanzado. Él tenía novia, pero no estaba en Francia en ese momento. Candy y él habían sido siempre buenos amigos, disfrutaba mucho de su compañía, y el fin de semana en Saint Tropez sería mucho más divertido si ella asistía.

—De ninguna manera —respondió Candy, muy decidida—. Le rompería el corazón a mi madre, no puedo hacerle eso. Y mis hermanas se enfadarían mucho; ellas también irán a casa.

—Sí, pero no es lo mismo. Estoy seguro de que ellas no tienen opciones tan tentadoras como el yate de Valentino.

—No, pero también tienen cosas que hacer. Todas vamos a casa para el Cuatro de Julio, pase lo que pase.

—Qué patrióticas —dijo Matt con cinismo, provocándola,

mientras la gente continuaba pasando al lado de su mesa y observando. Los pechos de Candy se adivinaban a través de la delgadísima tela de su camiseta blanca de tirantes, que era en realidad una camiseta de hombre. Ella las usaba con frecuencia, y no necesitaba llevar sujetador. Hacía tres años se había aumentado los pechos, lo que contrastaba con su delgadísima figura. Los nuevos no eran enormes, pero estaban bien hechos y tenían un aspecto fabuloso. A diferencia de la mayoría de los pechos implantados —especialmente los más baratos—, los suyos seguían siendo blandos al tacto. Se los había puesto el mejor cirujano plástico de Nueva York. La operación horrorizó a su madre y a sus hermanas, pese a que ella les había explicado que era necesario para su trabajo. A ellas nunca se les hubiera pasado por la cabeza aunque lo cierto era que dos de sus hermanas no lo necesitaban, y su madre tenía una hermosa figura; a los cincuenta y siete años seguía siendo una bella mujer.

Todas las mujeres de la familia eran impresionantes aunque muy distintas. Candy no se parecía a ninguna: era con diferencia la más alta, tenía el tipo y la altura de su padre. Él era un hombre muy apuesto, había jugado a fútbol americano en Yale, medía un metro noventa y cinco y de joven había tenido el cabello rubio como el de Candy. Jim Adams cumpliría sesenta años en diciembre, pero ni él ni su esposa aparentaban la edad que tenían; seguían siendo una pareja atractiva. Su hermana Tammy era pelirroja como su madre. Annie tenía el cabello castaño almendra con algunos reflejos rojizos, y Sabrina, la cuarta hermana, negro resplandeciente. Su padre solía bromear diciendo que tenían una hija de cada color. Cuando eran más jóvenes, parecían salidas de un anuncio de televisión: bellas, patricias y distinguidas. Desde pequeñas habían sido tan hermosas que con frecuencia motivaban comentarios, y les seguía pasando cuando salían todas juntas, incluso cuando iba su madre. Por su altura, peso, fama y profesión, Candy era la que más llamaba la atención, pero las demás también eran encantadoras.

Candy y Matt terminaron de almorzar en L'Avenue. Matt

comió de postre un *macaron* rosado con salsa de frambuesas; Candy frunció la nariz y dijo que era demasiado dulce. Pidió una taza de *café filtre* negro, permitiéndose un delgado cuadradito de chocolate, lo cual era raro en ella. Luego, el chófer los llevó hasta el Arco del Triunfo. En la Avenue Foch, detrás del Arco del Triunfo, estaba aparcado un trailer para Candy. Unos minutos después ella apareció con un deslumbrante vestido de noche rojo, arrastrando un chal de visón. Estaba deslumbrante. Dos policías la ayudaron a cruzar a través del tráfico hasta el lugar en el que Matt y sus asistentes la esperaban, justo debajo de la enorme bandera de Francia que flameaba sobre el Arco del Triunfo. Matt sonrió al verla llegar. Candy era la mujer más bella que había visto en su vida, y probablemente la más bella del mundo.

—Joder, niña, estás increíble con ese vestido.

—Gracias, Matt —dijo ella con modestia, sonriendo a los gendarmes, que también la miraban perplejos. Había estado a punto de causar varios accidentes, pues los sorprendidos conductores parisinos frenaban de golpe para observar cómo los gendarmes acompañaban a Candy a través de la calle atestada.

Poco después de las cinco de la tarde, terminaron la sesión de fotos bajo el Arco, y Candy regresó al Ritz para un descanso de cuatro horas. Se duchó y telefoneó a su agencia de Nueva York. A las nueve de la noche estaba lista para la última sesión en la torre Eiffel. La luz del día era ya muy tenue. Acabaron a la una de la madrugada, y ella se marchó a una fiesta a la que había prometido asistir. Regresó al Ritz a las cuatro, llena de energía, sin un rastro de cansancio. Matt se había retirado dos horas antes. No había nada como tener veintiún años, decía él mismo, pero a los treinta y siete ya no podía seguirle el ritmo, como le pasaba a la mayoría de los hombres que la cortejaban.

Candy preparó sus maletas, se duchó y se recostó una hora. Esa noche se había divertido, aunque la fiesta había sido de lo más normalita, nada nuevo o especial. Tenía que dejar el hotel a las siete de la mañana y estar en el aeropuerto Charles de Gaulle a las ocho, para poder tomar a las diez el avión que la dejaría en el aeropuerto JFK a mediodía, hora local. Contando la hora que perdería recogiendo su equipaje y las dos horas de coche hasta Connecticut, calculaba que estaría en casa de sus padres a las tres de la tarde, con tiempo de sobra para la fiesta del Cuatro de Julio, al día siguiente. Tenía ganas de pasar la noche con sus padres y hermanas después de la locura de la fiesta.

Al salir del Ritz, Candy sonrió a los conserjes y encargados de seguridad, que ya le eran muy familiares. Llevaba tejanos y camiseta, y el cabello atado en una cola de caballo. Arrastraba una enorme maleta Hermès de cocodrilo color brandi que había comprado en una tienda de antigüedades en el Palais Royal. Una limusina la esperaba en la puerta, y salió ligera hacia el aeropuerto. Sabía que pronto regresaría a París, ya que gran parte de su trabajo estaba allí. Despues de volver de Japón, a finales de julio, solo tenía planificadas dos sesiones, en septiembre. Todavía no sabía qué haría en agosto, anhelaba poder tomarse unos días de descanso en los Hamptons o en el sur de Francia. Las oportunidades de trabajar y divertirse eran numerosas: su vida le parecía estupenda. Pero ahora estaba ansiosa por pasar esas dos semanas en casa. Allí siempre se lo pasaba bien, aunque en ocasiones sus hermanas le criticaran la vida que llevaba. Candace Adams, la más pequeña de la familia, y la más alta y tímida de la clase, se había convertido en un cisne conocido en todo el mundo como «Candy». Pero pese a que le encantaba lo que hacía, y se lo pasaba muy bien en todas partes, no había en el mundo ningún sitio como su casa, y a nadie amaba tanto como a su madre y a sus hermanas. También quería a su padre, aunque a él la unía un lazo diferente.

Mientras atravesaban el tráfico matinal de París, Candy se recostó en el asiento. Por más glamurosa que fuera, en el fondo de su corazón seguía siendo la pequeñita de mamá.

2

El sol caía como fuego sobre la Piazza della Signoria en Florencia. Una mujer joven y bella compró un helado a un vendedor callejero; pidió limón y chocolate en un italiano fluido. Ahora intentaba comérselo mientras las dos bolas de helado se iban derritiendo en su mano. Lamía el borde del cucurucho. El sol hacía resplandecer su cabello rojizo. Cuando volvía a casa pasaba siempre frente a la galería Uffizi. Vivía en Florencia desde hacía dos años. Se licenció en bellas artes en la Escuela de Diseño de Rhode Island, una institución muy respetada, destinada a estudiantes con talento artístico, en su mayor parte futuros diseñadores, pero también interesados en arte. Después de Rhode Island obtuvo un máster en la Escuela de Bellas Artes de París, institución que también le encantó. Siempre había soñado con estudiar arte en Italia, y tras vivir en París, finalmente se había establecido allí, y sentía que había encontrado su lugar en el mundo.

Todos los días tomaba clases de dibujo, estaba aprendiendo las técnicas pictóricas de los viejos maestros y, aunque había algunos trabajos del año anterior que le parecían valiosos, sabía que todavía le quedaba mucho por aprender. Llevaba una falda de algodón, un par de sandalias que se había comprado en la calle por quince euros y una blusa de campesina adquirida en un viaje a Siena. Nunca se había sentido tan feliz en su vida; vivir en Florencia era un sueño hecho realidad.

Esa misma tarde a la seis tenía que asistir a una clase informal de pintura con modelo en el estudio de un artista, y al día siguiente volaba a Estados Unidos. Odiaba tener que irse, pero le había prometido a su madre que iría a casa, como el año anterior. Le dolía dejar Florencia, aunque fuese por pocos días. Regresaría dentro de una semana y se iría de viaje a Umbría con un grupo de amigos. Había visitado muchos lugares de Italia desde que estaba allí: había estado en el lago Como y en Portofino, y tenía la sensación de haber pisado cada una de las iglesias y los museos de Italia. Sentía una pasión especial por Venecia, por sus iglesias y su arquitectura, y sabía a ciencia cierta que Italia era el lugar en que deseaba pasar el resto de su vida; de hecho, sentía que su vida realmente había cobrado sentido desde que estaba allí. Se había encontrado a sí misma.

Había alquilado una pequeña buhardilla en un edificio ruinoso que le iba como anillo al dedo. Sus trabajos mostraban los frutos del duro esfuerzo de los últimos años. Para Navidad, les había regalado uno de sus cuadros a sus padres, y estos se quedaron deslumbrados por la profundidad y belleza de la obra. Se trataba de una madonna y un niño, muy al estilo de los viejos maestros, utilizando todas las técnicas que había aprendido. Incluso había hecho las mezclas de pintura ella misma siguiendo el procedimiento antiguo. A su madre le había parecido una obra maestra, y lo había colgado en la sala. Annie lo había llevado ella misma a su casa, envuelto en papel de periódico, y se lo mostró a todos en Nochebuena.

Ahora volvía a su casa para la fiesta del Cuatro de Julio que la familia celebraba todos los años. También sus hermanas habían movido cielo y tierra para poder asistir, pero para Annie este año el viaje suponía un verdadero sacrificio. Eran tantas las cosas que deseaba hacer en Florencia que odiaba tener que irse, aunque solo fuera por una semana. Sin embargo, al igual que sus hermanas, no quería desilusionar a su madre, que solo vivía para verlas y era la mujer más feliz del mundo cuando lograba reunir a las cuatro en casa. Hablaba de eso todo el año. En el excéntrico pisito de Annie no había teléfono, pero su madre la llamaba a menudo al móvil para saber cómo estaba, y se recreaba oyendo la feliz excitación de la voz de su hija. Nada entusiasmaba más a Annie que su trabajo y la profunda satisfacción que le provocaba estudiar arte, precisamente allí, en Florencia, era su fuente primordial. Había deambulado durante horas por la galería Uffizi, estudiando los cuadros, y, a menudo, había viajado a ciudades vecinas para contemplar obras importantes. Para ella, Florencia era la meca del arte.

Desde hacía poco tiempo mantenía una romántica relación con un joven artista neoyorquino que había llegado a Florencia hacía seis meses; se habían conocido unos días después de su llegada, cuando ella regresaba de pasar la Navidad con su familia en Connecticut. Se habían visto por primera vez en Nochevieja, en el estudio de un amigo común, un joven artista italiano, y desde el primer momento su romance había sido ardiente y profundo. Se admiraban mutuamente y compartían un sincero compromiso con el arte. El trabajo de él era más moderno, y el de ella más tradicional, pero muchos de sus puntos de vista y fundamentos teóricos eran los mismos. Durante un tiempo él tuvo que trabajar como diseñador, oficio que detestaba y al que llamaba «prostitución». Finalmente, había ahorrado lo suficiente para poder estar en Italia durante un año pintando y estudiando.

Annie era más afortunada: tenía veintiséis años y su familia todavía deseaba ayudarla. Se veía a sí misma viviendo en Italia el resto de su vida, no había nada que pudiera hacerla más feliz. Y aunque amaba a sus padres y a sus hermanas, odiaba la idea de volver a casa. Para ella, cada minuto fuera de Florencia y de su trabajo era deprimente. Desde niña había deseado ser una artista y, conforme pasaba el tiempo, su determinación e inspiración fueron creciendo. Esto la distanciaba de sus hermanas, que tenían objetivos vitales más mundanos. Participaban de un mundo cuya regla principal era hacer dinero; su hermana mayor era abogada, la que le seguía, productora de televisión en Los Ángeles, y la menor, una supermodelo conocida en todo el mundo. Annie era la única artista, y entre sus intereses no estaba triunfar económicamente. Solo quería dedicarse por completo a su trabajo, y no especulaba en lo más mínimo sobre si su obra se vendería o no. Sabía lo afortunada que era de que sus padres apoyaran su pasión, aunque estaba determinada a lograr sustentarse por sí misma algún día. Por el momento, se dedicaba a aprender técnicas antiguas y a absorber como una esponja la extraordinaria atmósfera de Florencia.

Su hermana Candy iba a París con frecuencia, pero Annie nunca había podido alejarse del trabajo para ir a verla y, aunque amaba profundamente a su hermana menor, ambas tenían muy pocas cosas en común. Mientras trabajaba, Annie no se preocupaba ni siquiera por peinarse, y todo lo que tenía estaba manchado de pintura. El universo de Candy, lleno de gente bella y glamurosa, estaba a años luz de su mundo de artistas muertos de hambre en el que lo más importante era descubrir el mejor modo de mezclar las pinturas. Siempre que la veía, su hermana supermodelo trataba de convencerla de que se hiciera un corte de pelo decente y se maquillara; Annie se reía. Todo eso le resultaba indiferente. Hacía dos años que no salía de compras ni adquiría nada nuevo; la moda no le importaba nada. Comía, dormía, bebía y vivía para el arte. Era lo que conocía y lo que amaba, y su novio actual estaba igualmente apasionado. En los últimos seis meses habían sido casi inseparables; habían viajado juntos por toda Italia, estudiando obras de arte importantes y enigmáticas. La relación iba realmente bien. Como le había dicho a su madre por teléfono, él era el único artista cuerdo que conocía, y ambos tenían muchísimas cosas en común. La única preocupación de Annie era que, a menos que ella lograra disuadirlo, él planeaba regresar a Nueva York al finalizar el año. Ella trataba de convencerlo de que prolongara su entancia en Florencia; pero, al ser norteamericano, él no podía trabajar legalmente en Italia, y su dinero tarde o temprano se acabaría. Annie, en cambio, gracias a la ayuda de sus padres, podría vivir allí el tiempo que quisiera. Era consciente de ello y estaba profundamente agradecida por esa bendición.

Annie se había prometido a sí misma que cuando cumpliera los treinta podría mantenerse por sí sola. Esperaba que para ese entonces habría vendido sus cuadros en galerías. Había realizado dos exposiciones en una pequeña galería de Roma y había vendido algunas pinturas, pero no podía arreglárselas sin la ayuda de sus padres. Esto a veces la avergonzaba, pero le era imposible todavía vivir de su trabajo, y quizá lo sería por muchos años. En ocasiones, Charlie bromeaba sobre el tema, sin malicia, pero nunca dejaba de señalar que ella era una chica con suerte, y que no tenía necesidad de vivir en su decrépito apartamentito. Sus padres hubieran podido pagar un piso decente, si ella lo hubiera elegido. Esa situación no era común para la mayoría de los artistas que conocían. Pero aunque bromeara un poco con la situación de dependencia de Annie, sentía un profundo respeto por su talento y por la calidad de sus obras. Él no dudaba —y nadie lo hacía— de que tuviera el potencial para llegar a ser una artista verdaderamente extraordinaria: con apenas veintiséis años ya había encontrado su camino. Su obra mostraba profundidad, sustancia y una notable destreza técnica. Su sentido del color era delicado. Sus pinturas eran una prueba clara de que tenía un don, y, cuando lograba realizar algo especialmente difícil, Charlie le recordaba lo orgulloso que estaba de ella.

Él le había propuesto que el fin de semana fueran juntos a Pompeya para estudiar sus famosos frescos, y Annie se había tenido que negar, explicándole que se iba a su casa una semana para asistir a la fiesta que cada Cuatro de Julio daban sus padres.

—¿Por qué es tan importante esa fiesta? —Él no estaba muy unido a su familia, y entre sus planes no estaba el visitarlos durante su año sabático. Más de una vez le había dicho que era un rasgo muy infantil el que estuviera tan ligada a sus padres y hermanas. Después de todo, tenía veintiséis años.

—Es tan importante porque en mi familia estamos muy unidos —explicó ella—. No tiene que ver con el Cuatro de Julio como tal, sino con pasar una semana con mis hermanas, mi mamá y mi papá. También voy a casa para el día de Acción de Gracias y para Navidad —le advirtió, para evitar que hubiera desencantos o malentendidos más tarde. Las fiestas eran sagradas para su familia.

Charlie se ofendió, y en lugar de esperar a que ella volviera para ir a Pompeya, decidió irse con otro artista amigo. Ella se sintió desilusionada por no poder viajar con él, pero no quiso hacer un drama del asunto. Al menos así él tendría algo que hacer mientras ella no estaba. Había tenido dificultades en su trabajo, en el proceso de asimilar algunas técnicas e ideas nuevas; por el momento, no le estaba yendo bien, pero ella estaba segura de que pronto lo superaría. Charlie tenía mucho talento, aunque, según un artista algo mayor que lo había aconsejado en Florencia, el tiempo que había dedicado al diseño había corrompido la pureza de su trabajo. Ese artista pensaba que debía deshacerse de ese aspecto comercial de su obra. Sus comentarios habían herido profundamente a Charlie, y, durante varias semanas, había dejado de dirigirle la palabra al crítico entrometido. Como muchos artistas, era extremadamente sensible en lo que se refería a su arte. Annie estaba más abierta a las críticas y las recibía con agrado, ya que le permitían mejorar. Como su hermana Candy, era de una modestia fuera de lo común. Carecía de impostura o de malicia, y era increíblemente humilde en su trabajo.

Durante meses, Annie había estado intentando convencer a Candy de que la visitara; entre los viajes a París y a Milán tenía múltiples ocasiones, pero Florencia estaba fuera del radio de acción de Candy, y el mundo de Annie entre artistas pobres definitivamente no era para ella. Cuando tenía tiempo libre entre un trabajo y otro, Candy adoraba visitar lugares como Londres o Saint Tropez. Las vidas de las hermanas estaban a años luz la una de la otra. Annie tampoco tenía ganas de volar a París para encontrarse con su hermana, ni de estar en hoteles ostentosos como el Ritz. Era más feliz vagabundeando por Florencia, tomando helados o yendo miles de veces a la galería Uffizi, con sus sandalias y su falda de campesina. Prefería eso a vestirse, maquillarse o usar tacones, como hacía toda la gente que rodeaba a su hermana. Candy siempre decía que a los amigos de Annie les hacía falta un buen baño. Las dos hermanas vivían en mundos completamente diferentes.

—¿Cuándo te vas? —preguntó Charlie cuando llegó al piso de Annie. Ella había prometido preparar una cena la noche antes de partir. Había comprado pasta fresca, tomates y verduras, y planeaba hacer una salsa de la que había oído hablar. Charlie llevó una botella de Chianti, y le sirvió una copa mientras ella cocinaba, admirándola desde la otra punta de la habitación. Era una chica hermosa, absolutamente natural y sencilla. A la gente que la conocía le parecía una simple jovencita, pero en realidad era una artista con experiencia y muy formada en su campo, pero provenía de una familia rica; Charlie tardó en darse cuenta de ello, pues Annie jamás mencionaba las ventajas de las que había gozado en su infancia, y de las que todavía gozaba. Llevaba una tranquila y dura vida de artista. El único signo de sus elevadas raíces era el pequeño anillo de oro que lucía en su mano izquierda, grabado con el escudo de su familia materna. Annie era modesta y no hablaba de ello; su única unidad de medida para compararse con los demás era lo duro que trabajaban y lo que se consagraban a su arte.

—Me voy mañana —le recordó, mientras ponía una gran fuente con pasta en la mesa de la cocina. Olía muy bien, ella misma ralló el queso parmesano por encima. El pan era fresco y estaba caliente—. Por eso estoy cocinando para ti esta noche. ¿Cuándo os vais a Pompeya tú y Cesco?

—Pasado mañana —respondió él con tranquilidad, sonriéndole desde el otro lado de la mesa, mientras ambos se sentaban en las destartaladas y desparejadas sillas que habían encontrado en la calle. Annie había conseguido la mayor parte de su mobiliario de ese modo. Gastaba lo menos posible el dinero de sus padres, solo en el alquiler y en la comida. No había lujos superfluos en su vida; el pequeño coche que conducía era un Fiat que tenía ya quince años. Su madre estaba aterrorizada porque temía que no fuera seguro, pero Annie había rechazado comprar uno nuevo.

—Te echaré de menos —dijo él con tristeza. Era la primera vez que se separaban desde que se habían conocido. Él le dijo que se había enamorado de ella al mes de conocerse, y a ella Charlie le gustaba como no le había gustado nadie en años, y también estaba enamorada. Lo único que le preocupaba de la relación era que él regresaría a Estados Unidos dentro de seis meses. Él le pedía que se fuera también a Nueva York, pero ella no estaba lista aún para dejar Italia. Annie se enfrentaría a una encrucijada muy difícil cuando él se marchara. A pesar de su amor, no quería abandonar la oportunidad de continuar sus estudios en Florencia, y no estaba dispuesta a hacerlo por ningún hombre. Hasta el momento, el arte había sido lo primero; era la primera vez que se lo cuestionaba, y eso la desconcertaba. Sabía que abandonar Florencia por él implicaría un gran sacrificio.

—¿Por qué no nos vamos juntos a alguna parte cuando regresemos de Umbría? —sugirió él entusiasta, y ella sonrió. Planeaban ir a Umbría con unos amigos en julio, pero él deseaba y necesitaba pasar unos días a solas con ella.

—Lo que quieras —dijo Annie. Él alargó su cuerpo por encima de la mesa y la besó. Ella sirvió la pasta, y ambos estuvieron de acuerdo en que estaba deliciosa. Era una buena receta, y ella, una gran cocinera. Él siempre decía que haberla conocido era lo mejor que le había pasado desde que había llegado a Europa. Y cada vez que lo decía, el corazón de Annie latía más deprisa.

Annie le hizo fotos a Charlie para enseñárselas a sus hermanas y a su madre; aunque ellas ya se habían dado cuenta de que se trataba de una relación importante. Su madre ya les había dicho a sus hermanas que esperaba que Charlie la convenciera de regresar. Respetaba lo que Annie estaba haciendo en Italia, pero estaba muy lejos, y su hija ya no tenía deseos de volver a casa, era muy feliz allí. Qué alivio cuando aceptó viajar para el Cuatro de Julio, como todos los años. Su madre temía que con el correr del tiempo alguna rompiera la tradición y dejara de volver a casa; cuando eso sucediera, ya nada sería igual. Hasta el momento, ninguna de las chicas se había casado ni había tenido hijos, pero su madre sabía que una vez que eso sucediera las cosas cambiarían. Mientras tanto, disfrutaba el tiempo que compartía con ellas, y anhelaba su llegada. Era consciente de lo excepcional que era que sus cuatro hijas volvieran a casa tres veces al año, y que incluso se las arreglaran para hacer algunas visitas en medio.

Annie volvía a casa con menos frecuencia que las otras, pero cumplía religiosamente con las tres fiestas que celebraban juntos. Charlie estaba mucho menos ligado a su familia y decía que no iba a su casa de Nuevo México desde hacía casi cuatro años. Ella no podía imaginarse sin ver a sus padres o hermanas tanto tiempo. Era lo único que echaba de menos en Florencia; su familia estaba demasiado lejos.

Al día siguiente, Charlie la llevó en coche al aeropuerto. Le esperaba un largo viaje: hacía escala en París, donde tenía que esperar tres horas, y a las cuatro de la tarde salía su vuelo a Estados Unidos. Llegaría a Nueva York a las seis, hora local, y esperaba estar en casa hacia las nueve, cuando la familia hubiera terminado de cenar. Había telefoneado a su hermana Tammy la semana anterior; ambas llegarían a casa con una hora y media de diferencia. Candy llegaría más temprano, y Sabrina solo tenía que conducir desde Nueva York, cuando pudiera escaparse de la oficina, y, por supuesto, llevaría a su horrible perra. Annie era la única de la familia que odiaba a los perros. Los demás no se separaban nunca de ellos, excepto Candy por motivos de trabajo. Cuando no viajaba siempre iba con su malcriada yorkshire terrier, vestida por lo general con un jersey de cachemira rosa y con lazos en la cabeza. Annie carecía del gen-amante-de-los-perros. Aunque nada de eso le importaba a su madre que estaba feliz de tenerlas a todas en casa, con o sin perros.

—Cuídate —dijo Charlie con solemnidad, y luego la besó

larga y ardientemente—. Te echaré de menos. —Parecía un ser desgraciado y abandonado a su suerte.

—Yo también —dijo Annie en voz baja. La noche anterior habían hecho el amor durante horas—. Te llamaré —le prometió. Siempre estaban en contacto por el móvil, aunque se separaran solo por unas horas. A Charlie le gustaba estar muy ligado a la persona que amaba, y sentirla siempre cerca. Una vez le había dicho que para él ella era más importante que su propia familia. Ella no podía decir lo mismo, y no lo hizo, pero no tenía dudas de que estaba muy enamorada. Por primera vez sentía que había conocido a un alma gemela y, quizá también, a un posible compañero, aunque por ahora no tenía intenciones de casarse. A Charlie le pasaba lo mismo. Ambos estaban pensando en vivir juntos los últimos meses de la estancia de Charlie, la noche anterior habían estado hablando de eso. Ella pensaba sugerírselo cuando regresara; sabía que él lo deseaba, y ella ahora creía estar preparada. En los últimos meses se habían unido muchísimo, y sus vidas se habían entrelazado por completo. A menudo él le decía que la amaría siempre, aunque engordara, envejeciera, perdiera los dientes, el talento o la cabeza. Y para ambos lo más importante era su arte.

Anunciaron el vuelo de Annie. Se besaron una última vez, y ella le hizo un gesto con la mano antes de desaparecer por la puerta de embarque. La última imagen que tuvo de él fue la de un hombre joven, alto y guapo que la despedía con una mirada melancólica. Annie no lo había invitado a que la acompañara en este viaje, pero pensaba hacerlo para Navidad, sobre todo si coincidía con su fecha de regreso a Estados Unidos. Quería que él conociera a su familia, aunque sabía que sus hermanas a veces intimidaban a la gente. Todas tenían opiniones fuertes, en especial Sabrina y Tammy, y eran muy diferentes de Annie y de la vida que ella llevaba en Florencia. En muchos aspectos, tenía más cosas en común con Charlie que con sus hermanas, aunque las amaba más que a la vida misma. El lazo de hermandad era sagrado para todas.

Annie se acomodó en su asiento para el breve vuelo a París. A su lado había una mujer mayor que le contó que viajaba para visitar a su hija. Después del aterrizaje, estuvo dando vueltas por el aeropuerto. Charlie la llamó al móvil apenas lo encendió.

—Ya te echo de menos —dijo en un lamento—. Regresa. ¿Qué haré sin ti una semana? —No era muy propio de él ser tan dependiente, y la conmovió. Habían estado tanto tiempo juntos que este viaje sería duro para ambos. Annie se dio cuenta de lo unidos que estaban.

—Te divertirás en Pompeya —dijo ella, intentando tranquilizarlo—, y yo volveré en unos pocos días. Te traeré mantequilla de cacahuete —prometió. Él siempre se estaba quejando de no poder comerla. Annie no echaba de menos nada de Estados Unidos, excepto a su familia. Por el contrario, adoraba vivir en Italia, y en dos años se había adaptado por completo a la cultura, a la lengua, a los hábitos y a la comida. De hecho, sufría siempre una especie de choque cultural cuando regresaba. Extrañaba más Italia que su propio país, y esa era una de las razones por las que quería permanecer allí. En Florencia se sentía totalmente en casa, era su lugar en el mundo. Y odiaría abandonarla si Charlie le pedía que volviese con él a Estados Unidos dentro de seis meses. Se sentía entre la espada y la pared, entre el hombre que amaba y el lugar en que se sentía tan a gusto y tan tranquila como si hubiera vivido allí toda su vida. Su manejo del italiano, además, era fluido.

El vuelo de Air France despegó del aeropuerto Charles de Gaulle a su hora. Annie sabía que Candy había estado en el mismo aeropuerto seis horas antes, pero no había querido esperarla y viajar en el vuelo de Annie, principalmente porque ella viajaba en primera clase, y Annie en turista. Candy era independiente económicamente. Annie no, y jamás habría siquiera considerado viajar en primera clase a expensas de sus padres. Por su parte, Candy había dicho que moriría antes de viajar en clase turista, apretada en un asiento, sin espacio para las piernas, con gente apretujada a ambos lados, y sin poder reclinarse. Los asientos de primera clase se convertían en camas bastante cómodas, y no quería desaprovecharlo. Le había dicho a su hermana que ya se verían en casa. Por un momento pensó en pagar la diferencia de precio del pasaje de su hermana, pero sabía que Annie nunca aceptaría un gesto de caridad de ese tipo.

Annie iba muy cómoda en su asiento de clase turista cuando el avión despegó. Y aunque echaba de menos a Charlie, la sola idea de ver a su familia la llenaba de ansiedad por llegar a casa. Reclinó el respaldo con una sonrisa y cerró los ojos, pensando en ellos.

3

La jornada de Tammy en Los Ángeles había sido una locura. A las ocho de la mañana ya estaba en su oficina tratando de dejar todo en orden antes de marcharse. El programa que producía desde hacía tres años descansaba en verano, pero ella ya preparaba la siguiente temporada. La semana anterior su artista estelar había anunciado que estaba embarazada de mellizos, y su protagonista masculino había sido arrestado por un asunto de drogas —el episodio se mantenía en secreto—. Al final de la temporada habían echado a dos actores y todavía tenían que reemplazarlos. Había una alarmante huelga de técnicos de sonido que podía retardar el inicio de la siguiente temporada, y uno de sus patrocinadores amenazaba con pasarse a otro programa. Su escritorio estaba repleto de mensajes de abogados acerca de contratos y de agentes que le devolvían sus llamadas. Y en su cabeza, seiscientos temas en danza que eran parte de la complicada logística de producir un programa de televisión en *prime time*.

Tammy se había graduado en televisión y comunicaciones en la UCLA, y había trabajado luego en Los Ángeles como asistente de producción ejecutiva de un programa de éxito. Después de eso, había tenido otras dos experiencias: una breve y odiosa en un reality show, y otra en un programa para encontrar pareja. Los últimos tres años había producido *Doctoras*, una serie sobre la vida de cuatro mujeres que ejercían esa profesión. Había sido el programa más visto en las dos últimas temporadas. Lo único que Tammy había hecho en su vida era trabajar. Su última relación sentimental había acabado hacía unos dos años; desde entonces, había salido con dos hombres que no le habían gustado. Cuando por la noche salía de la oficina, sentía que no tenía tiempo para conocer a nadie ni energía para ir a ninguna parte. Su mejor amiga era Juanita, una pequeña chihuahua que se acostaba bajo el escritorio y dormía mientras Tammy trabajaba.

Tammy iba a cumplir los treinta en septiembre, y sus hermanas bromeaban diciéndole que sería una vieja solterona. Probablemente tenían razón. A los veintinueve años no tenía tiempo de salir ni de conocer hombres; tampoco de ir a la peluquería, leer revistas o hacer un viajecito de fin de semana. Era el precio que tenía que pagar por crear y producir un programa de televisión exitoso. Habían recibido dos premios Emmy por las dos últimas temporadas y el índice de audiencia estaba por las nubes. La cadena y los patrocinadores los adoraban, pero ella sabía mejor que nadie que eso duraría exactamente lo que duraran los índices de audiencia. Cualquier descenso los catapultaría al olvido. Muchos programas de éxito se habían desplomado en un abrir y cerrar de ojos. Ahora con su estrella principal embarazada y con recomendación de reposo, tenía ante sí un gran desafío, y Tammy todavía no sabía cómo lo haría. Sin embargo, estaba convencida de que resolvería todos los problemas, como había hecho siempre. Era un genio sacando conejos de la chistera.

A las diez y media de la mañana Tammy ya había contestado todas las llamadas, hablado con cuatro agentes, respondido todos los e-mails y dictado a su asistente un montón de cartas. Tenía que dejarlas firmadas antes de irse, y debía salir para el aeropuerto a la una si quería tomar el vuelo a Nueva York de las tres. Le era imposible explicar a su familia cómo era su vida cotidiana, y el tipo de presión al que estaba sometida para mantener el programa en el primer puesto de audiencia. Se acabó una última taza de café, volvió a la oficina y echó un vistazo a la perrita, que dormía silenciosa bajo el escritorio. Juanita levantó la cabeza, se acomodó y volvió a dormirse. Tammy tenía a Juanita desde su época de universitaria, y la llevaba consigo a todas partes. Era de color canela y temblaba cuando no llevaba puesto su jersey de cachemira. Cuando Tammy dejaba su oficina para hacer alguna diligencia o para almorzar, metía a Juanita en su bolso, un Hermès Birkin, que era perfecto para llevar a su diminuta amiga.

—Hola, Juani. ¿Cómo estás, corazón? —La perrita gimió y volvió a dormirse bajo la mesa. La gente que acudía con frecuencia a la oficina de Tammy sabía que debía tener cuidado de no pisarla. Si algo le llegaba a pasar a Juanita, Tammy se moriría. Estaba ligada a su perra de un modo muy extraño; su madre lo había comentado más de una vez. Juanita reemplazaba todo lo que no había en su vida: un hombre, hijos, amigas con las cuales salir, y a sus hermanas, ya que todas se habían marchado a una u otra parte. Juanita parecía ser lo único en que Tammy volcaba todo su amor. Una vez se perdió en el edificio, y todo el mundo se puso a buscarla mientras Tammy lloraba desconsolada, e incluso corría a la calle en su búsqueda. La habían encontrado roncando al lado de un calefactor en el estudio de grabación. Ahora era famosa en todo el edificio, como lo era Tammy por su enorme éxito con el programa y por su obsesión con la perra.

Tammy era una mujer muy atractiva, tenía una melena pelirroja y rizada tan bella y lujuriosa que a veces la gente la acusaba de llevar peluca; pero no, era toda suya. El color era el mismo que el de su madre, un rojo brillante y furioso. Tenía los ojos verdes y la nariz y las mejillas llenas de pecas que le daban un aspecto juvenil y pícaro. Era la más baja de las hermanas, tenía la figura de una muchachita y un encanto irresistible cuando no estaba corriendo en catorce direcciones o padecía un ataque de nervios por su programa. Dejar la oficina y subirse a un avión era como cortar un cordón umbilical; sin embargo, siempre iba a casa todos los Cuatro de Julio para estar con sus padres y hermanas. Era una buena época del año para marcharse, ya que los actores estaban de vacaciones.

El día de Acción de Gracias y la Navidad eran fechas más problemáticas para ella, pues caían en mitad de la temporada, y las batallas por el liderazgo de la audiencia siempre eran duras. Sin embargo, ella iba a casa también para esas fiestas, pasara lo que pasara. Se llevaba dos móviles y el portátil. Tenía e-mail en su BlackBerry y estaba en contacto con su equipo en todas partes. Tammy era toda una profesional, el arquetipo de la ejecutiva de televisión. Sus padres estaban orgullosos, pero también preocupados por su salud; era imposible vivir con el estrés con que ella vivía, cargar con la responsabilidad que llevaba sobre sus hombros y no enfrentarse a un problema de salud más tarde o más temprano. Su madre le rogaba que bajara el ritmo, y su padre la admiraba abiertamente por su éxito. Sus hermanas le decían bromeando que estaba loca, lo cual era verdad en cierta medida. Tammy admitía que había que estar loco para trabajar en televisión, y que por eso le iba tan bien. Y estaba convencida de que si sobrevivía era porque había crecido en una casa en la que se llevaba una vida normal. Era lo que la mayor parte de la gente soñaba y jamás había tenido: padres afectuosos, profundamente comprometidos el uno con el otro, que habían sido y continuaban siendo un soporte sólido para sus hijas. A veces Tammy echaba de menos la vida familiar. Su vida nunca había estado completa del todo desde que se había marchado. Y ahora estaban todas desperdigadas: Annie en Florencia, Candy dando vueltas por el mundo haciendo sesiones de fotos para revistas o desfilando en París, y Sabrina en Nueva York. Tammy las extrañaba mucho y por la noche, cuando finalmente tenía la ocasión de llamarlas por teléfono, la diferencia horaria se lo impedía, así que terminaba escribiéndoles e-mails. Y cuando la llamaban al móvil mientras corría de una reunión a otra, o por el estudio, solo podían intercambiar algunas palabras. Realmente deseaba pasar el fin de semana con ellas.

—Tu coche está abajo, Tammy —le dijo Hailey, su asistente, a las doce y media, asomando la cabeza por el marco de la puerta.

—¿Tienes las cartas para que las firme? —preguntó Tammy ansiosa.

—Por supuesto —dijo Hailey, apretando una carpeta contra su pecho. Le entregó las cartas a Tammy y le ofreció un bolígrafo. Tammy ojeó las cartas y las firmó. Al menos se podía ir con la conciencia tranquila. Había hecho las cosas más importantes. No soportaba desaparecer todo un fin de semana sin dejar en orden su escritorio, era una tarea que solía hacer los sábados y con frecuencia también los domingos, pues muy raramente salía los fines de semana.

Le gustaba mucho su casa de Beverly Hills. La había comprado hacía tres años, pero aún no la había terminado de arreglar. No quería contratar a un decorador, deseaba hacerlo ella misma, pero nunca tenía tiempo. Todavía había cajas con vajilla y adornos de la casa anterior sin abrir. Algún día, se decía, y le prometía a sus padres, se calmaría, pero no todavía. Estaba en el punto más alto de su carrera, su programa iba de maravilla, y no podía desaprovechar este momento. Y la verdad era que a ella le encantaba su vida tal como era, frenética, loca, fuera de control. Adoraba su casa, su trabajo y a sus amigos, cuando tenía tiempo de verlos, lo cual era casi nunca, pues estaba siempre ocupadísima con el programa. Le encantaba vivir en Los Ángeles, tanto como a Annie le gustaba Florencia, y a Sabrina, Nueva York. La única a la que no le importaba dónde vivir era Candy, que era feliz en todas partes siempre que se alojara en un hotel de cinco estrellas. Era tan feliz en París como en Milán, en Tokio o en su *penthouse* de Nueva York. Tammy siempre decía que Candy era nómada. Las demás estaban mucho más ligadas a la ciudad en la que vivían, y a los espacios que se habían creado dentro de sus propios mundos.

Aunque Candy era solo ocho años más joven que Tammy, esta la veía como un bebé. Y sus vidas eran absolutamente diferentes. Toda la vida profesional de Candy giraba en torno a su belleza —aunque fuera muy modesta al respecto—. El trabajo de Tammy giraba, en cambio, en torno a la belleza de los demás, y a su propia inteligencia; a pesar de que era una mujer extremadamente atractiva, jamás le prestaba atención a su aspecto. Estaba demasiado ocupada apagando incendios como para detenerse a pensar en cómo se veía, y esa era una de las razones por la cual no había tenido ninguna relación sentimental seria en los dos años últimos. No tenía tiempo para los hombres, y raramente le gustaban los que se cruzaban en su camino. Los hombres que tenía oportunidad de conocer en el mundo de la televisión no eran la clase de hombres con los que le gustaba comprometerse. En su mayoría, eran excéntricos, narcisistas, demasiado preocupados de sí mismos. Por lo general, sentía que era muy mayor para ellos, que preferían salir con actrices jóvenes. Casi todos los que le proponían una cita estaban casados y más interesados en ponerles los cuernos a sus esposas que en tener una relación seria con una mujer soltera. Ella no soportaba las trampas, las mentiras, ni los narcisistas, y, además, no estaba interesada en ser la amante de nadie. Y los actores que conocía le parecían muy raros. Al poco de llegar a Los Ángeles y meterse en el negocio de la televisión, había tenido un millón de citas y casi todas, por una razón u otra, habían terminado mal o la habían desilusionado. Había probado con una docena de citas a ciegas. Ahora, cuando por las noches dejaba la oficina, prefería relajarse en casa junto a Juanita y olvidarse de la locura del día. No tenía tiempo ni energía para aburrirse con un perdedor en un restaurante de moda, mientras él le explicaba lo mal que había ido su matrimonio, lo loca que estaba su pronto-ex-mujer, y cómo su situación mejoraría algún día. Era difícil encontrar hombres solteros saludables, y a sus veintinueve años, no tenía ninguna prisa por casarse. Estaba mucho más interesada en su carrera. Su madre a menudo le recordaba que esa época pasaría muy rápido y un día sería demasiado tarde. Tammy no tenía claro si realmente sería así, pero por el momento no se preocupaba. Vivía en la vorágine de Hollywood, disfrutándolo al máximo, aunque no tuviera vida social ni novio. El trabajo lo era todo para ella.

A la una y cinco metió a Juanita en su Birkin, agarró un montón de folios y el portátil y los puso en su maletín. Su asistente ya había llevado la maleta al coche, que estaba aparcado en la puerta. Tammy no necesitaba muchas cosas para el fin de semana: tejanos y camisetas, una falda blanca de algodón para la fiesta de sus padres y dos pares de alpargatas altas de Louboutin. Llevaba puestas varias pulseras. A pesar del poco interés que ponía, siempre parecía elegante. Todavía era lo suficientemente joven como para estar guapa llevara lo que llevara. Juanita temblaba y observaba a su alrededor metida en el bolso, mientras Tammy cerraba su despacho y tomaba el ascensor saludando a su asistente. Dos minutos después estaba en el coche camino del aeropuerto. Tenía tiempo para hacer algunas llamadas desde el móvil, pero la preocupaba que los demás también se hubieran marchado pronto para un viaje de fin de semana. Hacia la mitad del trayecto, Tammy ya pudo apoyar la cabeza en el respaldo del asiento y relajarse. Se llevaba trabajo para el vuelo; solo esperaba que no se le sentase al lado un pesado.

Su madre siempre le decía que quizá encontrara al hombre de sus sueños en un avión. Tammy sonrió al recordarlo. No buscaba al Príncipe Azul. El Señor Normal estaría bien para ella, aunque tampoco lo buscaba. Por el momento no buscaba a nadie. Solo quería comenzar la nueva temporada y mantener los niveles de audiencia. Eso era ya bastante complicado, especialmente con imprevistos como el embarazo de su actriz principal. Todavía no sabía cómo solucionar ese problema. Algo se le ocurriría; tenía que ocurrírsele. Tammy siempre tenía alguna idea que salvaba el día. Era famosa por eso.

Un servicio VIP la esperaba en la acera cuando llegó al aeropuerto. El encargado reconoció a Tammy de inmediato, ya la había recibido en otra ocasión. Su asistente lo había organizado todo. Se encargaron de facturar sus maletas, llevarle el maletín y comentar qué mona era su perrita.

—¿Has oído, Juani? —dijo Tammy, encogiéndose para besar a la chihuahua—. Dice que eres una monada. Sí, es cierto. —Juanita se sacudió en respuesta. Tammy había metido su jersey de cachemira rosa en el bolso, junto con la perrita, y pensaba ponérselo en el avión. Siempre decía que hasta se podría conservar carne en primera clase, de tanto frío que hacía. Llevaba también un jersey para ella. Se congelaba en los aviones. Quizá porque se saltaba un montón de comidas y nunca dormía bien. Anhelaba dormir hasta tarde en casa de sus padres ese fin de semana. Estar allí era un poco como regresar al útero. Era el único lugar en el mundo en el que se sentía amada y alimentada, y no tenía que ocuparse de nada más. A su madre le encantaba mimarlas, no importaba la edad que tuvieran. Estaba ansiosa por hablar con sus hermanas sobre el aniversario de los treinta y cinco años de casados de sus padres, que sería en diciembre. Querían dar una gran fiesta para ellos. Dos de las hermanas querían que fuera en Connecticut; Tammy prefería organizar una fiesta enorme y sofisticada en un hotel de Nueva York. Después de todo, era una fecha muy señalada en la vida de sus padres.

El servicio VIP la dejó en los controles de seguridad, y Tammy continuó sola. Cogió a Juanita mientras pasaban por el detector de metales —la perrita se sacudía con angustia— y, una vez que lo hubieron atravesado, volvió a ponerla en el bolso. Sintió alivio al notar que no había nadie sentado junto a ella. Colocó su maletín en el asiento de al lado y sacó el trabajo. Luego, como estaba helada, le puso el jersey a Juanita, se puso el suyo y comenzó a trabajar, antes incluso de que el avión despegara. Rechazó el champán, que le hubiera dado sueño, y sacó la botella de agua que llevaba consigo y le dio un poco a la perrita. Cuando finalmente dejó de trabajar ya estaban a mitad de camino. Apoyó la cabeza en el respaldo del asiento y cerró los ojos. No había dejado de trabajar ni siquiera para almorzar, y ya había visto todas las películas que ofrecía el avión; algunas las había tomado prestadas en DVD de la Academia de Hollywood, otras las había visto en proyecciones privadas, a las que solía asistir cuando tenía tiempo. Reclinó su asiento y durmió el resto del viaje. Había sido una semana de locos, pero ahora, finalmente lejos de la oficina, comenzaba a relajarse. Quería estar lúcida y descansada cuando viera a sus hermanas. Tenían tantas cosas que contarse para ponerse al día, tanto que conversar. Y más aun que ver a sus hermanas, deseaba abrazar a su madre. No importaba la cantidad de problemas que dejara en Hollywood, siempre la emocionaba volver a casa.

4

Sabrina dejó su oficina a las seis en punto. Hubiera deseado marcharse más temprano, pero tenía documentos que corregir y firmar. Durante el fin de semana no había nada que hacer, pero ella se había tomado un día más de fiesta y cuando regresara el martes a la oficina, su secretaria ya habría presentado los papeles en el tribunal. A Sabrina no le gustaba dejar las cosas sin terminar. Era abogada de familia en uno de los bufetes más prestigiosos de Nueva York. Llevaba sobre todo acuerdos prematrimoniales, divorcios y casos de custodia complicados. Lo que había visto en sus ocho años de ejercicio profesional la había convencido de que nunca se casaría, aunque estaba loca por su novio y este era una buena persona. Chris era abogado de una firma rival. Era especialista en la legislación antimonopolio, y había trabajado en casos de demandas colectivas que habían durado años. Era corpulento, simpático y afectuoso. Estaban juntos desde hacía tres años.

Sabrina tenía treinta y cuatro años. Ella y Chris no vivían juntos, pero tres o cuatro veces por semana pasaban las noches en el piso de uno de los dos. Los padres de Sabrina habían desistido de preguntarle cuándo se casarían. Estaban bien como estaban. Chris era sólido como una roca. Sabrina sabía que podía contar con él, y disfrutaban al máximo del tiempo que pasaban juntos. Les encantaba ir al teatro, a conciertos, a ver ballet, escalar, caminar, jugar al tenis o, simplemente, estar juntos los fines de semana. La mayor parte de sus amigos estaban casados e iban a por el segundo hijo. Sabrina no estaba lista ni quería pensar en eso todavía. Ambos habían llegado a ser socios de sus respectivos bufetes. Él tenía casi treinta y siete, y en ocasiones hablaba de tener hijos; Sabrina estaba de acuerdo. También quería tener hijos algún día, pero no ahora. A los treinta y cuatro, era de las pocas de su grupo de amigas que aún resistía. Sentía que lo que ella y Chris compartían era casi tan bueno como estar casados, pero sin los dolores de cabeza, el riesgo del divorcio y toda la tristeza que veía en su despacho cada día. No quería llegar nunca a estar en el lugar de sus clientes, que odiaban al hombre con el que se habían casado y estaban amargamente decepcionadas. Amaba a Chris, y le encantaba la vida que llevaban tal como era.

Chris iría a la fiesta de los padres de Sabrina al día siguiente y pasaría la noche en la casa de Connecticut. Sabía lo importante que eran esos fines de semana para ella. Y le agradaban sus padres y sus hermanas. No había nada de Sabrina que no le gustara, excepto, quizá, su aversión al matrimonio. Él no podía entender la razón, ya que los padres de Sabrina estaban felizmente casados. Sabía que lo que veía diariamente en su trabajo no la animaba a casarse. Al principio, pensó que se casarían en un par de años, pero ahora estaban inmersos en una cómoda rutina. Sus pisos estaban a apenas unas calles de distancia, y podían ir y venir sin problemas. Él tenía las llaves del piso de Sabrina, y ella las del de Chris. Cuando Sabrina trabajaba hasta tarde, lo llamaba para que fuera hasta su piso a sacar a la perra. Beulah, su basset hound, era lo más parecido a una hija. Chris se la había regalado por Navidad hacía tres años, y Sabrina la adoraba. Era una basset arlequín, blanca y negra, con la mirada triste propia de su raza y una personalidad ad hoc. Cuando no le prestaban demasiada atención, se deprimía profundamente y costaba mucho sacarla del pozo. Aunque pesaba veinticinco kilos, dormía a los pies de la cama. Chris no se podía quejar porque era él quien le había regalado la perra. Un regalo que desde el primer momento fue un éxito.

Sabrina abandonó la oficina y se fue a casa a recoger a la perra; la encontró en la sala, sentada en su silla favorita al lado de la chimenea, con mirada ofendida. Era obvio que sabía que su ama llegaba tarde a recogerla, pasearla y alimentarla.

—Vamos —dijo Sabrina mientras entraba—, no seas tan antipática. Tenía que terminar mi trabajo. Y no puedo darte de cenar antes de salir, te sentirías mal en el viaje. —Beulah se mareaba en el coche, y odiaba los trayectos largos. Sabrina sabía que tardarían más de dos horas en llegar a Connecticut, o quizá más por el tráfico de fin de semana. Sería un viaje largo y lento. Y Beulah odiaba saltarse las comidas. Tenía un poco de sobrepeso, por falta de ejercicio; Chris la llevaba a correr por el parque los fines de semana, pero últimamente ambos habían estado muy ocupados. Chris trabajaba en un gran caso, y Sabrina estaba llevando seis divorcios importantes, tres de los cuales, al menos, irían a juicio. Tenía mucho trabajo, y cada vez era más buscada como abogada de divorcio entre la élite de Nueva York.

Le dio a Beulah una galleta para perros, que la corpulenta compañera olfateó y rechazó. Estaba castigando a Sabrina, lo cual hacía a menudo. Pero solo la hizo sonreír. Chris era mejor quitándole a la perra el malhumor, tenía mucha más paciencia. Y Sabrina estaba ansiosa por ponerse en marcha. La noche anterior había hecho las maletas, y lo único que le quedaba por hacer era quitarse la ropa de trabajo —un traje de lino gris oscuro con el que se había presentado en el tribunal esa mañana, una camisa de seda gris, un collar de perlas y zapatos de tacón— y ponerse unos tejanos, una camiseta de algodón y sandalias para conducir hasta Connecticut. Estaba ansiosa, quería llegar cuanto antes, pero no llegaron hasta las diez. Candy y Annie ya estarían allí.

A Tammy no la esperaban hasta las dos de la madrugada; su avión aterrizaba a las once y media de la noche, y luego tendría que ir en coche desde el aeropuerto JFK hasta Connecticut. Sabrina no veía la hora de que estuvieran al fin todas juntas. Hasta donde ella sabía, sus hermanas tampoco se habían visto demasiado entre ellas. Ella y Chris habían ido a visitar a Tammy dos años atrás, pero no habían podido volver a viajar desde entonces, pese a que habían prometido repetirlo. Lo habían pasado genial con Tammy, aunque esta estuviera casi todo el tiempo trabajando. Las dos hermanas mayores eran las que tenían una ética del trabajo más fuerte; Chris las acusaba de ser adictas al trabajo. Él al menos era capaz de dejar la oficina a horas razonables y se negaba a trabajar los fines de semana. Sabrina siempre tenía a mano su maletín repleto de papeles, con documentos para leer o preparar para un caso. Chris también era un buen abogado, pero tenía una actitud más serena ante la vida, y esto los hacía una buena pareja. Él la ayudaba a relajarse un poco, y ella lo mantenía en el buen camino, y lo prevenía de su tendencia a retrasarse con las cosas. A veces Sabrina le daba la lata, pero él se lo tomaba con filosofía.

Sabrina deseaba que Tammy encontrara a un hombre como Chris, pero no había otro en el mundo. No le había gustado ninguno de los hombres con los que su hermana había salido en los últimos diez años. Tammy era un imán que atraía hombres narcisistas y complicados. Sabrina había escogido a un hombre parecido a su padre: tranquilo, bondadoso, simpático y afectuoso. Era fácil querer a Chris, y todo el mundo lo hacía. Incluso físicamente se parecía un poco a su padre; su familia había bromeado al respecto cuando lo había conocido. Ahora todos lo querían tanto como ella. Sin embargo, ella no quería casarse con él, ni con nadie. Tenía miedo de que el matrimonio lo arruinara todo, como había visto tantas veces. Muchas parejas que iban al bufete le habían contado que todo había ido bien mientras convivieron, incluso aunque pasaran muchos años, pero la relación se había acabado con el matrimonio. Uno de ellos, o ambos, se había convertido en un monstruo. Sabrina no creía que a Chris le sucediera eso, ni tampoco a ella, pero ¿para qué arriesgarse? Las cosas eran perfectas tal como estaban.

Cuando apoyó la maleta al lado de la puerta de calle, Beulah la miró con tristeza. Pensó que la abandonaría allí.

—No me mires así, tonta. Tú vienes conmigo —mientras lo decía, cogió la correa y Beulah saltó de la silla moviendo la cola, al fin contenta—. ¿Ves? Las cosas no son tan terribles después de todo ¿eh? —Sabrina le abrochó la correa, apagó las luces y tomó su maleta, y ella y Beulah salieron.

El coche estaba en un aparcamiento cercano. Jamás lo usaba en la ciudad, solo cuando salían de viaje. Había que caminar apenas unos minutos. Colocó el equipaje en el maletero; Beulah se sentó majestuosa en el asiento del acompañante y observó interesada a través de la ventanilla. Para Sabrina era un alivio que sus padres fueran tolerantes con los perros de sus hijas. Habían tenido varios cocker spaniel cuando ellas eran pequeñas, pero ahora hacía mucho tiempo que no tenían perro. Llamaban a las perras sus «perronietas», porque su madre ya había comenzado a pensar que nunca tendrían nietos humanos. Y realmente así lo parecía.

Sabrina creía que una de las hermanas menores sería la primera en casarse, probablemente Annie. Candy era aún demasiado joven, y su cabeza estaba un poco desorientada respecto a los hombres. Siempre salía con los menos indicados, que solo se le acercaban por su fama y su belleza. Tammy parecía haber dejado de salir con hombres los últimos dos años, y no era factible que encontrara a uno decente en el medio en que trabajaba. Y ella y Chris no iban hacia ninguna parte, eran felices tal como estaban. Annie era la única que parecía alentar la remota posibilidad de un matrimonio. Y mientras sacaba el coche del aparcamiento, Sabrina se sorprendió preguntándose si el nuevo noviazgo de su hermana iría en serio. Ella estaba entusiasmada, y decía que él era fantástico. Aunque quizá no lo suficientemente fantástico como para casarse. Annie le había contado por encima que él regresaría a Nueva York a fin de año; y Sabrina pensaba que esa sería probablemente la única razón por la que su hermana aceptaría abandonar Florencia. Adoraba vivir allí, lo cual preocupaba también a Sabrina. ¿Y si nunca volvía de Europa? Era más difícil aún viajar a Florencia que a Los Ángeles a ver a Tammy. Odiaba pensar que ahora estaban todas dispersas. Las echaba mucho de menos. Veía a Candy de tanto en tanto, cuando ambas tenían tiempo. A veces comían, cenaban, o al menos tomaban un café, pero a las otras dos casi no las veía, y realmente las necesitaba. A veces le parecía que sufría más que las demás. El lazo que la unía a sus hermanas y su sentido de la familia eran muy fuertes, más fuertes que su ligazón a cualquier otra persona, incluso a Chris, por mucho que lo quisiera.

Una vez que estuvo en camino, llamó a Chris desde el teléfono del coche. Él acababa de llegar de jugar al squash con un amigo y estaba exhausto, aunque contento por haber ganado.

—¿A qué hora vendrás mañana? —preguntó Sabrina. Ya lo echaba de menos. También lo echaba de menos cuando pasaban la noche separados, y eso hacía más dulces las noches que pasaban juntos.

—Llegaré por la tarde, antes de la fiesta. Pensé en dejarte tiempo para estar a solas con tus hermanas. Sé que sois como adolescentes. Los zapatos, el cabello, los novios, los vestidos, el trabajo, la moda. Tenéis mucho de lo que hablar. —Bromeaba, pero no estaba muy lejos de la realidad. Cuando se encontraban eran todavía una pandilla de adolescentes, gritaban, hablaban y reían hasta tarde. La única diferencia era que ahora fumaban y bebían, y que eran mucho más afectuosas con sus padres, pues se daban cuenta de la suerte que tenían de contar con ellos, y de lo maravillosos que eran.

Cuando eran adolescentes, ella y Tammy le habían dado muchos quebraderos de cabeza a su madre. Candy y Annie habían sido menos problemáticas, pues habían gozado de las libertades por las que Tammy y Sabrina habían luchado antes, y que en algunos casos habían sido difíciles de conseguir. Sabrina siempre decía que habían agotado a su madre, pero que también ella a veces había sido demasiado estricta. Era consciente de que no debía haber sido fácil criar a cuatro hijas. Su madre había hecho un excelente trabajo. Y también su padre, aunque muchas veces dejaba las decisiones difíciles a Jane, y, por lo general, no las discutía, lo cual enfadaba a Sabrina. Ella esperaba su apoyo, y él se negaba a inmiscuirse en las batallas madre-hija. No era un luchador, sino un amante. Y su madre, cuando estaba convencida de que tenía razón, era directa y no le importaba tener que enfrentarse a sus hijas. Sabrina pensaba que había sido una mujer muy valiente y la respetaba muchísimo. Algún día esperaba llegar a ser tan buena madre como ella, si es que alguna vez tenía el coraje de criar sus propios hijos. Todavía no lo había decidido —era otra de esas decisiones que había aplazado por el momento, como el matrimonio—. Tenía treinta y cuatro años, pero todavía no había sentido el tictac de su reloj biológico. Y no tenía ninguna prisa.

Tammy era la única a la que le preocupaba no encontrar al hombre adecuado y, en consecuencia, no tener hijos. En Navidad les había dicho que recurriría a un banco de esperma si era necesario. No quería perder la oportunidad de tener hijos solo por no encontrar a un hombre con el que deseara casarse. Pero era muy pronto para hacer ese tipo de planteamientos, y sus hermanas le habían dicho que no se obsesionara o acabaría una vez más con el hombre inadecuado. Lo había hecho ya muchas veces, y ahora parecía haberse dado por vencida. Decía que los hombres que conocía estaban totalmente locos, y Sabrina no lo dudaba, pues a lo largo de los años había conocido a varios. Pensaba que todos los hombres que rodeaban a Tammy eran unos trepadores.

Afortunadamente, Chris no tenía nada de loco ni de trepa. Todas estaban de acuerdo en eso. En todo caso, Sabrina estaba mucho más loca que él, al menos en su apatía respecto al matrimonio. No deseaba un marido ni un bebé todavía, por ahora solo quería a Chris en la situación en que estaban, y quizá sería así para siempre. No quería que nada entre ellos cambiara.

—¿Qué harás esta noche? —le preguntó a Chris por teléfono, mientras se detenía en un atasco. A ese ritmo, tardarían siglos en llegar, pero era agradable conversar con él. Siempre lo era. Raramente discutían y, cuando lo hacían, se reconciliaban enseguida. También en eso él se parecía a su padre. Este odiaba cualquier tipo de discusión, especialmente con su esposa y sus hijas. Era la persona más fácil de tratar del mundo, como Chris.

—Creo que me prepararé la cena, veré el partido por televisión y me iré a la cama. Estoy muerto. —Ella sabía lo duro que estaba siendo para él trabajar en el caso de una compañía petrolera. Se trataba de contaminación ambiental, y duraría años. Él era el abogado principal del caso, lo que le había proporcionado mucho reconocimiento. Sabrina estaba muy orgullosa—. ¿Qué hace Beulah?

—Se está quedando dormida. Estaba indignada conmigo cuando llegué a casa. Se me hizo tarde. Tú eres más tolerante que ella cuando me retraso.

—Te perdonará en cuanto empiece a jugar en el césped y a cazar conejos. —Beulah era una cazadora de raza, aunque era una perra de ciudad y lo único que había cazado en la vida eran pajarillos cuando Chris la llevaba a correr al parque—. Mañana me la llevaré a hacer ejercicio.

—Lo necesita, se está poniendo gorda —respondió Sabrina. Mientras lo decía, el coche comenzó a avanzar y Beulah se despertó de pronto, mirándola fijamente como si la hubiera oído y estuviera ofendida otra vez—. Lo siento, Beulita, no quise decir eso. —La perra se acomodó en el asiento con un fuerte suspiro y se volvió a dormir. Sabrina la quería mucho y disfrutaba de su compañía—. Espero que Juanita no la ataque de nuevo —dijo Sabrina a Chris—. La última vez la aterrorizó.

—Es vergonzoso. ¿Cómo Beulah puede tener miedo de esa perrita insignificante?

—Juanita se cree que es una gran danés. Siempre ataca a otros perros.

—He comido tacos más grandes que ella. Es ridícula, parece un murciélago. —Chris sonrió, recordando a las tres perras de la familia, a cual más tonta. La yorkshire de Candy era una princesita; llevaba siempre lazos en la cabeza que se quitaba en cuanto tenía ocasión. Era una perrita pequeña y peleona.

—No digas eso —le advirtió Sabrina—. Tammy piensa que su perrita es maravillosa.

—Supongo que el amor es ciego, aun cuando se trate de perros. Al menos tu hermana Annie es más cuerda en eso.

—Siempre odió los perros. Piensa que son un problema. Una vez afeitó al cocker spaniel de mi madre y la castigaron tres semanas. Annie decía que el perro parecía tener mucho calor con todo ese pelo en pleno verano. El pobre quedó con un aspecto patético. —Ambos se rieron ante la imagen; entonces el tráfico comenzó a avanzar y Sabrina dijo que sería mejor colgar. Él le dijo que la amaba, y que la vería al día siguiente en casa de sus padres.

Sabrina pensó en él mientras conducía, y se sintió afortunada de haberlo encontrado. No era fácil hallar a una buena persona, y alguien tan encantador como Chris era toda una excepción. Era muy consciente de ello y estaba profundamente agradecida por lo felices que eran juntos. Cada año la relación iba mejor, lo cual hacía que su madre cada vez entendiera menos que no se casaran. Sencillamente, era la forma de ser de Sabrina, y ella siempre decía que Chris no tenía nada que ver con eso. Él estaba más que deseoso de casarse, pero era paciente respecto al hecho de que ella no lo estuviera. Jamás la presionaba, la aceptaba como era, con fobias y todo.

El camino a Connecticut fue largo y lento esa noche. Sabrina llamó a su casa para disculparse por el retraso y su madre le dijo que Annie y Candy ya habían llegado, y que estaban sentadas al borde de la piscina. Le contó también que ambas estaban guapísimas; Candy no había ganado ni un poquito de peso, pero al menos no estaba más delgada. Y Annie les estaba contando todo acerca de Charlie. Su madre dijo que parecía algo serio, lo cual hizo sonreír a Sabrina.

—Estaré allí lo antes que pueda. Lamento llegar tan tarde.

—Ya me lo había imaginado, cariño. No te preocupes. Sé que es difícil para ti dejar la oficina. ¿Cómo está Chris?

—Está bien. Vendrá mañana por la tarde. Quiere dejarnos tiempo para estar solas. Siempre es tan comprensivo.

—Sí, lo es —convino su madre—. Conduce con cuidado, Sabrina. No corras, de todos modos estaremos despiertos hasta tarde. Tammy no llegará hasta después de las dos. Ella también tuvo que trabajar hoy. Ambas trabajáis mucho pero con buenos resultados, lo admito. No sé de dónde sacasteis esa ética del trabajo. No creo que ni tu padre ni yo hayamos trabajado alguna vez tanto como vosotras.

—Gracias, mamá. —Su madre siempre había sido generosa con los halagos. Estaba orgullosa de sus cuatro hijas; a todas les iba bien. Y lo más importante, las cuatro eran felices y habían encontrado su vocación. Jamás las comparaba, ni siquiera cuando eran niñas; siempre las había visto como seres con diferentes talentos y necesidades. Eso había enriquecido la relación que tenía con ellas. Y las chicas, cada una a su manera, adoraban a su madre. Para ellas era como una amiga, solo que mejor todavía porque tenían su amor y su aprobación incondicional, pero ella jamás perdía de vista que era su madre y no una amiga. A Sabrina le gustaba que fuera de ese modo. Sus amigas también querían a su madre. Cuando eran pequeñas, a todos sus amigos les encantaba estar en su casa y sabían que eran bienvenidos allí, siempre y cuando fueran educados y se portaran bien. Su madre jamás había tolerado el alcohol o las drogas cuando eran jovencitas y, salvo algunas pocas excepciones, sus amigos habían respetado las reglas. Y cuando no las habían respetado, ella había sido dura.

Apenas habían dado las diez cuando Sabrina llegó a casa. Dejó a Beulah en el coche y se dirigió a la piscina, donde sabía que encontraría a su familia. Las chicas estaban en el agua, y sus padres, sentados en unas hamacas, conversando con ellas. La llegada de Sabrina fue celebrada con excitación y gritos de alegría. Candy salió de la piscina y la abrazó, y Sabrina acabó totalmente empapada; luego abrazó y besó a Annie, y las tres rieron exultantes. Annie le dijo que había valido la pena el largo viaje desde Florencia solo para verla, y que estaba muy guapa. Sabrina se había cortado su negrísimo cabello en una melenita corta sobre los hombros. Cuando eran pequeñas, Annie decía que Sabrina era igual que Blancanieves, con la piel blanca, el cabello muy negro y unos grandes ojos azules, iguales a los de Candy. Los ojos azules de su padre. Sin embargo, Tammy y Annie habían heredado los ojos verdes de su madre. Tammy era también pelirroja como su madre, aunque esta lo tenía liso y lo llevaba corto. Tammy era la única de la familia con el cabello salvajemente rizado, y había peleado con él planchándoselo durante años; ahora, finalmente, lo había dejado en libertad, en una melena de rizos esponjosos. Sabrina siempre había envidiado el pelo de Tammy. El de ella era fino, oscuro y lacio. Y, como sus hermanas, aunque de un modo completamente diferente, era una joven guapísima. Tenía piernas largas y una figura escultural. Era alta aunque no tanto como Candy. Tammy era pequeña, como su madre, y Annie era de estatura media; una muchacha excepcionalmente bella.

—A ver, ¿qué pasa con este Charlie? —preguntó Sabrina a Annie mientras metía un pie en la piscina y su madre le acercaba un vaso con limonada. Parecía excitada por tener a sus tres hijas en casa y a la cuarta a punto de llegar. Reunir a la familia era lo que más disfrutaba en la vida. Miró afectuosamente a su marido, y este le sonrió. Él sabía lo mucho que significaba para ella. Luego se acercó y la besó. Después de casi treinta y cinco años de casados, todavía estaban muy enamorados, y se notaba.

Habían tenido sus problemas a lo largo de los años, pero nunca habían sido serios. El suyo era un matrimonio sólido desde el mismo día en que se casaron. Sabrina se preguntaba a veces si esa no sería la razón de sus dudas respecto al matrimonio, pues no podía imaginar que pudiera ser tan afortunada como sus padres, y no quería que fuera de otro modo. Si alguien parecía preparado para ser un buen marido ese era Chris, pero ella no creía que pudiera ser tan buena esposa como su madre lo había sido todos esos años. Una vez se lo dijo a su madre y esta se quedó sorprendida. Su respuesta fue que antes de casarse ella tenía las mismas inseguridades y defectos que todo el mundo. Le transfirió todos los méritos a Jim, diciendo que había sido un compañero perfecto; y que ahora era fácil mirar atrás, pero que antes de casarse ella también estuvo asustada. Finalmente, reconoció que el matrimonio era un gran paso, pero que valía la pena asumir el riesgo.

—Háblame de Charlie —insistió Sabrina—. ¿Va en serio? ¿Estáis comprometidos?

—Oh, no —dijo Annie suavemente—. Todavía no. Es un chico increíble, pero solo hemos estado juntos seis meses. Tengo veintiséis años, no quiero casarme todavía. Tú primero. ¿Cómo está Chris?

—Está muy bien —contestó Sabrina, y todas se volvieron a mirar a Zoe, la diminuta yorkshire de Candy, que ladraba furiosa al basset. Beulah, muerta de miedo, se escondió bajo una planta, mientras que la perrita, con su pequeño moño rosa en la cabeza, la acorralaba por el otro lado. En su camino a casa, Candy había pasado a buscarla por la guardería donde la dejaba mientras trabajaba. La había echado mucho de menos en París y estaba encantada de tenerla con ella nuevamente—. Mi perra es una cobarde —dijo Sabrina, riéndose—. Creo que tiene problemas de autoestima o algo por el estilo. Es muy neurótica. Se deprime.

—Espera a que la ataque Juanita —dijo Candy, entre risas—. Incluso Zoe le tiene miedo.

—Por cierto, ¿qué tal en París? —le preguntó Sabrina.

—Genial. Todos se iban a Saint Tropez a pasar el fin de semana. Yo preferí venir a casa.

—Yo también —dijo Annie, sonriendo.

—Todas lo preferimos —dijo Sabrina, sonriendo a sus padres. Todo a su alrededor parecía idílico y tranquilo. Les recordaba la infancia, el sentirse seguras, amadas y protegidas otra vez. Sabrina siempre se sentía feliz allí.

Se quedaron sentados en el jardín hablando durante una hora más; luego su padre se fue a la cama, y su madre se quedó levantada para esperar a Tammy. Quería estar despierta para darle la bienvenida. Sabrina fue a ponerse el bañador y se unió a sus hermanas en la piscina. Era una noche cálida y agradable, las luciérnagas danzaban y el agua estaba tibia. Finalmente, hacia la una, entraron en la casa y se pusieron los camisones. Su madre llenó la mesa de la cocina de sándwiches, galletas y limonada.

—Si viviera aquí, estaría demasiado gorda para trabajar —comentó Candy, y después tomó una galleta, le dio un mordisco y la volvió a dejar sobre la mesa.

—No creo que corras ese peligro —comentó Annie. Como las demás, estaba preocupada por el peso de Candy. Recibía demasiados halagos y dinero por estar tan delgada.

Estaban sentadas en la cocina, charlando, cuando llegó la limusina de Tammy. Oyeron el ruido de la puerta del coche al cerrarse, y unos instantes después Tammy entraba en la cocina y se abrazaban las unas a las otras nuevamente, riendo y hablando todas al mismo tiempo mientras Juanita les ladraba con ferocidad. La perrita tardó dos segundos en quitarle el lazo a Zoe y en lograr que Beulah se escondiera debajo de una silla. Su personalidad no reflejaba la de Tammy; era definitivamente la perra más feroz del grupo, pese a ser la más pequeña. Tammy la alzó en brazos y la regañó, pero apenas volvió a ponerla en el suelo las otras dos perras huyeron.

—Es incorregible —se disculpó Tammy, y luego observó a sus hermanas con detenimiento—. Dios mío, estás guapísima. Te he echado tanto de menos —dijo Tammy, mientras abrazaba a su madre. Unos minutos después, esta se levantó. Ya había dado la bienvenida a todas y ahora las dejaba para que hablaran de sus cosas. Sabía que estarían allí sentadas durante horas poniéndose al día e intercambiando secretos e historias sobre sus respectivas vidas. Era hora de retirarse y dejarlas solas.

—Nos veremos por la mañana —les dijo con un bostezo, mientras salía de la cocina. Era maravilloso tenerlas en casa. Esos momentos eran los mejores del año.

—Que duermas bien, mamá, hasta mañana —dijeron todas, y le dieron un beso de buenas noches, como cuando eran pequeñas.

Luego abrieron una botella de vino y estuvieron hablando hasta pasadas las cuatro de la madrugada, hora en que subieron a sus habitaciones. Desde pequeñas habían tenido cada una su habitación, lo cual no era muy común. Todas comentaban lo extraño que era volver a dormir en las camas en las que habían crecido. Las hacía sentir pequeñas otra vez, y les evocaba muchos recuerdos. Comentaron lo bien que veían a su madre y se prometieron que al día siguiente organizarían la fiesta de aniversario. Tenían tanto de que hablar, tanto que compartir; si alguna vez había habido entre ellas tensiones, ahora, al encontrarse como adultas, habían desaparecido por completo. La única a la que todavía veían como a una niña era a Candy, que, realmente, era aún muy jovencita. Las otras se sentían ya maduras, pero lo cierto era que, por más joven que fuera, Candy llevaba una vida de mujer adulta. El dinero y el éxito le habían llegado muy pronto y esto en cierta manera la hacía sentirse más madura de lo que era. Sabrina y Tammy se preocupaban y a veces lo comentaban entre ellas. En su carrera de supermodelo, Candy estaba expuesta a algunos peligros, aunque esperaban que pudiera manejarlos. Sus hábitos alimenticios eran otra preocupación. Annie, sin embargo, no se inquietaba tanto y siempre decía que la veía bien. Pero sucedía que, en cierto modo, ella era menos consciente de los desafíos a los que Candy se enfrentaba en su vida diaria y de los peligros del mundo en que vivía. La vida de Annie era tan simple y artística, que le costaba concebir la vida que Candy llevaba. Sus hermanas mayores, en cambio, eran más conscientes de los riesgos que corría, y del alto costo que podía llegar a pagar.

Todas se dieron el beso de buenas noches y se fueron a sus

habitaciones; unos minutos después, Sabrina entró en la habitación de Tammy y le dijo lo feliz que estaba de verla. Tammy estaba sentada en la cama, con su camisón rosa y su corona de rizos rojos.

—Desearía que no vivieras tan lejos —dijo Sabrina con tristeza.

—Yo también —dijo Tammy—. Os echo tanto de menos. Me doy cuenta cada vez que os veo. Pero no hay un trabajo decente para mí aquí; todos los programas importantes se hacen en Los Ángeles.

—Lo sé —dijo Sabrina, asintiendo con la cabeza—. Debería ir a visitarte más a menudo. El trabajo me absorbe por completo —agregó con pena.

—A todas nos pasa. La vida pasa tan rápido. Odio tener que esperar seis meses para veros. A veces desearía que continuáramos viviendo aquí, con mamá y papá, que no hubiéramos crecido.

—Sí, yo también —dijo Sabrina, y la abrazó otra vez—. Me alegra que sigamos viniendo a casa de tanto en tanto. Algo es algo. Quizá podríamos organizar un viaje e ir todas a visitar a Annie a Florencia. Sería divertido. Tal vez mamá y papá podrían venir también.

—Papá no creo, pero mamá tal vez. Papá piensa que en la oficina no pueden sobrevivir sin él —dijo Tammy, y se rió—. Puede que yo piense lo mismo, y tú también. Deberíamos intentar pasar más tiempo juntas. Ahora mismo todas somos libres, no estamos casadas, no tenemos niños; luego será aún más difícil encontrarnos. Tenemos que intentar hacerlo mientras podamos.

—Estoy de acuerdo —dijo Sabrina muy seria, mientras Juanita asomaba la cabeza entre las mantas y le gruñía. Sabrina se sobresaltó, sorprendida por la amenaza de ataque de una perra apenas más grande que un hámster. Beulah estaba completamente dormida en su habitación—. ¿Por qué no organizamos algún viaje antes de irnos? Yo podría tomarme una semana de vacaciones si lo planeo con tiempo.

—Yo también —dijo Tammy, deseando hacerlo, aunque no muy segura de conseguirlo. Durante la temporada del programa su vida era una locura.

—Hablémoslo mañana —dijo Sabrina, y salió del cuarto. Estaba tan feliz de ver a sus hermanas. Y ellas también lo estaban.

Desde su habitación, su madre las podía oír yendo y viniendo de un cuarto a otro. Sonrió mientras se giraba para estar cerca de Jim. Recordaba los viejos tiempos, cuando sabía que todo iba bien porque por la noche las cuatro estaban en casa. Se regocijaba con los reconfortantes sonidos que producía la familia al estar bajo un mismo techo. Rezó sus oraciones, como siempre hacía, y se durmió pensando en lo afortunada que era de tener a sus hijas allí y de que se fueran a quedar tres días más. Para ella, era el mejor regalo que podía hacerle la vida.

5

A la mañana siguiente, cuando las chicas se levantaron, su madre ya estaba en la cocina preparándoles un desayuno especial para cada una. Adoraba cocinar para ellas, ya que era algo esporádico. Su padre había desayunado hacía horas y estaba leyendo el periódico al lado de la piscina. Le gustaba dejarlas a solas con su madre; ya se incorporaría al grupo más tarde. Sabía lo enloquecedor que era estar con cinco mujeres zumbando a su alrededor. Prefería sus mañanas tranquilas y silenciosas.

Sabrina era madrugadora, así que fue la primera en levantarse y bajar las escaleras. En la cocina encontró a su madre; se ofreció a ayudarla a preparar el desayuno, pero Jane insistió en que le encantaba hacerlo ella misma. Sabrina se dio cuenta de lo feliz que estaba su madre esa mañana y comprendió lo importante que era para ella tenerlas a todas en casa, aunque no fuera más que por unos días. Había preparado café; Sabrina se sirvió una taza bien caliente y se sentó a la mesa de la cocina a conversar con su madre mientras esperaban a las demás. Al poco aparecieron Tammy y Annie. Candy seguía siendo la última en levantarse. Algunas cosas no habían cambiado a lo largo de los años. Dormía profundamente en su habitación, aunque su perrita ya había bajado las escaleras y estaba jugando con Juanita en la cocina. Sabrina había dejado a Beulah fuera de la casa para que examinara el terreno, y, afortunadamente, había encontrado algo que cazar.

—Buenos días, chicas —dijo Jane exultante. Llevaba unos shorts, una camiseta rosa y sandalias planas. Sabrina no pudo evitar observar que aún tenía unas piernas fantásticas. Las tres hermanas mayores habían tenido la suerte de heredar las piernas de su madre. Las de Candy eran interminables y se parecían más a las de su padre—. ¿Qué os preparo? —Todas comenzaron diciendo que no solían desayunar, que un café estaría bien; ninguna tenía hambre. Vivían en lugares con diferentes husos horarios. Para Candy, que aún dormía, ya era casi la hora del almuerzo, y también para Annie, que, aunque no lo quería admitir, estaba hambrienta. Tomó una naranja del frutero y comenzó a pelarla, mientras su madre les servía café a ella y a Tammy, que se sentía como si se hubiera levantado en medio de la noche, aunque estaba totalmente despierta. Todas lo estaban. Pese a haberse acostado muy tarde, se sentían llenas de energía. Jane sugirió unos huevos revueltos y puso en la mesa un plato con tostadas, mantequilla y mermelada. Las chicas comieron mientras charlaban. Sabrina dijo que alguien debería ir a llamar a Candy, porque si no no se despertaría hasta la tarde. Annie salió silenciosamente de la cocina y diez minutos después ambas bajaron la escalera. Para entonces, Jane había comenzado a preparar huevos revueltos con beicon. Todas insistieron en que no tenían hambre, pero, cuando los huevos estuvieron listos, se sirvieron generosas porciones, incluyendo algunas lonchas de beicon. Sabrina se alegró al ver que Candy se servía un poco de huevos revueltos también, media tostada y una loncha de beicon. Probablemente era su desayuno más sustancioso en años.

Jane se sentó junto a ellas y se sirvió también un plato.

—¿Qué queréis hacer esta mañana? —les preguntó con interés. No había mucho que hacer, ya que era fiesta y todo estaba cerrado. Pero ella pensó que querrían llamar a los amigos que aún vivían allí; muchos se habían mudado, casado o conseguido trabajo en otras ciudades, pero las chicas aún mantenían el contacto con algunos de ellos.

—Yo solo quiero estar con vosotras y con mamá —dijo Annie, haciéndose eco de lo que todas sentían—. Y con papá, si él no se siente muy en minoría. —Sabían que su padre disfrutaba teniéndolas en casa, pero siempre había sido una persona que necesitaba su propio espacio. Cuando eran más pequeñas, pasaba mucho tiempo jugando al tenis y al golf con sus amigos, y sabían por su madre que todavía lo hacía.

A los cincuenta y nueve años, aún actuaba y se movía como un hombre joven, y no había cambiado demasiado físicamente. Su pelo estaba más gris pero su andar era tan vivo como siempre. Y todas coincidían en que su madre estaba más guapa que nunca. Su rostro seguía siendo bello y apenas se percibían en él algunas arrugas. Podría mentir y quitarse diez años sin problemas. Era difícil para todos creer que tuviera hijas de esa edad, pese a que había comenzado a tenerlas joven. Casi no tenía arrugas y se cuidaba muchísimo. Hacía gimnasia tres veces por semana, y también había mencionado que tomaba clases de danza para mantenerse en forma. Hiciera lo que hiciese, le daba resultado. Lo cierto era que tenía mejor figura que cuando era joven.

—Mamá, ¿qué necesitas preparar para la fiesta de esta noche? —preguntó Annie.

Su madre dijo que la empresa de catering llegaría a las cuatro de la tarde. Los invitados habían sido convocados a las siete.

—Pero necesito ir al centro comercial —anunció—. Hay un supermercado abierto hoy al otro lado de la carretera. Olvidé comprar pepinillos para vuestro padre. —Habría salchichas, hamburguesas, pollo frito y todos los ingredientes que acompañan estas comidas. La empresa de catering haría un bufé completo, con ensaladas, patatas fritas, aros de cebolla, variedades de sushi y un surtido de helados y tartas—. Ya sabéis cómo se pone si no hay pepinillos, y creo que también necesitamos mayonesa —dijo, deseando no separarse de sus hijas ni un momento. Annie la miró y lo entendió, y dijo sonriéndole:

—Puedo ir contigo, mamá. ¿Por qué no vamos después del desayuno y nos lo quitamos de encima? No nos llevará mucho tiempo. —El supermercado al que se refería su madre quedaba a diez minutos en coche—. O puedo ir yo sola, si lo prefieres.

—No, yo voy contigo —dijo Jane, mientras ponía los platos en el lavavajillas, con la ayuda de Sabrina. En esos momentos Jane se alegraba de tener dos máquinas. Tenían también dos lavadoras y dos secadoras. Hubo un tiempo en el que no podían arreglárselas sin ellas, pero ahora tardaban días en llenarlas y, normalmente, las ponían medio vacías. Pero con las chicas en casa todo entraba en uso nuevamente.

Con tantas manos trabajando, en apenas unos minutos la cocina estuvo limpia y su madre subió a buscar el bolso y las llaves del coche. Un minuto después estaba de regreso, y las otras tres hermanas se dirigían a la piscina para saludar a su padre. Jane y Annie fueron a buscar el coche.

Jane arrancó su Mercedes familiar y ambas partieron. Conversaron sobre las clases que Annie estaba tomando en Florencia y sobre las nuevas técnicas que había aprendido. Estas se basaban en principios antiguos, e incluso estaba comenzando a fabricarse sus propias pinturas, algunas de ellas utilizando huevo.

—¿Crees que volverás algún día? —le preguntó su madre, intentando parecer despreocupada, y Annie sonrió.

—Creo que sí, pero no todavía —dijo Annie con honestidad—. Me encanta lo que estoy aprendiendo allí y tengo una vida muy estimulante. Es un lugar genial para un artista.

—Nueva York también lo es —dijo la madre, tratando de no resultar imperativa—. Yo solo espero que no te quedes para siempre; odio tenerte tan lejos.

—No es tan lejos, mamá. Si alguna vez me necesitas, puedo estar en casa en unas horas.

—No es eso. Tu padre y yo estamos bien; es solo que me gustaría veros más a menudo, no solo cuando venís por las fiestas. Nunca me parece suficiente. No quiero resultar desagradecida, me alegra mucho que vengáis en esas fechas, pero desearía que estuvierais a la vuelta de la esquina, o al menos en Nueva York, como Sabrina.

—Lo sé, mamá. Tú y papá deberíais venir a visitarme. Florencia es una ciudad tan hermosa... será difícil dejarla cuando finalmente me decida. —Annie no le había dicho a su madre que Charlie planeaba regresar, y en ese momento pensaba precisamente en eso. No quería dar tanta importancia a la relación, sobre todo ante los ojos de su madre, que deseaba que Annie volviera a casa. No quería alentar falsas esperanzas.

Encontraron fácilmente un lugar donde aparcar en el supermercado y entraron. Pusieron las pocas cosas que necesitaban en un carro, se colocaron en la cola de la caja rápida y en menos de cinco minutos estuvieron de vuelta en el aparcamiento. Hacía muchísimo calor y ambas estaban ansiosas por llegar a casa y bañarse en la piscina. Faltaban unas cuantas horas para que llegaran los invitados, por lo que Jane pensaba pasar el día junto a sus hijas en el jardín y la piscina. Se suponía que la temperatura bajaría por la tarde, y ojalá que así fuera. Si no refrescaba un poco, a las siete de la tarde, con el sol y la luz aún radiantes, sus invitados se asarían de calor, pues no anochecía hasta las ocho.

—Hace más calor aquí que en Florencia —comentó Annie mientras ponían el aire acondicionado del coche. Sintió gratitud por la brisa de aire fresco que sopló en su rostro cuando su madre encendió el motor del coche.

Tenían que cruzar la carretera para regresar a casa; Annie estaba hablando de Charlie cuando se pusieron detrás de un camión que llevaba un trailer cargado de tubos de acero. Jane oía atentamente a su hija y, mientras Annie hablaba, ambas oyeron el fuerte sonido de algo que se quebraba y vieron cómo los tubos de acero comenzaban a caerse del camión. Algunos rodaron hacia los lados de la carretera, obligando a los coches que venían en dirección contraria a maniobrar para evitarlos, y el resto se dirigía directamente hacia el Mercedes de Jane. Esta intentó reducir la velocidad; Annie se quedó paralizada al ver que tres tubos venían hacia ellas. Instintivamente, gritó ¡mamá!, pero ya era demasiado tarde. Como si se tratara de una escena de película a cámara lenta, Annie vio los tubos acercarse al coche, Jane perdió el control del volante y el coche invadió el otro carril. Annie se oyó a sí misma gritar e intentó controlar el volante, pero mientras lo hacía escuchó el impacto del metal, luego el de vidrios rompiéndose y el estruendo de frenazos de coches a su alrededor. Miró el asiento de su madre, pero estaba vacío. La puerta del lado del conductor estaba abierta, el coche se seguía moviendo a gran velocidad y Annie vio al conductor del coche contra el que habían chocado justo cuando todo se puso negro y perdió la conciencia.

Dos de los tubos de acero habían rodado rápidamente en dirección al Mercedes y no se habían detenido hasta que impactaron contra dos coches más. Los coches que iban delante y detrás de ellas frenaron de golpe, y el tráfico se detuvo instantáneamente. Alguien llamó a la policía.

No había signos de vida en ninguno de los coches que habían chocado; el conductor del camión había bajado y lloraba a un lado del camino al ver la matanza que su cargamento había causado. Cuando llegó la policía, se encontraba en estado de shock y era incapaz de hablar. Pronto llegaron los bomberos, las ambulancias, la unidad de control de carreteras y la policía local. Los conductores de los tres vehículos y cinco pasajeros habían muerto. Solo había una superviviente, afirmó un bombero; les llevó media hora sacarla del coche. Los tubos de acero la habían aplastado, la ambulancia se la había llevado en estado inconsciente. Las demás víctimas habían sido sacadas de los coches, colocadas en la carretera y cubiertas con grandes plásticos, a la espera de más ambulancias. Los rostros de los policías reflejaban la gravedad del hecho y había kilómetros de coches detenidos. Era lo que ocurría todos los Cuatro de Julio: la gente tenía accidentes de coche, ocurrían tragedias, morían personas que engrosaban estadísticas. Jane había salido despedida del coche cuando los tubos impactaron contra ellas y había muerto en el acto. Annie agonizaba, apenas aferrada a la vida, mientras era conducida a la unidad de traumatismos del hospital Bridgeport.

En casa, sus hermanas conversaban con su padre, disfrutando inocentemente de un caluroso día de verano. Esperaban que su madre y su hermana llegaran en cualquier momento. No tenían la más mínima sospecha de que jamás volverían a ver a su madre, ni de que Annie estaba entre la vida y la muerte.

6

Poco después de las doce y media, dos oficiales del control de carreteras llamaron a la puerta de los Adams. Habían dejado la escena del accidente una vez que Annie había sido trasladada en ambulancia. Dentro del coche habían encontrado el bolso con el carnet de conducir de Jane y habían comprobado que Annie era su hija al ver el carnet de conducir de esta, que aún tenía la dirección de sus padres en Connecticut. También tenía un carnet italiano en su bolso. Si era necesario los oficiales de control de carreteras estaban autorizados a llamar por teléfono a los parientes. Pero Chuck Petri, el oficial a cargo ese día, pensó que hacerlo de ese modo era inhumano. Si algo le pasara a su mujer o a su hija, preferiría que se lo dijeran en persona y no por medio de una llamada telefónica. Así que envió a dos oficiales a casa de los Adams y se hizo cargo del tráfico de la carretera él mismo, haciendo desfilar a los coches a velocidad mínima entre los coches impactados y los cuerpos cubiertos de plástico. El tránsito normal estaría cortado durante horas.

Los oficiales que llamaron a la puerta tenían el rostro descompuesto; uno de ellos era novato y jamás había hecho algo semejante; el otro tenía más experiencia y había prometido que él respondería a las preguntas de la familia.

Tardaron unos minutos en abrir la puerta, ya que desde la piscina no se oía el timbre. Sabrina acababa de preguntar dónde se habrían metido su madre y Annie. Hacía casi una hora que se habían ido, mucho más de lo que se necesitaba para ir y volver del supermercado. Quizá estaba cerrado y habían tenido que ir a otro local a buscar los pepinillos y la mayonesa. Cuando finalmente oyó el timbre, Tammy fue a abrir; justo estaba en la cocina buscando algo para beber. Abrió la puerta de entrada, vio a los oficiales a través de la tela metálica y comenzó a sentir el latido de su corazón, aunque se obligó a creer que no podía ser tan horrible como parecía. Seguramente estaban allí por una infracción menor, como que el riego salpicara las ventanas de los vecinos o que los perros hicieran demasiado ruido. Tenía que ser eso. El oficial joven le sonreía nerviosamente y el mayor la miraba con expresión sombría.

—¿En qué puedo ayudarlo, oficial? —preguntó Tammy, mirándolo directamente a los ojos, y reafirmándose a sí misma nuevamente en silencio.

—¿Podríamos hablar con el señor James Adams? —Figuraba como familiar directo en el registro de automóviles. Su joven compañero lo había buscado en el ordenador mientras se dirigían a la casa.

—Por supuesto —dijo Tammy respetuosamente, y se puso a un lado de la puerta para dejarlos pasar. La casa estaba fresca y, en contraste con el calor que hacía afuera, casi parecía fría. A su madre le gustaba poner el aire acondicionado al máximo—. Enseguida lo llamo. ¿Podría saber de qué se trata? —Quería enterarse por sí misma, no por medio de su padre. Pero en ese momento Jim apareció tras ella, como si hubiera intuido que el timbre anunciaba algo importante. Se preocupó al ver que los oficiales tenían el uniforme de control de carreteras.

—¿Señor Adams?

—Sí. ¿Sucede algo? —Tammy vio cómo su padre palidecía, al tiempo que Candy y Sabrina también se aproximaban.

—¿Podría hablar con usted en privado, por favor? —preguntó el oficial mayor, que se había quitado la gorra al entrar a la casa. Tammy notó que, aunque calvo, era un hombre guapo, más o menos de la edad de su padre. El otro oficial parecía tener catorce años.

Sin decir una palabra, el padre los condujo hasta la biblioteca que Jane y él utilizaban como sala de estar en invierno. Era una preciosa habitación con las paredes forradas de madera, una chimenea y estanterías con libros antiguos que habían coleccionado a lo largo de los años. Había dos sofás muy cómodos y varias sillas grandes de piel. Jim se sentó en una de ellas e indicó a los oficiales que ocuparan los sofás. No tenía ni idea de por qué estaban allí; había tenido el súbito presentimiento de que alguno de ellos sería arrestado, pero no podía imaginar por qué razón. Esperaba que las chicas no hubieran hecho alguna estupidez. Candy era todavía joven y la única que podría haber hecho algo. Tal vez había traído drogas entre la ropa al venir de París, o quizá Annie, como alimento de su vida artística. Esperaba que no, pero era lo único que se le ocurría. Sus hijas permanecían en silencio en el vestíbulo, con cara de preocupación. El oficial mayor respiró profundamente, apretando la gorra entre sus manos. Hacía tiempo que no tenía que pasar por algo semejante y le resultaba difícil.

—Señor, lamento comunicarle que hace unos veinte minutos ha habido un accidente en la carretera número uno, a unos ocho kilómetros de aquí.

—¿Un accidente? —Jim permanecía impávido; fuera, Sabrina respiraba profundamente y apretaba las manos de sus hermanas. Su padre no estaba asimilando lo que le decían.

—Sí, señor. Lo siento mucho. Quisimos venir a decírselo personalmente. Hubo un incidente con un camión, unos tubos de acero cayeron de un trailer y causaron una triple colisión. Algunos de los tubos chocaron contra uno de los coches. La conductora era Jane Wilkinson Adams, nacida el 11 de junio de 1950. Usted figura como familiar directo en el registro. Supongo que era su esposa —su voz se iba apagando mientras Jim lo miraba horrorizado.

—¿Qué quiere decir con que «era» mi esposa? ¡Aún lo es! —insistió.

—Fue una muerte instantánea. Los tubos chocaron contra el parabrisas y salió despedida del coche, que impactó contra otros dos vehículos que venían de frente. Ella murió por el impacto. —No había modo de disfrazarlo; los términos eran espantosos. Cuando finalmente comprendió lo que le decían, y todo lo que significaba, el rostro de Jim se contrajo de dolor.

—Dios mío... Dios mío... —Las chicas podían oír el llanto en la habitación; no pudieron aguantar ni un instante más allí afuera y entraron. Todo lo que oyeron fue «murió por el impacto», pero no sabían quién, ¿Annie, mamá? Estaban aterrorizadas, y su padre lloraba.

—¿Quién murió? ¿Qué pasó? —Sabrina fue la primera en entrar y preguntar, y sus hermanas se agolparon detrás. Candy ya estaba llorando, aunque aún no supiera por quién, ni por qué.

—Es mamá —dijo su padre con voz ahogada—. Hubo un accidente en... una colisión... tubos de acero cayeron de un camión... —Los ojos de Tammy y de Sabrina también se llenaron de lágrimas; Sabrina miró con pánico al oficial, y este le dijo cuánto lamentaba lo de su madre.

—¿Qué pasó con mi hermana? Ella estaba en el coche con mamá. Su nombre es Anne. —No podía siquiera permitirse pensar que ambas habían muerto. Contuvo la respiración y se preparó para la respuesta.

—Ella está viva. Iba a decírselo a su padre, pero quería darle un minuto para asimilarlo. —El oficial mayor parecía conmovido, y el más joven tenía los ojos llenos de lágrimas. Era peor de lo que había imaginado. Era gente real, y estaban hablando de su madre. No lo parecía, pero el chico tenía la edad de Candy, y sus tres hermanas y su madre tenían edades similares a las de los Adams—. Sufrió graves heridas en el accidente, acaban de llevarla al hospital Bridgeport. Estaba inconsciente cuando la sacaron del coche; fue un milagro, fue la única superviviente de los tres coches. —En total, habían muerto ocho personas, pero el oficial no les contó eso a los Adams. Había decidido ir primero a esa casa porque Annie aún estaba viva y ellos debían ser in-

67

formados rápidamente para poder ir al hospital. El factor tiempo era menos crucial cuando se trataba de coches en los que todos habían muerto.

—¿Qué le pasó? ¿Se pondrá bien? —preguntó Tammy enseguida, mientras Candy lloraba; parecía una enorme niña de cinco años.

—Estaba en estado crítico cuando la trasladaron. Los llevaré hasta el hospital si quieren. O puedo acompañarlos con la sirena, si prefieren ir en su coche. —Jim todavía lo miraba incrédulo. Cerca de treinta y cinco años con una mujer a la que había amado desde el primer momento y, ahora de repente, en un instante, en un increíblemente estúpido accidente, ella se había ido. Ni siquiera había entendido muy bien lo que habían dicho de Annie. Solo podía pensar en su mujer.

—Sí —respondió Sabrina antes de que los demás pudieran hacerlo—, los seguiremos.

El oficial asintió con la cabeza y ella y Tammy se pusieron en acción. Subieron corriendo las escaleras y cogieron sus bolsos; Sabrina, en una lucidez repentina, tomó la agenda telefónica y la lista de invitados del escritorio de su madre. Tendrían que avisar que la fiesta de esa noche se había cancelado. Tammy se aseguró de que las tres perras estuvieran dentro de la casa y cogió tres botellas de agua de la nevera y las puso en su bolso. Un momento después corrían hacia el coche de su padre. Era un Mercedes sedán grande y nuevo. Sabrina ocupó el lugar del conductor y le dijo a su padre que subiera. Este se sentó en el lugar del acompañante, a su lado, mientras que Tammy y Candy subían atrás y cerraban las puertas. Lo único en lo que Sabrina podía pensar era que, para cuando llegaran, Annie tal vez estaría muerta. Iba rezando para que aún estuviera con vida.

Los oficiales encendieron la sirena antes de dejar el vecindario y condujeron a una velocidad de vértigo. Los Adams los seguían. El contador marcaba noventa kilómetros por hora cuando tomaron la carretera y Sabrina se mantuvo a poca distancia todo el camino. En pocos minutos estuvieron en el hospital

Bridgeport. Su padre no paró de llorar desde que dejaron la casa.

—¿Por qué no fui yo al supermercado? Podría haber ido yo. Ni siquiera se me ocurrió preguntárselo. —Se culpaba a sí mismo, mientras Sabrina aparcaba en el hospital y lo miraba antes de bajar. Las hermanas lo tomaron entre sus brazos.

—Si lo hubieras hecho, ahora ella estaría aquí llorándote, papá. Sucedió así. Luego podremos pensar, ahora tenemos que ver qué le pasó a Annie y sacarla de esto de algún modo. —Sabrina esperaba que no estuviera tan gravemente herida como temían. Con un poco de suerte, su hermana se salvaría. Ya era suficientemente malo perder a su madre, de hecho no podía ni pensarlo; ahora lo único en lo que podía permitirse pensar era en Annie. Esperó a que los demás salieran del coche, lo cual se le hizo eterno, activó la alarma y agradeció a los oficiales el haberlos conducido hasta allí tan deprisa. Corrieron hasta la sala de urgencias; allí les informaron de que Annie había sido llevada a la unidad de traumatismos. Sabrina corrió por el pasillo, Tammy y Candy fueron tras ella y el padre se quedó rezagado. Sabrina quería consolarlo, pero era el momento de pensar en Annie. No había nada que pudieran hacer por su madre. De algún modo, Sabrina tenía la seguridad de que su madre estaría esperándolas en la unidad de traumatismos para decirles que Annie se pondría bien. Lo que se encontraron fue muy diferente.

El jefe de residentes de la unidad de traumatismos salió a verlos tan pronto como dieron sus nombres. Les dijo que la vida de Annie pendía de un hilo y que necesitaba cirugía cerebral y de ojos tan pronto como fuera posible para poder aliviar la presión en su cerebro y, con suerte, salvarle la vista. Pero no pudo evitar decirles que el traumatismo del cerebro estaba afectando gravemente la visión.

—No sé si podremos salvarle la vista —dijo con franqueza—; ahora mismo mi preocupación es salvarle la vida.

—También la nuestra —dijo Tammy, y Candy lo miró horrorizada.

—¡Es una artista! ¡Tiene que salvar sus ojos! —Él asintió con la cabeza y no dijo nada; les mostró las placas en la caja de luz de la sala de espera y les dijo que estaba esperando que el mejor neurocirujano y el mejor oftalmólogo llegaran. Ya los habían llamado. Como era Cuatro de Julio, no estaban de servicio, pero afortunadamente los habían podido localizar. El neurocirujano había llamado para decir que estaba en camino, y acababan de encontrar al oftalmólogo en una barbacoa familiar. Había dicho que estaría allí en menos de media hora. Annie, mientras tanto, estaba en la UCI; su corazón se había parado dos veces durante el trayecto al hospital y ya no podía respirar por sí misma. Pero sus ondas cerebrales eran normales. Hasta donde podían saber, no había daños cerebrales graves, pero la herida podría desencadenar problemas en poco tiempo. El residente había dicho que lo que más le preocupaba eran sus ojos. Si lograba sobrevivir al accidente, había muchas posibilidades de que su cerebro volviera a la normalidad, pero, por lo que había podido observar, no le parecía factible que pudieran salvarle la vista. Su mayor preocupación era que los nervios ópticos estuvieran demasiado dañados. Con todo, los milagros ocurrían, y ahora necesitaban uno.

Mientras miraban las placas del cerebro de Annie, llegó el neurocirujano. Después de mirarlas él mismo, explicó cuál sería el procedimiento, cuáles eran los riesgos y cuánto tiempo podía durar la operación. Él tampoco se anduvo con rodeos y dijo que existía la posibilidad de que Annie no superara la operación, pero no tenían otra alternativa. Dijo claramente que si no la operaban, Annie podía acarrear un grave daño cerebral toda la vida, o quizá morir.

—Annie no querría eso —susurró Tammy a sus hermanas, refiriéndose al daño cerebral. Acordaron que la operaran; Sabrina y Tammy firmaron los formularios. Su padre no estaba en condiciones de hacer nada más que sentarse en una silla de la sala de espera y llorar por su mujer. Las chicas temían que sufriera un ataque al corazón. Candy se sentó porque sentía que se iba a desmayar. Candy y su padre se quedaron juntos, cogidos de las manos y llorando. Sabrina y Tammy estaban tan mal como ellos, pero se mantenían de pie y hablaban; habían tomado las riendas de la situación.

Cuando el neurocirujano terminó de examinar a Annie, se presentó el oftalmólogo y les explicó su parte del procedimiento. Era una intervención terriblemente delicada y fue sincero al mirar las placas. Dijo que era muy difícil que pudiera salvarle la vista a Annie, pero que de todos modos valía la pena intentarlo. Los cirujanos les dijeron que la operación se alargaría entre seis y ocho horas, y les repitieron que existían muchas posibilidades de que Annie no sobreviviera. Estaba a las puertas de la muerte.

—¿Podemos verla antes de que la operen? —preguntó Tammy al residente, y este asintió con la cabeza.

—Se encuentra en muy mal estado. ¿Estáis seguras de que queréis verla? —Sabrina y Tammy dijeron que sí, y se dirigieron hasta donde estaban sentados su padre y su hermana. Les preguntaron si querían ver a Annie antes de que entrara en quirófano. No se lo dijeron, pero era posible que esa fuera la última oportunidad que tenían de ver a Annie con vida. Su padre negó con la cabeza y miró hacia otro lado. Estaba sobrepasado por las circunstancias; le acababan de decir que tenía que identificar el cuerpo de su mujer, que estaba en la morgue. Candy miró a sus hermanas mayores horrorizada y rompió en llanto.

—Dios mío, no puedo... Dios mío... Annie... y mamá... —Su hermanita pequeña estaba totalmente destrozada, lo cual no las sorprendía. Dejaron a Candy y a su padre en la sala de espera y siguieron al residente hasta la unidad de traumatismos, donde tenían a Annie.

Estaba en un pequeño espacio delimitado por cortinas, sumergida en una jungla de tubos y monitores. La habían entubado y tenía la nariz tapada. Cuatro enfermeras y dos residentes la atendían, controlando atentamente sus signos vitales. Su presión sanguínea había bajado y estaban luchando para mantenerla con vida. Tammy y Sabrina intentaban no estorbar; uno de los residentes les indicó dónde podían situarse. Debían acercarse a su hermana por turnos. La cara de Annie estaba llena de cortes y tenía uno de los pómulos fracturado. También tenía numerosos cortes en ambos brazos y una desagradable herida en un hombro, que estaba desnudo. Sabrina tomó dulcemente su mano y le besó los dedos, mientras le caían lágrimas por las mejillas.

—Vamos, Annie... tú puedes... tienes que vivir, pequeña, por todos nosotros. Te queremos. Te pondrás bien. Sé buena ahora. Estamos aquí contigo. —Súbitamente se acordó de aquella vez que la llevó a un parque; ella tenía trece años y su hermana cinco. Annie se subió al columpio cuando Sabrina no la veía, se cayó y se rompió un brazo. Sabrina se asustó mucho, y una madre que las conocía las llevó a urgencias y llamó a su madre. Jane no se enfadó ni la riñó, al contrario, felicitó a Sabrina por mantener la sangre fría y llevar a su hermana al hospital, y le dijo que eso mismo le podría haber sucedido a ella. A los chicos les pasaban cosas. Y que aprendiera la lección y no se distrajera la próxima vez, aunque podría haber pasado de todos modos. Y felicitó a Annie por ser valiente. No regañó a ninguna de las dos por ser tontas o descuidadas, ni a Sabrina porque su hermana se hubiera roto el brazo. Fue una de las primeras grandes lecciones acerca de quién era su madre, de cómo manejaba las cosas y de lo afectuosa y dulce que era. Jamás lo olvidó, y ahora le venía de pronto a la memoria—. Debes ser valiente, Annie, como aquella vez que te rompiste el brazo. —Aunque esto era muchísimo peor; no podía imaginar que Annie pudiese perder la vista. Pero más terrible era que perdiera la vida. Sabrina estaba dispuesta a pelear por lo que fuera, incluso si Annie quedaba con un daño cerebral y nunca más volvía a ser la misma. Ellos la querrían de todos modos. Besó sus dedos nuevamente y dejó su lugar a Tammy, que se quedó mirándola, con lágrimas bajando como ríos por sus mejillas. Apenas podía hablar.

—Ya oíste a Brina, Annie... te va a moler a palos si no resistes. —Esa era la amenaza que usaba con su hermana menor cuando eran pequeñas. Ella y Annie eran las que menos edad se llevaban. Sabrina tenía ocho años más que Annie y cinco más que Tammy. De pequeñas, le había parecido una gran diferencia, pero ya no lo era—. Sé fuerte, Annie. Estaremos aquí cuando te despiertes. Te quiero... no lo olvides —dijo Tammy mientras se deshacía en llanto, y tuvo que marcharse. Sabrina se acercó, la abrazó y ambas se dirigieron a la sala de espera. Su padre y Candy no se habían movido y parecían estar peor que antes, si eso era posible. Tammy, al verlos, tuvo una idea.

Buscó el número de teléfono del médico de la familia en la agenda que había traído consigo. Lo copió en su móvil y se alejó discretamente. En la clínica desviaron la llamada a la casa del doctor y ella le contó lo que había ocurrido. Le preguntó si podía ir al hospital a identificar el cadáver de su madre, de modo que su padre no tuviera que hacerlo. No quería que ninguno de ellos la recordara de ese modo; el residente le había advertido que su madre había sufrido múltiples heridas y su aspecto era bastante malo. El médico dijo que iría inmediatamente. Ella le explicó que su padre y su hermana menor estaban bastante mal y que les iría bien algún tipo de calmante, si él lo consideraba oportuno.

—Por supuesto. ¿Y cómo estás tú? —preguntó preocupado.

—No lo sé —dijo Tammy honestamente, mirando a Sabrina, que se le había acercado—. En estado de shock, supongo. Todos estamos en ese estado. Esto es demasiado duro, y Annie está mal. —Le contó lo de la operación y él prometió estar allí en menos de una hora para ofrecerles, al menos, algo de apoyo moral. Algo era algo, y además liberaría al padre de la horrible tarea de identificar los restos de su amada Jane. Tammy no soportaba pensar en ella en esos términos. Le dijo a su padre que el doctor estaba de camino, y que él identificaría a su madre por ellos. Después la llevarían a un tanatorio, aunque no habían pensado en eso todavía; estaban muy impresionados por lo que había pasado y muy preocupados por Annie. Mientras Tammy hablaba por teléfono, el residente se acercó para decirles que Annie ya estaba en el quirófano y que comenzarían a operarla en unos minutos. Prometió informarlos tan pronto como supiera algo, pero volvió a advertirles que la operación podía durar muchas horas.

—¿No debería decirle adiós? —preguntó Jim, refiriéndose a su mujer, cuando Tammy le dijo que el doctor vendría a identificarla. Tammy dudó antes de responder, buscando el mejor modo de decirlo e intentando librarlo de la culpa al mismo tiempo.

—No lo creo, papá —le dijo honestamente—; no creo que mamá quisiera que la recordaras de ese modo. Tú sabes cómo era, lo bella que era. No hubiera querido que te pusieras tan triste —dijo con dulzura, luchando contra las lágrimas que se le agolpaban en los ojos y que no la abandonaban ni por un instante.

—¿Quieres decir que no podré volver a abrazarla? —La pregunta les rompió el corazón a sus hijas, y la angustia de su mirada fue todavía más dolorosa. Era un hombre roto. Esa misma mañana había sido el vital, guapo y joven padre de siempre; ahora, en apenas unas horas, se había convertido en un hombre asustado, viejo y deshecho. Era horroroso verlo.

—Sí puedes, papá —explicó Sabrina—, por supuesto que puedes, pero creo que no sería bueno para ti, y tampoco para mamá. A veces no podemos despedirnos de las personas que más amamos. Si ella hubiera tenido un accidente de avión, tampoco habrías podido abrazarla. Lo que queda de ella es solo un cuerpo, esa no es mamá, no es Jane. Ella se ha ido, papá. Si necesitas decirle adiós, puedes hacerlo; nadie te detendrá, pero creo que no es lo que mamá hubiera deseado. —Jane había dedicado su vida a hacer que la de su marido fuera fácil y feliz, y lo último que hubiera querido era causarle más angustia en aquel momento.

—Quizá tengas razón —dijo él en voz baja, con cara de alivio. Un momento después llegó el médico de la familia, que fue de gran ayuda para Jim y las chicas; fue comprensivo, afectuoso y sensible. Le dio a Sabrina un frasco de valium y le dijo que distribuyera las pastillas de acuerdo a las necesidades. Pensaba que a Jim le iría bien tomar una y que luego alguien lo llevara a casa a descansar. Era un hombre saludable, pero tenía un pequeño soplo en el corazón, y ese día había tenido que soportar demasiadas cosas. El médico notó también que Candy estaba deshecha; había hiperventilado dos veces en el hospital y decía que se sentía como si estuviera a punto de vomitar; se mareaba cada vez que se ponía de pie. Sabrina le dio una pastilla a cada uno y un vaso de plástico lleno de agua y, una vez que el doctor hubo bajado a la morgue para identificar a Jane, se puso a conversar con Tammy en voz muy baja. El médico les había preguntado si ya habían contratado el servicio funerario. No, aún no habían tenido tiempo. Se habían dirigido directamente al hospital para ver a Annie. No habían hecho ninguna llamada. Sus padres no tenían hermanos y sus abuelos habían muerto hacía años. La familia entera estaba en el hospital. Todas las decisiones podían ser tomadas entre ellos, aunque era obvio que Sabrina y Tammy eran las que estaban a cargo de la situación, pues, a pesar de estar profundamente conmovidas por todo lo que había pasado, eran las que tenían las mentes más claras. Su padre y Candy se habían derrumbado. Tammy y Sabrina no, aunque también estaban destrozadas.

El médico les dijo qué empresa funeraria contactar y, tan pronto como este se hubo marchado, Sabrina llamó y dijo que intentarían ir al día siguiente para arreglar los detalles; las circunstancias eran complicadas pues su hermana estaba muy grave. Solo esperaba que no tuvieran que planear dos funerales. Uno, el de su madre, ya era lo suficientemente espantoso y superaba sus más terribles miedos y pesadillas. Lo peor ya había sucedido. Sabrina se negaba a pensar también en la muerte de Annie.

—Creo que una de nosotras debería llevarlos a casa —le dijo Tammy a Sabrina; estaban de pie junto a un dispensador de agua, algo alejadas del lugar en que su padre y Candy permanecían sentados. Ambos comenzaban a estar un poco mareados por el valium que habían tomado, y su padre parecía estar a punto de dormirse. Lo sucedido había sido demasiado para él.

—No quiero dejarte aquí sola —dijo Sabrina, preocupada—. Y además quiero estar aquí por Annie. Ambas debemos estar.

—No podemos —dijo Tammy, con sentido práctico. Si algo

tenía, era pragmatismo y sentido común, aun en circunstancias tan terribles y emotivas como aquella. Sabrina también era sensata. Parecían completamente diferentes, pero eran hermanas en lo más íntimo y habían heredado mucho de su madre. Ella hubiera manejado las cosas del mismo modo que lo estaban haciendo sus hijas, y Sabrina era consciente de ello—. Ninguno de los dos está en condiciones de estar aquí; debemos llevarlos a casa y meterlos en la cama. Creo que nosotras deberíamos turnarnos para estar con Annie. No tiene sentido que estemos las dos y dejemos a papá y a Candy solos en casa. No podemos; están muy mal. Y además Annie estará en quirófano muchas horas, no creo que salga hasta las nueve o las diez de la noche.

—¿Por qué no se lo pedimos a Chris? Él podría quedarse en casa, y así tú podrás volver al hospital cuando Annie salga de la operación. Él se lleva bien con papá, e iba a venir de todos modos por la fiesta.

—Dios mío, tenemos que llamar a todo el mundo. —La fiesta estaba prevista para dentro de unas horas y no querían a cien personas tocando el timbre de su casa. Debían avisarlos a todos.

—Si tú llevas a Candy y a papá a casa —sugirió Sabrina sensatamente—, yo podré quedarme y hacer las llamadas. No tengo otra cosa que hacer. Solo quiero estar aquí por si algo va mal. —Tammy también quería quedarse, pero lo que sugería Sabrina era lógico.

—Está bien; cuando llegue Chris, le pediré que se quede en casa y yo volveré aquí contigo, o tú podrás irte a casa si Annie está bien y fuera de peligro.

—No creo que todo sea tan rápido —comentó Sabrina con pena—, todavía quedan momentos muy duros.

—Sí, supongo que sí —dijo Tammy, devastada. Ambas lo estaban, pero encontraban consuelo en la acción, como su madre. Annie y Candy eran más parecidas a su padre, soñadoras, y más frágiles; aunque Tammy jamás había pensado en su padre en esos términos. Siempre había asumido que era un hombre fuerte, pero ahora veía que no y que sin su madre se derrumbaba como un castillo de naipes. Ciertamente, el golpe era todavía muy reciente; sin embargo, ella hubiera esperado que él fuera más fuerte de lo que estaba siendo.

Ambas se dirigieron hasta donde estaban Candy y su padre y les dijeron que el doctor pensaba que debían irse a descansar a casa. Todavía pasarían muchas horas hasta que supieran algo de Annie. Sabrina les explicó que Tammy los llevaría en el coche.

—¿Qué haremos con la fiesta? —preguntó su padre, preocupado. Acababa de recordarlo.

—Yo haré las llamadas, papá. —Era un modo espantoso de comunicarles la noticia a los amigos, pero era el único que tenían—. Tengo la agenda de mamá. —La sacó del bolso y se la mostró, y los ojos de su padre se llenaron de lágrimas.

—No sé dónde está la lista de invitados —dijo con voz ronca, mientras Candy los miraba ausente. Era tan delgada que el valium le había hecho efecto enseguida. Sabrina se había olvidado de ajustar la dosis, pero sabía que Candy ya había tomado esa medicación en otras ocasiones, cuando estaba triste, generalmente por algún chico, o frente a una crisis nerviosa antes de una sesión fotográfica.

—También tengo la lista, papá. —De repente, estaba hablando con un hombre mayor—. No te preocupes por nada. Solo ve a casa y descansa un poco. Tammy os llevará. —Sabrina le dijo a Candy que fuera también, y ambos siguieron a Tammy hasta el coche como dos niños dóciles, después de que Sabrina y Tammy se abrazaran largamente y lloraran un poco. Sabrina dijo que los llamaría más tarde.

Lo primero que hizo cuando todos se hubieron ido fue llamar a Chris. Él estaba saliendo de su piso, y le preguntó si se había olvidado algo y quería que se lo llevara. Parecía contento, y no había tenido tiempo de notar que Sabrina no lo estaba. Lo único que ella había dicho era un «hola» con voz temblorosa.

—Necesito que vengas enseguida —dijo ella, lo cual lo confundió.

—Estaba saliendo. ¿Por qué tanta prisa? ¿Sucede algo? —Lo

peor que podía imaginar era que las perras hubieran devorado la comida de la fiesta. Beulah era capaz de algo así.

—Yo... ah... sí —dijo ella, y se le hizo un nudo en la garganta; de golpe toda la calma y la falsa seguridad se desvanecieron por completo y se derrumbó. No podía parar de llorar para explicarle, y él la oía preocupadísimo. Nunca había oído así a Sabrina; siempre estaba tranquila y nunca se descontrolaba. Ahora lloraba desconsolada.

—Mi amor... qué pasa... dime... tranquila... estaré allí lo más rápido que pueda. —No podía imaginar qué sucedía.

—Yo... ay, Chris... mi madre... y Annie... —El corazón de Chris comenzó a golpear con fuerza y tuvo una premonición que lo paralizó. Quería a la familia de Sabrina tanto como a la suya, o quizá más. La de ella era más agradable con él y se habían portado de maravilla durante todos los años que había estado con Sabrina.

—¿Qué ha pasado? —Chris temía oír la respuesta.

—Tuvieron un accidente, hace un par de horas. —Inspiró profundamente, pero su voz seguía temblando y las lágrimas no dejaban de brotar. Por fin se había relajado y ahora no podía parar de llorar—. Un choque frontal, algo sucedió con un camión... mamá murió en el acto... y Annie... —Apenas podía continuar, pero se forzó a hacerlo—. La están operando por un traumatismo cerebral, está muy mal, con respiración asistida. Piensan que puede quedar ciega, si es que sobrevive.

—Mierda... Dios mío... Sabrina... mi amor, lo siento tanto... estaré allí lo antes que pueda.

—¡No! —Casi le gritó—. ¡No corras, por favor! —Y comenzó a llorar de nuevo.

—¿Dónde estás? —Hubiera deseado tener un helicóptero o poder teletransportarse. Odiaba cada instante lejos de ella y sabía que, con suerte, tardaría varias horas en llegar hasta allí. El tráfico en la carretera Merrit era terrible los días de fiesta.

—En el hospital Bridgeport, en la unidad de traumatismos. Estoy en la sala de espera.

—¿Con quién estás? —preguntó él, también al borde de las lágrimas. No estaban casados, pero se amaban tanto como si lo estuvieran, y lo único que él deseaba era estar a su lado para poder abrazarla.

—Acabo de mandar a Tammy a casa. Mi padre y Candy están deshechos; les hemos dado un valium. Y Annie estará en quirófano hasta tarde. Es mejor si Tammy y yo nos turnamos.

—Puedo quedarme contigo, o cuidar de tu padre y de Candy, si quieres.

—Eso esperaba que hicieras —dijo en un suspiro. Siempre podía contar con él—. Pero Chris... ¿vendrás aquí primero? Te necesito —dijo ella, rompiendo a llorar nuevamente, y esta vez podía oír cómo él también lloraba.

—Sabrina, te quiero. Lamento que esto esté sucediendo. Estaré allí tan pronto como pueda; llámame al móvil mientras tanto, cuando quieras. Salgo ya mismo. Y conduciré con cuidado, te lo prometo. —Y entonces se le ocurrió algo—: ¿Y la fiesta? —Obviamente la cancelarían, pero ¿cómo lo harían? Lo superaba pensar en eso, y estaba seguro de que a ella también.

—Aquí tengo la agenda de mamá. Ahora llamaré a todo el mundo.

—Te ayudaré cuando llegue, si no es demasiado tarde. —Chris sospechaba que lo sería. La fiesta debía comenzar dentro de cuatro horas, y a él le llevaría tres llegar hasta allí—. Estaré allí lo antes que pueda —repitió—, te amo, Sabrina. —Ya estaba pensando en tomarse unos días en el trabajo; era lo mínimo que podía hacer por ella. El funeral tendría lugar en los próximos días, y sería horrible para todos. Solo esperaba que Annie saliera adelante, de lo contrario sería demasiado dolor. Perder a la madre ya era lo suficientemente terrible, y una conmoción tremenda. Perder también a Annie los llevaría hasta el borde del abismo. No podía ni siquiera imaginarlo, ni tampoco la posibilidad de que sobreviviera pero quedara ciega; era algo inconcebible para una artista. Con todo, rogaba por que sobreviviera.

Sabrina llamó primero a los encargados del catering para cancelar el servicio y luego a los invitados que figuraban en la lista. Tardó dos horas y fue casi insoportable. Tuvo que explicarle a cada uno lo que había sucedido, y todos se quedaron conmocionados. Muchos se ofrecieron para ir a ver a su padre, pero ella les dijo que era demasiado pronto; su padre no estaba en condiciones de ver a nadie. Llamó a Tammy varias veces, y esta le dijo que, por suerte, ambos dormían profundamente. El valium había hecho su trabajo. Tammy no había tomado nada; quería estar alerta, al igual que Sabrina.

A las seis llegó Chris, nervioso y preocupado por Sabrina. La encontró en la sala de espera, con la mirada perdida, pensando. Annie llevaba cuatro horas en el quirófano. El residente había dicho que la operación iba por la mitad y que todo estaba bien por el momento. Sus signos vitales eran constantes, lo cual al menos era algo, aunque no bastaba. No habían comenzado con la cirugía de los ojos, estaban todavía operando el cerebro. Sabrina trataba de no pensar en ello y tuvo un ataque de llanto cuando al fin estuvo en los brazos de Chris. Ambos se sentaron y hablaron durante varias horas sobre Jane, sobre Annie, sobre Jim, sobre todos. Había tantas cosas en que pensar y podían hacer tan poco en ese momento. Solo se podía esperar y rezar por Annie.

Tammy había llamado otra vez a la empresa funeraria desde la casa para comenzar a hacer algunos arreglos y tomar ciertas decisiones. Le dijo a Sabrina que tendrían que ir hasta allí por la mañana para elegir un ataúd; también debían ir a la iglesia y fijar el día y la hora del funeral, escoger la música y buscar una fotografía de su madre para los recordatorios. Era una pesadilla pensar en todo ello. ¿Cómo era posible que todo eso les estuviera sucediendo? Pero era cierto. Todo era demasiado real.

A las ocho Sabrina envió a Chris a ayudar a Tammy. Su padre se había despertado y estaba llorando de nuevo y Tammy no sabía si darle otro valium. Candy estaba aún bajo los efectos del sedante. Chris le dijo a Sabrina que cocinaría algo para que su hermana pudiera regresar y esperar junto a ella y, en efecto, media hora más tarde Tammy ya estaba en el hospital; las dos hermanas permanecieron sentadas en silencio una junto a la otra, cogidas de la mano. Luego se abrazaron y se quedaron así un largo rato. No podían estar más juntas, y les parecía que de ese modo no les pasaría nada malo. O al menos nada peor de lo que ya les había pasado.

—¿Cómo estaba papá cuando te fuiste? —preguntó Sabrina, inquieta.

—Estaba contento de ver a Chris. Lloró en sus brazos. El pobre está deshecho; no sé qué será de él cuando nos vayamos.

—Quizá yo pueda quedarme un tiempo —Sabrina estaba pensativa. Sería pesado para ella el trayecto diario hasta el trabajo, pero había mucha gente que lo hacía. Su padre, por ejemplo, aunque no trabajaba tantas horas como Sabrina. Había ido disminuyendo la cantidad de trabajo con el correr de los años para estar más tiempo con su mujer. ¿Y ahora qué haría? Regresaría cada noche a una casa vacía; Sabrina no quería eso para él.

—Es una locura. No puedes hacer eso —dijo Tammy.

—Quizá él pueda venir a mi casa —dijo Sabrina, pensando en voz alta.

—Eso es todavía peor. No podrás tener tu propia vida. Por Dios, papá no tiene diecinueve años; tiene cincuenta y nueve. Querrá estar aquí, en su propia casa.

—¿Sin mamá? No estés tan segura. Estoy empezando a preguntarme si se las podrá arreglar sin ella. Después de tantos años, se volvió un hombre totalmente dependiente. No me había dado cuenta hasta ahora.

—No puedes juzgarlo hoy —dijo Tammy, con tono esperanzado—. Todos estamos conmocionados. Y él también. Se tendrá que acostumbrar a estar solo; otros hombres de su edad, y aun mayores, lo hacen cuando pierden a sus esposas. Quizá se case otra vez —dijo, con cara de preocupación, y su hermana la miró horrorizada.

—No seas ridícula. ¿Papá? ¿Estás bromeando? Mamá fue el amor de su vida. Jamás volverá a casarse. Y no estoy segura de que pueda cuidarse solo.

—No es un inválido. Es un adulto. Tendrá que arreglárselas, como hace todo el mundo. Podrá visitarte, si le apetece; pero no le digas que se vaya a vivir contigo. Sería insoportable para ti, y no sería bueno para él. Papá dependía completamente de mamá, no puede transferir esa dependencia a ti ahora, a menos que quieras abandonar tu vida y convertirte en la hija solterona —bromeó Tammy.

—Ya lo soy —dijo Sabrina, y rió por primera vez en el día.

—No lo seas de por vida —le advirtió Tammy—, o lo lamentarás. Y no sería justo para Chris. Este es tu tiempo, no el de papá. Él tuvo su vida junto a mamá; ahora tiene que pasar a otra etapa. Quizá deba ver a un psicólogo. —Ambas estaban planeando la vida de su padre sin consultarlo, pero al menos lograban distraerse del horror de la muerte de su madre y de la angustia de saber que su hermana estaba luchando por sobrevivir.

—¿Crees que deberíamos llamar a Charlie? —preguntó Sabrina tras un largo silencio. El tiempo pasaba muy lentamente a la espera de noticias sobre Annie.

—¿Al Charlie de Annie? ¿A Florencia? —Tammy parecía sorprendida por la idea.

—Sí. Se me ocurre que quizá él querría saberlo. Creo que han tenido una relación bastante seria estos últimos meses; Annie dice que es un chico fantástico, en el que se puede confiar. Tal vez ella se mude a Nueva York con él. Mamá estaba entusiasmada con la idea.

—¿Tú lo conoces, o has hablado con él? —preguntó Tammy, y Sabrina negó con la cabeza—. Entonces creo que deberíamos esperar. Todavía no sabemos nada; las cosas pueden mejorar mucho, o empeorar. No lo confundamos más de lo que estamos nosotras. Es algo muy complicado para un chico que ha estado saliendo con ella seis meses, y ambos son muy jóvenes. —Sabrina asintió con la cabeza. A ella también le pareció que se trataba de un asunto delicado.

Hacia las diez Annie salió del quirófano, tras casi ocho horas de cirugía. Según los médicos, las cosas habían ido bien. Había sobrevivido. Aún estaba con respirador, pero intentarían quitárselo en unos días. Era joven y fuerte, y sus signos vitales eran buenos, incluso durante la operación. Habían logrado quitar la presión de su cerebro y tenían esperanzas de que no hubiera daños a largo plazo. Si recobraba la conciencia pronto, el pronóstico sería bueno. Los médicos les dieron primero las buenas noticias: Annie estaba aún en estado crítico, pero, les dijeron, eran cada vez más optimistas, aunque había que esperar a ver cómo evolucionaba en las próximas cuarenta y ocho a setenta y dos horas. Pensaban que viviría, y que no sufriría ninguna secuela cerebral a largo plazo.

Entonces llegaron las malas noticias. Habían dejado lo peor para el final; lo más importante era que había sobrevivido a la cirugía y que la intervención cerebral había ido bien. Pero la cirugía de ojos, no; sus nervios ópticos estaban dañados y no se podían reparar. El impacto había sido tan grave que ni siquiera un transplante podría ayudarla; no había ninguna esperanza al respecto. Si Annie sobrevivía, se quedaría ciega.

Al oírlo, Tammy y Sabrina se quedaron paralizadas, sin palabras. Estaban demasiado impactadas. Finalmente, Sabrina habló.

—Es una artista con mucho talento —dijo, como si eso pudiera cambiar el diagnóstico; pero no lo hizo. El oftalmólogo negó con la cabeza y dijo que lo sentía. Pensaba que sería muy afortunada si sobrevivía, y las chicas estuvieron de acuerdo. ¿Pero qué clase de vida tendría si se quedaba ciega? Conociéndola como la conocían, no podían imaginarlo, y sospechaban que preferiría estar muerta antes que ciega. Toda su vida giraba en torno al arte y a la visión. ¿Cómo podría Annie vivir sin ello? Toda su educación y toda su vida estaban relacionadas con el arte. Era horrible pensarlo, aunque perderla por completo hubiera sido mucho peor.

—¿Está usted seguro? —preguntó Tammy en voz baja.

—Completamente seguro —dijo el cirujano, y pasados unos instantes se marchó. Las dos hermanas se quedaron de nuevo solas en la sala de espera, cogidas de la mano, y se echaron a llorar silenciosamente, por su hermana y por sí mismas, por la madre que tanto querían y a la que no volverían a ver nunca más. Se abrazaron como dos niñas en una tormenta. Las enfermeras las vieron y se mantuvieron a cierta distancia, compasivas. Sabían todo lo que les había pasado y apenas podían imaginar lo terrible que era.

7

Los médicos dijeron que Annie no se despertaría esa noche; estaba muy sedada y necesitaban que permaneciera así para evitar movimientos en su cerebro. Por tanto, no tenía sentido que se quedaran en la sala de espera toda la noche; Annie no corría ningún peligro inminente. Las enfermeras de la unidad de cuidados intensivos sugirieron que Sabrina y Tammy se fueran a descansar y regresasen por la mañana, y prometieron avisarles si surgía algún problema. Las hermanas estaban exhaustas cuando atravesaron la puerta de su casa; Sabrina no había vuelto desde la noticia del accidente, y Tammy había pasado largas horas en el hospital; era difícil creer que esa misma mañana habían dejado la casa, tras enterarse de la muerte de su madre, para ir a ver a Annie. El día había durado varios siglos, y eran siglos de completa oscuridad.

—¿Cómo está Annie? —preguntó Candy apenas vio entrar a las chicas en la cocina. Estaba sentada junto a Chris, algo confusa, pues acababa de despertarse. La pastilla le había hecho muchísimo efecto. Su padre había vuelto a la cama después de que Chris le diera una segunda; Tammy había dejado todas las instrucciones antes de marcharse. A Jim le había venido bien hablar con Chris, y ambos habían llorado por Jane; Chris le había dicho cuánto lo sentía.

—Está mejor —respondió Sabrina—. Soportó muy bien la

operación, por eso nos dijeron que volviéramos a casa. —Habían acordado no contar nada acerca de la ceguera todavía. Ya tenían bastante para asimilar como para recibir otro golpe a esas horas de la noche. Se habían puesto de acuerdo en esperar hasta el día siguiente para compartir la noticia de que su hermana se había quedado irreparablemente ciega. Sería difícil digerirlo, sobre todo para Annie, que necesitaría de todo el apoyo de su familia.

—¿Cómo están sus ojos? —insistió Candy.

—Aún no lo sabemos —respondió Tammy rápidamente—. Mañana tendremos más información. —Chris miró su cara, y luego los ojos de Sabrina, pero no preguntó nada; Candy tampoco lo hizo, asintió con la cabeza y bebió de su botella de agua, mientras los perros correteaban por la cocina. Chris los había alimentado y los había dejado salir al jardín varias veces. No tenía mucho más que hacer, ya que Jim y Candy habían dormido la mayor parte del tiempo; se había quedado sentado pensando, y había jugado un rato con los perros. No llamó a Sabrina para no molestarla, esperó a que regresaran para tener noticias. Oficialmente, sonaba bastante bien; personalmente, no estaba tan seguro, pero no dijo nada. Estaba allí para ayudar, no para hacer interrogatorios.

No preguntó más nada hasta que Sabrina y él estuvieron a solas en la habitación con la puerta cerrada. Candy dormiría con Tammy esa noche. Ambos necesitaban estar juntos y cómodos.

—¿Tu hermana está realmente bien? —preguntó preocupado. Ella se quedó mirándolo durante unos instantes, en silencio.

—Cerebralmente, creo que sí. Todo lo bien que puede estar después de una cirugía así.

—¿Y el resto? —preguntó él en voz baja, mirándola a los ojos.

Ella se sentó en su cama y suspiró. Ya no le quedaban más lágrimas. Estaba agotada y agradecida de que Annie hubiera sobrevivido a la cirugía. Le dolía la cabeza por haber llorado todo el día.

—Se ha quedado ciega. No pueden repararlo ni hacer nada al respecto. Si vive, será ciega para siempre. —No tenía nada más que decir. Solo miró a Chris desde la profundidad de la pena que sentía por Annie; era una pena inmensa, inconmensurable. No podía imaginar ninguna clase de vida para su hermana sin la vista, ni qué haría ahora. ¿Cómo podía ser una artista ciega? ¿No era una crueldad?

—Dios mío... ¿qué haremos? Supongo que es una bendición que esté viva, pero quizá ella no lo vea de ese modo. —Chris parecía tan deshecho como Sabrina.

—Lo sé. Y me da miedo. Necesitará mucho apoyo. —Él asintió. Apoyo era poco.

—¿Cuándo se lo dirás a tu padre y a Candy?

—Mañana. Esta noche no podíamos hacerlo, era demasiado para todos —dijo con tristeza. Todavía no habían tenido tiempo de llorar a su madre, tan preocupados como estaban por Annie. Quizá esa imposibilidad era, en cierto modo, una bendición.

—Pero tú ya lo sabes, pobrecita —dijo Chris, abrazándola. La metió en la cama como si fuera una niña; era justo lo que necesitaba. Parecía que de pronto ella y Tammy se habían convertido en los padres. Su madre se había ido, su padre se había derrumbado y su hermana se había quedado ciega. Ella y Tammy cargaban con todo sobre sus hombros. Por un capricho del destino toda su familia se había roto, y nada volvería a ser igual; especialmente para Annie, si es que sobrevivía, lo cual todavía no era seguro. Ya nada era seguro.

Sabrina se durmió en los brazos de Chris. Jamás en su vida había sentido tanta gratitud hacia un ser humano, excepto hacia su madre; Chris era el segundo en la fila. La abrazó y la hizo sentirse protegida toda la noche. Ella supo que nunca lo olvidaría, y que le estaría agradecida de por vida.

A la mañana siguiente, Sabrina, Chris y Tammy se levantaron temprano. Chris preparó el desayuno mientras ellas se duchaban y se preparaban para ir a la funeraria. Candy y su padre todavía dormían. Chris se encargó también de los perros, y luego se sentó a esperarlas en la cocina; había huevos revueltos con beicon y tostadas. Les dijo que debían comer para tener fuerzas. Al levantarse, Sabrina había llamado al hospital y le habían dicho que Annie había pasado bien la noche y que se recuperaba, aunque aún la tenían muy sedada para que no hiciera ningún movimiento que pudiera repercutir en su cerebro, pues la cirugía era todavía muy reciente. Comenzarían a reducir la sedación al día siguiente. Ella y Tammy planeaban ir a verla al hospital, pero antes tenían que hacer varios trámites. Tammy dijo que siempre había odiado la palabra «trámites» y todo lo que ella implicaba, y especialmente en un momento como ese.

Fueron a la funeraria y regresaron a casa dos horas más tarde. Habían hecho todos los horribles trámites: habían elegido el ataúd, las tarjetas del funeral y la sala de visitas a la que podrían asistir los amigos la noche anterior al funeral. Su madre sería velada con el ataúd cerrado y no habría rosario, pues era católica pero no practicante. Las chicas decidieron que todo fuera sencillo, y su padre sintió un gran alivio al dejarlas tomar las decisiones. No podía soportar la idea de tener que hacerlo él. Ambas estaban pálidas y cansadas cuando regresaron a casa; para entonces, su padre y Candy estaban sentados en la cocina, y Chris preparaba el mismo desayuno energético que había hecho para ellas, e incluso reñía a Candy para que comiera. Para su asombro, Jim se lo había comido todo y, por primera vez en veinticuatro horas, no estaba llorando.

Sabrina y Tammy decidieron que tenían que decirles lo de Annie; no podían dilatarlo más. Tenían derecho a saberlo. Después del desayuno, Sabrina intentó contárselo, pero no pudo. Dio media vuelta y Tammy ocupó su lugar: les contó todo lo que el oftalmólogo había dicho la noche anterior. Lo más importante era que Annie había quedado ciega. Se hizo un silencio de estupor en la cocina después de que lo dijera, y su padre la miró como si no la creyera o no lo hubiera entendido correctamente.

—Eso es ridículo —dijo enojado—. Ese hombre no tiene

idea de lo que dice. ¿Sabe que ella es artista? —Todos habían tenido la misma reacción, así que no podían culparlo. De cualquier manera, eso no cambiaba nada. Sería un gran desafío para toda la familia, pero no era nada comparado con lo que significaría para Annie. Para ella sería catastrófico, una enorme tragedia. El momento en que tuvieran que decírselo sería el peor de sus vidas, y les quedaría grabado en la memoria para siempre, junto con la muerte de su madre. Eran dos hechos imposibles de comprender, especialmente en lo que se refería a Annie. Ciega. Para siempre. Era inconcebible, y solo pensarlo les partía el corazón. La única cosa más terrible era que su madre se había ido y no regresaría.

—¿Quieren decir que llevará un bastón blanco? —dijo Candy, perpleja ante la situación de su hermana; otra vez parecía una niña de cinco años. Tras la muerte de su madre, parecía haber vuelto a la infancia o, como mínimo, a la adolescencia. En contraste, sus dos hermanas mayores se sentían como si tuvieran cuatro mil años.

—Tal vez. Algo así —dijo Sabrina, exhausta. Habían recibido demasiadas malas noticias para una sola vida. Chris se acercó y tomó su mano—. Quizá un perro lazarillo, o un asistente. Todavía no sé cómo funciona eso. —Pero estaba segura de que todos aprenderían, si tenían la suerte de llegar a ello, lo cual aún no era seguro. Al menos, el dolor provocado por la ceguera de Annie les evitaba pensar en qué pasaría si esta moría.

El funeral de Jane se programó para el martes por la tarde, después del puente. Tammy contrató un catering para atender a la cantidad de gente que iría a su casa tras el funeral. El entierro sería privado; las hermanas habían decidido incinerar a la madre. El padre no se había opuesto, pues Jane no había manifestado sus preferencias en ese sentido.

—Annie odia a los perros —les recordó Candy. Sabrina no había pensado en eso.

—Es cierto. Tal vez ahora tenga que cambiar de idea. O no. Dependerá de ella.

Jim casi no opinó; pensaba que deberían llevarla a otros especialistas para que la vieran, pues estaba convencido de que el médico que la había operado estaba loco y que el diagnóstico estaba equivocado. Sabrina y Tammy dudaban de que ese fuera el caso, ya que el hospital Bridgeport era un centro de traumatismos muy famoso, pero estuvieron de acuerdo en pedirle al médico de la familia que les recomendara otro especialista. Con todo, el cirujano había sido muy claro y era difícil creer que estuviese equivocado. Ojalá lo estuviera, pero Sabrina pensaba que simplemente su padre no estaba preparado para perder la esperanza. Y no podía culparlo; la experiencia de esos dos días había sido espantosa. Y Annie no había comenzado aún a enfrentarse a los hechos, a lo que se sumaría el saber que pasaría el resto de su vida en la oscuridad.

Candy subió a darse una ducha y Jim a acostarse; no tenía buen aspecto, el rostro se le había puesto grisáceo. Cuando ambos se hubieron marchado, Sabrina volvió a mencionar a Charlie, el novio de Annie de Florencia. Esta vez Tammy estuvo de acuerdo en que debían llamarlo. Si había intentado llamar al móvil de Annie, seguramente estaría preocupado. Annie había desaparecido del mapa. Afortunadamente, encontraron una agenda telefónica en su maleta, y en ella estaba apuntado el número de Charlie. Fue muy fácil encontrarlo. Sabrina dijo que ella haría la llamada; Chris y Tammy se sentaron a su lado en la cocina mientras lo hacía. Él contestó enseguida. Era la hora del almuerzo en Florencia. Sabrina le explicó quién era y él comprendió, y rió.

—¿Eres la hermana mayor y quieres hacerme un examen? —Charlie no parecía nervioso ni sorprendido en lo más mínimo al escucharla, ni siquiera preocupado.

—No, en realidad no —dijo Sabrina con cautela, sin saber muy bien cómo decírselo. Hubiera sido más fácil si él se hubiera preocupado al recibir la llamada, si hubiera presentido que algo iba mal. No sospechaba en absoluto por qué razón ella lo podría estar llamando, lo cual le pareció raro a Sabrina.

—¿Cómo fue el Cuatro de Julio? Annie no me llamó —dijo tranquilamente.

—No... por eso te llamo. Ayer hubo un accidente aquí. La fiesta no se celebró —explicó. Se hizo un silencio al otro lado de la línea. Finalmente, él estaba entendiendo, y Sabrina continuó—. Mi madre y Annie chocaron de frente con dos coches y un camión. Nuestra madre murió en el acto, y Annie resultó gravemente herida, pero está viva. —Quería darle primero las buenas noticias sobre Annie. Él se quedó anonadado.

—¿Cómo está? Siento mucho la pérdida. —Era una frase que Sabrina estaba empezando a odiar. La había oído en la funeraria, en el hospital, en la floristería. Era la frase hecha que todos usaban, aunque estaba segura de que él lo sentía realmente. Era difícil encontrar las palabras ante un golpe tan enorme. Ella misma no hubiera sabido qué decir, y además, después de todo, el novio de Annie y ella eran dos desconocidos. Lo único que tenían en común era a su hermana, y no era poco. Especialmente ahora. Sin embargo, Charlie no parecía tan perturbado como Sabrina hubiera esperado. Estaba más bien sorprendido.

—Muy grave —dijo Sabrina honestamente—. Todavía está en estado crítico, y anoche le hicieron cirugía cerebral. Parece que mejora, pero aún no está fuera de peligro. Pensé que deberías saberlo; sé por Annie que estáis unidos, y muy enamorados. Quería que lo supieras, sobre todo por si quieres venir. Todavía está muy sedada y lo estará durante los próximos días, si todo va bien. Está conectada a un respirador, pero esperan poder quitárselo mañana.

—Por Dios, ¿quedará en estado vegetativo, con muerte cerebral o algo así? —El modo en que lo dijo molestó a Sabrina. Le pareció cruel, en especial teniendo en cuenta a lo que Annie estaba a punto de enfrentarse. Pero él no lo sabía todavía.

—No hay motivos para pensar eso, y la operación para reducir el traumatismo en su cerebro fue bien. Pasó una buena noche.

—Me has asustado. No puedo imaginar a Annie incapacitada o en estado vegetativo. Si ese fuera el caso, sería mejor que muriera. —Era asombrosamente insensible, especialmente tratándose de un hombre al que le acababan de decir que la mujer que amaba había estado al borde de la muerte. A Sabrina no le gustó Charlie, pero no hizo ningún comentario. Era el hombre que su hermana amaba y le debía cierto respeto, o al menos cierta tolerancia, además del beneficio de la duda, que decidió concederle.

—No estoy de acuerdo contigo —dijo Sabrina en voz baja—. No queremos perderla, sea cual fuere su estado. Es nuestra hermana y la queremos. —Se suponía que él también.

—¿Eso quiere decir que si quedara en estado vegetativo no la desenchufarían? —A Sabrina ya no solo no le gustaba, sino que empezaba a odiarlo por las cosas horribles que decía. Tenía la sensibilidad de un pato de goma.

—Esa no es la cuestión —dijo Sabrina. Tenía que contarle todo lo demás, y sentía curiosidad ante su reacción, siendo él también un artista y habiendo compartido ese mundo con Annie—. El impacto del accidente causó otros daños bastante importantes. Anoche le operaron también los ojos, pero no tuvo tan buenos resultados como con el cerebro. —Tomó aire y terminó de decirlo, mientras Tammy y Chris la observaban atentos. Podían leer el desagrado en su cara—. Charlie, si Annie sobrevive, se quedará ciega. De hecho ya lo es. No hay nada que los médicos puedan hacer para que recobre la vista. Será un enorme cambio para ella, y pensé que deberías saberlo para poder ayudarla.

—¿Ayudarla? ¿Cómo? —Parecía como si le hubiera dado un ataque de pánico. Él sabía que los padres de Annie tenían dinero, pero quizá, se dijo a sí mismo, no querían mantener a una chica ciega y esperaban poder endilgársela a él. Si ese era el caso, habían llamado al número equivocado. Sabrina pensó que lo había hecho de todos modos, y en todos los sentidos. Sintió una profunda pena por su hermana; no todas tenían la suerte de encontrar a un hombre como Chris. Era una joya.

—Necesitará de todo tu amor y tu apoyo. Este será un gran

cambio de vida para ella, el más grande que haya afrontado jamás. No es justo, y es espantoso, y lo único que podemos hacer es estar a su lado para ayudarla. Si la quieres, serás muy importante para ella. —Se hizo un largo silencio al otro lado del teléfono.

—Espera un momento. No nos volvamos locos. Solo hemos estado saliendo durante seis meses; casi no la conozco. Nos divertimos, compartimos la pasión por el arte, es una chica fantástica y la quiero, pero tú estás hablando de un asunto totalmente diferente. El arte para ella pasó a la historia. Su carrera como pintora está acabada. Mierda, su vida podría estar acabada. ¿Y se quedará ciega para el resto de su vida? ¿Qué se supone que debo hacer yo al respecto? —Se estaba asustando, y Sabrina se daba cuenta.

—Dímelo tú —dijo Sabrina fríamente—, cómo te ves formando parte de su vida. —Chris frunció el ceño cuando oyó la pregunta; ambos veían que la conversación no iba nada bien. Solo escuchando esa frase Tammy había decidido que era un gilipollas. Chris se inclinaba más a otorgarle el beneficio de la duda, como había hecho Sabrina, pero era evidente que el chico no estaba conmovido. Sabrina no había tenido que decir nada para consolarlo, lo cual lo decía todo acerca de él.

—¿Cómo esperas que forme parte de su vida? —preguntó Charlie—; por Dios, no soy un perro lazarillo. Nunca tuve una novia ciega; no sé de qué se trata ni qué se siente, y suena demasiado duro para mí. ¿Por qué me llamas? ¿Qué quieres de mí? —Había pasado velozmente del miedo al enfado.

—Nada, en realidad. —Sabrina lanzó las palabras con dureza, aunque tratando de mantener la calma. Hubiera querido decirle todo lo que sentía, pero pensó en Annie y se detuvo. No quería empeorar más las cosas, ni terminar de ahuyentar a Charlie para siempre. Parecía que, de todos modos, él ya estaba huyendo, pero Sabrina no quería ser la causante de su prematura desaparición; en todo caso, debía ser una decisión de Annie, y ella lo necesitaba más que nunca en ese momento. No era tarea de Sabrina decirle cómo debía sentirse o comportarse—. Te he llamado porque mi hermana cree que estás enamorado de ella. Ella está enamorada de ti. Ayer tuvo un accidente terrible y estuvo al borde de la muerte. Nuestra madre murió. Anoche supimos que, a causa del accidente, Annie se quedará ciega el resto de su vida. Y pensé que, si la querías, estarías interesado en saber lo que ocurrió. No sé qué es lo que harás al respecto; depende de ti. Puedes enviarle una tarjeta que diga «espero que te mejores pronto», puedes venir a visitarla, acompañarla, o alejarte de ella porque es demasiado para ti. Es tu decisión, y estoy segura de que no es fácil. Solo creí que querrías saber qué estaba pasando. Annie tendrá que enfrentarse a algo terriblemente difícil; y, hasta donde sé, tú eres importante para ella.

Charlie suspiró mientras la escuchaba y deseó no haber oído nada. Pero había oído, y sabía que no tenía más remedio que tomar una decisión. No era fácil; no tenía dinero, había conseguido un año sabático en su trabajo en Nueva York y estaba comprometido con su vocación artística. Había pasado buenos momentos junto a Annie y creía estar enamorado de ella, pero ¿qué iba a hacer con una chica ciega cuya carrera artística y talento se habían ido al demonio? No podría soportarlo. Era demasiado duro para la vida que se había imaginado; realmente era más de lo que podía manejar. Decidió ser honesto con Sabrina, tal como lo era consigo mismo.

—No sé qué decirte.

—No tienes que decirme nada. Solo llamé para informarte; pensé que querrías saberlo, o que quizá estarías preocupado al no tener noticias de Annie.

—En realidad, lo estaba, pero no podía imaginar que le sucediera algo así. Para serte honesto, Sabrina, no sé si puedo hacerlo, ni si quiero. Annie es una mujer fantástica, y era una gran artista. Pero necesitará apoyo y muchos cuidados. Seguramente estará deprimida o fuera de sí los próximos años, o quizá para siempre, y eso es demasiada responsabilidad para mí. No puedo. No quiero convertirme en un enfermero psiquiátrico, o en un perro lazarillo. Apenas puedo hacerme cargo de mi vida, no podría ocuparme también de la de ella. Es demasiada carga. No quiero que se haga ilusiones pensando que podrá contar conmigo, está claro que necesita gente en la que pueda confiar, y no creo que yo sea uno de ellos. Lo siento, no está en mi naturaleza. —Parecía triste, y sorprendentemente franco—. Creo que necesita a alguien más fuerte y menos egoísta que yo. —Sabrina comenzaba a pensar lo mismo. Él se conocía bien, y era lo suficientemente valiente para decirlo. Había sumado algunos puntos, aunque no demasiados. Ella esperaba mucho más de él y, por todo lo que Annie había contado, pensaba que estaba enamorado. Ahora daba la impresión de que no, o al menos no lo suficiente como para sobreponerse a lo que había pasado—. ¿Qué le dirás? —preguntó Charlie, preocupado.

—Todavía no puedo decirle nada. Está inconsciente. Pero cuando se despierte, si es que llega a hacerlo, ¿qué quieres que le diga? No es necesario que le cuente que te he llamado. Cuando esté mejor, puedes llamarla tú y decirle lo que quieras, aunque seguramente será un momento muy difícil para ella. —Sabrina temía el impacto que podría causarle a Annie que Charlie la dejara.

—Sí, lo sé. —Se quedó unos instantes en silencio, considerando la situación—. Quizá debería escribirle una carta, o decirle que conocí a otra persona. Quedaré como un cabrón, que supongo que es lo que soy, pero al menos no pensará que tiene que ver con su ceguera, y eso, creo, la aliviará un poco. —Parecía esperanzado, como si hubiera encontrado una buena solución para él, aunque seguramente no para Annie. Al oírlo, Sabrina sufría por su hermana. Pensaba que Charlie era un egoísta, un cabrón y un cobarde.

—De todos modos será un golpe durísimo. Creo que estaba considerando volver a Nueva York para estar contigo; la relación era muy importante para ella.

—Para mí también lo era... hasta ahora. Qué accidente de mierda. —Vaya novedad—. No sé, supongo que le escribiré. Te enviaré la carta a ti para que se la des cuando creas que esté lista para recibirla. —¿Qué tal nunca?, tuvo ganas de decir Sabrina.

—Se dará cuenta de todas maneras al ver que no llamas ni apareces.

—Sí, supongo que sí. Tal vez eso sea lo mejor; simplemente desaparecer de su vida. —Sabrina no daba crédito a lo que oía. Él parecía aliviado.

—No me parece muy noble de tu parte —dijo Sabrina, directamente. De hecho, le parecía el modo más cobarde, pero ya no la sorprendía. El Príncipe Azul florentino de Annie había resultado un fiasco.

—Nunca dije que fuera noble. En cualquier caso, la semana que viene me voy a Grecia. Quizá le escriba al regresar y le diga que conocí a alguien o que me reencontré con una ex.

—Estoy segura de que se te ocurrirá algo. Gracias por tu tiempo —dijo Sabrina, deseosa de colgar. Ya había oído suficiente. Lo único que quería era clavarle un puñal en el corazón en nombre de Annie. Tal vez dos, para estar segura. Se merecía más que eso por lo que estaba a punto de hacerle a su hermana, cualquiera que fuera la excusa que inventara.

—Gracias por llamar, lamento no poder hacer más.

—Yo también lo lamento por Annie —dijo Sabrina—. Te estás perdiendo a una de las grandes mujeres de nuestro tiempo, ciega o no.

—Estoy seguro de que encontrará a alguien.

—Gracias —dijo Sabrina, y colgó antes de que pudiera pronunciar otra palabra. Estaba indignada; Tammy y Chris lo habían oído todo.

—Qué cabrón —farfulló Chris entre dientes; Tammy y Sabrina estaban desoladas por su hermana. Las cosas no habían salido como esperaban.

Esa tarde visitaron a Annie en el hospital. Todavía estaba inconsciente, y estaría así uno o dos días más por la sedación. Pasaría el funeral de su madre durmiendo, lo cual a las hermanas les parecía una envidiable bendición.

Por la noche, Sabrina y Chris cocinaron y todos cenaron en la casa. Estaban cansados y tristes; el padre apenas pronunció dos palabras y volvió a la cama. Candy al menos permaneció levantada, y se quedaron los cuatro hasta tarde recordando los sueños y las esperanzas de la infancia, resucitando esa memoria extraña y remota que se despierta en los momentos más difíciles.

El lunes los médicos desconectaron a Annie del respirador. Tammy y Sabrina estuvieron a su lado; Candy y Chris permanecieron en la sala de espera por si algo iba mal. Fue un momento tenso, pero lo superaron. Las hermanas mayores se cogieron de las manos y gritaron cuando Annie respiró sola por primera vez. Sabrina le dijo a Tammy que había sentido que su hermana volvía a nacer, y que se había dado a luz a sí misma. Los médicos redujeron la sedación, esperando que la joven despertara en los próximos días.

Esa noche velaron a la madre. Fue espantoso. Cientos de personas —parientes, amigos de la infancia, gente con la que Jane había trabajado e incluso algunos que ellas ni siquiera conocían— estuvieron allí. Las chicas pasaron tres horas saludando y aceptando condolencias. Habían puesto hermosas fotografías de su madre en toda la habitación. Regresaron a casa extenuadas y se fueron directamente a la cama; estaban demasiado cansadas para hablar, pensar o moverse. Era difícil creer que dos días atrás su madre estaba viva. En el velatorio todo el mundo preguntaba por Annie, y ellas tenían que explicar lo que le había sucedido, aunque aún no le decían a nadie que se había quedado ciega. Por respeto a su dignidad, y a su persona, las hermanas habían decidido que Annie fuera la primera en saberlo.

Al día siguiente, a las tres de la tarde, tuvo lugar el funeral. Por la mañana, Tammy y Sabrina visitaron a Annie, que dormía profundamente. En cierto modo, ambas sintieron alivio. Hubiera sido demasiado que Annie descubriera su ceguera el mismo día que enterraban a su madre. Tenían un día más de prórroga.

El funeral fue un sufrimiento exquisito: sencillo, bello, elegante y de buen gusto. Había lirios de los valles y orquídeas blancas por todas partes; parecía más bien una boda. La iglesia estuvo repleta de gente, y luego todos se trasladaron a la casa. Trescientas personas asistieron para recordarla, beber y comer del bufé. Al terminar, Sabrina le confesó a Chris que nunca en su vida se había sentido tan cansada. Ambos estaban a punto de sentarse en la sala cuando llamaron del hospital; al contestar, el corazón de Tammy se detuvo, y, cuando el residente se identificó, solo atinó a pensar que, si Annie moría, todos morirían con ella. Se habían enfrentado a más de lo que podían.

—Quería darles la buena noticia yo mismo —dijo el residente a Tammy mientras esta contenía la respiración. ¿Era posible? ¿Existían todavía las buenas noticias? Le parecía difícil creerlo. Le habían quitado el respirador y había superado la fase crítica, lo cual era un paso enorme; pero además había hecho otro gran progreso esa noche—. Pensé que querrían venir a verla —dijo él en voz baja, justo cuando Tammy estaba a punto de decirle que no creía que ninguno de ellos pudiera juntar las energías tras las emociones de los últimos días y el funeral de su madre esa tarde, pero no llegó a pronunciarlo—. Annie está despierta —dijo él victorioso; Tammy cerró los ojos y por sus mejillas rodaron lágrimas de dolor y de gratitud.

—Estaremos allí en media hora —prometió, y le agradeció la llamada. Y al colgar supo que para Annie acababa de comenzar la parte más difícil del camino.

8

Annie tenía aún los ojos vendados; el jefe de residentes les dijo que los llevaría así por lo menos una semana más. Eso les daba tiempo para prepararla antes de darle la noticia. Ella se quejó de que no podía ver nada con las vendas, y les pidió en un susurro que se las quitaran. Sabrina le explicó que en el accidente había sufrido heridas en los ojos, que habían tenido que operarla y que si le quitaban las vendas tan pronto le dolería. Las hermanas la besaron, le cogieron las manos y le dijeron cuánto la querían. Estaban las tres y Chris. El padre estaba demasiado abatido para enfrentarse a otra emoción fuerte, por lo que prometió ir a verla al día siguiente. También al día siguiente, por la tarde, debían enterrar a la madre. Sería una breve ceremonia junto a la tumba, y allí la dejarían. Las chicas deseaban que todo acabara; era un día más de tortura, y ya habían tenido más que suficiente. El entierro era el último eslabón de una cadena de tradiciones que ahora les parecían extenuantes.

Ver a Annie hablándoles y moviéndose nuevamente era una afirmación de la vida. La joven preguntó dónde estaban sus padres, y ellas respondieron que no habían ido al hospital; se habían puesto de acuerdo para no hablar de la muerte de la madre todavía. Acababa de despertarse, era cruel golpearla con eso antes de que recobrara al menos algunas fuerzas, sobre todo si pensaban en el impacto que le causaría la noticia de su ceguera.

—Qué susto más tremendo nos has dado —le dijo Tammy, besándola una y otra vez. Estaban infinitamente agradecidas por tenerla de nuevo entre ellas; Candy se acostó a su lado, y los pies le quedaron colgando fuera de la cama, lo cual las hizo reír. Ella se acurrucó junto a Annie y sonrió por primera vez en cuatro días.

—Te he echado de menos —le dijo Candy al oído, aproximándose a ella lo máximo posible, como una niña que busca el amparo de su madre.

—Yo también —dijo Annie con voz cansada, tratando de tocar a cada una de sus hermanas. Chris entró al cuarto unos minutos, pero dijo que no quería molestar—, ¿Tú también estás aquí? —susurró Annie al oír su voz, y sonrió. Él era como un hermano mayor para todas.

—Sí. Vine para la fiesta del Cuatro de Julio y ya no me fui. —No le dijo que había estado cocinando para la familia, pues ella se hubiera preguntado por qué no lo hacía su madre.

—Esto no era lo que pensaba hacer en mis vacaciones —dijo Annie con una triste sonrisa, y se tocó nuevamente las vendas de los ojos.

—En unos días estarás de pie y corriendo —le prometió Tammy.

—Todavía no me siento como para correr —admitió—, tengo un terrible dolor de cabeza. —Tammy y Sabrina prometieron decírselo a la enfermera, que enseguida entró para controlar a Annie; les pidió que por favor no la cansaran demasiado y le dio una medicina para el dolor. Unos minutos después, las hermanas la besaron y se marcharon. Estaban destrozadas; había sido un día increíblemente duro: el funeral de su madre, luego todos los invitados en casa y ahora Annie había despertado. Todo en un mismo día.

—¿Cuándo le quitarán las vendas? —preguntó Chris mientras las conducía a casa.

—Creo que dentro de una semana —respondió Sabrina con gesto de preocupación. Esa mañana había telefoneado a la oficina solicitando dos semanas de vacaciones. Chris había conseguido cuatro días; así podría pasar el resto de la semana junto a Sabrina en Connecticut. Tammy había hecho lo mismo, pero debía estar de regreso sin falta el lunes siguiente. Le parecía imposible poder prolongarlo siquiera un día más. Candy había llamado a su agencia pidiendo que la liberaran de su compromiso en Japón. Se habían enfurecido, pero ella insistió en que no estaba en condiciones de trabajar, y les contó lo sucedido. Así que, al menos por el resto de esa semana, podrían estar todos juntos, y al lado de Annie. Sabrina era consciente de que su hermana los necesitaría por un tiempo considerable, o quizá para siempre. Todavía no habían pensado en el futuro. Primero Annie tenía que despertar; ahora que lo había hecho, llegaba el momento de hacer planes. Sabrina sintió alivio al ver que Annie no mencionaba a Charlie esa noche. Todavía estaba muy cansada, pero tarde o temprano preguntaría por él. Era otro golpe que se sumaba a la pérdida de su madre y de la vista. No era justo que un ser humano tuviera que hacer frente a tanto; Sabrina hubiera hecho cualquier cosa por librarla de todo ese peso, pero no estaba en sus manos, ni en las de nadie.

Esa noche se quedaron hasta tarde sentadas en la cocina; el padre se había ido a dormir más temprano. Sabrina miró a sus hermanas frunciendo el ceño.

—Mmm... —murmuró risueña Tammy, sirviéndose otro vaso de vino. Estaba empezando a disfrutar de los encuentros de cada noche, a pesar de la causa que las mantenía allí. Se sentía muy a gusto con sus hermanas, más a gusto que nunca. Incluso sus perros habían comenzado a llevarse bien—. Ya conozco esa cara —agregó, mientras tomaba un sorbo de vino. Cada noche atacaban la bodega de su padre, como en la adolescencia. Cuando, en aquella época, Jim lo había descubierto, le había dado un ataque. Tammy sonrió al recordarlo, y saboreó el vino, que era excelente. También recordó que al irse de su casa había enviado a su padre una caja de un excelente burdeos. Esos días habían bebido algunos de sus mejores vinos—. Has tenido una idea —concluyó Tammy, mirando a su hermana mayor. Sabrina parecía estar elucubrando un plan. En los viejos tiempos, cuando eran pequeñas, ese gesto significaba que planeaba hacer algo prohibido, como dar una fiesta mientras sus padres estaban de viaje. Solía pagarle cinco dólares a Tammy para que no la delatara—. Yo ganaba dinero con esos tratos —explicó a Chris—. Dinos por favor en qué estás pensando.

—En Annie —dijo sucintamente, como si los demás pudieran leerle el pensamiento.

—Ya me lo imaginaba. ¿Qué pasa con Annie? —Todos sufrían por tener que decirle lo de su madre. Y tendría que ser pronto. No era justo que se lo ocultaran por mucho tiempo, y era inevitable que Annie preguntara por ella. Incluso esa noche había sido difícil mentir: su madre habría estado allí en cuestión de segundos, y habría acampado en la habitación. Todos habían sentido mucho su ausencia, y seguramente Annie también.

—No puede regresar a Florencia, y además ese Charlie es un capullo.

—Sí, creo que todos estamos de acuerdo en eso. —El chico había sido una gran decepción para todos, y lo sería sobre todo para Annie. Pero ahora ella tenía cosas más importantes que resolver. Él sería solo una fuente más de sufrimiento—. Tienes razón, no puede volver a Florencia. Aunque quiera ser independiente, no se las podrá arreglar para vivir en un quinto piso. Probablemente se mude a casa, con papá. Sería una buena compañía para él.

—Y algo muy deprimente para ella. Se sentirá de nuevo como una niña. Y sin mamá, se pondrá muy triste aquí. —Todas sufrían la ausencia de su madre en la casa. Aunque apenas habían pasado tres días desde su muerte, todo había cambiado radicalmente. Y sabían que su padre sentía lo mismo. La señora de la limpieza había ido ese día y se lo había pasado llorando. Con veintiséis años, y después de vivir dos años sola en Italia, Annie no iba a querer regresar a casa.

—Puede quedarse conmigo, si quiere. Pero no creo que conozca a nadie en Los Ángeles, y sin poder conducir o andar por ahí se sentirá atrapada. Yo no estoy en casa en todo el día. —Todas sabían que Tammy trabajaba una cantidad inverosímil de horas, al igual que Sabrina, pero al menos ella estaba en Nueva York, que era más familiar para Annie porque había vivido allí durante un tiempo hacía cuatro años. Decía que era una ciudad demasiado frenética para ella. Le había gustado mucho Francia, y luego todavía más Italia, pero ahora no había nada que discutir. Necesitaba estar cerca de casa, al menos por un tiempo, hasta que se reacomodara a su situación. Todos pensaban lo mismo.

—También podría quedarse conmigo, si quiere —replicó Candy, y luego las miró como disculpándose—, pero yo viajo todo el tiempo.

—A eso me refiero. A todas nos encantaría que viviera con nosotras, pero todas tenemos algún problema que lo hace complicado. O al menos vosotras dos. Yo trabajo muchísimo, pero creo que ella se podrá manejar bien en Nueva York.

—¿Entonces? ¿Qué parte del plan no nos estás contando? —preguntó Tammy mientras bebía. Sabía perfectamente cómo funcionaba el cerebro de su hermana; había un plan maestro que todavía no les había explicado.

—¿Qué tal si vive con todas nosotras? —dijo Sabrina, sonriendo. El plan maestro finalmente emergía.

—¿Quieres decir que se vaya mudando y viva un tiempo con cada una? ¿No será un poco caótico para ella? No lo sé, no veo a Annie viviendo pegada a una maleta, como una nómada, solo porque es ciega. Creo que querrá tener su propia casa, aunque aún no sé dónde. Me parece que tendríamos que consultarlo con ella —dijo Tammy, pensativa.

—Mejor que eso —respondió Sabrina, mirando a sus hermanas—. Al final, Annie decidirá por sí misma qué quiere hacer con su vida, dónde y cómo quiere vivir. Pero ahora mismo todo será diferente para ella, y al principio necesitará mucha ayuda. ¿Qué os parece si durante un año vivimos todas juntas? Alquilamos un piso grande y vivimos las cuatro bajo un mismo techo hasta que ella pueda arreglárselas sola. Podemos probar durante un año; si no funciona, volvemos a nuestros pisos, y si nos gusta, firmamos contrato por un año más. Para ese entonces, Annie ya estará más preparada; pero este primer año será determinante para ella. ¿Qué os parece? —Candy y Tammy parecían asombradas, y también Chris. No tenía muy claro qué papel jugaba él en ese plan, aunque Sabrina lo acabara de besar, incluyéndolo.

—¿Yo formo parte de este plan? —preguntó con delicadeza.

—Por supuesto. Nada cambiará; podrás quedarte a dormir siempre que quieras.

—Tendré mi propio harén —dijo, con una sonrisa irónica. Le parecía una idea un poco descabellada, pero era algo típico en ellas. Jamás había visto a cuatro hermanas así. Pero había que decir que, sin lugar a dudas, sabían cómo cuidarse. Y percibía que Sabrina, al no estar su madre al timón, estaba ocupando el lugar de esta sacando a relucir su lado maternal. Sabía que si se lo tomaba muy en serio se convertiría en un verdadero desafío para ella, y quizá también para él. Pero quería oír y ver hacia dónde iba la idea. Podía ver las ventajas que esta conllevaba, en particular para Annie en ese momento tan difícil, al menos inicialmente. A la larga, por más duro que fuera, tendría que encontrar su propio camino. Sabrina también lo sabía; pero al menos al principio podrían ayudarla. Y Sabrina tenía la sensación de que su madre hubiera aprobado el plan.

—Es perfecto para vosotras —dijo Tammy con pragmatismo, un poco nerviosa por la idea—. Ambas vivís en Nueva York. Pero yo vivo en Los Ángeles. ¿Qué tengo que hacer? ¿Dejar mi trabajo? ¿Y luego qué? No tendré trabajo en Nueva York. Y, además, este año el programa será más importante que nunca. —Quería muchísimo a su hermana, pero no podía dejarlo todo por ella. Había trabajado muy duro para llegar hasta donde estaba.

—¿No puedes trabajar en televisión aquí? —preguntó Sabrina. Se avergonzaba de saber tan poco del trabajo de su hermana, pese a que esta tenía mucho éxito con lo que hacía.

—No se hacen programas decentes aquí —dijo Tammy, manteniendo la calma. Odiaba cuando Sabrina salía con esas ideas delirantes—. Lo único que hay son telenovelas, y un par de reality shows. Sería un gran retroceso en mi carrera. Y además, un recorte de salario considerable. —Eso podía soportarlo, ya que había ahorrado mucho dinero, pero no le gustaba jugar con su carrera, y realmente no quería abandonar su programa justo en ese momento. Era como su bebé.

—¿Y tú? —preguntó Sabrina a Candy, que se había quedado pensativa.

—No me gusta tener que dejar mi *penthouse* —dijo con melancolía, y luego sonrió—, pero creo que podría alquilarlo por un año. Será divertido vivir con vosotras. —Realmente le gustaba la idea; a veces se sentía sola en casa y así ya no le sucedería. Sus hermanas eran una compañía genial, y sabía que Annie las necesitaba.

—¿Por qué no intento buscar algo grande para las tres? Y cuando Annie esté lista, se lo proponemos. No me da pena dejar mi piso, la verdad es que no me gusta. ¿Te parece bien, Chris? —le preguntó, como integrante de la familia, y él asintió con la cabeza.

—Sí, siempre y cuando pueda quedarme y a tus hermanas no les moleste. Quizá sea un poco incómodo a veces. Tres mujeres bajo el mismo techo es demasiado, pero puede llegar a ser divertido si es solo por un año. Y además también podrás venir tú a dormir a casa —apuntó Chris, y Sabrina asintió. Sí, siempre que hubiese alguien en casa para ayudar a Annie, que era lo más importante. Pero Candy estaría en la ciudad una buena parte del tiempo. La idea era ayudar a Annie hasta que pudiera manejar su ceguera, y sabiendo cuán ingeniosa y determinada era su hermana, Sabrina pensaba que con un año bastaría, si es que no caía en una depresión. Esperaba que no.

—Me gusta la idea —dijo Sabrina, y Candy se rió.

—A mí también. Será como vivir en un internado —algo que ella siempre había querido y su madre no le había permitido. Quería disfrutar de su hija menor en casa, y jamás le habían gustado los internados. Creía en la familia. Todas lo hacían, y esa había sido la raíz de la idea de Sabrina. El objetivo principal era ayudar a Annie. Ahora necesitaría mucho apoyo, y ese era un excelente modo de ayudarla. Chris estaba entusiasmado con la idea. Tammy era la única que se resistía, comprensiblemente, pues había hecho su carrera en Los Ángeles—. Y además estaremos bastante cerca de papá, en caso de que nos necesite. Será un cambio duro también para él.

—¿Y qué pasará si no os gusta? —preguntó Tammy, cautelosa.

—En ese caso lo dejaremos y volveremos cada una a nuestra casa. Un año no es mucho tiempo. Creo que podemos aguantarnos durante un año, ¿tú no?

—Quizá —respondió Tammy—. No hemos vivido juntas desde que terminamos el instituto. Tú te fuiste hace quince años; yo hace once; Annie, ocho y Candy todavía era una niña cuando se marchó. Podría ser una experiencia interesante —dijo Tammy con una sonrisa—; tal vez nos llevamos bien porque no vivimos juntas. ¿Nunca lo habéis pensado?

—Pienso que vale la pena intentarlo por Annie —dijo Sabrina, obstinada. Había estado buscando una forma de ayudar a su hermana que no hiciera que se sintiera humillada y dependiente, y esta podía ser una buena manera. Estaba dispuesta a sacrificar un año de su vida por ella, y también Candy. Al menos, era algo. Sin embargo, entendía por qué Tammy no quería hacerlo y no la culpaba. Tenía un trabajo importante en la costa Oeste, y no podían pedirle que lo dejara. Había trabajado muy duro para llegar hasta allí y Sabrina la respetaba por ello, así que no la presionó—. Mañana llamaré a una agencia inmobiliaria y preguntaré si tienen algo que sea adecuado para nosotras tres. Yo no gano tanto como Candy, y a Annie la subvencionaban mamá y papá. Quizá papá pueda pagar su parte del alquiler aquí en lugar del de Florencia, aunque seguramente aquello era más barato. Pero ella necesitará de su ayuda ahora. —Todos sabían que su padre podía hacerlo. Sabrina volvió a fruncir el ceño—. Esto me recuerda otra cosa. Alguien tendría que viajar y cerrar su piso; ella no podrá hacerlo.

—¿Y si quiere volver a Italia? —preguntó Tammy.

—Supongo que podrá intentarlo dentro de un año, si es que logra independizarse, pero no ahora. Primero tiene que aprender a vivir como una persona ciega y a arreglárselas sola. Lo mejor será que lo aprenda junto a nosotras, y luego podrá volver a Florencia si le apetece.

—Yo podría buscar sus cosas la próxima vez que vaya a Europa. —Se ofreció Candy, y fue un bonito gesto por su parte, aunque Tammy y Sabrina sabían que era la menos organizada de las cuatro, además de muy infantil. Las demás estaban siempre ocupándose de ella. Esto quizá podría ayudarla a crecer; ganaba muchísimo dinero como modelo, pero era aún muy inmadura. Y lo cierto es que tenía apenas veintiún años. Para ellas, era un bebé. Sin embargo, tal vez podría arreglárselas para cerrar el piso de Florencia; valía la pena intentarlo. Ni Sabrina ni Tammy tenían tiempo para hacerlo, y menos su padre.

—Es una idea tentadora, tengo que admitirlo —dijo Tammy sonriendo, y sintiendo algo de culpa por no participar, aunque la verdad era que realmente no podía, y sus hermanas lo sabían—. Y tal vez pueda ayudarla de verdad, y levantarle el ánimo. —Todavía les quedaban muchos obstáculos por sortear: contarle a Annie lo de su madre, lo de la ceguera, y todo lo que eso significaría para ella, además de lo de Charlie, que ahora era historia solo porque ella se había quedado ciega. Todo era demasiado cruel, y si vivir con sus hermanas el primer año podía ayudarla, valía la pena hacer el esfuerzo. Las chicas brindaron con el burdeos añejo de su padre, y Chris se sumó a ellas. Sabrina estuvo de acuerdo en ocuparse del proyecto y en tenerlas informadas si aparecía un piso, o tal vez una casa, siempre y cuando el precio no fuera desmesurado.

—No das puntada sin hilo —dijo Tammy a su hermana mayor, con admiración—. Yo también he estado pensando en qué puedo hacer por ella pero, la verdad, no creo que Annie pueda ser feliz en Los Ángeles.

—Yo tampoco —acordó Sabrina—. Lo que tenemos que hacer ahora es convencerla. —No sabían cómo reaccionaría. Tendría que adaptarse a muchas cosas en los próximos días; era estremecedor solo pensarlo.

—Por las hermanas —dijo Sabrina, levantando nuevamente su copa.

—Las mujeres más interesantes que he conocido —agregó Chris.

—Por mamá —dijo Candy suavemente; todos guardaron silencio unos instantes y luego bebieron de sus copas.

9

El entierro de Jane fue el último ritual doloroso que la familia Adams tuvo que soportar. Tal como Sabrina le había solicitado al sacerdote, fue un acto breve y tranquilo. Las cenizas de su madre estaban en una gran urna de caoba; a ninguno le gustaba pensar que había desaparecido de sus vidas, reducida a algo tan pequeño e insignificante. Ella había dejado en cada uno de ellos una huella enorme, que duraría toda la vida. Ahora tenían que dejarla en la parcela familiar para que fuera enterrada en un cementerio lleno de extraños.

No quisieron ver cómo enterraban la urna. Sabrina y Tammy ya le habían explicado a la funeraria que no podrían soportar ese sufrimiento, y, cuando le preguntaron al padre, este estuvo de acuerdo.

En la breve ceremonia el sacerdote dijo que había que celebrar el que Anne, que había compartido el destino de Jane en el accidente del Cuatro de Julio, estuviera viva y esperar su total recuperación. Ni el sacerdote ni los asistentes sabían que Annie se había quedado ciega. Ya se irían enterando más tarde, cuando la vieran; por el momento, la familia lo mantenía en secreto. Sentían que era algo privado y doloroso para ellos, y sobre todo lo sería para Annie cuando se enterara. No sabían todavía cuándo hablarían con ella, querían primero consultarlo con los médicos. Sabrina temía decírselo demasiado pronto y provocarle una profunda depresión, sumada a la noticia de la muerte de su madre; pero a la vez, era consciente de que no podían esperar mucho tiempo, pues el fin de semana le quitarían las vendas y ya no habría forma de ocultárselo. Su padre seguía insistiendo en que el diagnóstico estaba equivocado; para él era inconcebible que una de sus hermosas hijas fuera ciega. Todo había ido mal los últimos cinco días. Su familia, que jamás había sufrido una tragedia, había tenido que enfrentarse a dos que la habían hecho tambalearse.

Al abandonar la tumba de la madre, cada una de las hermanas arrojó una rosa blanca a un lado de la urna con las cenizas. Para su padre cada rosa fue como una estocada. Se quedó un largo rato solo junto a la tumba, mientras sus hijas se alejaban respetuosamente; pasados unos minutos, Sabrina regresó y colocó una mano sobre su hombro.

—Vamos a casa, papá.

—No puedo dejarla aquí, Sabrina —dijo él, con las mejillas llenas de lágrimas—. ¿Cómo pudo suceder? Con todo lo que la amábamos.

—Sí, la amábamos —dijo Sabrina, secándose sus propias lágrimas. Todos iban de negro, elegantes y regios. Habían sido siempre una familia deslumbrante, que llamaba la atención en todas partes, y lo seguían siendo ahora, aunque sin la madre. Jane había sido la luz de los ojos de Jim, y no podía creer que ya no estuviera—. Tal vez sea mejor así —dijo Sabrina dulcemente a su padre, que continuaba de pie junto a la tumba observando la urna que contenía las cenizas—. Vivió lo suficiente para ver crecer a sus hijas. Nunca tendrá que enfermar ni envejecer, y en tu memoria será siempre joven y guapa. —Realmente Jane apenas había cambiado desde su juventud. Su belleza era intemporal, y emanaba calidez, energía y jovialidad. Había sido una mujer increíble hasta el final, y siempre la recordarían de ese modo. Había tenido esa enorme gracia. Jim asintió con la cabeza a lo que Sabrina decía, sin emitir palabra. Tomó una de las rosas y la colocó sobre la urna, junto a las otras, luego tomó otra y comenzó a caminar con la cabeza baja. Los últimos días habían sido los peores de su vida, y sus hijas lo sabían. En cinco días parecía haber envejecido una década.

Jim subió a la limusina sin hacer ningún comentario, se sentó al lado de Sabrina y fue mirando por la ventanilla durante todo el camino a casa. Tammy también iba en el coche. Chris y Candy iban en una segunda limusina. Habían mantenido el entierro en privado y ahora les producía alivio pensar que los rituales por la muerte de su madre se habían terminado. En rigor, habían sido tres días, entre el funeral, los cientos de invitados en la casa, y ahora este último rito de dejar las cenizas de su madre en el lugar en que descansarían para siempre. Habían evaluado la posibilidad de guardar las cenizas en casa, pero Sabrina y Tammy pensaron que sería muy triste, sobre todo para su padre. Era mejor dejar la discreta urna de madera en el cementerio. Sabrina sentía que su madre lo hubiera preferido así. Como no había dejado ninguna instrucción al respecto, habían tenido que decidirlo todo ellas, aunque le habían consultado a su padre hasta el más mínimo detalle, pero él solo quería que la pesadilla se acabara y que Jane regresara. Sabrina tenía la sensación de que todavía ninguno era consciente de que su madre había muerto; hacía apenas unos días que se había ido, al fin y al cabo era como si hubiera realizado un viaje de fin de semana y estuviera a punto de regresar.

Sabrina sabía que ahora debían concentrarse en Annie, en su total restablecimiento tras la operación y en su adaptación a la nueva vida que la esperaba. Para ellos empezaba ahora un duro camino, y era consciente de que para Annie la transición de artista a mujer ciega le llevaría mucho tiempo. Sería una cruz difícil de cargar.

Cuando llegaron a la casa, Jim dijo que esa tarde necesitaba ir al banco. Sabrina se ofreció a llevarlo, pero él prefirió ir solo. Al igual que sus hermanas, intentaba ayudarlo, pero sabía darle espacio cuando lo necesitaba. Su estado de ánimo era inestable, en algunos momentos el peso de la tragedia lo aplastaba completamente, en otros se sentía mejor, pero enseguida, súbita y brutalmente, caía de nuevo bajo el insoportable peso de la pérdida. Sentía que todo su mundo se había derrumbado, y en cierto modo era así.

Había avisado en el despacho que no iría en toda la semana, y quizá tampoco en la siguiente. Quería esperar a ver cómo se sentía. Era asesor de inversiones desde hacía muchos años, y sus clientes seguramente comprenderían su ausencia tras la muerte de Jane. A los clientes más importantes se les había avisado, y muchos de ellos habían enviado flores.

Estarían todos juntos hasta el fin de semana; luego Tammy regresaría a Los Ángeles, Chris a Nueva York y Jim tal vez al trabajo. Sabrina pensaba que sería bueno para él, pero no todos estaban de acuerdo, pues parecía cansado y frágil, y había perdido ya algunos kilos. Temían que la muerte de Jane afectara su salud y que de la noche a la mañana se convirtiera en un hombre mayor. Y, a decir verdad, ya casi había sucedido: era muy triste ver lo destrozado y perdido que estaba sin ella.

Desde la biblioteca, Sabrina telefoneó a la agente inmobiliaria que le había conseguido su piso actual y le explicó lo que buscaba: un piso soleado, con tres habitaciones grandes —ya que Tammy había decidido permanecer en California para seguir produciendo su programa—, preferiblemente en un primer piso, con tres baños, una sala grande, comedor, y si fuera posible un pequeño estudio, aunque no era indispensable. Querían un edificio con portero y algún tipo de seguridad extra, ya que Candy solía regresar a altas horas de la noche, y Annie necesitaría ayuda cuando entrara y saliera del edificio. Ellas no podrían estar todo el tiempo a su lado, tenían que trabajar y a veces también saldrían solas. Preferían que estuviera en el Upper East Side, aunque también podía ser en el Soho, en Tribeca o en Chelsea. A Sabrina le gustaba la parte alta de la ciudad; Candy decía que le daba igual, lo importante era estar las tres juntas. Planeaba alquilar su maravilloso *penthouse*. Aunque era precioso y tenía unas vistas increíbles, Candy no se había molestado en decorarlo, ni en ponerle ningún toque personal. Como para Sabrina, lo principal era la seguridad, poder sentirse protegida cuando regresaba a casa por las noches. Las otras no salían tanto como Candy, tenían vidas más sedentarias.

—Me pides algo difícil —dijo la agente con honestidad—; tal vez pueda encontrar algo conveniente, por ejemplo alguien que alquile su apartamento durante un año. —Sabrina le había dicho que no les importaba que no tuviera terraza ni buenas vistas, ni que fuera un edificio antiguo. Lo importante era que pudieran estar juntas en un entorno en el que Annie se sintiera a gusto, y sobre todo segura, mientras aprendía a llevar adelante su nueva vida. Sabrina también deseaba que el lugar tuviera una cocina decente para poder cocinar. Allí, con suerte, Chris les prepararía algún plato cada tanto. Era casi un chef; Sabrina tenía ganas de que le enseñara, pero nunca tenía tiempo, es más, muchas veces tenía que pasar por alto las comidas. Y por lo que habían comprobado en los últimos días, además de por su aspecto, era evidente que Candy casi no comía; Tammy se preocupaba por su peso aunque no se obsesionaba, y Sabrina alternaba comidas de verdad con ensaladas para compensar los excesos que se daba, aunque no muy frecuentemente.

La agente inmobiliaria prometió llamarla en cuanto tuviera algo para mostrarle. Sabrina sabía que podía llevar algo de tiempo, y quizá tuviera que acabar alquilando una casa, pero no quería empezar por ahí porque por lo general eran bastante más caras que los pisos. Cuando volvían del cementerio le contó los planes a su padre, y él había sonreído.

—Será muy bueno para vosotras. Como en los viejos tiempos, cuando todas vivíais en casa. Ya me imagino los líos que armaréis. Y Chris, ¿qué piensa de todo esto? Vivir con tantas mujeres es un desafío para cualquier hombre. Hasta vuestros perros son hembras, y vuestras amigas, por supuesto. —Sabrina respondió que Chris ya estaba acostumbrado. Su casa era siempre un caos, y lo sería aún más si la compartía con sus hermanas; así que visitarla o quedarse a dormir allí sería toda una hazaña. Pero les encantaba la atmósfera que creaban cuando estaban juntas, y Chris se sentía muy bien con ellas.

En cualquier caso, la agente ya sabía cuáles eran sus necesidades, y Sabrina creía que no sería tan difícil encontrar algo. Le había dicho también que necesitaban que fuera pronto, y esto, por supuesto, sí que dificultaba las cosas. Annie saldría del hospital en pocas semanas, y Sabrina quería que ya fuera al nuevo piso. Debía avisar que dejaría el suyo, y Candy tenía que alquilar su apartamento, aunque por ahora había decidido esperar a que encontraran algo antes. Si entonces no conseguía un inquilino, se mudaría con ellas y seguiría pagando los gastos del *penthouse*, ya que era suyo. Trabajando como modelo ganaba exorbitantes sumas de dinero, así que, pese a ser la más pequeña, podía darse algunos lujos totalmente prohibidos para sus hermanas. Ni siquiera Tammy, trabajando como productora de un programa de Hollywood, ganaba tanto dinero. Candy admitía de buena gana que el caché de las supermodelos era delirante, y en ese momento ella estaba en la cima.

Jim dijo que él pagaría la parte del alquiler que correspondiera a Annie, e incluso un poco más si era necesario. Quería pagar la mitad de la renta porque pensaba que el proyecto de las hermanas era muy noble, aunque se negaba a aceptar que su hija no se curaría. Creía que tal vez algún día Annie podría recobrar la vista; era un golpe demasiado difícil de asimilar. Sabrina sabía que, con el tiempo, su padre acabaría por aceptarlo, pero ahora el haber perdido a su esposa y que su hija, tras estar al borde de la muerte, se hubiera quedado ciega era más de lo que podía digerir. Su mente se negaba a asumir todo lo que había sucedido en los últimos cinco días. Para sus hijas era un poco más fácil; y Annie todavía no estaba al tanto de nada.

Al regresar, Tammy y Chris prepararon sándwiches. La gente les había traído cestas repletas de comida riquísima. Parecía Navidad, cuando los clientes de su padre y los amigos enviaban cestas llenas de exquisiteces y vinos. Sabrina en ese momento fue consciente de que las próximas fiestas serían desoladoras sin su madre; su ausencia se haría aún más dolorosa.

Esa tarde, cuando sus hijas fueron a visitar a Annie, Jim se dirigió al banco. Chris le había ofrecido llevarlo en coche; estaba tan perdido que las chicas no querían que condujera. Lo último que deseaban era otro accidente, no querían ni pensarlo. A Chris le sorprendió ver que Jim subió al coche con un bolso y una pequeña maleta; no sabía qué tenía en mente, pero parecía muy resuelto y casi no habló mientras iban en el coche, lo cual era raro en él.

Tammy, Candy y Sabrina encontraron a Annie dormida. Se sentaron sin hacer ruido y esperaron a que despertara. La enfermera les dijo que dormía la siesta, pero que esa mañana había estado bastante animada. Sus hermanas sabían que ese estado no le duraría mucho tiempo: a final de semana la realidad la golpearía, y sería tan brutal como un sunami.

Finalmente, se despertó; sus hermanas estaban sentadas en torno de ella. Enseguida percibió la presencia de Tammy: estaba desarrollando un sexto sentido para identificar a las personas que se movían a su alrededor. Su oído se estaba agudizando. Casi siempre sabía cuál de sus hermanas estaba más cerca.

—Hola, Tammy —dijo, y su hermana sonrió y le besó la mejilla. Y Annie, aunque no podía verla, intercambió una sonrisa con ella.

—¿Cómo lo supiste? —preguntó Tammy sorprendida.

—Sentí tu perfume. Y Sabrina está allí detrás —señaló hacia el lugar en que estaba su hermana.

—Pues eso sí que me extraña —comentó Sabrina—, porque no me he puesto perfume, lo olvidé en mi casa.

—No sé —dijo Annie, bostezando—, supongo que los percibo de algún modo. Y Candy está recostada a mis pies. —Todas rieron, la descripción era exacta—. ¿Dónde está mamá? —preguntó, igual que el día anterior. Parecía espontánea y preocupada al mismo tiempo.

—Papá tuvo que ir al banco —dijo Tammy, tratando de distraerla. Intentó que pareciera que su madre había ido con él, era una forma de no mentirle.

—¿Para qué fue al banco? ¿Por qué no está trabajando? Por

cierto, ¿qué día es hoy? —Había estado inconsciente hasta el día anterior.

—Miércoles —respondió Sabrina—. Papá se ha tomado toda la semana de vacaciones.

—¿En serio? Jamás lo hace. —Annie arrugó la frente como si meditara lo que le habían dicho. Las tres hermanas intercambiaron miradas inquietas—. Me estáis mintiendo, ¿no es así? —dijo con tristeza—. Mamá tiene que estar herida, si no, estaría aquí. Jamás acompañaría a papá si supiera que estoy enferma. ¿Qué ha pasado? —preguntó—. ¿Es muy grave? —Se hizo un largo silencio en la habitación. No querían contarle tan pronto lo que había pasado, pero Annie no les daba mucho margen de maniobra. Nunca lo hacía. Era una persona directa que quería respuestas y no dejaba cabos sueltos. Odiaba que las cosas no estuvieran claras y, pese a su formación artística, era meticulosa, precisa y directa—. ¿Qué le ha pasado a mamá? ¿Dónde está? —No sabían qué responder, y temían darle un golpe demasiado fuerte—. Vamos, chicas, me estáis asustando. —Comenzó a impacientarse, y sus hermanas también. Era terrible, y no querían decírselo justo cuando comenzaba a recuperarse.

—Fue muy grave, Annie —dijo finalmente Tammy en voz baja, mientras se acercaba a la cama para estar más cerca de ella. Todas hicieron lo mismo instintivamente; Candy se estiró y tomó su mano—. Fue un accidente horrible, chocaron tres coches y un camión.

—Me acuerdo de que mamá perdió el control del volante. Yo intenté controlarlo antes de pasarnos al otro carril, pero cuando miré ella ya no estaba en el coche. No sé cómo salió. —Había caído en el carril contrario, pero el policía de tráfico dijo que ya estaba muerta. Había muerto con el impacto de los tubos de acero, que casi le arrancan la cabeza. Annie se había salvado del golpe de milagro—. No recuerdo nada más —dijo suavemente.

—Te quedaste atrapada en el coche, con un golpe muy fuerte en la cabeza. Tardaron media hora en sacarte, gracias a Dios lo hicieron a tiempo —agregó Sabrina. Estaban tan unidas que con frecuencia parecían compartir una misma cabeza y una única voz. Cuando eran pequeñas, su madre solía llamarlas el monstruo de cuatro cabezas: si hablas o mantienes una discusión con una de ellas —decía—, tendrás que enfrentarte a las cuatro; y que Dios te libre y te guarde si piensan que has sido injusto con alguna de ellas. Eso no había cambiado demasiado; eran mayores y más maduras, pero todavía estaban muy unidas, tenían puntos de vista similares sobre muchas cosas y eran rápidas para defenderse las unas a las otras.

—Todavía no me habéis dicho dónde está mamá. —Las chicas sabían que no había modo de eludir la pregunta. Annie era muy insistente y no tenía un pelo de tonta, era muy difícil seguir evitándola.

—¿Está en otro cuarto? —Tammy miró a Sabrina y negó con la cabeza. Las tres se acercaron más a la cama y le acariciaron las manos, los brazos, la cara. Annie las sentía junto a ella, y su presencia era al mismo tiempo agradable y alarmante. Se daba cuenta de que había pasado algo terrible. Su percepción era más aguda que nunca y su cerebro funcionaba perfectamente, para alivio de todos, aunque en este caso esa lucidez le hiciera más difícil comprender lo que ocurría.

—No pudo superarlo, Annie —dijo Tammy en voz baja, ya que era la que estaba más cerca—. Fue todo muy rápido. La golpearon los tubos de acero y murió en el acto. —Annie sofocó un grito; abrió la boca con terror, pero no salió de ella ningún sonido. Entonces comenzó a sacudir los brazos frenéticamente para agarrarlas, y apretó fuertemente sus manos. Las cuatro lloraban. Tammy, Candy y Sabrina veían su propio dolor reflejado en el rostro de su hermana. Ellas habían tenido cuatro días para hacerse a la idea, para Annie era algo completamente nuevo y brutal.

—¿Mamá murió? —susurró aterrorizada. Le hubiera gustado poder ver a sus hermanas, y odiaba las vendas que se lo impedían. El médico había dicho que debía llevarlas unos días más; se las quitarían una semana antes de lo previsto. Habían perdido a su madre, y Annie no soportaba no poder mirar a los ojos a sus hermanas. Había intentado quitarse las vendas tirando de ellas y arañándolas, pero no había logrado nada.

—Sí. —Sabrina respondió su dolorosa pregunta—. Lo siento mucho, pequeña. Siento tanto que tengas que pasar por esto.

—Dios mío, es terrible —dijo, mientras las lágrimas atravesaban las vendas. Le ardía la cara; las vendas contribuían a que el llanto fuese aún más doloroso. Se sentó y lloró largamente entre los brazos de sus hermanas, que la sostenían como tres ángeles guardianes. Pero el ángel más dulce se había ido. Annie era incapaz de entenderlo, no podía asimilarlo, era lo más espantoso que había oído en su vida. Lo mismo les sucedía a sus hermanas, aunque llevaran cuatro días intentándolo. Ninguna era capaz de razonar, pese a que hacían un gran esfuerzo por convencer a su padre de que sí podían—. ¿Cómo está papá? —preguntó finalmente Annie, preocupada.

—Mal —respondió Candy—; nosotras también. Yo estoy deshecha. Sabrina y Tammy se han hecho cargo de todo; se han portado de maravilla —agregó. Annie se había perdido gran parte de lo sucedido. Todo, en realidad.

—¿Me perdí el funeral? —preguntó, conmocionada. En realidad no deseaba asistir, pero se sentía un poco excluida, aunque en el fondo sabía que no lo estaba. No habían tenido otra opción; no sabían cuándo despertaría, y no podían esperar, hubiera sido muy duro para su padre, y también para ellas. Necesitaban dejar atrás las formalidades de la pérdida, aunque no estuviera Annie.

—Fue ayer —dijo Sabrina. Annie no podía creerlo: su madre estaba muerta. No podía asimilar las palabras ni lo que suponían. Sus hermanas tampoco podían hacerse a la idea; su madre era una presencia tan fuerte y adorable que era imposible comprender una muerte tan súbita, e incluso hacerse cargo de todo lo que esta comportaba. Hasta el momento, se las habían arreglado bastante bien, especialmente las dos hermanas mayores.

—Pobre papá... nosotras... pobre mamá —gimió Annie—. Es horroroso. —Lo era, y más aún de lo que ella imaginaba. Lo cierto es que ahora la más perjudicada era ella, más que su madre, que al fin y al cabo había vivido su vida y que, aunque su muerte hubiera sido prematura, la había disfrutado al máximo hasta el último momento. Annie, en cambio, tendría que hacer frente a enormes desafíos, su vida se volvería muy dura de repente y jamás podría volver a mirar un cuadro, ni a crearlo; justamente ella, que había consagrado su vida al arte. Sus hermanas sufrían por ella tanto como por su madre.

Esa tarde pasaron muchas horas junto a Annie. No querían que se quedara sola después de haberle contado lo de su madre. A ratos hablaban sobre el tema, a ratos se quedaban en silencio cogidas de las manos, o lloraban juntas, o reían con lágrimas en los ojos al recordar alguna de ellas alguna historia. La muerte de la madre había reforzado el vínculo que las unía, ya de por sí muy fuerte. Las cuatro eran muy distintas entre sí, pero estaban ligadas por el poderoso amor y respeto mutuo que habían aprendido de su madre, y también de su padre. Ahora todos estaban más unidos que nunca, y esa unión era un símbolo de la pervivencia de un mundo que se había derrumbado.

A las siete dejaron el hospital. Todas estaban exhaustas. Camino de casa fueron hablando de Annie; al llegar encontraron a Chris conversando tranquilamente con Jim. Les contó que al menos una docena de personas habían pasado para ver cómo estaban y darles las condolencias. Su madre no solo había dejado un vacío enorme en sus vidas, sino también en la comunidad, donde la querían y admiraban como mujer, esposa, madre, amiga y colaboradora en muchas obras de caridad. Jane había sido mucho más que madre y esposa.

Tammy sugirió que pidieran comida china o sushi por teléfono, así Chris no tendría que cocinar, pero su padre dijo que antes tenían que hacer algo. Parecía triste y conmovido, aunque determinado. Les pidió que lo acompañaran hasta el comedor. Chris sabía bien qué era lo que estaba sucediendo, por lo que se quedó atrás para no entrometerse. Se trataba de algo privado. Se había sorprendido y le había parecido que aún era demasiado pronto cuando Jim se lo había contado al volver del banco, pero él le había explicado que pasarían muchos meses hasta que sus hijas volvieran a estar todas juntas en casa. Y sabía que su esposa lo hubiera querido así. Era pronto, pero era el momento. Su mujer había sido siempre generosa con él, con sus hijas y con sus amigas.

Las chicas siguieron al padre hasta el comedor y se sorprendieron al ver lo que allí había. No estaban preparadas, y su padre no les había advertido de nada. Tammy dio un pequeño grito de dolor y retrocedió, Sabrina se cubrió los ojos con las manos y Candy se quedó de pie y comenzó a llorar.

—Pero, papá... —Fue todo lo que Tammy pudo decir. No quería enfrentarse a esto todavía. Dolía mirar todas esas piezas familiares, uno de los tantos regalos que su madre les había dejado, esta vez a través de su padre.

Jim había colocado todas las joyas sobre la mesa del comedor, en líneas rectas; los anillos, las pulseras y los pendientes, los collares de perlas, todos los regalos que Jane había recibido a lo largo de los años en su aniversario, en Navidad o en ocasiones especiales, como el nacimiento de sus hijas. Debido al éxito de Jim en su trabajo, con el tiempo, la cantidad de regalos se había ido incrementando. No eran joyas importantes, como las que Tammy había visto en Hollywood o las que Candy usaba en las sesiones de *Vogue* o en los anuncios de Tiffany o Cartier; pero eran hermosas piezas que Jane había usado y querido. Se acordarían de su madre cada vez que las usaran, aunque quizá siempre tuvieran una vaga sensación de que las habían cogido sin permiso, como si hubieran asaltado su joyero mientras su madre no estaba, sabiendo que, cuando regresara, deberían darle explicaciones. Todas querían creer que regresaría. Sacar sus joyas, como había hecho su padre, era un modo de aceptar que se había marchado para siempre, y que ahora entrarían en el mundo de los adultos, sin nada que las protegiera de lo que la vida les deparara, fuera bueno o malo. Ya no tenían mamá. Debían crecer de golpe.

—¿Estás seguro, papá? —preguntó Sabrina con los ojos llenos de lágrimas. Tammy también lloraba en silencio. Era muy duro.

—Sí, estoy seguro. No quiero esperar a que llegue el día de Acción de Gracias. Annie no está, pero podéis elegir vosotras las joyas que le gustarán más. Elegid por ella, siempre podréis intercambiarlas. Quiero que lo hagáis por turnos, una a una, comenzando por orden de edad, de mayor a menor, hasta que os hayáis repartido todo. Mamá quería que fueran para vosotras, así que todo esto os pertenece —dijo con calma, y salió del cuarto enjugándose las lágrimas. Se lo dejaba a ellas, sabía que lo harían bien. Había también cuatro abrigos de piel, dos de visón, uno de zorro y uno bellísimo de lince que él mismo le había regalado la última Navidad. Estaban expuestos en las sillas del comedor. Era demasiado.

—Guau —dijo Sabrina, sentándose, al tiempo que observaba todo lo que había sobre la mesa—. ¿Por dónde empezamos?

—Ya oíste a papá —dijo Tammy sombría—. Por orden de edad, es decir, primero tú, después yo, luego Annie y finalmente Candy. ¿Quién elegirá por Annie?

—Podemos hacerlo entre todas, sabemos qué es lo que le gusta. —Annie usaba muy pocas joyas y tenía un gusto muy ecléctico, le agradaban sobre todo las pulseras de plata y las turquesas. Su madre tenía joyas más bien clásicas, pero había algunas que seguramente le quedarían bien a Annie, si quería aparentar más edad. Y aunque no las usara, eran un recuerdo de su madre y siempre sería grato tenerlas. Todas sabían cuál era la pieza que correspondía a cada uno de sus nacimientos: una estrecha pulsera de zafiro por la llegada de Sabrina, un anillo de rubí por la de Tammy, un collar de perlas por la de Annie y una hermosa pulsera de diamantes por la de Candy, que había nacido trece años después que Sabrina, es decir, en tiempos más prósperos. Cada una cogió la suya. Después comenzaron a relajarse y a probarse las piezas. El anillo de rubí tenía el tamaño exacto del dedo de Tammy, que juró no quitárselo nunca más.

Una a una comenzaron a escoger; recordaban muy bien todas las joyas. Algunas habían pertenecido a su abuela: eran antiguas, pero hermosas. Tenían el aura de los años cuarenta: grandes piezas de topacio, aguamarinas y un bellísimo camafeo que eligieron para Annie porque así lo sintieron y porque el rostro tallado se asemejaba al suyo. Sus padres no se hubieran sorprendido de lo respetuosas que eran las unas con las otras; cuando a alguna le gustaba una pieza, las otras dos le decían rápidamente que se quedara con ella. Había algunas joyas que no le sentaban bien a ninguna, pero de todos modos las eligieron. El hermoso broche de zafiros que su padre le había regalado a Jane cuando cumplió los cincuenta fue por unanimidad para Sabrina. Había también un par de bellos pendientes de diamantes que le quedaban preciosos a Tammy, y otros colgantes con perlas y diamantes, que usaba cuando era joven, que eran perfectos para Candy. Había una increíble pulsera de diamantes que todas acordaron que sería para Annie. Todas las joyas eran preciosas y, mientras las elegían, empezaron a sentirse menos tristes, a sonreír e incluso a reír mientras se las probaban y comentaban cómo les quedaban. Era una experiencia agridulce, triste y feliz al mismo tiempo.

Cuando acabaron, las cuatro tenían la misma cantidad de joyas: dos o tres piezas bastante importantes y luego algunas de menor valía, pero llenas de recuerdos. Estaban satisfechas con lo que habían elegido para Annie, y absolutamente dispuestas a cambiarlas si a ella no le gustaba la descripción que le hacían de cada una de las piezas. Sabían que eran joyas propias de mujeres algo mayores que ellas, pero pensaron que con el tiempo les sentarían mejor y que, aunque se las pusieran ahora, siempre tendrían la virtud de evocar a su madre. Era tierno y conmovedor tener sus joyas. Al terminar, se probaron los abrigos, y también los repartieron sin el menor conflicto.

Todas estuvieron de acuerdo en que el de zorro era ideal para

Annie; tenía casi el mismo color castaño de su cabello, era tupido y largo, sin duda le quedaría bien, y podría usarlo con tejanos. Había un largo abrigo de visón que le sentaba fantásticamente a Sabrina, ya que su madre solía usar las pieles un poco holgadas. Era elegantísimo. El otro abrigo de visón le quedaba espectacular a Tammy, que dijo que se lo pondría para los Emmys del año siguiente. Era superchic. Y el de lince era cien por cien Candy: al ser larguísimo resaltaba su delgadez y la desmesurada extensión de sus piernas. Le quedaba fabuloso, las mangas, tal vez un poco cortas, pero ella dijo que le gustaba así. Su madre lo había usado solo una vez. Los cuatro abrigos estaban en perfecto estado, ya que Jane solo se los ponía cuando tenían una cena en la ciudad o algún evento importante. Había sido siempre una amante de las pieles, sin embargo, solo se las había comprado en los últimos años. Las chicas recordaban que de joven tenía un abrigo de astracán de los años treinta heredado de su madre, pero hacía tiempo que había desaparecido. Estos elegantes abrigos estaban casi nuevos, y les quedaban de maravilla. Una vez que los hubieron elegido, los colocaron otra vez cuidadosamente en las sillas y fueron al estudio de su padre a darle las gracias.

Él las vio entrar en la habitación con los rostros sonrientes; las tres lo besaron y le dijeron cuánto significaba para ellas tener esos objetos de su madre. Jim se había quedado solamente con el anillo de compromiso y el de boda; los había guardado en su escritorio, dentro de una cajita. Allí podría verlos siempre que le apeteciera. No podía separarse de ellos.

—Gracias, papá —dijo Candy, sentándose a su lado y tomándole la mano.

Las cuatro eran conscientes de lo duro que debía haber sido para él desprenderse de todas esas joyas tan pronto, y les parecía un gesto hermoso.

—Podéis buscar también entre el resto de sus cosas y ver si hay algo que queráis conservar. —Jane tenía bolsos y ropa muy elegante, aunque por la talla solo le podían ir bien a Tammy. Pero no había ninguna prisa. Para Jim era importante repartir las joyas porque necesitaba que estuvieran todas presentes y no quería esperar cinco meses a que regresaran por el día de Acción de Gracias. Al principio, las había aturdido el ver todas las joyas de su madre y saber que debían quedárselas; sin embargo, lo habían hecho todo tranquila y ordenadamente, habían sido tan respetuosas entre ellas como lo eran con su madre. Ella les había enseñado a quererse, a tratarse bien, a ser generosas y compasivas. Y lo habían aprendido al pie de la letra.

Mientras las chicas escogían las joyas, su padre y Chris habían pedido comida hindú por teléfono. Estaba muy buena. Durante la cena charlaron y, durante un rato, la vida les pareció casi normal; hablaron, rieron y se gastaron bromas los unos a los otros. Era difícil creer que acababan de repartirse las joyas de su madre, a quien habían enterrado esa misma tarde y cuyo funeral había sido el día anterior. Todo parecía irreal.

Mientras limpiaban la cocina, Tammy se dio cuenta de cuánto echaría de menos a sus hermanas cuando estuviera en Los Ángeles. Pese a lo penoso de la situación, adoraba estar con ellas; era lo que más feliz la hacía. Siempre que regresaba con su familia sentía que allí estaba lo más importante y que, hasta cierto punto, su vida en California carecía de sentido. Era difícil establecer comparaciones entre los dos mundos: California era el lugar en que vivía y trabajaba y, cuando estaba allí, le parecía que todo eso era fundamental, especialmente el programa que había ayudado a crear y que era tan importante para ella. Pero nada de eso se podía comparar con su familia. Miró a sus hermanas que salían de la cocina; Sabrina la abrazó.

—Te echaremos de menos cuando te vayas. Siempre te echo de menos.

—Yo también —dijo Tammy con tristeza. Allí compartían las comidas, podían pasarse el día hablando, y su padre las protegía. Le recordaba su infancia, que para ella había sido perfecta y extraordinaria. Nada había cambiado, excepto el hecho de que vivían en diferentes lugares del mundo. En realidad, ya no sería así, cuando Annie saliera del hospital vivirían todas juntas, excepto ella, que estaría a 4.500 kilómetros. No le quedaba más remedio; no podía dejar todo lo que tenía en Los Ángeles; no podía destruir una carrera que le había costado tanto esfuerzo. Era una decisión muy difícil.

Las tres perras las siguieron al salir de la cocina y subieron con ellas a sus habitaciones. Parecía que entre ellas había una tregua y, con el paso de los días, Beulah y Juanita se habían convertido en mejores amigas. Zoe, la yorkshire de Candy, estaba siempre pegada a su dueña o directamente sobre su falda. Juanita y Beulah se habían acostumbrado a dormir juntas; la chihuahua mordía juguetona las largas y suaves orejas de Beulah. Incluso habían cazado juntas un conejo en el jardín. Todos se habían reído mucho. Zoe era la más elegante —con su collar con imitaciones de piedras preciosas y sus moños color rosa— y Juanita, la más feroz. Chris comentó que Beulah no había vuelto a deprimirse, tal vez no le gustaba ser hija única y necesitaba hermanas. Candy prometió comprar collares de piedras para las otras dos perritas y Chris no pudo más que poner los ojos en blanco.

—Beulah es una perra de caza, Candy, no una supermodelo.

—Sí, pero le hace falta un poco de estilo —dijo Candy frunciendo el ceño—, esa debe ser la razón de su depresión. —Su viejo collar de cuero estaba gastado y descolorido, y cuando lo dijeron, Beulah los miró y movió la cola—. ¿Lo ves? Ella está de acuerdo conmigo. Conozco en París a una mujer fantástica que hace la ropa de Zoe. Le tomaré las medidas a Beulah antes de que nos vayamos y le traeré algunas cosas.

—Ahora soy yo el deprimido. Estás corrompiendo a nuestra perra —dijo Chris con firmeza. Beulah era lo único que él y Sabrina compartían oficialmente. Cada uno tenía su propio piso, jamás mezclaban el dinero y se preocupaban por mantener sus cosas separadas. Su experiencia como abogados les había enseñado que si las cosas no estaban en orden y se separaban, todo se convertiría en un tormento. Pero Beulah era una hija que compartían. Sabrina siempre decía bromeando que si alguna vez rompían tendrían que negociar una custodia compartida. Chris respondía, tomándole el pelo, que era mejor casarse y así proteger a la perrita. Pero el matrimonio no había estado hasta el momento entre los planes de Sabrina, y no lo estaría por un tiempo.

—¿Por qué no? —le preguntó Tammy al día siguiente mientras tomaban café en la cocina. Los demás se habían ido: Jim y Chris a hacer unos recados, y Candy a buscar un gimnasio cerca de la casa, ya que llevaba una semana sin hacer pilates y decía que se estaba aflojando y que había engordado, lo cual era para todos una buena noticia. Según ella, el cuerpo se le estaba ablandando.

—No lo sé —respondió Sabrina, con un suspiro—. Simplemente no me imagino casada. Todos los días escucho historias horribles de gente que se traiciona, se miente o se deja de querer en el instante mismo en que se casa. Todo eso hace que el matrimonio no me parezca algo muy atractivo, por más encantador que sea Chris. Al parecer, todos lo son al principio, pero luego las cosas se echan a perder.

—Pero mira a mamá y papá —dijo Tammy. Eran su modelo del matrimonio perfecto; y ella quería uno así, si lograba encontrar a un hombre como su padre. Por desgracia, los que conocía en Los Ángeles, en especial en el mundo de la televisión, estaban locos, eran narcisistas, jugadores compulsivos o simplemente malas personas. Le parecía conocerlos a todos y decía que solo atraía a los chiflados y los cabrones, pero especialmente a los chiflados.

—Sí, mamá y papá eran el uno para el otro —dijo Sabrina algo sombría—. ¿Cómo podremos conseguir algo parecido? Eso solo sucede una vez. Mamá solía decir que había tenido mucha suerte. Yo no estoy segura de tener la misma fortuna, y si no llego a tenerla, me sentiré defraudada; no quiero renunciar a ello. Nos pusieron el listón demasiado alto.

—A mí me parece que Chris está bastante cerca del listón. Encontraste a un hombre bueno y eso no es fácil. Además, mamá y papá trabajaron mucho para conseguirlo, no fue algo espontáneo. Me acuerdo que cuando éramos pequeñas a veces se peleaban.

—No mucho; y generalmente cuando no estaban de acuerdo entre ellos con algo que habíamos hecho nosotras. Como aquella vez que me escapé de noche un día entre semana; papá pensaba que mamá solo me tenía que reñir un poco y olvidarlo, pero mamá me castigó tres semanas. Era mucho más rígida que papá.

—Tal vez por eso se llevaban bien. De todos modos, no recuerdo ninguna pelea seria. Quizá sí, una: aquella vez que él volvió borracho en Nochevieja. Mamá no le habló durante una semana. —Las dos rieron al recordarlo. Incluso con unas copas de más, su padre había estado encantador esa noche. Jane había dicho que la había avergonzado delante de sus amigos. Ninguno de los dos bebía mucho, y tampoco sus hijas, aunque sí un poco más que sus padres. Candy era más marchosa que las demás, pero aún era joven y, por su trabajo, se movía en un medio más frenético. Con todo, ni ella ni sus hermanas bebían más de lo normal. Sabían que Annie fumaba hachís con sus amigos artistas, pero era tan responsable con su trabajo que no le gustaba colocarse muy a menudo. Aunque sí lo había hecho con más frecuencia en la universidad. Lo cierto es que ni ellas ni sus padres habían tenido ningún tipo de adicción. Chris bebía más que Sabrina; le gustaba tomarse un vodka cuando salían, pero no se excedía. A Tammy le parecía que era el hombre perfecto, sobre todo si lo comparaba con los tontos que conocía.

—Creo que sería una pena que tú y Chris no os casárais algún día —dijo Tammy, mientras ponía las tazas en el lavavajillas—. En septiembre cumplirás los treinta y cinco; si quieres tener hijos, será mejor que te vayas espabilando. Además, él podría cansarse de esperar; ni siquiera vivís juntos. Me sorprende que todavía no te haya puesto los puntos sobre las íes; él también se está haciendo mayor.

—Tiene solo treinta y seis. Y sí, a veces me pone los puntos sobre las íes. Pero yo le explico que todavía no estoy lista. Y no lo estoy, ni sé si alguna vez lo estaré. Me gustan las cosas tal como están; dormimos juntos tres o cuatro veces por semana. Me gusta tener tiempo para mí; trabajo mucho por las noches.

—Eres un caso perdido.

—Supongo que sí —admitió Sabrina.

—Si yo llegara a encontrar a un hombre como él caería de rodillas a sus pies. ¿No has pensado que podrías perderlo por no querer casarte? —Tammy había reflexionado sobre el tema. Pensaba que Chris era increíblemente paciente con su hermana, además quería tener niños, pero Sabrina no estaba muy segura; no quería tener que pasar por tener sus hijos solo la mitad del tiempo en una custodia compartida si algún día se divorciaban. Su trabajo y los horribles problemas que le confiaban sus clientes la habían afectado muchísimo.

—No lo sé. Supongo que me preocuparé cuando ocurra, si es que ocurre. Por ahora, las cosas funcionan.

Tammy negó con la cabeza disgustada:

—Mírame a mí, diciéndome que iré a un banco de esperma si no encuentro al hombre adecuado, lo cual es muy posible, y tú tienes al hombre más genial del planeta, que quiere casarse y tener hijos, y eliges vivir sola y ser soltera para siempre. Joder, la vida es muy injusta.

—No, la vida no es injusta, y ni se te ocurra hacer la estupidez de ir a un banco de esperma tan pronto. Ya encontrarás al hombre adecuado.

—En mi trabajo, seguro que no. Ni en Los Ángeles. No sabes lo locos que están los hombres allí. Ya casi no soporto siquiera salir a tomar algo. Si escucho más historias de hombres que no han podido encontrar a la mujer ideal en los veinte años que llevan divorciados mientras me engañan saliendo con actrices veinteañeras; que son vegetarianos, pero necesitan dos limpiezas de colon a la semana para mantenerse en pie; que están a la izquierda de Lenin y que, dicho sea de paso, quieren que les consiga un papel en el programa..., vomitaré; de hecho, ya he vomitado. Cuando dejo la oficina, casi siempre después de las diez y media de la noche, prefiero quedarme en casa con Juanita y ver mis programas favoritos con el TiVo, o ponerme a revisar guiones. No vale la pena ponerse tacones y maquillarse para esos tipos. Realmente creo que acabaré sola; es mejor que lo que veo afuera. —A los veintinueve, Tammy casi había claudicado—. El año pasado probé un par de veces a salir con chicos que había conocido por internet. Fue todavía peor. Uno me llevó a cenar: no tenía el dinero suficiente para pagar la propina y luego me pidió que le prestara dinero para la gasolina del coche porque no podía llegar a su casa. El otro me confesó que había sido gay toda la vida y que había apostado con sus amigos que era capaz de salir con una mujer, al menos una vez. Me tocó a mí. Ya estoy cansada del Club de los Freakies, yo soy su miembro fundador, y voy camino de liderar la lista de citas inútiles con cretinos. —Sabrina tuvo que reírse de lo que oía, pero sabía que era cierto, o al menos lo era para Tammy. Estaba en un lugar muy malo para conocer hombres. Tenía éxito y poder en un mundo lleno de pícaros y narcisistas que querían algo de ella sin estar dispuestos a dar nada a cambio. Con todo, Tammy era guapa, inteligente, joven y triunfadora; era difícil creer que no pudiera encontrar a un hombre decente, aunque lo cierto era que todavía no lo había encontrado. Trabajaba mucho, casi no tenía tiempo libre, y había renunciado a buscarlo. Se pasaba los fines de semana trabajando, o en casa con su perra—. Además —agregó—, sería traumatizante para Juani si comenzara a salir con alguien. Ella odia a los hombres.

—No es cierto; Juanita adora a Chris —dijo Sabrina con una sonrisa.

—Todo el mundo adora a Chris, excepto tú. —La regañó, y Sabrina lo negó enfadada.

—No es cierto. Yo quiero a Chris lo suficiente como para no querer arruinar lo que tenemos.

—No seas cobarde —dijo Tammy—. Chris merece la pena que te arriesgues. No encontrarás a otro mejor. Confía en mí, he visto lo peor. He salido con todos los cretinos del mundo. Chris es un bombón. Te ha tocado la lotería; no lo arruines o te romperé la cabeza.

Sabrina rió.

—Si los hombres allí son tan espantosos, ¿por qué no te vienes a Nueva York? —Sabrina ya lo había pensado antes; se daba cuenta de lo sola que estaba su hermana en Los Ángeles, y se preocupaba. Sabía que a su madre también la inquietaba su situación; solía decir que si Tammy se quedaba en Los Ángeles no se casaría nunca. Y para ella esa era una prioridad; pensaba que el matrimonio y la familia eran lo más importante. Pero claro, estaba casada con un hombre extraordinario.

—No puedo mudarme solo para conocer a un hombre —dijo Tammy, disgustada—. Es una locura. Además, me moriría de hambre. No puedo abandonar mi carrera; he trabajado durante mucho tiempo y le he dedicado demasiados esfuerzos como para marcharme ahora. Me encanta lo que hago; no puedo dejarlo. Además, es posible que aquí tampoco encuentre a nadie. Tal vez el problema sea yo.

—No eres tú, son ellos —le aseguró Sabrina—. Tu trabajo está lleno de tipos raros.

—Sí, pero parece que me las arreglo para encontrarlos en todas partes. Conozco chiflados incluso cuando voy de vacaciones. Se me acercan como polillas o cucarachas. Si hay un loco en la zona, o lo encuentro yo o él me encuentra a mí, créeme.

—¿De qué habláis? —preguntó Chris, asomando la cabeza en la cocina. Acababa de regresar con Jim de un largo recorrido por una ferretería. Chris había prometido reparar algunas cosas de la casa. Buscaban con qué entretenerse, y como Chris estaría allí tres días más, pensó que tal vez podría ayudar en algo. Le encantaba arreglar cosas.

—Hablamos de mi inexistente vida sentimental. Soy la presidenta del Club de Citas con Cretinos. La lista más larga de candidatos está en Los Ángeles, pero también he abierto la inscripción en otros sitios. Tiene un éxito increíble, muchísimos inscritos, cuotas bajas, oportunidades que no te puedes perder. Te sorprenderías. —Los tres rieron, pero Sabrina sabía que lo que su hermana decía era cierto. Chris dijo que siempre le había parecido rarísimo que Tammy no encontrara a un hombre. Era una chica guapísima, lista y ganaba mucho dinero. Era un chollo para cualquier tipo; y agregó que eran todos unos tontos.

—Conocerás al hombre indicado cualquiera de estos días —le aseguró.

—Ya no sé si me interesa demasiado —dijo Tammy, encogiendo los hombros—. ¿A qué hora iremos a ver a Annie? —preguntó, cambiando de tema.

—Después de comer, cuando Candy vuelva del gimnasio. Si es que vuelve; hace muchísimo ejercicio.

—Lo sé —dijo Tammy con un gesto de preocupación. Hablaban de su peso constantemente. Al menos comía un poco más decentemente cuando estaba en casa, aunque no demasiado. Estaba muy pendiente de su peso, y decía que de él dependía su subsistencia. Sus hermanas le recordaban que de él dependía también su salud. Tammy le había advertido que si pasaba muchos años de ese modo se podía quedar estéril; pero eso todavía no le preocupaba a Candy. Estaba más interesada en mantener su posición en el ránking de las modelos y, ciertamente, lo hacía. Ser excesivamente delgada era un factor esencial.

Luego los tres se fueron a nadar a la piscina. Enseguida se les unió Jim, que se puso a charlar con Chris mientras las chicas hablaban de Annie y de los cambios a los que tendría que acostumbrarse. Sabrina todavía estaba excitada por la idea de vivir juntas y ansiosa por recibir noticias de la agente inmobiliaria. Sería realmente una gran ayuda para Annie vivir con sus hermanas ese primer año.

—Ojalá pudiera ir con vosotras —comentó Tammy una vez más—; me siento culpable por no mudarme para ayudarla. Pero no puedo.

—Lo sé —dijo Sabrina, tumbándose al sol y echando un vistazo a Chris y a su padre. Se llevaban bien, y era agradable para su padre tener a un varón cerca. Había estado rodeado de mujeres durante años. Chris era como el hijo que nunca había tenido—. Puedes viajar y quedarte unas semanas cuando tengas tiempo. —Tammy intentó recordar la última vez que había pasado un fin de semana entero sin trabajar y en el que no hubiera habido una crisis en el programa. Había sido hacía por lo menos seis meses, o tal vez más. Quizá un año.

—Lo intentaré —prometió. Las dos estaban tumbadas al sol y levantaban la cabeza para hablarse. Ambas pensaban lo mismo: que si cerraban los ojos, en un rato su madre se asomaría por la puerta de la cocina y las llamaría para almorzar. Quizá había desaparecido por unos días, o había ido a la ciudad y regresaría pronto. Era imposible que se hubiera ido para siempre. Esas cosas no pasaban. Estaba de viaje, o descansando en su habitación, o visitando a una amiga. No se había ido para siempre. Y Annie no estaba ciega. Simplemente, era imposible.

10

Las chicas pasaron la tarde del jueves y la mañana del viernes en el hospital con Annie, que estaba cada vez más nerviosa y le seguía doliendo la cabeza, lo cual no era extraño. Un fisioterapeuta había ido a verla; ella había roto a llorar varias veces al referirse a la muerte de su madre. Todavía no podía creer lo que había pasado; tampoco sus hermanas, pero ahora centraban todas sus preocupaciones en Annie. El sábado le quitarían las vendas, así que pronto tendrían que decirle que se había quedado ciega. Las tres hermanas sufrían pensando en cómo recibiría la noticia. La realidad se aproximaba a la velocidad de la luz.

Su padre fue a visitarla el jueves por la noche, y volvió el viernes por la mañana acompañando a sus hijas. Annie le dio las gracias por las joyas de su madre; aún no las había visto pero sus hermanas se las habían descrito de modo que las recordara, y le gustaban. Estaba conforme con las elecciones que habían hecho por ella, siempre le había gustado el abrigo de zorro de su madre; dijo que le iría muy bien en Florencia porque los inviernos eran muy fríos y las mujeres italianas usaban muchas pieles. Nadie protestaba allí por eso; en cambio, en Estados Unidos, no las llevaría a gusto.

Estaba ansiosa por saber cuándo podría regresar a Italia y preocupada por no tener noticias de Charlie. Le había pedido varias veces a sus hermanas que le marcaran su número de móvil, pero siempre salía el buzón, así que pensó que estaría con su amigo en Pompeya y no habría cobertura. No quería dejarle un mensaje diciéndole que su madre había muerto y que ella estaba herida para no preocuparlo; pero al mismo tiempo lamentaba no poder hablar con él desde hacía tanto tiempo. En realidad, había pasado solo una semana, pero eran tantas las cosas que le habían sucedido... y eran más de lo que ella imaginaba porque todavía no sabía que había perdido la vista. Por supuesto, Sabrina no mencionó que había hablado con él; todas se quedaban en silencio cada vez que Annie se refería a Charlie con entusiasmo. Sabrina tenía que hacer un esfuerzo para no despotricar.

Annie pasó todo el día con sus hermanas. A Candy la habían llamado de la agencia para ofrecerle una sesión fotográfica en París, pero la había rechazado. Se tenía que quedar en casa, y además no tenía ánimos para trabajar. Sabrina había cambiado sus vacaciones, por lo que tenía libre una semana más, y Tammy regresaría a Los Ángeles el próximo lunes. No quería marcharse, pero no le quedaba otra alternativa. Su oficina estaba en llamas: tenían que buscar a alguien que reemplazara a la protagonista y modificar los guiones, lo que suponía un gran problema, pero ahora no tenía ganas de pensar en ello. Lo único en lo que podía pensar era en su madre y en Annie. Sería muy duro estar tan lejos y dejarlo todo en manos de Sabrina y Candy; deseaba estar cerca de su padre y de su hermana. Annie ya sabía que tendría que pasar un par de semanas reposando en casa de su padre. Los médicos le habían dicho que, si todo iba bien, sería necesario que estuviera cerca del hospital hasta fin de mes. Creían que podría abandonar el hospital en una semana, pero ella no sabía que lo dejaría como una persona ciega. Continuaba diciendo que no veía la hora de que le quitaran las vendas de los ojos, y cada vez que lo hacía sus hermanas lloraban en silencio. Cuando las vendas cayeran, el mundo de Annie seguiría siendo oscuro, y para siempre. No había palabras para esa tragedia.

Esa tarde, las tres hermanas dejaron el hospital extenuadas. Habían acordado estar presentes cuando el oftalmólogo fuera a ver a Annie al día siguiente. En el momento en que le quitaran las vendas sentiría que su vida se había terminado, y sus hermanas querían estar con ella. Esa noche lo hablaron con su padre y le sugirieron que no estuviera presente, sería demasiado para él y ya tenía bastante con asumir la vida sin su mujer.

Al llegar a casa, Sabrina encontró dos mensajes de la agente inmobiliaria, y pensó que era una buena señal. Le telefoneó y la encontró justo cuando se iba de la oficina para pasar el fin de semana en los Hamptons.

—He estado intentando comunicarme contigo todo el día —se quejó.

—Lo sé. Lo siento, estos días son una locura. Tenía el móvil apagado porque estaba visitando a mi hermana en el hospital, y allí no está permitido hablar por teléfono. ¿Has encontrado algo? —Tal vez era muy pronto, pero al menos ya estaban en marcha.

—Tengo dos opciones interesantes. Creo que ambas son excelentes oportunidades, dependiendo de qué es lo que queráis. Hay cosas que no tengo claras, por ejemplo, no hablamos del barrio, y a veces la gente tiene ideas muy diferentes al respecto. No sé muy bien qué tenéis en mente; lo único que me habías sugerido era el East Side, pero ¿te gustaría la parte baja de la ciudad?

—¿Cómo de baja? —La oficina de Sabrina estaba a la altura de la calle Cincuenta, en Park Avenue, y ella y Chris vivían a pocas calles el uno del otro en la parte alta de la ciudad. La zona baja dificultaría un poco las frecuentes visitas de Chris, incluso las noches que no dormían juntos. Y además, los días que ella tenía que trabajar hasta tarde, Chris paseaba a Beulah.

—Tengo un piso fabuloso en el distrito Meat Parking. Es un condominio, pero los dueños todavía no piensan mudarse; primero quieren vender su casa, así que desean alquilarlo seis meses o un año. Está en perfectas condiciones, es completamente nuevo, y todo lo que tiene es de vanguardia. Es un *penthouse*, y el edificio tiene piscina y spa.

—Suena caro —dijo Sabrina con pragmatismo, y la agente no se lo negó.

—Lo es, pero vale cada céntimo —le dijo a Sabrina el precio y esta resopló.

—Uf, eso está más allá de nuestras posibilidades. —Le preocupó que el precio fuera tan elevado. Aun con la ayuda de su padre, ella no podría ni siquiera aproximarse, aunque quizá Candy sí—. Pensé que podríamos encontrar algo más razonable.

—Es un lugar excepcional —dijo la agente, algo ofendida, aunque no era una persona fácil de intimidar—. Eso sí, no quieren perros; tienen alfombras blancas y el piso es nuevo. —Sabrina sonrió.

—Bueno, eso me saca de dudas. Nosotras tenemos perros; pequeños, por supuesto —aclaró, para no alarmarla. Tendrían que esconder a Beulah en alguna parte; tenía las patas cortas, sí, pero no era nada pequeña—. Supongo que eso nos deja fuera del piso del distrito Meat Parking, cualquiera que sea el precio.

—Absolutamente; son inflexibles con eso porque el lugar es nuevo. Pero tengo otra cosa para ofrecerte, digamos que está en la otra punta del espectro, y es totalmente diferente. El de la parte baja de la ciudad es blanco y aireado, y todo lo que tiene es lujoso y nuevo. Este otro está en la parte alta de la ciudad y tiene mucho encanto. —Mmm..., pensó Sabrina, ¿no tan fabuloso y a punto de derrumbarse? Pero quizá tuviera un precio más razonable. No debían perder la cabeza; ella tenía un buen sueldo, pero no podía pagar lo mismo que su hermana menor, de ningún modo.

—¿Cómo es? —preguntó Sabrina, con cautela. Si no era blanco y aireado, ¿sería oscuro y tenebroso? Pero claro, en ese caso quizá las dejarían tener perros.

—Es un adosado *brownstone* de la calle Ochenta y cuatro, bastante al este, cerca de Gracie Mansion. Es un barrio antiguo, muy bonito, aunque no está tan de moda como la zona baja, por supuesto. La casa está bien, pertenece a un médico que acaba de enviudar y desea tomarse un año sabático, creo que es psiquiatra. Dice que se irá a Londres y a Viena; está escribiendo un libro sobre Sigmund Freud y tiene un perro, así que no creo que tenga problemas con los vuestros. Es una casa pequeña, pero muy bonita, nada moderna y llena de encanto. Su mujer era decoradora y ella misma la arregló. Como quiere alquilarla solo por un año, estaría interesado en dejar algunos muebles, aunque si los inquilinos no están de acuerdo, podría llevárselos.

—¿Cuántos pisos tiene? —Estaba pensando en Annie. Un apartamento en una sola planta sería ideal para ella, en una casa no podría llamar a nadie si lo necesitaba, y además en esos lugares no había guardia de seguridad.

—Cuatro. El último piso es una sala de estar. La casa tiene un jardín, nada especial, pero bonito. Las habitaciones son pequeñas, ya sabes cómo son esas casas, pero tiene cuatro. Dijiste que solo necesitabas tres, así que podríais usar la cuarta como escritorio. La cocina y el comedor están en el sótano; tienes que hacer una excursión para ir de la nevera a las habitaciones, pero tiene una segunda nevera y un microondas arriba, en la sala de estar. Hay que ser creativo en esas casas. En la planta baja están la sala y el estudio, luego hay dos habitaciones en la primera planta y dos en la segunda, que suman las cuatro, y cada una tiene su propio baño, lo cual es raro. Son pequeños pero están bien decorados; su mujer tenía muy buen gusto. Y, finalmente, arriba, la sala de estar. Creo que tiene todo lo que necesitan, si no les molesta que la cocina y el comedor estén en el sótano; lo cierto es que es muy acogedor. El jardín proporciona mucha luz a la casa y está orientado al sur. Todas las ventanas dan al norte y al sur. Tiene lavadora y secadora, y aire acondicionado en todos los pisos; y el precio es razonable; el único problema es que no podrán quedarse más de un año. Él atiende allí a sus pacientes; es un médico bastante famoso, ha escrito varios libros. —Nada de eso implicaba que les fuera a gustar su casa. Sabrina pensaba que Annie podría dormir en la primera planta con Candy y ella en uno de los cuartos de la segunda, y así tener una cierta privacidad cuando se quedara Chris; y reservar la sala de arriba para estar todos juntos cuando les apeteciera. Con suerte y algo de organización, podía funcionar, si Annie lograba manejarse bien.

—¿Cuánto pide? —Era un factor importante para ella. La agente le dijo el precio y Sabrina tuvo ganas de resoplar de nuevo, pero esta vez porque era muy barato. Era incluso más económico que su piso actual, ella hubiera podido pagar la mitad sin problemas pero solo tenía que pagar la cuarta parte, su padre había decidido pagar la mitad en nombre de Annie para ayudarlas—. ¿Por qué es tan barato?

—Al dueño no le interesa el dinero, sino dejar su casa en buenas manos. Le preocupa que se quede vacía durante un año, y sus hijos no quieren mudarse allí. Uno vive en Santa Fe y el otro en San Francisco. Intentó buscar un cuidador para la casa pero no encontró a nadie. No quiere a gente que haga fiestas salvajes o la destruya. Es una casita preciosa, y quiere encontrarla intacta a su regreso. Cuando puso el precio ya le dije que podía pedir el doble, pero no quiso. Si estáis interesadas, venid a verla rápido, creo que se alquilará muy pronto. Estos días mucha gente está fuera por el puente, pero en cuanto la tengan otros agentes se la quitarán de las manos. Lleva en alquiler solo dos semanas; creo que su mujer murió hace dos meses. —Pobre hombre. Sabrina sintió pena por él. La muerte de su madre le había enseñado muchas cosas sobre el dolor de perder a un ser querido.

—No sé si mi hermana podrá arreglárselas con todas esas escaleras; tal vez sí. No será tan fácil como en un piso normal, sobre todo con la cocina en el sótano. Pero de todos modos me gustaría verlo. Lo que me has contado me encanta. —Además estaba muy cerca del piso de Chris, no tanto como su piso actual, pero lo suficiente para ir andando.

—¿Tu hermana es discapacitada? —preguntó la agente, y Sabrina contuvo la respiración. Era la primera vez que se lo preguntaban; y sí, ahora lo era.

—Sí —respondió, titubeando—. Es ciega —fue muy duro pronunciar esa palabra.

—Ese no debería ser un problema —afirmó con frialdad—.

Mi primo es ciego y vive en un cuarto piso sin ascensor en Brooklyn, se las arregla bien. ¿Tiene un perro lazarillo?

—Por el momento no, quizá más adelante. —No quería decirle que el accidente había sido hacía apenas unos días. Le resultaba muy duro hablar de ello.

—No creo que el dueño tenga ningún problema; él tiene un pastor inglés, y me parece haber oído que su esposa tenía un dachshund. No dijo nada al respecto. Solo quiere buenos inquilinos que paguen la renta y cuiden la casa. —Sabía que Sabrina era abogada, que era solvente, y había recibido buenas referencias de ella. Era todo lo que necesitaba saber—. ¿Cuándo podéis venir a verlo?

—No antes del lunes. —Al día siguiente le quitarían las vendas a Annie y sería un fin de semana traumático. Sabrina necesitaba estar allí.

—Ojalá no se alquile antes. —Sabrina odiaba esa actitud de los agentes; siempre te hacían sentir que si no te decidías en menos de una hora perderías el negocio de tu vida.

—Podría viajar el domingo por la tarde, pero no antes. —No quería dejar a Annie el día que le quitaran las vendas. No podía abandonarla justo en ese momento. Les habían prohibido a todas las enfermeras del piso que hablaran de la ceguera.

—Supongo que el lunes estará bien. Creo que el dueño dijo que se iba de viaje el fin de semana, así que nadie podrá ir a verlo estos días. ¿A las diez de la mañana te parece bien?

—Sí, perfecto. —La agente le dio la dirección y le dijo que estaría atenta por si aparecía alguna otra cosa interesante, pero le repitió que, si no le molestaba que fuera una casa con varios pisos, esta era la indicada. Y el precio era muy conveniente. No tenía guardia de seguridad, algo que la mayor parte de las mujeres jóvenes solicitaban, pero no se podía tener todo, dijo, y agregó que con las casas y los pisos sucedía como con los amores: o te enamoras o no te enamoras. Y ella esperaba que Sabrina se enamorara.

Cuando colgó el teléfono, Sabrina les contó todo a sus hermanas. Si era verdad que la casa realmente valía la pena, se podía decir que el proyecto estaba tomando forma. Y sonaba perfecto. Era casi demasiado bueno para ser cierto.

—Espera a verla antes de entusiasmarte —le advirtió Tammy—. Vi más de cuarenta casas antes de encontrar la mía. Es difícil creer lo horribles que pueden ser las casas, o las condiciones en que vive la gente. El agujero negro de Calcuta es un palacio comparado con algunas de las chabolas que he visto. Realmente tuve suerte con mi casa.

Tammy adoraba su casa, la había decorado con buen gusto y la mantenía siempre impecable para ella y para Juanita. Tenía mucho más espacio del que necesitaba, una vista hermosa y chimeneas en todos los cuartos. Había comprado algunas antigüedades y obras de arte. Y, aunque la decoración no estaba terminada, era un placer regresar allí por las noches, aunque estuviera sola. Al igual que a Candy, sus ingresos le permitían vivir en un lugar estupendo y comprar objetos preciosos. Sabrina tenía un presupuesto más ajustado, y Annie vivía con cuatro duros, ya que no tenía ningún ingreso propio, salvo alguna venta ocasional de sus cuadros. Por lo demás, tenía necesidades muy sencillas. Y ahora que estaba ciega era todavía más difícil imaginar que se pudiera ganar la vida. No tenía preparación en nada que no estuviese relacionado con el arte; la pintura no había sido un hobby para ella, sino su vida. Tal vez podría enseñar historia del arte, ya que tenía un máster, pero no debía haber mucha demanda de profesores ciegos, pensó Sabrina. En realidad no lo sabía. Se le abría un mundo completamente nuevo, y también a Annie. Más allá del problema físico, lo que más preocupaba a Sabrina era que su hermana cayera en una profunda depresión. Le parecía que era casi inevitable.

A las tres hermanas la casa les pareció una buena posibilidad, e incluso Chris se entusiasmó. Nunca le había gustado el piso de Sabrina —ella lo había alquilado porque estaba cerca del de él, el edificio era limpio y el alquiler bajo. Pero no tenía ni una pizca de encanto. La casa que les ofrecían parecía mucho más interesante, aunque tal vez un poco incómoda y rara.

—Annie se las arreglará bien con las escaleras una vez que se acostumbre. Hay muchas cosas que se pueden hacer para facilitarle la vida a una persona no vidente. Seguramente existen un montón de trucos que podremos aprender para ayudarla —apuntó Chris. Era algo nuevo para todos, y Sabrina pensó que era muy dulce al decirlo.

Esa noche, Sabrina le contó a su padre lo de la casa, él les dijo que lo que estaban planeando hacer por Annie era maravilloso. Estaría mucho más tranquilo sabiendo que Annie vivía con dos de sus hermanas, especialmente con Sabrina, ya que era más responsable que Candy y casi catorce años mayor. En muchos aspectos, Candy todavía era una niña, no había madurado. Sabrina era una persona con la que se podía contar. También lo era Tammy, pero lamentablemente no estaría allí, aunque había prometido visitarlas a menudo. Con cuatro habitaciones en la casa, si es que finalmente se la quedaban, tendrían esa opción.

A la mañana siguiente a las diez en punto las chicas se dirigieron al hospital; estaban bastante preocupadas. El cirujano llegaría a las diez y media. Ninguna había tenido el valor de preparar a Annie para lo que se avecinaba; el doctor les había dicho que se lo dejaran al cirujano; estaba acostumbrado a tratar con esas cosas y sabría qué decirle y cómo. Annie necesitaría entrenamiento especial durante varios meses; podría hacerlo ingresando en un lugar para personas ciegas o como paciente externa. Lo que necesitaba ahora era un conjunto de habilidades para manejar su ceguera y luego, tal vez, si estaba dispuesta, un perro lazarillo. Sabiendo cómo odiaba Annie a los perros, ninguna creía que esa opción fuera viable. Siempre decía que los perros eran ruidosos, neuróticos y sucios. Un perro lazarillo tal vez fuera algo diferente; de todos modos, faltaba mucho para eso, primero tenía que aprender ciertas cosas básicas.

Al menos no tenía por delante meses o años de cirugías, decía Sabrina camino del hospital, tratando de ver el lado positivo de las cosas. Pero quitando ese, no había ningún otro. Una artista ciega era lo más deprimente del mundo, y todas estaban seguras de que Annie lo sentiría también así. Había perdido a su madre y, ahora, su carrera. Toda la semana había estado torturándose pensando en lo que podría haber hecho para salvarla, y en que todo hubiera sido diferente si ella hubiera podido evitar que el tubo de acero golpeara a su madre, pero no había tenido tiempo. Sufría la clásica culpa del superviviente, aunque sus hermanas le repetían una y otra vez, sin resultados, que no podría haber hecho nada para evitarlo. Todo había sucedido demasiado rápido. Le decían cientos de veces que no se culpara a sí misma, pero ella no podía dejar de hacerlo.

Cuando entraron en la habitación, Annie estaba tranquila. Candy llevaba shorts muy cortos, una delgada camiseta blanca y un par de sandalias plateadas; varias cabezas se giraron al verla pasar. Sabrina se había quejado de lo transparente que era la camiseta —pensaba que no era necesario que todos los trabajadores, médicos y pacientes o visitantes del hospital vieran sus pezones—; pero lo cierto es que Candy estaba deslumbrante.

—Vamos, no seas mojigata. En Europa todo el mundo hace topless —se quejó Candy.

—Esto no es Europa. —Candy hacía topless en la piscina de su casa, lo cual avergonzaba a su padre y a Chris; realmente no le importaba que la gente viera su cuerpo. Había hecho su carrera mostrándolo.

—¿Qué lleva puesto Candy? —preguntó Annie con una sonrisa irónica. Había oído los comentarios en el pasillo. Tammy opinó que si ella se hubiera gastado la cantidad de dinero que se gastó Candy para operarse los pechos, estaría vendiendo entradas al público para amortizar la inversión.

—Casi nada —se quejó Sabrina—, y lo que lleva es más bien transparente —agregó, y Annie se rió.

—Se lo puede permitir —comentó Annie.

—¿Cómo estás? —preguntó Tammy mientras las tres hermanas se acomodaban alrededor de la cama para esperar al médico.

—Bien, supongo. No veo la hora de que me quiten estas vendas. La cinta me pica, y estoy harta de estar a oscuras. Quiero veros —dijo sonriendo; sus hermanas no respondieron. Sabrina le acercó un vaso de zumo con una pajita y le ayudó a ponérsela en la boca—. ¿Cómo está papá?

—Mejor; gracias a Dios Chris lo mantiene ocupado. Están arreglando todas las puertas, haciendo que los cajones abran y cierren bien y cambiando todas las bombillas de la casa. No sé exactamente qué hacen, pero están muy ocupados. —Annie sonrió imaginándoselo.

Cinco minutos después llegó el doctor; irradiaba un aire de tranquila seguridad, y sonrió al ver a las cuatro hermanas. Ya las había visto varias veces durante la semana y había comentado que Annie tenía suerte de contar con el apoyo de su familia. No siempre la relación entre hermanos era así. Y ahora se daba cuenta de que eran cuatro, y no una, las personas que se enfrentaban a ese momento doloroso.

Le dijo a Annie que cuando le quitara las vendas no vería más de lo que veía con ellas. Cuando lo dijo, Sabrina contuvo la respiración y Tammy tomó su mano. Era horrible. Candy estaba de pie al lado de sus hermanas.

—¿Por qué? —preguntó Annie, frunciendo el ceño—. ¿Tardaré en recuperar la vista?

—Vamos a probar —dijo el médico con tranquilidad, y comenzó a quitar cuidadosamente las vendas que desde hacía una semana cubrían los ojos de Annie. Ella le preguntó si le tenían que quitar los puntos y él respondió que no. Los puntos se disolvían solos, y estaban dentro de los ojos. Muchos de los cortes que tenía en la cara ya habían comenzado a cicatrizar; solo una herida en la frente parecía que le iba a dejar una marca, pero podría cubrirla con el flequillo, o buscar alguna otra solución más adelante. Candy le había estado poniendo un aceite con vitamina E toda la semana. Una vez que le hubo quitado todas las gasas, quedaron solo los dos parches redondos que le cubrían los ojos. El médico miró a las hermanas y luego se volvió hacia Annie otra vez.

—Ahora te quitaré los parches, Annie —dijo con calma—. Quiero que cierres los ojos. ¿Lo harás?

—Sí —dijo ella en un suspiro. Sentía que algo estaba sucediendo, no sabía bien qué, pero percibía la tensión en el ambiente y no le gustaba.

El oftalmólogo le quitó los parches; Annie había cerrado los ojos, tal como le había indicado. Él protegió sus párpados con las manos y le pidió a Sabrina que cerrara las persianas venecianas. Aunque estuviera ciega, la luz del sol podía molestarle. Esta lo hizo, y el médico le dijo a Annie que abriera los ojos. Por unos instantes el silencio en la habitación fue aterrador; Sabrina esperaba que Annie gritara, pero no lo hizo. Miró entre asombrada y asustada; él ya se lo había advertido.

—¿Qué ves, Annie? —le preguntó—. ¿Ves la luz?

—Un poco, una luz gris pálida —especificó—, un gris pálido y negro en los bordes. No veo nada más. —El médico asintió con la cabeza; las lágrimas brotaron de los ojos de Tammy y de Sabrina. Candy salió de la habitación; no podía soportarlo. Era demasiado doloroso. Annie oyó el sonido de la puerta al cerrarse, pero no preguntó quién se había ido. Estaba concentrada en lo que veía, o más bien en lo que no veía—. No veo nada, solo esa luz gris pálida en el centro del campo de visión.

Entonces el médico puso una mano frente a sus ojos, con los dedos separados.

—¿Qué ves ahora?

—Nada. ¿Qué está haciendo?

—He puesto mi mano frente a tus ojos. —Le hizo un gesto a Sabrina para que abriera las persianas, y ella lo hizo—. ¿Y ahora? ¿Ves más luz?

—Un poco. El gris es un poco más claro, pero sigo sin ver su mano. —Annie comenzaba a agitarse, y parecía asustada—. ¿Cuánto tardaré en ver con normalidad? Quiero decir, todo, las formas, los rostros, los colores... —Era una pregunta directa y dolorosa, y él fue honesto con ella.

—Annie, hay algunas cosas que no se pueden reparar. Hacémos todo lo que podemos para repararlas, pero una vez que se han roto, o si las conexiones se han cortado, no podemos volver a unirlas, por más que lo intentemos de mil maneras. Uno de los tubos que te golpeó en el accidente lastimó tus nervios ópticos y las venas que los irrigaban. Cuando eso sucede, es casi imposible corregir el daño. Con el tiempo verás luces y sombras, quizá también formas y bordes, e incluso podrás tener algunas impresiones de los colores, más o menos como te sucede ahora. Esta habitación es muy luminosa, ese es el color gris que estás viendo. Sin esa luz, el gris sería más oscuro. Esa percepción puede mejorar con el paso del tiempo, pero no demasiado. Annie, sé que esto es muy difícil para ti, pero tienes que pensar que has tenido mucha suerte de seguir con vida. Las consecuencias podrían haber sido mucho mayores; tu cerebro no sufrió ningún daño permanente en el accidente; tus ojos sí, pero, Annie, debes pensar que podrías haber perdido la vida. —Era duro pronunciar esas palabras, incluso para él, sobre todo porque sabía que Annie era una artista. Toda la familia se lo había dicho, pero eso no arreglaba el daño que había sufrido en los ojos. Y no importaba cuánto deseara repararlo, no había nada que hacer al respecto.

—¿Qué me está diciendo? —dijo Annie, muerta de pánico. Giró la cabeza hacia donde creía que estaban sus hermanas, pero no vio nada. E incluso el gris que veía al principio le parecía más vago ahora, ya que alejaba los ojos de la luz—. ¿Qué quiere decir? ¿Que estoy ciega? —Hubo una pausa infinitesimal antes de que el médico respondiera, y sus hermanas sintieron que el corazón estaba a punto de rompérseles.

—Sí, Annie —dijo él en voz baja, y le tomó la mano. Ella la retiró y se puso a llorar.

—¿De verdad estoy ciega? ¿No podré ver nada? ¡Yo soy artista! ¡Necesito ver! ¿Cómo pintaré si no puedo ver? —¿Cómo cruzaría la calle, cocinaría o encontraría la pasta de dientes?, pensaban sus hermanas más preocupadas por esas actividades elementales que por su vida artística—. ¡Necesito ver! —repitió—. ¿No puede arreglarlo? —Lloraba como una niña; Sabrina y Tammy se acercaron y la tocaron para que supiera que seguían allí.

—Intentamos repararlo —dijo el cirujano con tristeza—. Estuvimos cinco horas operándote, tratando de salvarte los ojos, pero el daño era muy grave y los nervios ópticos estaban destruidos. Realmente es un milagro que estés viva, y a veces los milagros tienen un costo alto. Lo siento, de verdad. Podrás hacer muchas cosas y llevar una buena vida. Trabajar, viajar, podrás ser absolutamente independiente. Las personas no videntes hacen cosas muy importantes; hay gente famosa, gente importante, gente normal, como tú o como yo. Solo debes enfocar las cosas de un modo diferente. —Sabía que sus palabras caían en saco roto. Era muy pronto todavía, pero tenía que decir algo para darle esperanza, algo que tal vez más tarde ella recordaría. Pero, por ahora, Annie tenía que digerir el impacto de saber que era ciega.

—No quiero ser una «persona no vidente» —le gritó—. Quiero recuperar mis ojos. ¿No pueden hacerme un transplante? ¿No pueden ponerme los ojos de otro? —Estaba desesperada y era capaz de vender su alma con tal de recobrar la vista.

—El daño es demasiado grande —le dijo con honestidad. No quería darle falsas esperanzas. Quizá con el tiempo podría ver luces y sombras, pero nunca recuperaría la vista. Era ciega. Su padre había consultado a otro oftalmólogo que había examinado sus pruebas y había llegado a la misma conclusión.

—Dios mío —dijo Annie; su cabeza cayó en la almohada mientras lloraba desconsolada. Sus hermanas se acercaron a la cama, una a cada lado; el médico le acarició la mano y salió de la habitación. No había nada más que pudiera hacer por ella en ese momento. Annie necesitaba a sus hermanas. El médico era el villano que había destruido todo lo que le daba sentido a su vida. Más adelante él volvería a visitarla para programar un tratamiento y recomendarle el tipo de entrenamiento que necesitaría. Pero ahora era demasiado pronto. Aunque en general era un hombre bastante frío, estas cuatro chicas, y especialmente la paciente, lo habían conmovido en lo más profundo. Al abandonar la habitación, se sentía un asesino, y deseaba haber hecho más para ayudarla pero no había podido. Nadie hubiera podido. Al menos se las había arreglado para salvar sus globos oculares y que no quedara desfigurada. Era una chica muy guapa.

Al verlo salir con cara de abatimiento, Candy entró en la habitación. Encontró a sus hermanas a los lados de la cama y a Annie llorando desconsoladamente.

—Oh, Dios mío... estoy ciega... estoy ciega... —Al verla, Candy comenzó también a llorar—. Me quiero morir... me quiero morir... nunca más podré ver nada... mi vida se acabó...

—No, pequeña, no se acabó —le dijo Sabrina dulcemente, sosteniéndole la mano—. Ahora te parece que es así, pero no. Lo siento; sé que es duro. Es horrible. Pero te queremos, y estás viva. No tienes ningún daño cerebral, no te quedaste paralítica o parapléjica. Tenemos mucho que agradecer.

—No, no es cierto —le gritó Annie—. Tú no sabes lo que es. ¡No puedo veros! No veo nada... no sé dónde estoy... todo es gris y negro... me quiero morir... —Lloró durante horas en los brazos de sus hermanas, que se turnaban para consolarla, hasta que finalmente una enfermera le preguntó si le daba un sedante suave. Sabrina asintió con la cabeza, le pareció una excelente idea. Era demasiado para Annie; perder a su madre y enterarse de que se había quedado ciega, todo en una semana. Después de oírla llorar durante tres horas y media, ella misma sentía que necesitaba un sedante.

Annie lloraba en los brazos de Tammy cuando le pusieron la inyección. Pasados veinte minutos, se quedó dormida y la enfermera les dijo que seguramente dormiría varias horas. Podían irse y regresar más tarde. Salieron de puntillas y no dijeron una palabra hasta llegar al aparcamiento; parecía que las hubieran apaleado.

Tammy encendió un cigarrillo con dedos temblorosos y se sentó en una enorme piedra, junto al coche de su padre.

—Por Dios, necesito un trago, un chute, heroína, un martini... pobrecita... —Había sido espantoso.

—Creo que voy a vomitar —anunció Candy mientras se sentaba a su lado, cogía un cigarrillo y lo encendía. Mientras, Sabrina buscaba las llaves del coche; estaba tan conmocionada como sus hermanas.

—Por favor, no me vomites encima —le advirtió Tammy—. No lo soportaría.

El médico le había dado a Sabrina el nombre de una psiquiatra especializada en el trabajo con personas ciegas. Después de lo que habían pasado ese día, Sabrina decidió llamarla.

Finalmente encontró las llaves del coche y abrió las puertas. Tammy y Candy subieron; parecía que regresaran de la guerra. Eran las dos de la tarde; habían estado con Annie cuatro horas, tres y media desde que se había enterado de que estaba ciega. Desde entonces, había llorado sin parar. En el camino de regreso, las tres hermanas no tuvieron fuerzas ni siquiera para hablar. Tammy dijo que quería volver a las cuatro, por si Annie se despertaba. Sabrina respondió que iría con ella, y Candy, que se quedaría en casa.

—No puedo soportarlo; es demasiado espantoso. ¿Por qué no pueden ponerle los ojos de otra persona?

—No pueden, el daño es demasiado grande. Tenemos que ayudarla a salir adelante —dijo Sabrina. Cuando llegaron a la casa y bajaron del coche casi arrastrándose, estaban completamente abatidas. Su padre y Chris estaban terminando de almorzar; ambos se afligieron al verles las caras; era fácil adivinar cómo había ido la mañana.

—¿Cómo ha ido? —preguntó Chris.

—¿Cómo se lo tomó? —agregó su padre. Se sentía un cobarde por no haber ido con ellas. Sabía que Jane hubiera ido, pero ella era su madre, y se manejaba mucho mejor en ese tipo de situaciones. Él se hubiera sentido como un elefante en un bazar. Y Tammy y Sabrina le habían asegurado que su presencia no cambiaría nada. Annie necesitaba sus ojos, no a su padre.

—¿Ve algo? —preguntó Chris mientras ponía una bandeja con sándwiches sobre la mesa de la cocina. Pero ninguna podía comer, no tenían hambre. Candy desapareció y luego volvió diciendo que había vomitado y que se sentía mejor. Había sido una mañana horrorosa para todas, pero para Annie había sido totalmente insoportable.

—Aparentemente solo algo de luz y un color grisáceo —respondió Sabrina—. El médico dijo que quizá más adelante pueda ver sombras, e incluso algún color, pero no es seguro. Quedará más o menos así para siempre, un mundo gris y negro en el que no podrá distinguir nada. —Chris movía la cabeza de un lado a otro mientras la oía, y acariciaba la mejilla de Sabrina cariñosamente.

—Lo siento, mi vida.

—Yo también —dijo Sabrina con tristeza, acercándose a él con lágrimas en los ojos.

—¿Cómo estaba cuando la dejasteis?

—Sedada. Lloró durante cuatro horas, y al final la enfermera le dio algo para dormir. Yo también hubiera querido que me dieran un sedante. Será una pesadilla hasta que se haga a la idea. Tengo que llamar a la psiquiatra que nos recomendó el doctor; me da miedo que se deprima, o algo peor. —Había quien se suicidaba por menos, y esa era ahora su mayor preocupación. En la familia nadie había tenido hasta el momento impulsos suicidas, pero también era cierto que ninguno había sufrido tantas pérdidas juntas. Sabrina quería hacer todo lo que estuviera a su alcance para ayudar y proteger a Annie. Al fin y al cabo, para eso estaban las hermanas.

Tammy subió a su cuarto llevando consigo a Juanita; Candy salió al jardín a hacer sus estiramientos y Chris y Sabrina la acompañaron con Beulah y Zoe. La yorkshire se arrojó a la piscina de un salto, nadó un poco y salió empapada; parecía un ratón. A Beulah le gustaba caminar por los escalones de la piscina para refrescarse, pero prefería no nadar. Sabrina sonrió al verlas; las perritas le calmaban un poco la melancolía.

Los tres se quedaron un rato allí charlando; más tarde se les unió Jim, que nadó enérgicamente unas cuantos largos y salió cansado. Estaba en un excelente estado físico; sin embargo, al sentarse en el borde tuvo la sensación de que el cuerpo se le desmoronaba. Era difícil creer que hacía solo una semana que su querida Jane se había ido.

—Cuando vayáis a ver a Annie, iré con vosotras —le dijo a Sabrina, y ella asintió. Su hermana necesitaba de todo el amor y la ayuda que pudieran darle. Y su padre era una persona muy importante para ella; ciertamente, tenía menos sentido práctico que su madre, pero siempre había estado allí para protegerlas, amarlas, escucharlas y darles su apoyo. Y en ese momento Annie necesitaba de todo lo que él fuera capaz de brindarle—. ¿Qué puedo hacer por ella?

—Nada —dijo Sabrina honestamente—; acaba de enterarse y está muy conmocionada.

—¿Y su novio de Florencia? ¿Crees que vendrá a verla? Eso podría alegrarla. —Sabrina dudó un momento, y luego negó con la cabeza.

—No lo creo, papá. Lo llamé hace unos días y no se mostró muy comprensivo. —Sabrina no tuvo el coraje de decirle a su padre que Charlie era un capullo, y que había desaparecido—. Tal vez sea demasiado para un chico tan joven.

—No es tan joven. Yo ya estaba casado y era tu padre cuando tenía esa edad.

—Sí, pero las cosas han cambiado mucho desde entonces. —Jim asintió y subió a vestirse. Enseguida estuvo listo, y también Sabrina y Tammy. Candy dijo que le dolía la cabeza y que aún tenía náuseas; había pasado por tantas cosas esa semana que Sabrina no quiso insistir, y dejó que se quedara en la casa con Chris.

La segunda visita fue peor que la primera. Annie estaba todavía bajo los efectos de la sedación, lo cual aumentaba su depresión. Sentada en la cama, no hacía más que llorar y apenas hablaba. Al verla, su padre también se puso a llorar e intentó decirle, con la voz quebrada, que todo iría bien. Le dijo que podía quedarse con él, y que sus hermanas la cuidarían, lo cual la hizo llorar aún más.

—Ya no tendré una vida. Jamás volveré a tener un novio; no me casaré. No puedo vivir sola, no puedo pintar, no volveré a ver una puesta de sol, no volveré a ver una película. No podré veros. Ni siquiera puedo peinarme. —Y todos lloraban mientras ella enumeraba las cosas que ya no podría volver a hacer.

—Hay un montón de cosas que puedes hacer —le recordó Sabrina—. Tal vez no puedas pintar, pero puedes enseñar.

—¿Cómo voy a enseñar si no puedo ver aquello de lo que estoy hablando? No puedes enseñar história del arte si no ves los cuadros.

—Apuesto a que podrías; y, además, mucha gente ciega se casa. Annie, tu vida no ha terminado, solo será diferente. No es el fin del mundo; es un cambio.

—Es fácil decirlo. Mi vida está acabada, y lo sabes muy bien. ¿Cómo voy a regresar a Italia? Tendré que vivir en la casa de papá, como una niña. —Y comenzó a llorar de nuevo.

—Eso no es verdad —le dijo Tammy con calma—. Puedes vivir con nosotras un tiempo, hasta que te acostumbres. Y luego podrás vivir sola; estoy segura de que la mayor parte de la gente ciega lo hace. No eres retrasada, simplemente has perdido la vista. Te habituarás; hay escuelas que preparan a personas ciegas. Y luego podrás ser independiente.

—No, no podré. Y no quiero ir a una escuela. Quiero pintar.

—Tal vez puedas hacer escultura —sugirió Tammy, y desde el otro lado de la cama Sabrina levantó el pulgar en señal de aprobación. No había pensado en eso.

—No soy escultora, soy pintora.

—Quizá puedas aprender. Date un tiempo para hacerte a la idea.

—Mi vida se ha terminado —dijo Annie desolada, y se puso a llorar como una niña, mientras Jim se secaba los ojos. Sabrina se dio cuenta de que deberían ser duros con ella y obligarla a hacer esfuerzos que de otro modo no haría. Tammy llegó a la misma conclusión. Si Annie sentía pena por sí misma y rehusaba cooperar, tendrían que presionarla. Pero era muy pronto para hacerlo; acababa de enterarse, y todo era aún nuevo y atroz.

Se quedaron en el hospital hasta la hora de la cena y luego, aunque con pena, tuvieron que marcharse. Estaban muy cansados, y ella también necesitaba reposo; habían estado con ella casi todo el día, y prometieron regresar a la mañana siguiente.

El domingo fue más o menos igual, o quizá un poco peor, ya que la realidad iba tomando forma. Y la realidad era precisamente lo que Annie tenía que afrontar para poder aceptar lo que le había pasado. A las seis de la tarde la familia dejó el hospital; era la última noche de Tammy, que todavía tenía que hacer las maletas y deseaba pasar un rato más con su padre. Chris había prometido cocinar lasaña; luego, esa misma noche, debía regresar a Nueva York.

Tammy besó a Annie, que tenía el rostro cubierto de lágrimas. Sus ojos estaban abiertos, pero no podía ver a su familia. Aunque seguían siendo de un verde brillante, ya no le servían para nada.

—Me voy mañana por la mañana —le recordó Tammy—, pero volveré pronto, tal vez el fin de semana del día del Trabajador, y si para entonces no te encuentro haciendo un montón de cosas sola, te daré una patada en el culo que no olvidarás. ¿Trato hecho?

—No. —Su hermana menor frunció el ceño, pero por primera vez no pareció triste, sino loca—. Nunca más me peinaré. —Hablaba como si tuviera cinco años, lo cual hizo sonreír a sus hermanas. Estaba hermosa y vulnerable; las enfermeras le habían lavado el pelo y Sabrina se lo había cepillado y dejado muy brillante.

—En ese caso —dijo Tammy pragmáticamente— creo que tienes razón: si no te peinas, no encontrarás novio ni marido. Espero que al menos planees bañarte.

—No, no me pienso bañar —dijo Annie, sentada en la cama

con los brazos cruzados, y todas rieron. Pese a sí misma, ella también rió, al menos por un instante—. No es gracioso —dijo, y comenzó a llorar otra vez.

—Ya lo sé, pequeña —dijo Tammy, y la besó—; no es nada gracioso, pero tal vez entre todas podamos hacerlo un poquito más fácil. Te queremos.

—Lo sé —dijo Annie, hundiéndose en la almohada—; es que no sé cómo hacerlo. Me da mucho miedo —agregó, mientras las lágrimas rodaban por sus mejillas.

—Cuando pase un tiempo ya no tendrás miedo —aseguró Tammy—, uno se acostumbra a todo, si es necesario. Tienes a tu familia contigo —dijo, con lágrimas en los ojos.

—Pero no tengo a mamá —objetó Annie con tristeza, mientras dos lágrimas le surcaban el rostro. Jim no pudo soportarlo y se dio la vuelta.

—No, no la tienes —concedió Tammy—, pero nos tienes a nosotras, y te queremos con todo el corazón. Te llamaré desde Los Ángeles, y más vale que me cuentes algo bueno. Si Sabrina me llega a decir que hueles mal, volveré y te daré un baño yo misma, con mi esponja vegetal, esa que tanto detestas. —Annie rió otra vez—. Así que sé una buena chica y no me toques las narices. —Era lo que solía decirle cuando eran pequeñas. Se llevaban solo tres años, y Annie había sido más mala que la peste; la había delatado un millón de veces, especialmente cuando se trataba de chicos. Y Tammy había amenazado con pegarle más de una vez, aunque nunca lo había hecho.

—Te quiero, Tammy —dijo Annie con tristeza—. Llámame.

—Claro. —Le dio un último beso y salió de la habitación. Los demás la besaron y también se marcharon. Sabrina dijo que ella y Candy volverían al día siguiente, pero por la tarde. No le dijo nada a Annie, pero por la mañana irían a ver la casa de Nueva York. Saldrían a las ocho, junto con Tammy. Iría también Candy, así, si les gustaba la casa, lo podrían decidir en el momento.

Esa noche después de cenar hablaron acerca del futuro de

Annie. Todos estuvieron de acuerdo en que tendría que ir a una escuela para ciegos. Tenía razón al decir que había muchas cosas que ahora no podía hacer, así que debería aprender a hacerlas sin ver; por ejemplo, llenar una bañera, hacer tostadas, peinarse.

—Tiene que ir a ver a un psiquiatra —insistió Sabrina. Había llamado a una y le había dejado un mensaje en el buzón—. Y creo que tu idea de la escultura es genial —le dijo a Tammy.

—Siempre y cuando tenga ganas. Esa será la verdadera clave de todo. En este momento siente que su vida se ha acabado y, mientras lo sienta, será cierto. Tiene que hacer una transición hacia una nueva vida, lo cual no es fácil, incluso a su edad.

—Tampoco lo es a la mía —dijo su padre con tristeza, mientras se servía la excelente lasaña que Chris había preparado—. Por cierto, Chris, creo que tendrías que abandonar las leyes y dedicarte a reparar cosas y cocinar. —Lo que Chris había hecho esos días no tenía precio, había ayudado en la casa de mil maneras—. Cuando quieras, aquí tienes trabajo.

—Lo tendré en cuenta si finalmente me harto de las demandas colectivas.

El comentario del padre les recordaba que para este también sería difícil adaptarse a su nueva vida. Había estado casado durante casi treinta y cinco años, y ahora de pronto se encontraba solo. No estaba acostumbrado a cuidarse; se había apoyado en su mujer más de la mitad de su vida, y sin ella se sentiría perdido. Ni siquiera sabía cocinar. Sabrina se acordó de que tenía que pedirle a la señora de la limpieza que le dejara la comida preparada, para que él solo tuviera que calentarla en el microondas.

—Todas las viudas y divorciadas del barrio van a llamar a tu puerta —le advirtió Tammy—. Serás un hombre muy codiciado.

—No estoy interesado —dijo él, sombrío—. Amo a tu madre. No quiero a nadie más. —Odiaba la idea de relacionarse con otras mujeres.

—Pero ellas sí estarán interesadas en ti.

—Tengo otras cosas que hacer —gruñó. Pero el problema

era que, en realidad, sin su mujer, no tenía absolutamente nada que hacer. Jane se había ocupado siempre de todo, había organizado su vida social, lo había planeado todo. Había hecho que la vida fuera interesante, con escapadas a la ciudad para ir a la sinfónica, al teatro o a ver ballet. Ninguna de sus hijas podía imaginarlo haciendo alguna de esas salidas solo. Jane lo había mimado muchísimo y, como resultado, él se había convertido en un hombre completamente dependiente.

—Tendrás que venir a la ciudad a cenar con nosotras, papá. —Sabrina le recordó que al día siguiente irían a ver la casa para alquilar.

—Parece que estará bien.

—Puede ser, o puede ser un horror; ya sabes cómo son los agentes inmobiliarios. Mienten por sistema y tienen un gusto espantoso. —Jim asintió, y súbitamente pensó en lo solo que se sentiría en la casa una vez que las chicas se hubieran marchado.

—Tal vez debería jubilarme —dijo, deprimido, y sus tres hijas respondieron al unísono.

—¡No, papá! —Y luego rieron. Lo último que su padre necesitaba era vaciar más su vida. Necesitaba estar ocupado, y trabajar más, no menos. Eso estaba claro—. Necesitas trabajar y estar con amigos, y salir tal como lo hacías con mamá.

—¿Solo? —Parecía horrorizado; Sabrina suspiró y Tammy le lanzó una mirada rápida de preocupación desde el otro lado de la mesa. Ahora, además de Annie, tendrían que ocuparse de su padre.

—No, con amigos —dijo Tammy—. A mamá no le gustaría saber que estás aquí solo, sintiendo pena por ti mismo. —Él no contestó, y unos minutos después subió a su cuarto.

Chris se marchó después de la cena, ya que al día siguiente tenía que trabajar. A Sabrina le daba mucha pena que se fuera, pero estaba agradecida por todo el amor y la ayuda que le había brindado esos días. Él la besó dulcemente antes de subirse al coche.

—Fue una semana horrorosa —resumió ella.

—Sí, pero estoy seguro de que todos os pondréis bien. Tenéis suerte de contar los unos con los otros. —La besó nuevamente—. Y tú me tienes a mí.

—Gracias a Dios —suspiró ella, y lo abrazó. Era difícil creer que el accidente había sido hacía apenas ocho días—. Conduce con cuidado. Mañana iré a la ciudad a ver la casa, pero no me quedaré mucho; tengo que regresar enseguida. Tal vez alguna noche de la semana pueda dejar a Candy con papá e irme a dormir contigo.

—Estaría muy bien, pero veamos cómo siguen las cosas. Yo vendré el viernes, si quieres. —De pronto era como si estuvieran casados; un marido que iba los fines de semana a ver a su mujer, que estaba en el campo con los niños. Solo que en este caso los «niños» eran el padre y las dos hermanas. Sabrina sentía que de la noche a la mañana se había convertido en la madre de todos, incluyéndose a sí misma—. Tómatelo con calma, Sabrina. Recuerda que no puedes hacerte cargo de todo. —Había leído su mente—. Te llamaré cuando llegue. —Ella sabía que lo haría; Chris era leal, firme, una persona con la que se podía contar. Y esa última semana lo había comprobado una vez más, aunque para ella no era ninguna novedad. Esa era una de las razones por las que lo amaba; después de su padre, Chris era el hombre más cabal que había conocido.

—Si no te casas con él, me casaré yo —bromeó Tammy cuando Sabrina volvió a entrar a la casa. Beulah se sentó en un rincón de la cocina y las miró con tristeza; ya estaba deprimida nuevamente. Siempre se deprimía cuando Chris se marchaba—. Quiero conseguir un hombre como él: normal, saludable, agradable, colaborador, querido por mi familia y que sepa cocinar. Y guapo. ¿Cómo es que tú has tenido tanta suerte y yo solo he conocido a idiotas?

—No vivo en Los Ángeles; tal vez eso ayude. O quizá contesté el anuncio indicado —dijo Sabrina, bromeando.

—Si creyera que puedo encontrar al hombre indicado en un anuncio, créeme que lo intentaría.

—No, no lo encontrarás de ese modo, y además yo no te lo permitiré. Con tu mala suerte, seguro que te tocaría un asesino en serie. Ya verás, Tammy, cualquier día aparece el hombre de tu vida.

—No estoy tan desesperada, de verdad. Ni siquiera sé si todavía me importa. Digo que sí, pero es porque me he habituado a quejarme; y todo el mundo lo hace. En realidad, soy feliz estando sola en casa por las noches, con mi perrita y el control absoluto del mando de la tele. Y no tengo que compartir mis armarios.

—Ahora sí que me preocupas. La vida es algo más que la custodia del mando.

—Si lo es, ya no lo recuerdo. Dios, odio tener que marcharme —dijo con un suspiro, mientras subía las escaleras. De pronto le parecía que habían vuelto los días de la adolescencia; Candy había puesto música a todo volumen, y a Tammy le parecía que en cualquier momento su madre asomaría la cabeza en la habitación de su hermana pidiéndole que la bajase—. Es todo tan raro sin mamá. —Lo dijo en voz muy baja para que su padre, que iba a acostarse, no la oyera.

—Sí, es muy raro —dijo Sabrina—. Y será más raro aún para papá. —Ambas estuvieron de acuerdo.

—¿Crees que se volverá a casar? —preguntó Tammy. No podía imaginarlo, pero nunca se sabe.

—No, imposible. —Le aseguró Sabrina—. Estaba demasiado enamorado de mamá como para poder mirar a otra mujer.

—Pero todavía es joven. Yo he salido con hombres de su edad.

—Mamá era una mujer difícil de igualar. O al menos lo era para él. —También lo había sido para todas ellas, como madre.

—No creo que pueda soportar a una madrastra malvada —confesó Tammy, y Sabrina se rió.

—No tendremos que hacerlo. Tal vez papá podría ir cada tanto a visitarte a Los Ángeles. Los fines de semana se sentirá muy solo.

—Es una buena idea —dijo Tammy mientras cogía su maleta y la abría. Las tres hermanas conversaron mientras ella preparaba sus cosas. Pasada la medianoche todas se fueron a dormir. Para entonces, Chris ya había llamado a Sabrina. Las perras dormían en las camas de sus dueñas. Jim se había ido a la cama a las diez y la casa estaba tranquila. Al acostarse, Sabrina pensó que si cerraba los ojos podía imaginar que su madre todavía estaba allí. Las tres hermanas, cada una en su cama, pensaban lo mismo. Por un instante, mientras el sueño las llevaba, era bonito creer que nada había cambiado; aunque, en realidad, absolutamente todo había cambiado y ya nada volvería a ser igual.

11

El vehículo que llevaba a Tammy al aeropuerto llegó a las ocho en punto. Ella ya estaba lista, esperándolo. Candy y su padre bajaron a despedirla; Candy llevaba unos tejanos rotos en las rodillas y una camiseta de algodón que, como siempre, transparentaba sus pechos. Y mientras saludaba a su hermana en la calle, los hombres que iban en el bus miraban atónitos su cabello rubio revuelto y sexy.

Los tres abrazaron a Tammy, que subió al bus con Juanita dentro de su bolso Birkin. Todos sentían verla partir. Dos minutos después, Candy y Sabrina se fueron en coche rumbo a la ciudad para ver la casa. A las nueve y media ya habían llegado; pasaron por el piso de Sabrina para recoger alguna ropa y la correspondencia.

Candy dijo que no necesitaba pasar por su casa, en la maleta llevaba una infinita cantidad de camisetas transparentes. A Sabrina le pareció que habían pasado años desde que salió de su piso. Era extraño pensar que la última vez que había estado allí, su madre todavía estaba viva y Annie no era ciega. En tan poco tiempo habían cambiado tantas cosas; y sabía que cambiarían muchas más a partir de ahora, sobre todo si se mudaba. No lamentaba dejar su piso, porque nunca le había gustado; pero vivir con Candy y Annie sí que significaría un gran cambio. Desde la época de la universidad, hacía ya casi trece años, siempre había vivido sola. Ir a vivir con sus hermanas sería dar un paso atrás en el tiempo, y, seguramente, echaría de menos su independencia. Pero era por una buena causa. Además, Sabrina esperaba que en un año Annie se adaptara a su situación y estuviera lista para vivir sola. Candy podría entonces regresar a su elegante *penthouse* y ella alquilar otro piso, pero, ahora, durante ese año tendrían que ser pacientes y arrimar el hombro para ayudar a Annie a afrontar los enormes desafíos que se le venían encima.

A las diez menos cinco salieron del piso de Sabrina, y cuando aparcaban el coche en la calle Ochenta y cuatro, Tammy la llamó diciendo que ya estaba en el avión.

—Llamaba solo para decir adiós una vez más. —Esos días habían estado más unidas que nunca, era un modo de suplir el eslabón que faltaba. La desaparición de Jane las había conmocionado brutalmente.

—Que tengas un buen viaje. Estamos a punto de ver la casa —dijo Sabrina, mientras apagaba el motor del coche.

—Después me cuentas cómo es. —De pronto Tammy se sintió lejos, y deseó estar allí con ellas.

—Lo haré. Tú consigue un chico guapo en el avión. —La animó Sabrina.

—Para variar, estoy rodeada de sacerdotes, mujeres mayores y niños con dolor de oídos.

—Estás loca —rió Sabrina.

—No, solo determinada a ser una vieja solterona. Creo que es mi vocación.

—Cualquier día verás el atardecer con una superestrella de cine, o una belleza de Hollywood, y nos darás envidia a todas.

—Dios te escuche —suspiró Tammy, mientras se acomodaba en el asiento.

Sabrina y Candy se acercaron a la puerta de la casa, donde las esperaba la agente inmobiliaria.

—Tengo que colgar, luego te llamo. Buen viaje. Adiós —saludó, y le pasó el móvil a Candy para que también pudiera saludarla, mientras la agente se les acercaba con una sonrisa. Era una de esas mujeres altas, corpulentas y demasiado rubias que usan mucho perfume y se tocan constantemente el cabello. Y por la ronquera de su voz, Sabrina supo que era fumadora. Llevaba las llaves de la casa en la mano. Candy colgó el teléfono, y Sabrina las presentó; después, la agente abrió la puerta, desconectó la alarma y las hizo pasar.

—Veamos si os gusta. Tengo otras opciones en la parte baja de la ciudad, pero creo que esta es la mejor. —Sabrina deseó que fuera cierto; realmente las cosas serían más fáciles si la primera casa que visitaban les gustaba. Buscar un lugar para vivir era una tortura, siempre lo había odiado. Candy estaba mucho más emocionada, y hasta le parecía divertido; inspeccionaba la casa, revisando cada una de las habitaciones y abriendo todas las puertas.

El recibidor era oscuro y estaba pintado de color verde, con el suelo de mármol formando cuadros blancos y verdes. Al principio a Sabrina le pareció un poco tenebroso, pero enseguida vio un hermoso espejo antiguo en la pared y algunas pinturas de caza inglesas que le daban un aire británico a la casa. La sala era muy luminosa y aireada, con orientación sur; la biblioteca era pequeña, sombría y cálida, y tenía una pequeña chimenea que, además de ser hermosa, parecía funcionar. Las paredes estaban cubiertas de libros, muchos de ellos Sabrina ya los había leído. Candy miró fugazmente a su hermana y le hizo un gesto de aprobación. Solo habían visto la planta baja, pero ya les agradaba la atmósfera de la casa. Se lo comunicaron asintiendo con la cabeza y mediante sonrisas. Era una casa acogedora. Los techos eran altos y en las paredes había bellos candelabros. Había mucha luz e, incluso para una persona alta como Candy, la escalera era perfecta.

Bajaron al sótano para ver la cocina y el comedor. La cocina era moderna y práctica; tenía una mesa redonda para ocho o diez personas y daba al jardín, que estaba algo descuidado, aunque era muy agradable. Había un patio, dos tumbonas y una barbacoa que parecía muy usada. Sabrina pensó que a Chris le encantaría.

El comedor era más formal; las paredes estaban laqueadas de color rojo oscuro. Había toques de diseño profesional por todas partes, aunque la casa no parecía haber sido remodelada recientemente. A Sabrina no le gustaba tener la sensación de estar caminando por una revista de decoración. Era una casa de verdad, y no estaba saturada de objetos. El mobiliario le gustaba y pensó que algunos de sus muebles podían combinar bien allí. O tal vez, si alquilaban la casa, podría guardarlos en un almacén. La casa tenía una atmósfera muy especial, y ahora entendía por qué el dueño la quería y deseaba volver a vivir en ella a su regreso. Era un lugar ideal para vivir. Cuando la agente salió de la habitación, Candy expresó su excitación con un suspiro.

—¡Me encanta! —dijo emocionada.

—A mí también. —Sabrina sonrió. Estaba decidido.

Tal como les había advertido la agente, las habitaciones eran pequeñas, pero tenían hermosas ventanas y cortinas de seda en colores pastel, con elegantes borlas y cordones. Todas las habitaciones tenían una cama king-size. A Candy le pareció genial, y pensó que a las demás también les encantaría, sobre todo si llegaban hombres a sus vidas. Y además, una cama grande era condición indispensable para Chris, debido a su altura. La habitación principal era un poco más grande que las demás. La de al lado era algo pequeña, pero no la necesitaban, y para los huéspedes sería perfecta. Las habitaciones de Annie y Candy estaban bellamente decoradas y eran muy acogedoras. Todos los cuartos de baño tenían bañera y ducha. Los colores de las habitaciones eran suaves y frescos, y los baños tenían revestimientos de mármol. Sabrina miró a la agente con asombro. No había absolutamente nada en la casa que no le gustara, y percibía que a su hermana le pasaba lo mismo. Era una casa muy acogedora y tenía «buena energía», en palabras de Candy. Y, como había prometido la agente, estaba llena de encanto. Era perfecta para ellas, y no había nada que pudiera dificultarle la vida a Annie.

Las escaleras eran rectas y sencillas; parecía un lugar en el que era fácil manejarse, incluso para una persona ciega.

—¡Bingo! —dijo Sabrina, sonriente. Candy estaba radiante y asintió con la cabeza. Le dijo a Sabrina que le gustaba más que su propio *penthouse*; era un lugar más cálido y acogedor. Su piso era más sofisticado y vistoso, pero también más frío; parecía sacado de una revista, y no lo sentía una casa de verdad. Candy se encontraría más a gusto allí, era el tipo de sitio en el que daban ganas de acurrucarse en un sofá grande y cómodo y no moverse nunca más. Transmitía una sensación maravillosa, y quizá, con suerte, también sería un buen sitio para Annie una vez que se habituara a la ubicación de las cosas. No tardaría demasiado, ya que era una casa pequeña con dos habitaciones bastante grandes en cada piso.

—¿Qué opinas? —preguntó educadamente Sabrina a su hermana.

—¡Opino que sí! Quedémonosla. Puedo traer a Zoe, ¿verdad? —Candy no iba a ninguna parte sin su perrita, aunque esa mañana la había dejado con su padre. Tenía miedo de que en el coche hiciera demasiado calor, y además era una buena compañía para Beulah, que también se había quedado en la casa. Sabrina no había querido que la agente se asustara por el tamaño de perra. Y además a Beulah la descomponía viajar en coche.

Sabrina le volvió a preguntar a la agente si no habría problema con los perros.

—Lo hablé con el dueño esta mañana, y me repitió que acepta inquilinos con perros. Ni siquiera especificó que fueran pequeños. Solo dijo perros. —Obviamente, tampoco había dicho cuántos perros, pero él tenía dos, lo cual era una buena noticia. Se la mirara por donde se la mirase, la casa parecía hecha para ellas: cálida, acogedora, de buen gusto, cómoda y a un precio muy conveniente. Los muebles eran mejores que los que ellas mismas tenían en sus pisos, y además podían traer a las perras. Candy decidió que dejaría su piso amueblado para alquilarlo, así también sería más atractivo. Esa misma semana se lo daría a una agencia. Muchos de los propietarios de su edificio alquilaban los pisos a precios astronómicos, así que además de pagar su parte del alquiler, que era relativamente bajo, le sobraría dinero.

—Nos la quedamos —confirmó Sabrina—. ¿Cuándo estará disponible?

—El primero de agosto. —Las chicas se miraron; era pronto, pero probablemente les iría bien. Sabrina todavía tenía que rescindir su contrato, pero no habría problema si pagaba una pequeña suma. Annie saldría del hospital en una semana, se quedaría una semana o dos en casa de su padre y, una vez que Sabrina y Candy tuvieran la casa lista, se podrían mudar.

—Nos va bien —confirmó Sabrina. Los próximos días estarían ocupadas ayudando a Annie, controlando a su padre y mudándose. De pronto, Sabrina cayó en la cuenta de que era una suerte que Candy hubiera dicho en la agencia que estaría de vacaciones todo julio y agosto. Sabrina tenía que volver al bufete la semana siguiente, y estaría desbordada de trabajo.

—Puedo intentar tenerlo libre antes, si quieres. —Ofreció la agente—. Creo que el dueño está en su casa de la playa y se va a Europa en un par de semanas.

—Es una buena idea —acordó Sabrina—. Tendríamos que mudarnos bastante rápido, ya que mi hermana sale del hospital en una semana.

—¿Está enferma? —La agente parecía sorprendida.

—Tuvo un accidente el fin de semana del Cuatro de Julio —dijo Sabrina solemnemente, sin ganas de dar detalles—. Así fue como perdió la vista.

—Oh, lo siento mucho. Cuando dijiste que era ciega, no pensé que fuera tan reciente, pensé... ¿Vais a vivir las tres juntas?

—Hasta que ella se acostumbre a su nueva situación. Será un cambio muy grande.

—Ya, ya... —dijo la mujer, comprensiva, y mostró más interés por ayudarlas—. Hablaré con el dueño a ver qué me dice. Es un gesto hermoso de vuestra parte —agregó, conmovida. Su semblante, algo rígido al principio, se había ido relajando.

—Claro. Somos hermanas —dijo Candy.

—No todas las hermanas están tan unidas —dijo la agente—. Yo, por ejemplo, hace veinte años que no veo a la mía.

—Qué pena —dijo Candy.

—¿Qué tenemos que firmar? —preguntó Sabrina.

—Es un contrato estándar, el alquiler del primer y del último mes y un depósito de seguridad. Lo prepararé y te lo enviaré a la oficina.

—Esta semana no estaré; estoy en Connecticut con mi padre. Si te parece, lo puedo pasar a buscar por la agencia.

—Vale. Lo tendré listo mañana.

—Perfecto —confirmó Sabrina. Quería pasar una noche con Chris y Candy podía tomar las riendas de la casa por unas horas—. ¿Necesitas todas nuestras firmas?

—Con la tuya es suficiente por ahora. Podemos agregar las otras cuando estéis todas en la ciudad, si os resulta más cómodo.

—Sí, será mejor así. Traeré a mis hermanas la semana próxima. —Se estrecharon la mano, dieron una última vuelta por la casa y les gustó más que la primera vez. Cinco minutos después estaban en el coche riendo con regocijo. No veían la hora de contárselo a Annie. Sabrina llamó a Chris y él también se alegró por ellas; dijo que estaba ansioso por ver la casa. Avisarían a Tammy apenas aterrizara el avión.

Cuando llegaron a Connecticut, su padre no estaba en casa. Sabrina preparó el almuerzo y tuvo que reñir a Candy porque no quiso comer.

—Ahora no estás trabajando, no necesitas pasar hambre.

—No estoy pasando hambre. Simplemente no tengo ganas de comer. Es el calor.

—Tampoco has desayunado. —Candy parecía enfadada, y subió a hacer algunas llamadas desde el móvil. Le molestaba que se metieran con sus hábitos alimenticios. Desde hacía años, era un tema delicado para ella; se enfurecía hasta con su madre cuando lo mencionaba. Había comenzado a pasar hambre a los diecisiete, cuando inició su carrera de modelo.

A las dos fueron al hospital a ver a Annie. La encontraron durmiendo, pero enseguida se despertó.

—Somos nosotras —dijo Sabrina, sonriéndole; Annie no podía verla, pero percibía la excitación en su voz.

—Ya lo sé. Siento vuestro perfume, y oigo el sonido de los brazaletes en el brazo de Candy. —Sabrina no hizo ningún comentario, pero notó que instintiva y sutilmente, Annie ya se estaba acomodando a su discapacidad, y eso, en cierto modo, le parecía que era positivo. Su oído y los demás sentidos se estaban aguzando.

—Tenemos una sorpresa para ti. —Candy rió satisfecha.

—Qué bien —dijo Annie, apesadumbrada—. Últimamente las sorpresas no han sido muy agradables. —Sus hermanas estaban de acuerdo en eso; pero esperaban que la noticia de la casa le levantara el ánimo—. ¿Qué pasa?

—Venimos de la ciudad —explicó Sabrina—. Fuimos en cuanto se marchó Tammy. Por cierto, nos pidió que te diéramos un beso de su parte. Así que aquí lo tienes. —Annie sonrió, y esperó lo que seguía—. Hemos ido a ver una casa.

—¿Una casa? —De pronto pareció muy asustada—. ¿Papá se va a mudar a la ciudad? —No quería que todo cambiara tan de repente. Adoraba la casa de sus padres, y quedarse allí cuando iba a visitarlos. No quería que la vendiera.

—Por supuesto que no —continuó Sabrina—. Fuimos a buscar una casa para nosotros.

—¿Chris y tú os vais a casar o a vivir juntos? —Annie parecía confundida, y Sabrina rió. Encontrar de buenas a primeras la casa ideal había sido una verdadera victoria.

—No, al menos no por ahora. Es una casa para ti, para Candy y para mí. Será por un año, hasta que te organices y... bueno... te acostumbres a todo. —Intentaba ser delicada—. Pasado un año, ya sabrás qué es lo que quieres hacer. Podrás irte y deshacerte de nosotras si te apetece. O nosotras podemos alquilarnos otro lugar. Además, esta casa solo estará disponible durante un año. Es preciosa, y queda en la calle Ochenta y cuatro Este.

—¿Y qué haré yo allí? —parecía triste y desesperanzada.

—Ir a la escuela, quizá. Lo que necesites hacer este año para poder ser una persona independiente. —Sabrina intentaba ser positiva cuando se refería a los cambios que su hermana tendría que afrontar. En realidad todavía no sabían muy bien en qué consistirían, estaban esperando el tratamiento que Annie tendría que seguir cuando le dieran el alta.

—Hace una semana yo era independiente. Ahora seré como un niño de dos años, con suerte.

—No, no es así. Nosotras queremos ser tus compañeras de piso, Annie, no tus carceleras. Podrás ir y venir cuando te plazca.

—¿Y cómo lo haré? ¿Con un bastón blanco? —dijo, y los ojos se le llenaron de lágrimas—. No sé usarlo. —Cuando la oyeron, las dos hermanas se acordaron de las personas que habían visto intentando cruzar la calle atestada de coches, y no podían hacerlo sin ayuda—. Prefiero morirme. Tal vez me quede en casa de papá. —Sonó como una puñalada para Sabrina y Candy. Su padre comenzaría a trabajar en un par de semanas y Annie estaría todo el día en casa sola y encerrada.

—Morirás de aburrimiento allí. Estarás mucho mejor en la ciudad, con nosotras. —En Nueva York al menos podría tomar taxis para moverse de un sitio a otro.

—No, seré una carga para vosotras, y quizá lo sea para siempre. ¿Por qué no me ingresáis en una institución y os olvidáis de mí?

—Tal vez me hubiera gustado la idea cuando tenía quince años y tú siete, pero creo que ahora es demasiado tarde. Vamos, Annie, intentemos buscar el lado positivo de las cosas. Será divertido vivir juntas. Candy alquilará su *penthouse* un año y yo rescindiré mi contrato; y Tammy nos vendrá a visitar cuando haya puentes. Es una oportunidad de estar juntas; siempre hablamos de cuánto nos echamos de menos, y esta tal vez será la única ocasión que tengamos de volver a compartir una casa. Es solo por un año, luego todas seremos adultas para siempre.

Annie negó con la cabeza; tenía un aspecto enfermizo en esa cama.

—Quiero regresar a Italia. He estado intentando comunicarme con Charlie. Él podría mudarse conmigo. No quiero vivir aquí.

—No querrás estar sola en Florencia. —Sabrina intentaba razonar con ella. Realmente su idea podía funcionar, si Annie aceptaba. Además, Charlie había pasado a la historia; solo que ella no lo sabía, y Sabrina no quería que se enterara por ella. Annie había pasado la mañana tratando de comunicarse con él; se lo había dicho a Sabrina, y esta se preguntaba si el muy canalla tendría apagado el móvil por si Annie llamaba. Después de la conversación telefónica que habían mantenido la semana anterior, no le extrañaba lo más mínimo.

—No quiero vivir con vosotras como una inútil —dijo Annie enfadada—. No quiero parecer una desagradecida, pero no tengo ninguna intención de ser la hermana ciega de la que hay que hacerse cargo, y por la que todos sienten pena.

—Yo, aunque quisiera, no podría hacerme cargo de ti —dijo Candy con pragmatismo—. Viajo mucho. Y Sabrina trabaja. Tú tienes que aprender a cuidar de ti misma. Pero nosotras podemos ayudarte.

—No quiero que me ayudéis. Solo quiero ser independiente. Y tengo un piso en Florencia, no necesito una casa en Nueva York.

—Annie —dijo Sabrina, tratando de ser paciente—, una vez que aprendas a manejarte, podrás vivir donde quieras, pero tal vez eso te lleve un tiempo. ¿No te parece que sería bueno vivir con nosotras al principio?

—No, volveré a Florencia y viviré con Charlie. Él me quiere —dijo petulante, y a Sabrina se le estrujó el corazón. Él no la quería. Y no podía volver sola a Florencia; no todavía, y probablemente por muchos meses, si es que alguna vez podía hacerlo.

—¿Y si Charlie no quiere? ¿Y si no puede aceptarlo o es demasiado para él? ¿No te gustaría intentarlo con nosotras?

—No, prefiero estar con él.

—Lo entiendo. Pero tal vez sea difícil para él. Nosotras somos tu familia. Y además en Nueva York hay algunos programas magníficos de rehabilitación para ciegos.

—¡No quiero ir a una escuela para ciegos! —gritó Annie—. Puedo arreglármelas sola. —Lloraba de nuevo, y Sabrina estaba a punto de largarse a llorar ella también, totalmente decepcionada.

—No te lo pongas tan difícil. Vamos, Annie. Esto será bastante difícil por sí solo. Déjanos ayudarte.

—¡No! —dijo Annie, y se giró en la cama para darles la espalda. Sabrina y Candy intercambiaron una larga mirada y no dijeron nada—. ¡Y no os miréis así! —gritó. Sabrina se sobresaltó al oírlo.

—¿Así que ahora tienes ojos en la nuca? Estás de espaldas a nosotras; y, perdona que lo mencione, pero eres ciega; ¿cómo sabes lo que estamos haciendo?

—¡Os conozco! —dijo enfadada, y Sabrina se rió.

—Eres una mocosa malcriada, como cuando tenías siete años. Me espiabas, zorrita, y se lo contabas todo a mamá.

—Tammy hacía lo mismo.

—Lo sé, pero tú eras peor. Y ella siempre te creía, incluso cuando mentías.

Annie seguía dándoles la espalda, pero Sabrina podía oír que se reía.

—Entonces, ¿serás una mocosa malcriada o una persona razonable? Hemos encontrado una casa fantástica, y creo que te encantará. Y además, será divertido vivir juntas.

—Nada de lo que haga volverá a ser divertido.

—Lo dudo —dijo Sabrina muy seria. Estaba deseando tener noticias de la psiquiatra. Annie la necesitaba urgentemente; todos la necesitaban. Y tal vez ella los podría asesorar sobre cómo tratar a Annie—. Firmaré el contrato mañana por la noche; si perdemos esta casa por una rabieta tuya me cabrearé en serio.

—Annie tenía derecho a mucho más que una rabieta, pero Sabrina pensó que tal vez ponerse firme ayudaría a que las cosas funcionaran mejor. Lo único que quería era abrazarla, pero Annie necesitaba algo más que eso. Aunque les resultara difícil, no podían dejar que sintiera pena por sí misma.

—Lo pensaré. —Fue lo único que Annie se dignó a decir, sin dejar de darles la espalda—. Iros. Dejadme sola.

—¿Estás segura? —Sabrina parecía aturdida, y Candy no dijo una palabra. Siempre había detestado su mal carácter. Para ella, Annie era la hermana mayor que le hacía la vida imposible. Le llevaba cinco años.

—Sí —dijo Annie con tristeza. Odiaba a todo el mundo.

Sabrina y Candy se quedaron media hora más y trataron de disipar su mal humor, pero no tuvieron éxito. Finalmente, le hicieron caso y se marcharon, pero le prometieron que volverían más tarde, si ella las llamaba y se lo pedía; y si no, al día siguiente.

De camino a casa, fueron comentando lo sucedido. Sabrina pensaba que tal vez era un buen signo que Annie estuviera enojada; y era evidente que ellas eran las únicas con las que podía desahogarse. En realidad, estaba enfadada con el destino, que le había quitado a su madre de un zarpazo y la había dejado ciega. Había sido demasiado cruel.

—¿Qué hacemos con la casa? —preguntó Candy, preocupada. —¿Y si no quiere vivir con nosotras?

—Lo hará —respondió Sabrina, tranquila—. Realmente no tiene más opciones.

—Eso es triste. —Candy volvía a sentir pena por su hermana.

—Sí, lo es. Todo es triste. Para ella, para papá, para nosotras. Pero debemos buscar el lado positivo de las cosas. —Sabrina estaba entusiasmada con la casa que habían encontrado: era perfecta—. Vendrá —repitió, deseando que fuera cierto.

Cuando llegaron a casa, encontraron un mensaje de la psiquiatra. Sabrina la llamó, le contó lo que había sucedido y la psiquiatra accedió a viajar desde la ciudad para ver a Annie. Dijo que atendía en Nueva York pero que en circunstancias especiales hacía la excepción de visitar a los pacientes donde estuvieran. Y las circunstancias de Annie le parecieron lo suficientemente especiales. Se comprometió a ir el miércoles, y le agradó saber que en las próximas semanas se mudarían a Nueva York. Disponía de tiempo para tomar a Annie como paciente y le interesaba el caso. Sabrina sintió alivio, la psiquiatra le resultó agradable, y además se la había recomendado el cirujano.

Sabrina le dejó un mensaje a Tammy en el móvil contándole que les había encantado la casa, y pasó el resto de la tarde devolviendo llamadas y haciendo anotaciones. Telefoneó a su oficina para saber cómo iban las cosas y luego al dueño del piso en que vivía para preguntarle cómo tenía que hacer para rescindir el contrato de alquiler. Le pareció un procedimiento sencillo. Le explicó las circunstancias y él se mostró comprensivo y servicial.

No visitaron a Annie hasta el día siguiente. Cuando llegaron, una enfermera la llevaba por el pasillo, y Annie parecía enfadada. Las percibió antes de que la saludaran. Se agarró a Sabrina y la llevaron hasta la habitación; parecía tensa y temerosa de chocarse con las cosas. Al verla fuera de la cama, las hermanas se dieron cuenta más que nunca de lo vulnerable que era. Parecía una tortuga sin el caparazón. Cuando llegaron a la habitación, permaneció unos minutos en silencio. Luego, finalmente, habló. Les contó que había logrado hablar con Charlie. Estaba triste. Sus hermanas sabían por qué.

—Estaba en Grecia, y dijo que su móvil no había tenido señal hasta ahora. —Dudó un momento, y luego continuó—. Me ha dicho que conoció a otra persona. Un encanto, ¿verdad? Hace menos de dos semanas que me fui de Florencia, y estaba locamente enamorado de mí. Pero en solo unos días conoce a otra. Se le notaba incómodo por teléfono y no quería hablar.

Supongo que se fue a Grecia con ella. —Dos lágrimas rodaron por sus mejillas mientras lo decía, y Sabrina se las secó con ternura.

—A veces los hombres son unos cabrones; supongo que las mujeres también. La gente se puede portar muy mal. Lo que te hizo es asqueroso. —Y era peor de lo que ella imaginaba.

—Sí, es un asqueroso. No le dije que me había quedado ciega, así que no fue por eso. Le conté lo del accidente, y que mamá había muerto, pero le dije que yo estaba bien, no quería que sintiera pena por mí. Si todo hubiera ido bien, se lo habría contado y él podría haber decidido. Pero no tuve tiempo, me lo dijo todo apenas descolgó el teléfono. —Al oírla, Sabrina pensó que era mejor que hubiera sido así, y se alegró de haberlo llamado antes. Si hubiera sido Annie quien se lo contara, y él la hubiera rechazado, habría sido todo mucho peor. De este modo, Annie pensaría que había sido abandonada como cualquier otra mujer. Mala suerte, y una horrible actitud de su parte, pero no la estocada mortal de un hombre que ya no la quería porque era ciega. Perderlo era lo mejor que le podía haber pasado; estaba claro que no era una buena persona.

—Lo siento, Annie —dijo Sabrina, y Candy le aseguró que encontraría otro chico, y que este era evidentemente un capullo.

—No habrá chicos para mí ahora. Nadie quiere estar con una mujer ciega —dijo, sintiendo pena por sí misma. Sabrina decidió no decirle todavía nada de la psiquiatra, pero pensó que era una suerte que pronto viniera a verla.

—Sí, sí que habrá —dijo Sabrina con ternura—, sigues siendo tan bella, inteligente y agradable como antes. Nada de eso ha cambiado.

—A mí los hombres me dejan todo el tiempo —agregó Candy, y las dos hermanas rieron. Era difícil creerlo con lo guapa que era—. Muchos de los hombres con los que salgo son capullos, incluso los que tienen mi edad. No saben lo que quieren. Hoy te quieren y mañana quieren a otra. O solo quieren acostarse contigo, o llevarte a una fiesta. Hay muchos tipos que solo quieren usarte. —Sabrina se dio cuenta de que así debían de ser probablemente todos los hombres que rodeaban a Candy. Mucha gente quería utilizarla. Y ella era demasiado joven para desenvolverse en esa situación. A Tammy tampoco le iba mucho mejor con los hombres de su edad, ni con los mayores. Los hombres podían ser un problema a cualquier edad.

—Vosotras dos me hacéis sentir feliz de no ser tan joven. Había olvidado lo estúpidos que eran los hombres a los veintipico. Yo también salí con algunos antes de conocer a Chris.

Luego Candy y Annie charlaron un rato sobre los horrores de las citas pero, pese al clima distendido y bromista, Sabrina notaba que Annie estaba muy triste. Que Charlie la abandonara sin más ni más, supuestamente por otra chica, había sido un duro golpe, especialmente en ese momento. Annie había estado tan segura de que era el hombre indicado que casi había decidido mudarse a Nueva York por él. Sabrina no se lo recordó.

—No te morirás por vivir con nosotras un tiempo. Además, puede ser divertido.

—No será divertido —dijo Annie obstinada—. Ya nada será divertido.

—Repítemelo dentro de seis meses, cuando estés saliendo con otro chico.

—No habrá otro chico —dijo Annie con tristeza, y las hermanas se dieron cuenta de que estaba convencida de ello.

—Perfecto —dijo Sabrina—, acepto el desafío. Hoy es 14 de julio, día de la Bastilla. Te apuesto cien dólares a que de aquí a seis meses, es decir, al 14 de febrero, habrás estado con alguien o estarás empezando una relación. Y Candy está de testigo. Me tendrás que pagar cien dólares, Annie, así que más vale que vayas empezando a ahorrar.

—Vale —dijo su hermana—, te apuesto a que ni en seis meses ni en seis años saldré con nadie.

—La apuesta es para seis meses —dijo Sabrina con firmeza—. Si quieres una apuesta para seis años, perderás mucho más dinero. No podrás pagarlo, así que mejor toma la apuesta de seis meses. Y recuerda, me deberás cien dólares como que me llamo Sabrina.

Annie estaba acostada en la cama, y sonreía. Estaba deprimida por lo de Charlie, pero disfrutaba de estar con sus hermanas. Incluso en ese momento la hacían sentirse mejor. Tammy la había llamado al llegar a Los Ángeles la noche anterior, y la había hecho reír con sus historias sobre Juanita y un chico demente que se había sentado a su lado en el avión.

Poco después, Candy y Sabrina regresaron a casa, pero antes de irse Sabrina le recordó a Annie que se iba a la ciudad a firmar el contrato.

—Todavía no dije que sí —dijo Annie petulante y triste, aunque menos que cuando habían llegado. Era comprensible que estuviera defraudada por lo de Charlie, pero al menos ahora no estaba ansiosa por regresar a Florencia. Estar allí sola y ciega era imposible, y lo sabía. Sin embargo, insistía en que no quería dejar su piso en Florencia. Sabrina le sugirió que lo hablara con su padre; dependía de él, ella sabía que era muy barato, por lo que tal vez le permitiera conservarlo.

—Está bien, si no quieres mudarte con nosotras —le dijo Sabrina—, Candy y yo viviremos juntas y tú te lo perderás. —Annie sonrió vagamente mientras la oía.

—Vale, vale... ya veremos. Lo pensaré.

—Solo te digo una cosa, Annie Adams —dijo Sabrina, mientras se ponían de pie para marcharse—, si no te vienes a vivir con nosotras te arrepentirás toda la vida. Somos unas compañeras de piso maravillosas.

—No, no lo sois. —Annie se rió y la miró fijamente, como si pudiera verla—. He vivido contigo hasta los diez años y puedo decir que eres insoportable. Y Candy no es mucho mejor; de hecho, es la persona más desordenada del planeta. —Todas sabían que siempre había sido así, pero ahora parecía que estaba mejorando.

—¡Ya no! —dijo Candy, sintiéndose insultada—. De todos

modos, si vivimos juntas necesitaremos una señora de la limpieza. Yo no pienso limpiar la casa.

—¡Caramba!... también una señora de la limpieza... algo más en lo que tengo que pensar —dijo Annie, sonriendo—. Ya os diré algo —agregó triunfal, por primera vez parecía ella misma.

—Claro que lo harás —dijo Sabrina, la besó y salió de la habitación con Candy. Sabrina se giró y le guiñó un ojo a su hermana, que alzó el pulgar con complicidad. Annie iba a aceptar; no tenía otra alternativa.

12

El miércoles, tal como había prometido, la psiquiatra visitó a Annie en el hospital. Al terminar, llamó a Sabrina; no le contó nada de lo que Annie le había dicho ya que respetaba rigurosamente el secreto profesional, pero le dijo que estaba satisfecha con el encuentro y que esperaba visitarla nuevamente antes de que le dieran el alta; y, una vez que se mudaran a Nueva York, empezarían las citas regulares. Annie todavía no les había asegurado que se mudaría con ellas, pero daba la impresión de que lo haría. Sabrina había firmado el contrato la noche anterior.

La psiquiatra le aseguró a Sabrina que su hermana no tenía una personalidad suicida, ni sufría depresión extrema. Estaba experimentando todas las emociones propias de un trauma de ese tipo: había perdido a su madre y se había quedado ciega. Era un golpe duro y doble. Sugirió, al igual que el cirujano, que sería bueno para Annie realizar un programa de rehabilitación para personas invidentes y dijo que seguramente el médico la derivaría a alguna institución especializada antes de que Annie dejara el hospital. Por el momento, estaba satisfecha, y eso para Sabrina era más que suficiente.

La consulta había sido especialmente interesante para Annie, aunque al principio, cuando la oyó entrar y supo que era psiquiatra, se había enfurecido. Ellen Steinberg, la psiquiatra, le explicó que Sabrina la había llamado, pero Annie se negó a hablar; dijo que no quería ayuda, que se las podía arreglar sola.

—Estoy segura de que sí —le aseguró la psiquiatra—, pero hablar nunca viene mal.

Finalmente, Annie explotó y le dijo que el médico no tenía idea de lo que ella estaba viviendo, y que ella tampoco sabía lo que era no poder ver.

—En realidad, sí lo sé —dijo la doctora Steinberg con tranquilidad—. Yo también soy ciega. Tuve un accidente automovilístico parecido al tuyo, al poco de terminar la carrera de medicina, es decir, hace veinticuatro años. Los primeros años lo pasé muy mal; decidí abandonar la medicina. Me había formado como cirujana y creía que mi carrera estaba acabada; no hay demasiadas vacantes para cirujanos ciegos. —Annie la escuchaba fascinada—. Y estaba completamente segura de que no me interesaba ninguna otra especialidad. Pensaba que la psiquiatría era para los tarados. ¿Qué iba a hacer yo con una banda de lunáticos y neuróticos? Yo quería ser cirujana cardiovascular, que era una disciplina con bastante prestigio; así que me enfadé y me quedé un par de años sentada en casa volviendo loca a mi familia. Comencé a beber mucho, lo cual complicó aún más las cosas. Hasta que mi hermano perdió la paciencia y me dijo que estaban todos hasta el gorro de que sintiera pena por mí misma, que me consiguiera un trabajo y dejara de castigar a los demás por sentirme miserable.

»Yo sentía que no podía hacer nada. Solo estaba preparada para ser médico. Conseguí un trabajo en una empresa de ambulancias, atendiendo el teléfono. Y luego, por una de esas raras casualidades, me ofrecieron otro trabajo en una línea de atención al suicida. Como me gustó, volví a la universidad y estudié psiquiatría. Y el resto, como dicen, es historia. Al volver a estudiar conocí a mi marido, que era entonces un joven profesor; nos casamos y tuvimos cuatro hijos. En general no hablo tanto de mí misma; estoy aquí para hablar de ti, Annie, pero pensé que tal vez oír lo que me había pasado podía ayudarte. Me atropelló un conductor ebrio que estuvo en la cárcel solo dos años. Y yo me quedé ciega para toda la vida. Sin embargo, se podría decir que en cierto sentido fue una bendición: terminé estudiando una especialidad que me encanta, me casé con un hombre maravilloso y tengo cuatro hijos increíbles.

—¿Cómo has podido hacer todo eso siendo ciega? —Annie estaba fascinada por la doctora, pero no se creía que nada de eso le sucediera a ella. Nada de lo bueno. Se sentía maldita.

—Aprendes. Desarrollas otras capacidades. Fracasas como lo hacen todos, ciegos o no. Cometes errores. A veces te esfuerzas más que los demás. Sufres decepciones y te pones triste como la gente que puede ver. Al final, no es muy diferente. Haces lo que tienes que hacer. Pero ¿por qué no hablamos un poco de ti? ¿Cómo te sientes?

—Asustada —dijo Annie con voz de niña, y las lágrimas comenzaron a brotar de sus ojos—. Echo de menos a mi mamá. Sigo pensando que podría haberla salvado; por mi culpa murió, no pude controlar el volante a tiempo. —Parecía angustiada.

—No creo que hubieras podido evitarlo. Leí el informe del accidente antes de venir.

—¿Cómo pudiste leerlo? —preguntó Annie.

—Lo hice traducir al braille. Es bastante fácil. Yo redacto todos mis informes en braille, y mi secretaria los transcribe para las personas con visión.

Charlaron durante una hora, y luego la doctora Steinberg se marchó. Le dijo a Annie que, si ella lo deseaba, regresaría.

—Sí, me gustaría —dijo Annie en voz baja. Se sentía como una niña, a merced de los demás. Le había contado a la psiquiatra que Sabrina y Candy querían que se mudara a una casa con ellas.

—¿Tú qué quieres hacer? —le había preguntado la doctora Steinberg, y Annie le había respondido que no quería ser una carga para sus hermanas.

—Entonces no lo seas; ve a una escuela y aprende lo que necesitas saber para ser independiente.

—Supongo que eso es lo que hizo usted.

—Sí, pero yo perdí mucho tiempo sintiendo pena por mí misma. Tú no necesitas pasar por eso, Annie. Parece que tienes una buena familia. Yo también la tuve, pero la castigué durante mucho tiempo. Espero que no hagas lo mismo; es una pérdida de tiempo. Si haces lo que debes, volverás a disfrutar de la vida. Puedes hacer casi todo lo que hace la gente con visión, excepto quizá ver películas, pero hay otras muchas cosas.

—Ya no puedo pintar —dijo Annie con tristeza—, y eso es lo que siempre quise hacer.

—Yo tampoco puedo ser cirujana. Pero la psiquiatría me gusta mucho más. Probablemente hay muchas otras disciplinas artísticas que puedes hacer desarrollando habilidades que ni siquiera sabes que posees; el secreto es encontrarlas, y aceptar el desafío. Esta es una oportunidad de ser más de lo que eras antes, y algo me dice que lo harás. Tienes toda una vida por delante, y un montón de puertas por abrir, si es que estás dispuesta a intentarlo. —Annie se quedó en silencio un largo rato, pensando. Unos minutos después, la doctora Steinberg se puso de pie para marcharse. Annie oyó el ruido del bastón golpeando el suelo.

—¿No tienes un perro?

—Soy alérgica a los perros.

—Yo los odio.

—Entonces no tengas un perro. Annie, tendrás la mayor parte de las opciones que tenías antes, y algunas que no tenías. Te veré la semana próxima. —Annie asintió con la cabeza y luego notó que la puerta se cerraba. Se quedó recostada, pensando en todo lo que la doctora Steinberg le había dicho.

13

Las siguientes semanas fueron frenéticas y agotadoras para Sabrina. Se ocupó de su padre y trató de levantarle el ánimo. Candy no colaboraba como ella esperaba: estaba distraída, desorganizada y todavía demasiado conmocionada con la muerte de su madre como para ayudar del modo que Sabrina necesitaba. En muchos aspectos, era todavía una niña, y ahora esperaba que Sabrina oficiara de madre. La hermana mayor hacía lo que podía, pero en ocasiones se le hacía muy difícil.

Después de firmar el contrato volvieron a la casa para decidir con qué muebles se quedarían. Había muchas piezas bonitas que acordaron conservar. Sabrina ayudó a Candy a poner su piso en alquiler y a los tres días ya habían conseguido un inquilino. Con ese dinero, a Candy le alcanzaría para cubrir su parte. Sabrina rescindió su contrato con una penalización mínima. Vendió parte de sus muebles, guardó algunas cosas en un almacén y se llevó otras a la casa nueva. Candy había alquilado su piso amueblado, así que no tenían que sacar nada de allí. Sabrina le pidió a su hermana que se encargara ella de contratar el servicio de mudanzas para el primero de agosto; así la ayudaría en algo. Todos los días, entre las cuatrocientas llamadas que tenía que hacer, visitaba a Annie. Esta finalmente había aceptado mudarse con ellas y ver cómo marchaban las cosas. Después de la segunda entrevista con la doctora Steinberg, le había advertido a sus hermanas que si la trataban como a un bebé o la hacían sentirse inútil, las dejaría. Candy y Sabrina habían estado de acuerdo y le habían prometido ser respetuosas y aguardar a que pidiera ayuda, a menos que estuviera a punto de caer por la escalera.

La tercera semana de julio, cuando Annie estaba a punto de salir del hospital, las tres hermanas estaban ansiosas por ir a la nueva casa y volver a vivir juntas, pese a la razón por la que lo hacían.

Los primeros días de Annie en la casa paterna fueron difíciles. Estar sin su madre era más doloroso para ella que para sus hermanas, que ya llevaban allí tres semanas. Para Annie, en cambio, era algo completamente nuevo. Conocía la casa perfectamente y podía moverse por ella con bastante facilidad, pero en cada cuarto esperaba oír la voz de su madre. Abría la puerta de sus armarios, tocaba la ropa y se la acercaba para sentir su olor; podía sentir el perfume de su madre, y casi percibirla en la habitación. Había momentos que estar allí era un sufrimiento. Una y otra vez revivía la última imagen del volante escapándose de las manos de su madre y a esta saliendo despedida del coche. Los recuerdos la perseguían; Annie hablaba de ellos en cada sesión con la doctora Steinberg. No podía quitárselos de la cabeza, ni tampoco el sentimiento de que debería haber hecho algo para evitar el accidente. Pero no había tenido tiempo. Por las noches también soñaba con ello. Y el haber perdido a Charlie no contribuía a mejorar las cosas. En cierto modo, estaba contenta de mudarse a Nueva York en lugar de a Florencia. Necesitaba empezar de cero. Y, afortunadamente, su padre había accedido a continuar pagando el alquiler de Florencia por un tiempo.

El tratamiento que tenía que seguir fuera del hospital era bastante sencillo, el oftalmólogo se lo explicó también a Sabrina, que ya comenzaba a sentirse más madre que hermana de Annie. Ahora todos estaban a su cargo: Annie, Candy —que era muy joven e irresponsable a veces— y su padre, que cada día parecía más frágil. Todo lo perdía o se rompía, se había cortado dos veces y era incapaz de recordar dónde estaban las cosas, o peor, nunca lo había sabido. Una noche que hablaron por teléfono, Sabrina le comentó a Tammy que se daba cuenta de que, excepto masticar su comida, Jane lo hacía todo por él. Era un hombre mimado, protegido y malcriado. Su madre había sido la esposa perfecta y, desde luego, ese no era el estilo de Sabrina. Ella intentaba que su padre hiciera algunas cosas por sí mismo, aunque con muy poco éxito. Él se quejaba mucho, gemía todo el tiempo, y lloraba a menudo. Era comprensible, pero Sabrina estaba desesperada, ocupándose de él y de todo lo demás.

El médico de Annie quería que esta continuara haciéndose exámenes periódicos tras la cirugía cerebral, y que, durante los próximos seis meses, asistiera a una escuela de entrenamiento para ciegos en Nueva York. Le había explicado a Sabrina que eso le permitiría ser independiente y capaz de tener calidad de vida sin ayuda; y ese era el objetivo principal. Annie se mostraba reticente y deambulaba deprimida por la casa. Tenía un bastón blanco, pero no lo usaba. En casa de sus padres se las arreglaba bien, ya que nadie cambiaba nada de lugar. En una ocasión, Candy había dejado una silla fuera de su sitio habitual y Annie, que entró de repente, se tropezó con ella. Mientras la ayudaba a ponerse de pie, Candy no hacía más que disculparse.

—¡Eso no estuvo bien! —dijo Annie, furiosa con ella, aunque más con el destino que la había puesto en esa situación—. ¿Por qué lo hiciste?

—Me olvidé... lo siento... ¡No lo hice a propósito! —Era el tipo de respuesta que Candy daba cuando era pequeña, y aún lo hacía. Lo importante para ella era la intención, no el resultado.

Annie estaba decidida a bañarse sola, nunca había sido pudorosa —ninguna de ellas lo era—, pero les prohibió a sus hermanas que entraran al baño. Su padre era una persona prudente y jamás se presentaba a desayunar sin bata, y su madre era igual, pero las chicas siempre se habían metido la una en el baño de la otra con o sin ropa para buscar el secador de pelo, las tenacillas para rizar el cabello, el quitaesmalte, un par de medias o un sujetador perdido. Sin embargo, ahora Annie entraba al baño completamente vestida y echaba el pestillo de la puerta. El segundo día, la bañera se desbordó. Al ver que de una lámpara chorreaba agua, Sabrina subió corriendo las escaleras y golpeó la puerta del baño; cuando finalmente Annie abrió, cerró el grifo mientras pisaba los cuatro dedos de agua que cubrían el mármol del suelo.

—Esto no funciona —dijo Sabrina, tratando de mantener la calma—. Ya sé que no quieres, pero necesitas ayuda. Tienes que aprender algunos trucos para desenvolverte, o te volverás loca y nos volverás locos a todos. ¿Qué puedo hacer para ayudarte? —preguntó Sabrina, mientras secaba el baño.

—¡Déjame sola! —le gritó, y se encerró en su cuarto.

—Está bien —respondió Sabrina, y no dijo nada más. Tenía que llamar al electricista, a una empresa para que secara las alfombras y a un pintor para que arreglara el techo. Annie estaba furiosa con sus dos hermanas y con ella misma. Hasta que no ocurrieron dos incidentes domésticos más, no consideró la posibilidad de asistir a la escuela en septiembre para aprender a lidiar de modo constructivo con el hecho de ser ciega. Hasta ese momento, se había convencido a sí misma de que era algo temporal, y pronto podía arreglárselas sola. Pero era evidente que no podía, y su enojo con la familia los agotaba a todos. Annie se había vuelto una extraña; ni siquiera permitía que Candy o Sabrina le peinaran o cepillaran el pelo, e incluso la segunda semana decidió cortárselo ella misma. Los resultados fueron desastrosos; Sabrina la encontró sentada en el suelo de su habitación, rodeada del largo pelo castaño recién cortado. Parecía que la hubiera atacado una sierra eléctrica; cuando la hermana la vio, la abrazó y se echaron a llorar.

—Vale —dijo Annie finalmente, apoyando la cabeza en el hombro de su hermana—, vale... no puedo con esto... odio ser ciega... iré a la escuela... pero no quiero un perro.

—No tienes que tener un perro. —Pero estaba claro que necesitaba ayuda. Su estado todavía deprimía más a su padre, que se sentía impotente al verla tropezar y caer, echarse el café caliente sobre la mano cuando intentaba llenar la taza o dejar caer la comida como si fuera una niña de dos años.

—¿No puedes hacer algo por Annie? —preguntó Jim a Sabrina con tristeza.

—Lo intento —dijo ella, tratando de no ser brusca. Llamaba cinco o seis veces al día a Tammy, que se sentía culpable por haberse marchado y seguía buscando un reemplazo para la estrella embarazada. Su vida era también un calvario porque sentía que, quedándose en Los Ángeles, estaba defraudando a su familia. Todos eran, por un motivo u otro, desesperadamente infelices, y Annie más que nadie.

Finalmente, dejó que Candy le arreglara el cabello. Le daba vergüenza ir a la peluquería a la que iba su madre; no quería que la vieran así, ciega y con el pelo que parecía cortado con un machete. Había usado su tijera de escritorio, y se había hecho un desastre. Su cabello era hermoso, sedoso y largo, parecido al de Candy, solo que más largo y de un color castaño rojizo en lugar de rubio.

—A ver, vamos a hacer un nuevo corte —dijo Candy mientras se sentaba en el suelo junto a Annie el día después de que ella misma se lo cortara. Parecía que acabara de salir de la cárcel. Algunos mechones eran más cortos que otros, y la cabeza entera era un caos—. Soy bastante buena con esto —le aseguró Candy—. Siempre arreglo los cortes de pelo de las modelos después de las sesiones fotográficas; esos peluqueros psicópatas hacen cosas que quedan muy bien en las fotos pero que las modelos no quieren llevar después. Lo bueno aquí —dijo Candy alegremente— es que no puedes ver lo que te hago; así que si la cago no te enfadarás conmigo. —Lo que dijo fue tan terrible que hizo reír a Annie. Esta se quedó quieta y dócil mientras Candy daba tijeretazos, cogía los mechones, los cepillaba, los peinaba y tijereteaba un poco más. Al terminar, la cabellera de Annie tenía un aspecto adorable y con mucho estilo; parecía una elegante ninfa italiana, con algunos mechones cortos arriba y otros más largos en los lados, lo cual le daba un marco genial a la cara: contrastaba más el cabello cobrizo con el verde de sus ojos. Candy estaba admirando su trabajo cuando Sabrina entró a la habitación y vio todo el pelo cortado en el suelo. El cuarto era un desastre, pero Annie estaba más guapa que nunca, como si hubiera ido a un peluquero de Londres o París.

—¡Guau! —dijo Sabrina, de pie en la puerta, impresionada por la maestría de Candy. Después de todo, tener estilo, ser sexy y estar a la moda era parte de su trabajo. Era el mejor corte que Sabrina había visto en años—. ¡Annie, estás fantástica! Has cambiado completamente. Y ahora sabemos a qué se podrá dedicar Candy si abandona la carrera de modelo; definitivamente, debes abrir una peluquería. Y, por cierto, algún día podrías cortármelo a mí también.

—¿De verdad me ha quedado bien? —preguntó Annie, con preocupación. Había sido un enorme gesto de confianza dejar que Candy le cortara el pelo. No tenía idea de lo mal que le había quedado después de su ataque de tijeretazos: absolutamente horroroso. Y Candy lo había transformado en algo mágico y chic. Era un corte sexy y juvenil, como la propia Annie, y le quedaba mejor que su largo cabello lacio, que casi siempre llevaba recogido en una trenza; Candy siempre le decía que la hacía parecer una hippie. En solo media hora las manos de Candy la habían transformado en una estrella de cine.

—Te ha quedado mucho más que bien —le aseguró Sabrina—. Podrías ser portada de *Vogue*. Nuestra hermanita realmente sabe lo que hace en asuntos de peluquería. Tenemos tantos talentos ocultos... yo misma no sabía que mi vocación era de señora de la limpieza. Y por cierto, señoritas, si en el futuro volvemos a jugar a la peluquería, ¿podríamos hacerlo en el baño? Permitidme recordaros que esta semana Hannah está de vacaciones, por lo que la encargada de la limpieza soy yo; así que por favor...

—¡Ups! —dijo Candy, mirando a su alrededor avergonzada. Ni siquiera lo había notado. Nunca notaba nada; estaba tan acostumbrada a que hubiera alguien tras ella recogiendo las cosas tanto en su trabajo como en su casa, que no se había dado cuenta de absolutamente nada. Había pelos por todas partes—. Lo siento, Sabrina. Lo limpiaré.

—Perdón —agregó Annie, deseando poder ayudar, pero no veía los pelos ni era capaz de juntarlos.

—No te preocupes —dijo Sabrina—, tú puedes hacer otras cosas para colaborar. Tal vez podrías ayudar a papá a cargar el lavavajillas; él debe de tener también un problema de visión porque pone los platos con comida; creo que no entiende cómo funciona. El lavavajillas solo reseca la comida que queda en los platos o los cubiertos. Supongo que mamá nunca le permitía ayudarla.

—Bajaré —dijo, poniéndose de pie y saliendo despacio de la habitación. Estaba guapísima con su nuevo corte de pelo, y Sabrina se lo dijo una vez más.

Veinte minutos después encontró a Annie y a su padre en la cocina; Annie tocaba los platos y quitaba la comida. Lo hacía mucho mejor que su padre, que no estaba ciego y solo era un inútil malcriado. Era deprimente ver lo perdido que estaba sin Jane. El padre fuerte y sabio que todas admiraban se había esfumado ante sus ojos. Ahora era débil, estaba asustado, confundido, deprimido y lloraba todo el tiempo. Sabrina le había sugerido que viera a un psiquiatra él también, pero se había negado pese a que lo necesitaba tanto como Annie. Esta, afortunadamente, parecía estar satisfecha con la suya.

Sabrina dejó a su padre a cargo de Annie mientras ella y Candy iban a la ciudad a hacer los últimos preparativos para la mudanza. Annie ya había ido a la casa y había dado una vuelta inspeccionándola. Dijo que le gustaba su habitación, pese a no poder verla. Le gustaba tener su propio espacio, le parecía que el tamaño era adecuado, y le agradaba que cruzando el pasillo estuviera la habitación de Candy, por si necesitaba ayuda. Pero no quería que nadie la asistiera, a menos que ella lo pidiera. Lo había dejado muy claro. Se metía en aprietos todo el tiempo, pero trataba de arreglárselas sola, a veces con buenos resultados. Otras veces no podía, y entonces se enfadaba y lloraba. No era una persona con la cual fuera fácil convivir esos días, pero tenía una excusa más que válida. Sabrina esperaba que cuando comenzara el nuevo aprendizaje mejoraría su actitud; de lo contrario, sería difícil estar cerca de ella. Entre la depresión de su padre por la pérdida de su mujer y la rabia de Annie por su ceguera, el ambiente de la casa era muy estresante para todos. Y Sabrina notaba que Candy cada vez comía menos; su desorden alimenticio parecía haber empeorado desde la muerte de la madre. La única persona normal con la que Sabrina podía hablar era Chris, que tenía una paciencia de santo pero estaba también muy ocupado con un gran caso. Sabrina, que había vuelto al trabajo, se sentía desbordada, se ocupaba de todos y organizaba la mudanza.

—¿Estás bien? —le preguntó una noche Chris con preocupación. Estaban en su piso antiguo, y ella había dicho que estaba demasiado cansada hasta para comer. Solo había tomado una cerveza como cena y ella raramente bebía.

—Estoy exhausta —confesó, apoyando la cabeza en el regazo de Chris, que había estado mirando un partido de béisbol en televisión mientras ella empaquetaba los libros. Se mudarían en tres días, y la ciudad era presa de una ola de calor que el aire acondicionado apenas podía mitigar. Sabrina tenía calor, estaba cansada y se sentía sucia después de pasar varias horas empaquetando—. Siento que estoy a cargo de medio mundo. No sé dónde parar. Mi padre apenas puede atarse los cordones de los zapatos, y cada día que pasa hace menos. Y se niega a volver al trabajo. Candy parece que acabara de salir de Auschwitz, y Annie cualquier día se cortará las venas intentando rebanar el pan sin ayuda. Y yo soy la única que se ocupa de la mudanza. —Chris notó que estaba al borde de las lágrimas, completamente desbordada.

—Todo será más fácil cuando Annie vaya a la escuela. —Intentaba parecer optimista, pero sabía que todo lo que Sabrina decía era cierto. Era muy desmoralizante estar cerca de su familia esos días, y a él también le preocupaba la situación, en especial por Sabrina, que cargaba con todo el peso. Era demasiado para cualquier persona. Él se sentía impotente, aunque hacía lo que estaba a su alcance para ayudarla.

—Tal vez, si se lo toma en serio y tiene deseos de aprender —dijo Sabrina, suspirando—. Annie quiere hacerlo todo sola, pero hay cosas con las que simplemente no puede. Y cuando no puede, se pone como loca y comienza a arrojar objetos por el aire, generalmente hacia donde yo estoy. Creo que todos necesitamos un buen psiquiatra.

—Quizá no sea una mala idea. ¿Cómo te va con Candy?

—Siempre era Sabrina la que tenía que hacer algo, como si todos fueran hijos suyos y todo dependiera de ella. Cada vez sentía más respeto por su madre, que las había criado a las cuatro y se había ocupado de su padre como si se tratara de un quinto hijo. Se preguntaba cómo se las había arreglado. Pero Jane solo se había dedicado a la familia; Sabrina además trabajaba en un bufete, intentaba mudarse a una casa nueva, iba y venía de Connecticut a Nueva York, y trataba de levantarle el ánimo a todos, excepto a ella.

—No estoy haciendo nada con ella. Cuando era más pequeña consultó a un especialista por su desorden alimenticio, y, durante un tiempo, estuvo mejor aunque no demasiado. Ahora está completamente descontrolada. Te apuesto lo que quieras a que desde que mamá murió ha adelgazado tres kilos, o tal vez cinco. Pero es una persona adulta, tiene veintiún años. No puedo forzarla a ir a un médico si ella no quiere. Cuando se lo menciono, se pone como loca. El peligro es que termine quedando estéril, pierda los dientes y el pelo, o peor, que desarrolle una afección cardiaca, o muera. Con la anorexia no se puede jugar. Pero no me escucha; dice que no quiere tener hijos, que usa extensiones, así que perder pelo no le importa, y que hasta el momento su salud no se ha visto afectada. Sin embargo, cualquier día su cuerpo dirá basta y acabará en el hospital con un suero en el brazo, o algo peor. Mamá sabía manejar esto mejor que yo, pero ella tenía más tacto. A mí nadie me escucha, solo quieren que les solucione los problemas y desaparezca del mapa. No sé cómo me metí en esto, es realmente un trabajo imposible.

—Ambos sabían cómo se había metido en eso. Su madre había muerto y Sabrina era la siguiente en edad: la hija mayor. Además, siempre había tratado de resolver los problemas de los otros, aunque eso perjudicara su propia existencia. En el trabajo era igual; a veces Chris se lo advertía y le pedía que se tomara las cosas con calma, pero ella siempre tenía que hacer alguna cosa más por alguien. Pero ni recibía lo que daba, ni tenía tiempo para satisfacer sus propios deseos. Y ahora Chris estaba también inmerso en la misma situación. No habían tenido ni cinco minutos de tranquilidad e intimidad en las tres semanas y media que habían pasado desde el accidente. Los fines de semana, Chris mantenía a Jim entretenido y cocinaba para toda la familia, y Sabrina se ocupaba de todo lo demás. De pronto se habían convertido en los padres de una gran familia con muchos niños, solo que estos, por una u otra razón, eran adultos disfuncionales. Sabrina sentía que su vida y su familia se estaban desmoronando. Pero al menos Chris estaba a su lado. Tammy le había sugerido que, si quería conservarlo, se tomara las cosas con más calma y se tranquilizara un poco. Era fácil decirlo desde California, a casi cinco mil kilómetros, mientras que Sabrina dirigía el circo y juntaba las piezas rotas. Sentía que su antigua vida ordenada había estallado en mil pedazos. Se acostó en el sofá y se puso a llorar.

—Vamos —dijo Chris—, te llevaré a la cama. Estás agotada, puedes terminar de recoger mañana.

—No puedo. Los de la mudanza vendrán a buscar las cosas para llevarlas al almacén, y debo estar en casa de mi padre mañana por la noche.

—Entonces lo haré yo. Así de simple. Te vas a la cama, sin discutir —dijo, y la cogió de la mano, la levantó del sofá y la condujo a la habitación. Sabrina le sonrió mientras la desvestía.

Era el mejor hombre del mundo, sin lugar a dudas. Se sentía un poco mareada por la cerveza que se había bebido con el estómago vacío.

—Te quiero —dijo, mientras se metía en la cama. Solo llevaba un tanga que le había regalado Candy, ella jamás se compraba ese tipo de cosas. Y a Chris le encantaban.

—Yo también. Y adoro esto también —dijo, tocando el tanga de encaje negro—. En cuanto os mudéis, haremos un viaje de fin de semana. Nos estamos volviendo una pareja de viejos. Tus hermanas tendrán que arreglárselas sin nosotros un par de días. —Sabrina también necesitaba estar con él a solas. Era justo. Desde que había muerto su madre no habían tenido un solo minuto de intimidad, y cuando finalmente llegaba la noche ella estaba tan cansada y triste que ni se le ocurría pensar en hacer el amor. Estaba todavía de duelo por la muerte de su madre, al igual que todos los demás. Chris lo entendía, pero añoraba la vida que llevaban antes del accidente. Sabía que finalmente las cosas volverían a la normalidad, sin embargo, no sabía cuándo, especialmente si se tenía en cuenta la magnitud del problema de Annie.

Tampoco tenía muy claro cómo sería estar con Sabrina una vez que se mudara con sus dos hermanas. Existía la posibilidad de que fuera un drama tremendo y un caos, o algo parecido a una hermandad femenina. Deseaba pasar más tiempo con ella a solas y temía que eso no fuera posible al menos durante un año. Ese pensamiento lo asustaba, pero no quería preocupar más a Sabrina contándole sus propios miedos o quejándose. La pobre ya tenía bastante con sus cosas. Pero sentía que, al igual que ella, estaba recibiendo poca atención.

Se recostó a su lado, le acarició el pelo y le masajeó la espalda, y en cinco minutos Sabrina estuvo profundamente dormida. Chris permaneció allí, preguntándose si alguna vez se casarían. El que Sabrina se hubiera hecho cargo de toda la familia la alejaba más del matrimonio. Le daría algunos meses para que pudiera tranquilizarse, y después hablaría con ella. Quería casarse y tener una familia, y esperaba que algún día Sabrina juntara el valor necesario para embarcarse en ello. No quería que perdiera la oportunidad de tener hijos solo por haber visto en su trabajo infinidad de divorcios horribles y amargas batallas por la custodia de los hijos. Era normal que tuviera miedo, pero esa no era una excusa; ya no, después de pasar tres años juntos. Antes tenían una relación maravillosa, y Chris quería dar un paso más. Su mayor miedo era que la calma no volviera nunca, y que sus hermanas se convirtieran en su vida.

Por la mañana cuando Sabrina se despertó, Chris ya se había marchado. Tenía un desayuno de trabajo con un abogado que lo ayudaba en un caso para pedirle que acelerara los trámites. Le había dejado una nota a Sabrina en la que le pedía que se tomara las cosas con más calma —ella sonrió al leerlo— y le decía que la vería en Connecticut el viernes por la noche. Y el sábado volvería con ella a la ciudad para ayudarla con la mudanza; sería un fin de semana complicado. Candy iría con ellos para ayudarlos y Jim se quedaría cuidando a Annie, o viceversa. Sabrina solo esperaba que no pasara nada malo. Ya no tenía la misma fe en la vida —fe en que las cosas terminaran bien— de un mes atrás. La muerte de su madre le había mostrado que todo puede cambiar en un abrir y cerrar de ojos. La vida puede terminar. O pueden pasar cosas como la que le había sucedido a Annie.

14

El sábado a las seis de la mañana Candy, Chris y Sabrina partieron hacia la ciudad. Chris conducía y Sabrina revisaba su interminable lista. Mientras se limaba las uñas, Candy comentó que había pedido cita para una sesión de masaje esa misma tarde.

—¿Cómo que irás al masajista? —preguntó Sabrina con un gesto de pánico—. ¡Nos estamos mudando!

—Esto es muy estresante para mí —dijo con tranquilidad—. Me cuesta mucho adaptarme a los nuevos espacios; mi antiguo terapeuta me dijo que tenía que ver con el hecho de que mamá me hubiera tenido siendo mayor. Mudarme es algo traumatizante para mí, me pasa lo mismo cuando me quedo en hoteles.

—¿Así que necesitas un masaje? —Sabrina la miró con cara de palo. Odiaba ese tipo de estupideces (karma, aromaterapia, incienso, experiencias de recreación del útero materno). Era demasiado pragmática y cuando oía hablar de ese tipo de cosas no podía evitar decir algo desagradable. Chris sonrió para sí al ver la cara de Sabrina. La conocía bien, al igual que Candy.

—Sé que piensas que es una estupidez, pero a mí me ayuda. Necesito estar centrada. También reservé hora en la manicura y la pedicura para después.

—¿La pedicura te ayuda a centrarte? —Sabrina estaba empezando a echar humo por las orejas, y solo eran las seis y media de la mañana. Había estado en pie hasta las dos, ayudando a Annie a hacer las maletas y terminando el trabajo de la oficina, que parecía no acabarse nunca. Acababa de empezar el día y ya estaba al borde del agotamiento. La empresa de mudanzas llegaría a las ocho con todas las cosas que había recogido el día anterior. Todo lo que Candy se llevaba estaba en una pila de bolsos de Louis Vuitton y en dos maletas que habían recogido en su piso. Solo contenían ropa. La decoración había corrido por cuenta de Sabrina y del dueño de la casa.

—Cuando voy al pedicuro me masajea los pies —dijo Candy con cierto remilgo—. ¿Sabes que en los pies están todos los centros nerviosos? Puedes curar casi todo con un masaje en los pies, lo leí en un artículo buenísimo en *Vogue*.

—Candy, yo te quiero mucho, pero si no te callas te mataré. He trabajado en cuatro casos nuevos esta semana, mi secretaria renunció, Annie tuvo catorce rabietas y papá lleva un mes llorando. Empaqueté todo lo que había en mi piso, Beulah y Zoe estuvieron con diarrea, ensuciaron toda la casa y yo la limpié —tú no, podría agregar—, tengo un dolor de cabeza espantoso y hoy nos mudamos. Por favor, no me hables de pedicuras porque me destrozas los nervios.

—Estás siendo hostil y mezquina —dijo Candy con lágrimas en los ojos—, y eso me hace echar de menos a mamá. —Estaba sentada en el asiento de atrás del Range Rover de Chris, y Sabrina se giró, suspirando, para mirarla.

—Lo siento, es solo que estoy cansada. Yo también echo de menos a mamá. Y estoy preocupada por vosotros: tú estás perdiendo peso, papá está deprimido, mamá no está y Annie se ha quedado ciega. Y nos estamos mudando. Es demasiado.

—¿Quieres que te reserve hora con el masajista a ti también? —le ofreció Candy, haciendo un esfuerzo por salvar las distancias. Pero los trece años que se llevaban y las diferencias de personalidad lo hacían difícil, especialmente a esa hora de la mañana y con tan pocas horas de sueño encima. Sabrina sentía que iba en un tiovivo a toda velocidad y que estaba a punto de salir despedida y romperse en mil pedazos. Sucedían más cosas de las que podía manejar, pero no le quedaba otro remedio. No había otra alternativa. Ella era la persona que podía hacerlo. Candy, no, Candy era un bebé, al igual que su padre. Y ahora Annie se les sumaba, pese a ella misma, por fuerza mayor. Todos se habían convertido en bebés, y ella, en la Mamá. Un trabajo que jamás había deseado.

—Mejor me quedaré y pondré la casa en orden —respondió Sabrina honestamente. No estaba acostumbrada a que la mimasen, ni a mimarse ella misma. Para Candy, en cambio, era parte de su trabajo, desde hacía cuatro años—. Lo prepararé todo para que nos podamos mudar mañana mismo.

—¿Crees que papá se las arreglará bien sin nosotras? —preguntó Candy, con gesto de preocupación.

—Tendrá que hacerlo; no tiene otra alternativa. No es el único que ha sobrevivido a una tragedia. No puede venir con nosotras. —Eso hubiera sido demasiado—. Este mes tú y Annie tendréis que ir a verlo a menudo; tú no trabajarás hasta septiembre y Annie tampoco irá a la escuela hasta entonces. Podréis ir y venir todas las veces que queráis; yo tengo que trabajar. Pero, de todos modos, en septiembre se encontrará solo; tendrá que acostumbrarse bastante rápido. —Candy asintió con la cabeza; ambas sabían que era así.

A las ocho menos cinco llegaron a la casa de la calle Ochenta y cuatro, tras hacer una parada en un Starbucks. Sabrina se sintió mejor con un capuchino encima, y también Chris. Candy se bebió un café negro helado que le mantendría los nervios de punta durante una semana, pero dijo que le encantaba esa bebida. Tomaba cuatro al día cuando trabajaba en Nueva York. Aunque no comiera, la cafeína la mantenía animada, y el tabaco le quitaba el apetito.

La empresa de mudanzas ya estaba allí, y comenzaron a trabajar enseguida. A la una ya habían descargado el camión y pasaron el resto de la tarde vaciando las bolsas y las cajas. A las seis la casa era un caos: había cosas tiradas por todas partes, platos, libros, pinturas, ropa. Sabrina intentaba colocar sus cosas con la ayuda de Chris. Candy se había ido hacía ya dos horas a sus sesiones de masaje, manicura y pedicura, diciendo que regresaría a las siete. Sabrina telefoneó a su padre para avisarle que pasarían la noche en la ciudad, en la casa nueva, para ponerla en orden. Jim le dijo que él y Annie estaban bien; en ese momento le estaba preparando la cena a su hija, es decir, rollitos de primavera congelados y sopa de sobre. Sabrina sonrió; oía a su padre mejor que el resto de la semana. Jim aseguraba que Annie lo estaba ayudando; había puesto la mesa. Eran como dos niños. Por el momento, no podían hacer más que eso.

Chris subió una enorme caja con juegos de mesa a la habitación de arriba; en la escalera se cruzó con Sabrina, le dio un beso en el aire y le dijo que la casa estaba quedando fantástica. Sí, quedaría bien, pero todavía tenían un largo camino por delante y varios días de trabajo. Habían decidido mudarse al día siguiente, pero ahora Sabrina estaba pensando en decirles a Annie y a Candy que esperaran una semana, de modo que ella y Chris pudieran terminar de colocarlo todo. Annie no podría ir y venir con todas esas cajas desparramadas y ese desorden general. Con tantos obstáculos, no encontraría el camino. Cuando ella llegara, todo debía estar limpio y en su lugar; solo así podría aprender dónde estaba cada cosa. Para Sabrina, eso era evidente.

Candy llamó a las siete y media diciendo que se había encontrado con un amigo en el spa; quería saber si a Sabrina le molestaba que fuera a cenar con él. Dijo que no lo veía desde hacía seis meses, cuando este había regresado de París. ¿O ella y Chris preferían que llevara algo para cenar en casa?

Sabrina le dijo que no se preocupara por ellos, que pedirían una pizza, y le explicó que no pensaban volver a Connecticut esa noche, y que si lo deseaba, podía dormir ella también en la ciudad, siempre y cuando pudiera localizar sus sábanas en la maleta —que Sabrina sabía eran Pratesi—. Las suyas eran de unas rebajas de Macy's, pero estaban bien para ella. Candy dijo que sí, que regresaría más tarde. Irían a Cipriano, en la parte baja de la ciudad, y luego probablemente a algún club, pensó Sabrina. Hacía tiempo que Candy no salía con amigos, y habían sido unas semanas muy duras. Le concedió, pues, unas horas de alivio; aunque con lo poco que ayudaba era mejor no tenerla allí en ese momento.

—¿Por qué no le has dicho que viniera a ayudarnos? —preguntó Chris, asombrado. Pensaba que Sabrina era demasiado blanda con sus hermanas y que estas se aprovechaban de eso, y de que a ella le gustara resolverlo todo.

—¿Realmente te parece que nos ayudaría mucho? Se pondría a arreglarse las manos y luego hablaría dos horas por teléfono. Prefiero hacerlo todo yo.

—Por eso no aprende —la regañó él—, no le pones ningún límite.

—No soy su madre —dijo Sabrina—, y no quiero serlo. Sería una madre desastrosa.

—No, no es cierto. Serías una madre genial. Y eres demasiado buena con ella; creo que deberías ser un poco más dura y pedir que te ayudaran. Ellas están contigo, ¿por qué tú debes hacer todo el trabajo duro? ¿Quién dijo que ella es la princesa y tu Cenicienta, fregando el suelo del castillo? Tú tienes tanto derecho a ser la princesa como ella. Deja que alguna vez sea ella quien friegue el suelo.

—Te quiero —dijo Sabrina, sonriéndole, y lo besó—. Pero prefiero estar sola contigo.

Finalmente, los de la mudanza se fueron y ellos se quedaron solos. Estaban en paz. Media hora después se tomaron un descanso, subieron a la habitación de Sabrina, pusieron las sábanas en la cama y permanecieron allí haciendo el amor y luego uno en brazos del otro durante una hora. Fue perfecto, como siempre. Ella se adormeció en sus brazos hasta que llegó la hora de levantarse y de continuar colocando las cosas. Era la primera vez en un mes que Chris tenía toda la atención de Sabrina, y durante al menos una hora le había pertenecido por completo.

Era como tocar el cielo con las manos; esa hora alimentó la esperanza de que alguna vez su vida volviera a la normalidad, aunque no podía evitar preguntarse cuándo sería.

Mientras tanto, en Connecticut, Jim había preparado la cena de Annie. Ella no se quería quejar, pero los rollitos de primavera estaban asquerosos; por suerte la sopa era más o menos decente. Él se disculpó por sus escasas cualidades culinarias, y se echaron a reír.

—Debe de ser genético, papá; yo tampoco soy buena para la cocina. —Luego él le dio un helado, tras preguntarle si lo quería de chocolate o vainilla, y si prefería la cobertura de chocolate amargo o de chocolate con leche. Ella eligió helado de vainilla con cobertura de chocolate amargo. Cuando comenzaba a saborearlo, llamaron a la puerta. Jim fue a abrir. Annie permaneció en la cocina y, enseguida, oyó la voz de una mujer, seguidas de las palabras «qué sorpresa» de su padre, aunque no prestó demasiada atención hasta que acabó su helado. Entonces intentó seguir el sonido de las voces con el fin de saber de quién se trataba y qué hacían. Su padre estaba de pie en el jardín de la entrada y hablaba con una mujer cuya voz Annie no reconocía, aunque podía decir que pertenecía a una persona joven.

—¿Te acuerdas de Annie, verdad? —le dijo a la mujer desconocida mientras ella se aproximaba—. Ha crecido.

—Y está ciega —agregó Annie, para fastidiar. Hacía semanas que decía ese tipo de cosas; era el modo que tenía de expresar su enfado. Sabrina le había dicho ya en varias ocasiones, lo más dulcemente que había podido, que ser ruda con la gente no le devolvería la vista. Además, no era propio de Annie actuar de ese modo, o al menos no lo había sido hasta entonces.

—Sí —la voz de su padre se entristeció de pronto—. Ella iba con su madre cuando ocurrió el accidente. —Annie todavía no tenía ni idea de con quién hablaba su padre.

—¿Quién es, papá? —dijo cuando llegó hasta donde estaba

su padre. Sentía un perfume de lirios de los valles que no le era familiar.

—¿Recuerdas a Leslie Thompson? Su hermano fue a la escuela con Tammy.

—No, no la recuerdo —dijo Annie honestamente, y la muchacha se dirigió a ella.

—Hola. Mi hermano Jack fue a la escuela con Tammy. Soy su hermana mayor. Sabrina y yo éramos amigas. —Sí, durante cinco minutos, pensó Annie para sus adentros. Ahora sí la recordaba: era mayor que Tammy y menor que Sabrina. Eran unos trepadores sociales, y a su madre nunca le habían gustado. Se acordaba de que era una rubia mona, que le había quitado el novio a Sabrina, y que esta había dicho que era una puta. Sabrina tenía diecisiete años y Leslie quince; su madre se había referido a ella como una chica «rápida». Sabrina no la invitó nunca más a su casa—. Acabo de regresar de California y me he enterado de lo de tu madre. He venido para deciros cuánto lo siento. —Annie percibía algo en su voz pero no se daba cuenta de qué era. Su voz había cambiado. Antes, cuando hablaba con su padre, tenía una voz más cantarina y más cálida, y ahora parecía disgustada, como si la presencia de Annie la perturbara. Era una maldición haberse vuelto tan perceptiva; de pronto era capaz de detectar matices que antes le pasaban totalmente inadvertidos. Era como oír la mente de las personas; le parecía una aptitud horrorosa.

—Nos ha traído una tarta de manzana —dijo el padre cálidamente—. Casera. Justo íbamos a tomar el postre, ¿quieres pasar y tomarlo con nosotros? —Annie frunció el ceño al oírlos; ¿por qué mentía su padre? Ya habían tomado el helado. Tal vez intentaba ser amable.

—No, gracias, volveré otro día; solo quería saludaros y deciros cuánto siento lo que sucedió. Jack me pidió que os diera también sus condolencias.

—¿Cuándo regresas a California? —preguntó Annie, sin ninguna razón en particular, pero haciendo que sonara como si desease que fuera pronto.

—En realidad, no regresaré a California. Me quedaré aquí con mis padres mientras busco un piso en la ciudad. He estado viviendo en Palm Springs y acabo de divorciarme; llevaba diez años allí y estoy bastante harta de ese sitio. Así que he vuelto —dijo, otra vez con la musiquilla en la voz, mientras Annie asentía con la cabeza y procesaba la información.

—Yo también me mudaré a la ciudad —le informó Annie, aunque Leslie no se lo había preguntado—. Nos mudaremos mañana, Candy, Sabrina y yo.

—Qué pena —dijo Leslie; Annie volvió a sentir el olor de su perfume y decidió que era demasiado dulce—. Tu padre se sentirá muy solo cuando os vayáis.

—Sí, es cierto —contestó él rápidamente, y enseguida Leslie se despidió y se marchó—. Ven cuando quieras —le gritó su padre; luego Annie oyó la puerta del coche que se cerraba y el sonido del motor.

—¿Por qué le has dicho eso? —preguntó Annie frunciéndole el ceño, aunque no podía verlo. Iba agarrada de su brazo para regresar a la casa, y se giraba levemente al hablarle—. Eso de «ven cuando quieras».

—¿Qué le iba a decir? Trajo una tarta de manzana. —Que mantenía en equilibrio en la otra mano—. No quería ser grosero, Annie.

—¿Por qué vino? No la hemos visto desde que Sabrina terminó el instituto. —Pensó en el asunto durante unos instantes mientras entraban, y luego soltó el brazo de su padre. Podía andar sola por la casa sin ayuda—. Huelo algo raro. —En realidad, lo que había olido eran lirios de los valles, y en cantidad.

—No seas tonta, Annie. Es una buena chica que os conocía de pequeñas y se ha enterado de lo de tu madre.

—A eso me refiero, papá. No seas tan ingenuo.

—Y tú no seas tan paranoica. Una chica de esa edad no me va a perseguir a mí. Y ya te lo he dicho, no saldré con nadie. Estoy enamorado de tu madre y lo estaré siempre. —Annie estaba preocupada de todos modos. Hubiera deseado poder haberle visto la cara y evaluar mejor la situación. Se recordó que tenía que contárselo a Sabrina cuando volviera a casa. No le gustaba la idea de que hubiera mujeres persiguiendo a su padre; y en especial del tipo de Leslie Thompson, si era todavía como la recordaba, de hecho solo se acordaba de su voluminosa cabellera rubia y de Sabrina diciendo que era una puta. Annie tenía entonces nueve años, pero se le había quedado grabada la imagen de su hermana loca de furia. Era curioso cómo ese tipo de cosas dejaban una impresión duradera, desde entonces Leslie era una «puta» en la mente de Annie, aunque el estigma se basara en una conducta de los quince años.

Annie colocó los platos en el lavavajillas. Su padre comió una porción de la tarta de manzana y dijo que era excelente, y su hija respondió con un suspiro. Luego ambos subieron a sus habitaciones. Annie estaba emocionada con la nueva casa y la mudanza del día siguiente. Estaba muy sola allí y se sentía aislada; sería agradable estar en la ciudad, aunque sus movimientos todavía fueran limitados y no pudiera salir sola. Sería como una bocanada de oxígeno.

Se sentó en su habitación un rato, escuchó música y pensó en su vida en Florencia... pintando, visitando Siena, sus interminables horas en la galería Uffizi y los meses junto a Charlie. Lo seguía echando de menos y hubiera deseado que la llamara, al menos para decirle hola. No podía entender que hubiese encontrado a otra persona tan rápido y que la dejara. Pero al menos no había tenido que decirle que estaba ciega y él no sentía pena por ella. Llamó a Sabrina, que le dijo que todo iba muy bien en la casa, y luego a Tammy a Los Ángeles, que, aunque era sábado por la noche, estaba sola en casa, lavando la ropa y bañando a Juanita. Era triste pensar que no volvería a ver sus rostros, ni a mirarlas a los ojos. Podía sentirlas y oírlas, tocarlas. Siempre las recordaría como eran ahora. Para ella nunca envejecerían, nunca cambiarían. Se acostó pensando en eso, y soñó que veía un atardecer en Florencia junto a Charlie, pero cuando se giraba para decirle que lo quería, él había desaparecido.

15

El domingo Sabrina volvió sola a buscar a Annie; Candy se quedó en la ciudad, pues se había acostado a las cuatro de la madrugada. Como Sabrina había predicho, se había ido de copas con su viejo amigo. Chris se fue a un partido de béisbol con unos amigos, tras la primera noche en la casa nueva. Se sentían cómodos en su habitación, y les encantó la cama, que era enorme, mucho más grande que la que ella tenía antes —una queen-size dura y ruidosa—. La nueva era un sueño. Ambos estaban encantados con la casa en general; tenían una planta toda para ellos, así que ni siquiera habían oído llegar a Candy a las cuatro, y esta todavía dormía cuando Sabrina se marchó por la mañana.

Sabrina encontró a su padre y a Annie sentados junto a la piscina. Zoe y Beulah también estaban allí; se habían hecho grandes amigas. Candy había decidido no llevarse a Zoe el día anterior, pues temía que los hombres de la mudanza, con sus idas y venidas, la lastimaran. Sabrina le preguntó a su padre si le molestaba tener a las perras allí por un tiempo; ellas lo pasaban bien en el campo, eran una compañía para él, y además sus dueñas estarían ocupadas con la mudanza. Ya tenían bastante sin ocuparse de las perras. Su padre dijo que estaba encantado de ocuparse de sus perrinietas, así que ella y Annie volvieron a Nueva York solas después del almuerzo. Annie iba muy callada, y Sabrina la dejó en paz con sus pensamientos. Le ocurría con frecuencia: era una persona introspectiva y soñadora, con muchas cosas en las que pensar. Siempre había pasado largas y silenciosas horas reflexionando acerca de su arte.

Se encontraban ya a mitad de camino cuando Annie finalmente habló.

—¿Te acuerdas de Leslie Thompson? —dijo inesperadamente, como si el nombre le hubiera venido de pronto a la cabeza.

—No. ¿Por qué? ¿Quién es?

—Tú la odiabas. Su hermano iba a la escuela con Tammy; ella intentó quitarte un novio.

—¿En serio? ¿Cuándo? —Sabrina estaba perpleja, y Annie se rió.

—Creo que en el último curso del instituto. Yo tenía nueve años, pero me acuerdo bien de que dijiste que era una puta.

—¿Eso dije? —Sabrina se rió con ganas—. ¡Madre mía! —Se giró para mirar a su hermana y luego volvió la vista hacia delante. Desde el accidente del Cuatro de Julio, conducía con mucha más tensión, especialmente cuando iba por la carretera. Tammy le había dicho que a ella le pasaba lo mismo—. ¡Ya sé quién es! Era una furcia; guapa, pero hortera. Y muy astuta; mamá la llamaba «la irresistible». Irresistible y una mierda. ¿Por qué te has acordado de ella?

—Ayer fue a casa.

—¿Por qué? Yo no la he vuelto a ver desde aquel día.

—Dijo que acababa de divorciarse y que había vuelto de California, y quería decirnos cuánto sentía lo de mamá. Le trajo una tarta a papá.

—¿Lo dices en serio? —Sabrina puso una cara de absoluto disgusto, y luego miró a su hermana de reojo y deseó que esta pudiera verla y reconociera la complicidad de su gesto—. Mierda, ya empezamos. El ataque. ¿Pero no es un poco joven? Debe de tener unos treinta y dos o treinta y tres años a lo sumo. Cuando nos peleamos tenía quince, ahora la recuerdo perfectamente, y también me acuerdo de cuánto la odiaba. «La puta». Ojalá pudieras decirme qué aspecto tenía y cómo miraba a papá.

—Sonaba falsa, y llevaba un perfume barato, en cantidades industriales.

—Puaj.

—Exactamente. Y es lista, trajo la tarta en una fuente que papá tendrá que devolverle. Seguro que piensa que papá es un buen partido.

—No puede perseguir a un hombre tan mayor. Joder, casi le dobla la edad.

—Sí, pero tiene dinero, y ahora está libre.

—Esa chica no pierde el tiempo. —Sabrina parecía preocupada. Su madre había muerto hacía apenas un mes—. Tal vez sea sincera y solo sienta pena por nosotros.

—Y una mierda —dijo Annie sin darle demasiadas vueltas, y Sabrina rió.

—Sí, yo pienso lo mismo. Pero esperemos que papá no; el pobre no tiene idea de lo que le espera. Toda soltera que viva a cien kilómetros a la redonda llamará a su puerta. Tiene una edad razonable, es guapo, con éxito, y está solo. ¡Hay que tener cuidado! —Todas estaban preocupadas por él y querían protegerlo; era muy ingenuo y no estaba preparado para lo que se avecinaba.

—Intenté decírselo, pero me respondió que era una paranoica.

—Yo confío en tu percepción. ¿Qué te pareció?

—Falsa —dijo Annie—. ¿Qué esperas de una puta? —Ambas rieron.

Se quedaron pensativas unos instantes y luego hablaron de otros temas. Sabrina le contó que había descubierto algunas cosas nuevas de la casa, y le dijo que era muy cómoda. Ambas estuvieron de acuerdo en que era una pena que Tammy no fuera a estar allí con ellas, pero no podía dejar su trabajo. Era una renuncia demasiado grande.

Cuando llegaron a la casa, Candy todavía dormía. Más tarde apareció en lo alto de las escaleras con un tanga de satén rosa y una camiseta transparente, bostezando, y feliz de verlas.

—Bienvenida a casa —le dijo a Annie, mientras su hermana comenzaba a situarse. Era importante que localizara dónde estaban los muebles para así poder moverse de un lugar a otro sin problemas. Después de pasar por la sala y el estudio, muy concentrada, subió las escaleras, pero en lugar de entrar a su cuarto entró en el de Candy, tropezó con una maleta y estuvo a punto de caer.

—¡Mierda! —dijo en voz alta, tratando de orientarse, mientras se frotaba la pierna—. Qué vaga eres.

—Lo siento. —Candy dio un salto para recoger la maleta y dejarle paso libre a Annie—. ¿Quieres que te muestre dónde está tu habitación? —le preguntó, tratando de ser servicial, y Annie le respondió bruscamente. La alteraba mucho tratar de ubicarse en la casa, pero una vez que lo hiciera todo sería más fácil.

—No, puedo encontrarla yo sola —dijo, ladrando. Encontró su habitación un minuto después; Sabrina había puesto su maleta encima de la cama. Sabía que Annie querría deshacerla ella misma. Un rato después fue a la habitación para comprobar que todo estuviera bien—. Gracias por no deshacer mi maleta —dijo Annie amablemente. Era importante para ella que no la trataran como a una niña.

—Pensé que era mejor que tú colocaras tus cosas, así luego sabrás dónde están. Pero si necesitas ayuda...

—No, está bien así —dijo Annie con firmeza, y luego comenzó a moverse por la habitación, inspeccionando los armarios y abriendo los cajones. Localizó dónde estaba el baño y colocó sus cosméticos. Su nuevo corte de pelo le facilitaba el lavado y el peinado.

A la hora de la cena, Sabrina fue a ver cómo estaba Annie, y Candy también entró en la habitación. Era el momento perfecto para contarle a Candy que una chica que conocía del instituto había ido a la caza de su padre.

—¿Lo dices en serio? —Candy estaba sorprendida; Annie rió y se sentó en su cama. Estaba exhausta, pero había terminado de ordenar sus cosas. No había traído mucho de Florencia, eso era todo lo que tenía—. ¿Cuántos años tiene?

—Treinta y dos, treinta y tres como mucho —respondió Sabrina.

—Qué desagradable. ¿Quién es?

—«La puta» —respondió Annie, pronunciando cada sílaba con regocijo, lo cual hizo reír a sus hermanas.

—¿Y papá qué dijo? —preguntó Candy interesada. Era divertido hablar de eso con sus hermanas, pues todas sabían que no pasaría nada. Conocían a su padre.

—Él insistía en que la chica era inocente —respondió Annie—. Es como un niño. Ella llevaba un perfume barato apestoso.

—Qué horror. Daría lo que fuera por verle la cara.

—Yo también —dijo Annie con tristeza, y Sabrina hizo un gesto de advertencia a Candy—. Apuesto a que es rubia y tiene tetas de silicona —dijo, olvidando que describía a su propia hermana menor—. Ay... lo siento... no quise decir como tú... quise decir que debe ser hortera.

Candy rió bondadosa.

—Te perdono. Estoy segura de que estás en lo cierto.

Esa noche, cuando Tammy llamó, se contaron todo; y después a Chris, cuando volvió del partido de béisbol con un amigo. Era un abogado que trabajaba con él, joven y guapo, que casi se cae de espaldas al ver a Candy con unos shorts cortísimos y un top minúsculo. Estaba de infarto. Para Chris la visita de Leslie era inocente.

—No, de ningún modo —disintió Sabrina—. ¿Cómo puedes decir eso? ¿Por qué una chica de su edad va a llevar una tarta a papá?

—Probablemente porque es una buena persona. Que te intentara robar un novio en el instituto no la hace una bestia depredadora.

—Yo estaba en el último año y ella tenía quince años, ¡y era una puta! Y al parecer lo sigue siendo.

—Qué duras sois —dijo él, riéndose. Todas parecían estar de buen humor, y felices con la nueva casa. A él también le gustaba.

—Eres tan cándido como mi padre —dijo Sabrina, poniendo los ojos en blanco.

Decidieron ir a cenar fuera, a un pequeño restaurante italiano en la parte baja de la ciudad. Al principio Annie no quería salir, pero todos insistieron en que lo hiciera. Se puso unas gafas oscuras y se aferró fuertemente al brazo de Candy. Era todo bastante confuso para ella, pero luego admitió que lo había pasado bien y que el amigo de Chris le parecía agradable.

—¿Qué aspecto tiene?

—Alto, guapo —dijo Candy—, afroamericano. Tiene los ojos de un azul verdoso.

—Estudió en Harvard —agregó Sabrina—. Pero creo que tiene una novia que está fuera de la ciudad. Si quieres le pregunto a Chris. —Él había decidido dormir en su piso esa noche para dejar que se acomodaran tranquilas. Le hubiera gustado quedarse, pero no quería molestar a Candy y a Annie. Eso era lo único que no le gustaba de la nueva vida de Sabrina: temía molestar a sus hermanas, aunque las dos habían insistido en que no lo hacía y en que lo adoraban. Sea como fuere, había decidido irse a casa. Le dijo a Sabrina que se quedaría a dormir el martes, cuando Candy y Annie se fueran a Connecticut a visitar a su padre. Sabrina se quedaría en la ciudad toda la semana—. Averiguaré si Phillip tiene novia —dijo Sabrina, con su habitual pragmatismo.

—No te molestes —respondió Annie rápidamente. No estaba interesada en los hombres en ese momento, y quizá ya no lo estaría nunca—. Solo me pareció agradable y quise saber cómo era. Odio no poder relacionar una voz con una cara. —Al decirlo en voz alta les recordó a sus hermanas lo desesperante que era su situación. Todo era terrible para ella y había que admitir que lo estaba llevando bastante bien—. No saldré con nadie —dijo con firmeza.

—No seas tonta —dijo Candy directamente—. Claro que saldrás con chicos. Eres guapísima.

—No, y eso no tiene nada que ver. Nadie querrá salir conmigo así. Sería patético.

—No —dijo Sabrina con tranquilidad—. Lo patético es que a tu edad abandones la vida. Tienes veintiséis años; eres inteligente, guapísima, con talento, has sido bien educada, has viajado y eres divertida. Cualquier chico estaría agradecido de poder salir contigo, con o sin vista. Tienes suficientes virtudes como para compensarlo. A cualquier hombre que valga la pena le dará igual si puedes ver o no. Y a los otros que les den.

—Sí, quizá sí —dijo Annie, no muy convencida. Había estado hablando de eso con la doctora Steinberg. No podía imaginarse saliendo con nadie, ni a ningún hombre que la quisiera en esas condiciones.

—Date tiempo, Annie —dijo Sabrina con delicadeza—. Acabas de romper con alguien, hemos perdido a mamá, has padecido un accidente. Es demasiado. —Y además, la carrera que había estudiado durante años ya no le servía de nada. Todas eran conscientes de eso, y del desafío que suponía adaptarse a esa nueva realidad; un desafío al que la mayor parte de la gente no tenía que enfrentarse en toda su vida. Y todo había sucedido tan de repente.

Esa noche cada una se instaló en su habitación. Cuando Annie ya estaba acostada, sonó su móvil, que estaba en la mesilla de noche. Por un instante deseó que fuera Charlie diciendo que se había arrepentido, que había dejado a la otra chica y que quería volver con ella. Pero, en ese caso, ¿qué le diría? Estuvo a punto de no responder, pero al final lo hizo. Ya no podía ver el identificador de llamadas.

—¿Hola? —dijo dubitativa, y se asombró al descubrir que era Sabrina, llamándola desde su habitación.

—Llamaba solo para darte las buenas noches y decirte que te quiero —dijo, bostezando. Había estado pensando en ella, y había decidido llamarla antes de irse a dormir.

—Estás loca; yo también te quiero. Por un segundo pensé que era Charlie. Me alegro de que no fuera él. —Probablemente no era cierto, pero a Sabrina la conmovió que lo dijera, y sintió pena de que su hermana tuviera que pasar por eso. Simplemente no era justo—. Me gusta nuestra nueva casa —dijo Annie contenta y feliz de tener a alguien con quien hablar. Se sentía un poco sola.

—A mí también —dijo Sabrina. Echaba de menos tener a Chris a su lado, pero le divertía estar allí con sus hermanas.

—¿Con quién estás hablando? —preguntó Candy, asomando la cabeza en la habitación de Annie.

—Con Sabrina —rió Annie.

—¡Buenas noches! —gritó Candy a su hermana que estaba en la segunda planta—. ¿Por qué no me has llamado a mí también? —agregó bromeando, y luego se inclinó para besar a Annie—. Te quiero, Annie —dijo en voz baja, y la cubrió con la sábana.

—Y yo a ti. Os quiero a las dos —dijo Annie en voz alta, de modo que ambas pudieran oírla, una en el móvil y la otra en la habitación—. Gracias por hacer esto por mí.

—Nos encanta —dijo Candy, y al oírla, Sabrina estuvo de acuerdo.

—Buenas noches, que tengas dulces sueños —dijo Sabrina, y colgó. Sus voces retumbaban en la casa. Candy regresó a su habitación y Annie se quedó pensando que, pese a todo lo que le había pasado, era una persona afortunada. Al final, no importaba qué sucediera, qué tragedia las golpeara; tenían mucha suerte de poder contar unas con otras. Eran hermanas y las mejores amigas. Eso era lo que importaba, y por ahora era suficiente.

16

El tiempo pasaba a la velocidad de la luz. Tammy finalmente encontró una nueva estrella para su programa, y se fue a Nueva York el viernes por la mañana, aprovechando el puente del día del Trabajador. Sabrina la recogió en el aeropuerto. Candy y Annie habían pasado toda la semana en Connecticut, y habían dicho que su padre estaba mejor. Era difícil creer que hacía apenas dos meses que su madre faltaba, tantas cosas habían sucedido desde entonces.

Y, como siempre, Tammy traía a Juanita con ella, profundamente dormida en su bolso Birkin. Le preguntó a Sabrina si estaban contentas con la nueva casa, y esta le contestó que les encantaba. Era perfecta. Su única preocupación era que no podía ver a Chris tanto como antes; él siempre tenía miedo de molestar a sus hermanas.

—Ya se acostumbrará —dijo Tammy, sin darle demasiada importancia—. Es parte de la familia. Imagino que vendrá este fin de semana.

—Mañana. Quería darnos una noche para estar solas. ¿Ves a qué me refiero? Cuando estamos todas juntas él se inhibe.

—Creo que lo hace por respeto.

Tammy y Sabrina fueron hablando todo el viaje; llegaron a Connecticut a las nueve y media de la noche. Los demás estaban sentados al lado de la piscina, y las perras estallaron de alegría al reencontrarse con Juanita. Las hermanas y Jim estaban felices de volver a ver a Tammy. Se quedaron despiertos hasta tarde, como hacían siempre que pasaban un tiempo sin verse. Tammy había estado en Los Ángeles cerca de seis semanas; el tiempo había pasado volando para todos.

Por la mañana llegó Chris y pasaron un fin de semana tranquilo y divertido. Jugaron al Scrabble, a los dados y leyeron el periódico del domingo. Pero Annie no podía hacer nada de eso; Sabrina notó que estaba triste y guardó todos los juegos. Annie se dio cuenta de por qué lo hacía y dijo que no le molestaba, pero era evidente que sí. Para distender el ambiente le gastaron bromas a su padre sobre la visita de Leslie Thompson y la tarta de manzana.

—Sois despiadadas —dijo él con una sonrisa—. La pobrecita ha pasado por un horrible divorcio. Había comenzado un negocio propio y el cabrón la desplumó.

—¿Cómo sabes todo eso? —Annie hizo un gesto de suspicacia—. No lo contó cuando estuvo aquí. —A menos que lo hubiera dicho antes de que ella saliera al jardín, pero ese no era el caso. Su padre la sacó de dudas.

—Vino a buscar el plato de la tarta cuando tú y Candy estabais en la ciudad haciendo la mudanza.

—Qué rápida —comentó Tammy, intercambiando una mirada con Sabrina, que su padre no alcanzó a percibir—. ¿Qué más te contó?

—Ha tenido una vida difícil. Estuvo casada con ese muchacho siete años. Él se quedó con su negocio. Tuvo un solo hijo que murió a causa de un síndrome de muerte súbita cuando era bebé. Luego volvió aquí; creo que el año pasado. Dice que el divorcio es definitivo. Tal vez por eso sintió mucho lo de vuestra madre; ella sabe lo que es perder a alguien. El bebé tenía solo cinco meses, lo suficiente como para que uno se enamore de él; y murió. —Por lo que contaba, las chicas inferían que había sido una conversación muy íntima.

—¿Cuánto tiempo estuvo recuperando su plato? —preguntó Sabrina.

—En realidad, me dio tanta pena todo lo que me contaba que la invité a almorzar. Es una chica muy dulce. Se quedará con sus padres hasta que encuentre dónde vivir. Deberíais darle una oportunidad.

—Sí... tal vez sí... —dijo Sabrina, sentía pena por la pérdida del bebé, pero los recuerdos que tenía de Leslie seguían siendo desagradables. Aunque había que admitir que eso había sucedido hacía dieciocho años, y que la gente cambiaba cuando crecía—. Qué triste lo del bebé.

—Cada vez que lo mencionaba se ponía a llorar; creo que todavía no lo ha superado. Y debo admitirlo, yo también lloré cuando hablé de mamá —dijo avergonzado.

—Debió de ser un almuerzo muy alegre —dijo Tammy a Sabrina en voz baja, con un gesto de preocupación. Luego, cuando su padre entró en la casa, agregó que el pobre era tan ingenuo que sería una presa fácil para cualquier mujer que quisiera aprovecharse de él; y que esperaba que no fuera el caso de Leslie.

—No creo. Es muy joven, y no es del estilo de papá —les aseguró Sabrina, tratando ella misma de creérselo.

—Nunca se sabe —comentó Tammy con cinismo—. En Los Ángeles se ven muchas chicas de su edad con hombres de la edad de papá. Es algo bastante normal, especialmente si el señor en cuestión tiene dinero.

—Probablemente él la vea como a una de nosotras, como a una niña. Yo ya no soy una niña, pero él me sigue viendo así. Y ella es un par de años menor que yo —dijo Sabrina.

—A eso me refiero —advirtió Tammy.

—No podemos encerrarlo —dijo Annie—, aunque tal vez deberíamos, al menos hasta que aprenda un poco más del mundo. Quizá haya alguna escuela también para él, una que lo instruya en el tema «mujeres intrigantes». —Todas se rieron con la idea.

El resto del fin de semana pasó muy rápido, y el lunes por la mañana salieron rumbo a la ciudad para mostrarle la casa a Tammy. Su padre se puso triste al verlas partir; Annie y Candy prometieron regresar pronto, y esta vez se llevaron a las perras con ellas, pues ya estaban instaladas en la casa nueva. Él dijo que las echaría de menos.

—Tal vez deberíamos comprarle un perro —reflexionó Tammy—. Se sentirá muy solo en esa casa.

—Lo sé —dijo Sabrina—; me siento culpable por llevarme a Beulah, pero Chris también la echa de menos.

—Me da mucha pena —dijo Tammy—, realmente me parece que un perro sería una buena idea, si está dispuesto a cuidarlo. Ese ya es otro asunto. Pero sería una buena compañía para él.

Juanita y Beulah dormían tranquilamente en el asiento de atrás. Annie iba en el coche de Candy. Y Chris se encontraría con ellas directamente en la ciudad.

A Tammy le encantó la casa, y opinó que la habían arreglado estupendamente. Era cálida y acogedora. Las cosas de Sabrina quedaban muy bien, y ella y Annie habían comprado un montón de plantas. La casa era ya hermosa de por sí, y la decoración era encantadora, tal como les había adelantado la agente inmobiliaria. Cuando Tammy vio la pequeña habitación que había frente a la de Sabrina, se enamoró perdidamente. Era toda de color rosa; parecía una caja de caramelos, y, aunque era pequeñita, era muy agradable.

—Esta será tu habitación cuando estés aquí. —Tammy estaba encantada, y Juanita también; saltó encima de la cama y se durmió de inmediato. Beulah había estado corriendo por las escaleras y Zoe les ladraba a todos, feliz de verlos bajo un mismo techo. Annie no estaba tan contenta de oírla ladrar constantemente en la puerta de su habitación; salió a gritarle, se tropezó con ella y se cayó.

—¡Perra de mierda! —le gritó, y Zoe se acercó y le lamió la cara. Annie sonrió a pesar de sí misma y la perrita le lamió también la nariz—. ¿Nadie te comentó que detesto los perros? Si te vuelves a cruzar en mi camino te sacaré al jardín de una patada.

—¡Ni se te ocurra! —le gritó Candy desde su habitación—. Solo te estaba saludando.

—Vale, pero dile que no se meta entre mis pies. —Mientras lo decía, Beulah pasó corriendo como un rayo y subió las escaleras para encontrarse con Sabrina—. Madre mía, este lugar es un asilo de locos —dijo Annie, poniéndose de pie—. Gracias a Dios no tengo perro.

—Me encanta esta casa —dijo Tammy con entusiasmo—. Ojalá pudiera quedarme.

—Ven siempre que quieras —la invitó Sabrina—. Tienes tu habitación. —La verdad era que a Chris le gustaba estar a solas con ella en esa planta de la casa, así podía ir y venir en bóxer sin problemas; pero Sabrina sabía que no le molestaría que Tammy estuviera algún fin de semana. Chris quería a sus hermanas como si fueran de su propia familia.

Esa noche cenaron en la cocina. Fregaron entre todos y luego Sabrina llevó a Tammy al aeropuerto para coger el último vuelo a Los Ángeles.

—No quiero irme —dijo Tammy, mirando a su hermana con tristeza. Ambas se abrazaron largamente antes de que esta embarcara, y recordaron algo que su madre decía muy a menudo: que el mayor don que le había dado a cada una eran las hermanas. Y cada una era un regalo precioso para todas las demás.

—Te quiero, Tammy —dijo Sabrina con voz entrecortada.

—Yo también —suspiró Tammy. Metió a Juanita en su bolso y, saludando por última vez a su hermana, atravesó el control de seguridad y caminó hacia la puerta de embarque.

El avión llegó a Los Ángeles a la una de la madrugada, hora local. Era demasiado tarde para llamar a sus hermanas, pero cuando Tammy encendió el móvil, encontró un mensaje de cada una de ellas. Al llegar a casa se sintió más sola y aislada que nunca. Para ella, vivir en Los Ángeles siempre había sido perfecto; estaba allí desde que había comenzado la universidad. Adoraba su casa, su trabajo y la carrera que había hecho allí, pero sin embargo, ahora con la muerte de su madre y la ceguera de Annie, se sentía muy sola. Esa noche al acostarse se sintió culpable, como si su deber fuera estar en Nueva York junto a sus hermanas; de pronto se sentía lejos de su familia y le parecía que los estaba decepcionando. Incluso Juanita parecía triste de estar en casa: se acostó en la cama de Tammy y gimió. Echaba de menos a las otras perras.

—Ya basta; no colaboras en lo más mínimo. —Le riñó Tammy, y acarició su cabecita sedosa. Cuando apagó las luces para dormir, eran las cinco de la madrugada. Soñó con sus hermanas en la casa de Nueva York.

Al día siguiente estaba muy cansada. Y, como de costumbre, después de un puente, todo era caótico. Los técnicos de sonido tenían problemas, los directores se quejaban, los actores refunfuñaban y amenazaban con renunciar. Uno de sus mayores patrocinadores había dejado el programa y el director del canal le echaba la culpa a ella, y su estrella embarazada los quería demandar por haberla reemplazado en lugar de darle la opción de seguir trabajando, aunque el médico había dicho que no podía hacerlo.

—No entiendo qué hay detrás de todo esto —decía Tammy, caminando como loca por su oficina con la carta de amenaza del abogado de la actriz en la mano—. Nos dijo que tenía que hacer reposo absoluto durante seis meses. Entonces ¿qué? ¿Nuestro personaje se tiene que encerrar en casa también? No puede trabajar. Eso fue lo que nos dijo. ¿Y ahora pretende demandarnos? Odio a los actores y la maldita televisión. —Tenía que reunirse con la gente del departamento de asuntos legales para hablar sobre la validez y las posibles consecuencias del juicio que amenazaban con iniciarles. Todo lo que ese día podía salir mal, había salido mal. Bienvenida a Hollywood, se dijo a sí misma mientras dejaba el estudio de grabación esa noche a las nueve y conducía hacia su casa, con Juanita en el bolso.

Sabrina la llamó mientras estaba en el coche; en Nueva York era ya la medianoche.

—¿Qué tal fue el día?

—¿Estás bromeando? ¿Cómo fue el primer día de Hiroshima? Probablemente parecido a mi día de hoy. Entre otras cosas, nos van a demandar. Algunos días detesto mi trabajo.

—Pero otros días lo adoras —le recordó Sabrina.

—Sí, supongo que sí —concedió Tammy—. Os echo de menos. ¿Vosotras cómo estáis?

—Bien, un poco nerviosas. Mañana Annie empieza la escuela. Está de muy mal humor; creo que está asustada.

—Es comprensible. —Preocuparse por su hermana la hizo olvidarse momentáneamente de los problemas del trabajo—. Debe de ser como el primer día de escuela de cualquier niño, solo que peor. Yo siempre tenía miedo de no encontrar el baño en la escuela, por suerte sabía que tú estabas allí, y eso me tranquilizaba. —Ambas sonrieron al recordarlo. Tammy era muy tímida de pequeña, y lo seguía siendo a veces, excepto en su trabajo. En determinadas situaciones sociales era muy reservada, a menos que conociera bien a la gente—. ¿Irás con ella?

—No me dejará. Dice que quiere coger el autobús. —Sabrina parecía preocupada. En apenas dos meses se había vuelto una mamá gallina.

—¿Podrá ir sola?

—No lo sé, no lo ha hecho nunca.

—Tal vez debería esperar a que se lo enseñen en la escuela. Dile que si quiere ir sola coja un taxi. —Era una solución práctica que no se le había ocurrido a Sabrina, y le parecía muy sensata.

—Es una idea genial. Se lo diré por la mañana.

—Dile que no sea tacaña; puede pagarse un taxi. —Ambas rieron. Annie era muy austera, como era una artista pobre, llevaba años teniendo mucho cuidado con el dinero. Las demás eran menos ahorrativas porque tenían buenos salarios.

—Se lo diré —sonrió Sabrina.

Para entonces, Tammy ya había llegado a su casa, y se quedó unos minutos sentada en el coche conversando con Sabrina. Luego dijo que debía entrar; eran casi las diez de la noche y apenas había probado bocado desde el desayuno. No había tenido tiempo. Estaba acostumbrada; comía caramelos y barritas de cereal para continuar trabajando.

—Llámame mañana y cuéntame cómo le ha ido —dijo Tammy, mientras Juanita saltaba al asiento del acompañante, se estiraba y bostezaba. Había comido unas rebanadas de pavo a mediodía. Tammy se ocupaba más de la perra que de sí misma.

—Lo haré —prometió Sabrina—. Vete a descansar; los problemas estarán allí mañana, podrás arreglarlos durante el día.

—No, aunque lo intento, y mañana habrá muchos más problemas por resolver. Todos los días hay algo nuevo —dijo Tammy, y luego colgaron.

Tenía razón. Era difícil creerlo, pero el día siguiente fue aún peor. Les cayó una más gorda: los técnicos de iluminación hacían huelga. En el estudio todo quedó paralizado; era una pesadilla para los productores. Y Tammy se enteró de que la actriz embarazada finalmente los había demandado. La prensa la llamó para que hiciera algún tipo de declaración.

—Dios mío, no me lo puedo creer —dijo Tammy, sentándose delante de su escritorio y luchando por contener las lágrimas—. Esto no puede estar sucediendo —le dijo a su asistente. El resto del día fue peor—. Recuérdame por qué quise trabajar en televisión, por qué estudié esto. Sé que tiene que haber habido alguna razón, pero ahora no logro recordarlo. —Estuvo en la oficina hasta la medianoche, y no pudo hablar con Sabrina. Recibió cuatro mensajes de ella en la oficina y dos en su móvil, diciéndole que todo había ido bien, pero no pudo devolverle las llamadas, y ahora ya era demasiado tarde. En Nueva York eran las tres de la madrugada. Quería saber cómo le habría ido a Annie en su primer día de escuela.

17

La primera jornada de Annie en la escuela para ciegos Parker había sido un desastre. O al menos la primera parte del día. Había seguido la sugerencia de Tammy y había cogido un taxi para ir a la escuela, que quedaba en la zona Oeste del Greenwich Village, un barrio muy activo pero lejos de donde las chicas vivían. A esa hora el tráfico era terrible, por lo que llegó tarde. Había llevado su bastón blanco e insistió en que sabía cómo utilizarlo. Con la tozudez de una niña de cinco años, se había negado a que Sabrina la llevara.

—He vivido en Italia y cuando llegué allí no conocía la lengua. Puedo manejarme en Nueva York sin la vista —dijo con seguridad, aunque dejó que su hermana la acompañara a coger el taxi. Annie le dio la dirección al conductor y Sabrina vio alejarse el coche con el corazón en la boca, pero resistió la tentación de llamarla al móvil para decirle que tuviera cuidado. De pronto sintió terror de que el taxista la raptara al verla tan joven, guapa y ciega. Se le hizo un nudo en el estómago de solo pensarlo, y entró en la casa muy preocupada.

Compartió sus temores con Candy, que le dijo que estaba loca. Esa semana había comenzado a trabajar y al día siguiente se iba a Milán a hacer una sesión fotográfica para la revista *Harper's Bazaar*. Había ropa tirada y maletas por todas partes; Annie se había tropezado con dos de ellas al salir. Sabrina le pidió a Candy que no le pusiera a su hermana toda una carrera de obstáculos, y, mientras se lo decía, tropezó y se cayó sobre la perrita de Candy.

—Esta casa es un manicomio —musitó, mientras subía a terminar de vestirse. Se le hacía tarde para ir a la oficina, y ese día tenía que comparecer en el tribunal para presentar una moción de supresión de pruebas en un desagradable divorcio que desde un principio no había querido llevar. Sin embargo, mientras se ponía la falda y los tacones —todo a la vez—, solo pensaba en el primer día de escuela de su hermana.

Como más tarde Sabrina supo por Annie, esta llegó a la puerta de la escuela y pagó el taxi. Al bajar, abrió su bastón como le habían enseñado y de inmediato tropezó con un bordillo inusualmente alto, se le rompieron los tejanos y se raspó ambas rodillas. Enseguida sintió cómo la sangre le chorreaba por las piernas. Era, como mínimo, un comienzo poco alentador.

Cuando entró en el centro, un monitor que estaba en la puerta de la escuela se acercó para ayudarla, la llevó a la oficina y le puso unas tiritas en las rodillas. Luego la acompañó hasta las escaleras para que se orientara y le indicó el camino. Annie se perdió inmediatamente y terminó en una clase de educación sexual para estudiantes avanzados en la que les estaban explicando cómo colocar un condón en un plátano; al oír de qué iba, Annie se dio cuenta de que no había entrado en el aula correcta. Le preguntaron si había traído condones y ella les dijo que no sabía que tenía que traer condones el primer día de clase, y prometió traer algunos al día siguiente. Tras un estallido de risas, otra persona la condujo hasta el lugar indicado, pero sus compañeros ya estaban haciendo un recorrido por la escuela, así que volvió a perderse y tuvo que pedir ayuda para encontrar al grupo. Más tarde les confesó a sus hermanas que para ese entonces ya estaba llorando. Alguien la vio y la acompañó hasta donde estaba el grupo. Sentía que tenía sangre en sus tejanos rasgados, y que se había despellejado también las manos, lloraba patéticamente, necesitaba ir al baño y no tenía idea de dónde estaba, y no encontraba los pañuelos para sonarse la nariz.

—¿Y qué hiciste entonces? —preguntó Sabrina al oír la historia; solo de oírla estaba a punto de echarse a llorar ella misma. Tenía ganas de abrazar a su hermana y no dejarla salir de casa nunca más.

—Usé una manga —respondió Annie, con una sonrisa—. Para la nariz, claro. Y esperé a encontrar el baño más tarde. Me aguanté. Y el grupo finalmente me encontró.

—Dios mío, odio todo esto —dijo Sabrina retorciéndose en la silla.

—Yo también —dijo Annie, pero ahora sonreía, algo que no había hecho en la escuela.

En la reunión orientadora les habían explicado cómo serían los próximos seis meses. Aprenderían a utilizar el transporte público, a vivir en su propio piso, a sacar la basura, a cocinar, a saber la hora, a escribir en braille, a hacer una prueba para un trabajo —la oficina de empleo les buscaría uno si era necesario—, a comprar ropa, a vestirse, a peinarse, a alguna otra cosa especial que quisieran aprender, a cuidar de una mascota, a leer braille y a vivir con un perro lazarillo si lo deseaban. Había un programa especial de entrenamiento para el manejo de perros que se hacía durante ocho semanas del año escolar y fuera de la escuela. Mencionaron también que había un curso de educación sexual para estudiantes avanzados y nombraron otra serie de opciones, incluyendo una clase de arte. Cuando terminaron de enumerar las actividades, la cabeza de Annie echaba fuego. Según dijeron, lo único que los alumnos no podrían hacer al salir de la escuela sería conducir un coche y pilotar un avión. Había incluso clases de gimnasia, un equipo de natación y una piscina olímpica con calles. Annie se sentía desbordada de solo pensarlo. Después de la reunión, fueron a almorzar a la cafetería, y allí les explicaron cómo desenvolverse, cómo pagar y cómo elegir qué querían comer. Todo estaba escrito en braille, y esa sería precisamente su primera clase cada mañana. Por ahora, tenían personal de apoyo que les decían qué era lo que podían elegir, les ayudaban a poner la comida en las bandejas y a llevarlas hasta las mesas. Ese día el almuerzo era gratuito. Bienvenidos a la escuela Parker. Annie había cogido un yogur y una bolsa de patatas fritas, pero estaba demasiado nerviosa para comer. De todos modos, el yogur era de piña, y ella odiaba ese sabor.

—Esto es duro, ¿eh, chicos? —dijo una voz cerca de ella—. Me gradué en Yale y fue mucho más fácil. ¿Cómo estáis? ¿Todo bien? —La voz era de un hombre joven que parecía estar tan nervioso como ella.

—Creo que sí —dijo ella tímidamente.

—¿Por qué estás aquí?

—Estoy buscando un libro —dijo ella, sarcástica.

—Ah... —respondió él, desilusionado—. Yo soy ciego. —Inmediatamente Annie sintió culpa por lo que había dicho.

—Yo también —dijo, más amablemente—. Mi nombre es Annie, ¿tú cómo te llamas? —Se sentía como esos niños que el primer día de escuela se encuentran en la arena del patio y se interrogan.

—Me llamo Baxter. Mi madre pensó que debía venir aquí; seguramente me odia. ¿Y a ti, qué te trae por aquí?

—Tuve un accidente de coche en julio. —La oscuridad en la que vivían provocaba una cierta intimidad, como si estuviesen en un confesionario. Era más fácil decirse las cosas sin verse la cara.

—Yo tuve un accidente de moto en junio, iba con un amigo. Antes era diseñador gráfico; ahora supongo que venderé lápices en la calle. No hay mucha oferta de trabajo para diseñadores ciegos —dijo, con un tono entre trágico y divertido. A Annie le caía bien, tenía una voz amigable.

—Yo... yo era pintora. Tengo el mismo problema. Vivía en Florencia.

—Allí conducen como locos; no me extraña que hayas tenido un accidente.

—No, sucedió aquí, el Cuatro de Julio. —No le contó lo de su madre; hubiera sido demasiado, incluso en esa oscuridad que compartían. No podía decirlo. Tal vez más adelante, si realmente se hacían amigos. Pero era agradable tener alguien con quien conversar el primer día de clase.

—Por cierto, soy gay —dijo él de repente, sin ningún motivo.

Ella sonrió.

—Yo soy heterosexual. Mi novio me dejó justo después del accidente, aunque no sabía que me había quedado ciega.

—No se portó muy bien.

—No, supongo que no.

—¿Cuántos años tienes?

—Veintiséis.

—Yo tengo veintitrés. Me gradué el año pasado. ¿Dónde estudiaste?

—En la Edris —dijo ella, usando las siglas con que la gente del ambiente designaba a la Escuela de Diseño de Rhode Island—. Hice un máster en Bellas Artes en París después de graduarme y, desde entonces, he estado estudiando en Florencia. La típica educación de excelencia de nuestros tiempos: Edris, Yale, y ahora esto para aprender a lavarnos los dientes y a usar el microondas. Esta mañana al bajar del taxi me caí de narices en la puerta de la escuela —dijo, y de pronto no le pareció tan trágico; era casi gracioso—. Me metí por error en la clase de educación sexual y me preguntaron si había traído condones. Les contesté que los traería mañana. —Él reía.

—¿Vives con tus padres? —preguntó, interesado—. Yo estoy con mi madre desde que tuve el accidente; antes vivía con mi novio —dijo, con solemnidad—. Él murió en el accidente, íbamos en su moto.

—Lo siento —dijo ella suavemente, y realmente lo sentía; pero ni siquiera entonces pudo contarle lo de su madre—. Yo estoy viviendo con mis hermanas, pero será solo por un año, hasta que pueda arreglármelas sola. Han sido muy buenas conmigo.

—Mi mamá también es bastante enrollada, solo que me trata como a un niño de dos años.

—Supongo que ellos también sienten miedo —dijo Annie, reflexiva.

Entonces les anunciaron que era hora de regresar al aula, y los dividieron en cuatro grupos.

—Espero estar en tu grupo —suspiró Baxter. Ella también lo deseaba. Tenía un amigo nuevo en la escuela. Escucharon atentamente y se emocionaron al descubrir que estaban en el mismo grupo. Siguieron al resto de sus compañeros hasta el aula y buscaron sus asientos. Empezaba la clase de braille, en el aula 101.

—No recuerdo esta materia de la universidad, ¿y tú? —susurró él, y ella rió como una niña. Baxter era gracioso, listo e irreverente; a Annie le gustaba. No tenía idea de cuál era su aspecto, si era alto o bajo, gordo o delgado, negro, blanco o asiático. Lo único que sabía era que le caía bien, que ambos eran artistas y que sería su amigo.

Al final del día estaban exhaustos. Ella se ofreció para llevarlo en taxi hasta su casa, si es que vivía en la parte alta de la ciudad. Él contestó que tenía que tomar dos buses y el metro para ir hasta Brooklyn, y luego otro bus para llegar a su casa.

—¿Cómo lo haces? —preguntó Annie con admiración.

—Voy pidiendo ayuda por el camino. Tardo casi dos horas en llegar a casa, pero si no vengo mi madre me mata.

Annie rió.

—Mis hermanas también.

—¿Tendrás un perro? —preguntó él—. Mi madre piensa que debería tener uno.

—Espero que no. Odio los perros; son ruidosos y huelen muy mal.

—Pero para nosotros pueden ser de gran ayuda —dijo él con pragmatismo—. Será una buena compañía cuando viva solo, la gente no está muy interesada en relacionarse con un chico gay ciego; imagino que me encontraré muy solo. —Sus palabras eran tristes y un eco de los miedos de Annie respecto a su nueva vida.

—Yo también he estado pensando mucho en eso —admitió ella.

—Es una pena que no sea heterosexual —suspiró él.

—Sí, es cierto. Tal vez te puedas curar.

—¿De qué? —preguntó sorprendido.

—De ser gay.

—¿Lo dices en serio? —La amistad estaba a punto de terminar.

—No —dijo ella, y estalló en una carcajada.

—Me caes bien, Annie.

—Y tú a mí, Baxter. —Ambos sentían lo que decían, era muy enternecedor. Parecía un milagro que hubieran coincidido en la cafetería sentándose a la misma mesa. Dos artistas ciegos en medio de un mar de gente. Había ochocientos alumnos en la escuela, que incluía una sección para los más jóvenes, aunque la mayoría eran adultos. Era una de las mejores escuelas de entrenamiento para ciegos del mundo. De pronto, ambos se sintieron afortunados de estar allí; era sorprendente porque poco antes habían creído que se trataba de un castigo.

—¿Mejores amigos? —preguntó él antes de que cada uno se dirigiera a su casa. La de Annie estaba más cerca y era más fácil llegar, para Baxter era una odisea.

—Para siempre —prometió Annie mientras se estrechaban las manos—. Que tengas un buen viaje.

—Tú también. Intenta no volver a caerte de narices, echarás por tierra el prestigio de la escuela. A la entrada, vale, pero a la salida debes demostrar que has aprendido algo. —Ella se rió otra vez y luego él desapareció.

En el vestíbulo de la escuela había guías que ayudaban a los nuevos estudiantes a encontrar la puerta principal y les daban información sobre los transportes. Ella le dijo a uno de ellos que necesitaba un taxi, y este le respondió que la vendría a buscar en cuanto encontrase uno. Annie estaba esperando sola, sintiéndose perdida otra vez, cuando un hombre se dirigió a ella. Tenía una voz tranquila y agradable.

—¿Señorita Adams?

—¿Sí? —respondió Annie dubitativa, y repentinamente avergonzada.

—Soy Brad Parker. Solo quería saludarla y darle la bienvenida a nuestra escuela. ¿Cómo ha ido su primer día?

No sabía si debía contarle la verdad. Tenía la voz de una persona mayor, más que Baxter, que parecía más joven de lo que realmente era.

—Estuvo bien —dijo dócilmente.

—Me han dicho que tuvo un pequeño contratiempo al llegar. Tenemos que solucionar ese tema del bordillo; le pasa a mucha gente. —Annie se sintió menos estúpida por haberse caído, era agradable oír aquello, fuera cierto o no—. ¿Se encuentra usted bien?

—Sí, muchas gracias.

—¿Pudo encontrar el aula sin problemas?

—Sí —dijo, sonriendo. No le contó que se había metido en la clase sobre condones. No lo conocía lo suficiente.

—Tengo entendido que habla fluidamente el italiano y que ha vivido en Florencia. —Parecía saberlo todo sobre ella, y Annie se sorprendió.

—¿Cómo lo sabe?

—Está en su solicitud; las leo todas. Me interesó porque he pasado mucho tiempo en Roma. Mi abuelo era embajador de Estados Unidos allí cuando yo era pequeño. Solíamos ir a visitarlo todos los veranos.

De pronto Annie sintió curiosidad, y puesto que él sabía tanto sobre ella..., incluso que se había caído al llegar, se atrevió a preguntarle:

—¿Eres ciego?

—No. Mis padres eran ciegos. Construí la escuela en su memoria, con el dinero que me legaron para ello. Murieron en un accidente de avión cuando yo estaba en la universidad.

—Es sorprendente —dijo Annie, impresionada. Le parecía un hombre agradable. La conmovió que hablara con ella, que hubiera leído su solicitud y que, incluso, estuviera al tanto de su caída. Realmente estaba al tanto de todo, si se tenía en cuenta el tamaño de la escuela.

—Hemos crecido considerablemente desde nuestros comienzos, hace solo dieciséis años. Espero que lo pases bien, y si hay algo que pueda hacer por ti mientras estés aquí, házmelo saber.

—Gracias —dijo ella con recato. No se animó a llamarlo Brad, ya que no tenía idea de qué edad tenía. Si era el fundador de la escuela, no podía ser muy joven, además tenía voz de hombre, no de muchacho como Baxter, así que no quiso bromear ni parecer maleducada.

Mientras hablaban, el guía regresó a buscarla. Tenía un taxi esperando en la puerta. Annie se despidió, el guía saludó informalmente a Brad, la tomó del brazo y la condujo hasta el taxi. Ella le dió las gracias al guía y le dijo al taxista su dirección. Finalmente, tal como había prometido, llamó a Sabrina a la oficina para decirle que ya iba camino de casa.

—¿Cómo te fue? —preguntó su hermana con ansiedad. Había estado preocupada todo el día.

—No estuvo mal —dijo Annie, evasivamente, y luego sonrió—. Vale, me fue bastante bien.

—Qué bien, me alegra oírlo. —Sabrina sonrió aliviada—. Me sentía como si hubiera enviado a mi única hija de campamento. Estuve todo el día con los nervios de punta. Tenía miedo de que odiaras la escuela, o de que alguien se portara mal contigo. ¿Qué has aprendido?

—A poner condones —y se rió mientras lo decía.

—¿Perdona?

—En realidad, me equivoqué de aula después de tropezar con el bordillo de la acera. Estuvimos estudiando braille.

—Mejor me lo cuentas en casa; llegaré en una hora. —Annie salió de la escuela a las cinco. Le esperaba un curso intensivo cinco días a la semana, de ocho a cinco, durante seis meses.

Cuando Annie llegó a casa, Candy estaba haciendo las maletas para irse a Milán y estaba todo desparramado por la habitación. Estaría fuera tres semanas, y, tras el sermón que Sabrina le había dado esa mañana, había metido todo en su cuarto para que Annie no se tropezara. Candy vio enseguida los tejanos rasgados y manchados de sangre a la altura de las rodillas.

—¿Qué te ha pasado?

—¿Cómo?

—En las rodillas.

—Ah, me caí.

—¿Estás bien?

—Sí.

—¿Qué tal la escuela?

—No estuvo mal —concedió Annie, y luego sonrió; parecía más que nunca una niña pequeña—. En realidad, casi estuvo guay.

—¿Casi guay? —Candy rió—. ¿Conociste a chicos?

—Sí, hay un chico en mi clase que es diseñador gráfico. Fue a Yale, y es gay. También está el director de la escuela, que tiene unos cien años. Candy, no voy a la escuela a conocer chicos.

—Eso no quiere decir que no puedas conocerlos.

—Es verdad.

Candy estaba segura de que Annie se lo había pasado bien y, salvo las rodillas raspadas, no le había pasado nada malo. Parecía haber sido un primer día aceptable. Tammy llamó a la mañana siguiente y también sintió alivio al saberlo. Sabrina le preguntó si el trabajo iba un poco mejor que antes de que viajara a Nueva York.

—No exactamente. Ahora tengo que enfrentarme a una huelga salvaje más otros cuatrocientos problemas, pero estoy bien. —Parecía agobiada, además de que había estado todo el día pensando en Annie. Pero ahora todas las hermanas estaban satisfechas con su primer día en la escuela Parker.

Sabrina esperaba que fuera un buen augurio, y esa noche lo celebraron con una botella de champán.

18

La semana fue de mal en peor para Tammy; tuvo problemas con los actores, con la cadena, con los sindicatos y con los guiones. Al final de la semana estaba desesperada, y cada día se sentía más culpable por no estar junto a sus hermanas compartiendo el dolor por la muerte de su madre. Y cuando hablaba con su padre, notaba que este estaba muy mal. Candy se había ido a Europa tres semanas y Sabrina se estaba haciendo cargo de todo: supervisaba a Annie, hacía lo que podía para levantarle el ánimo a su padre y tenía una enorme cantidad de trabajo en la oficina. A Tammy no le parecía justo. Y además, ocupándose de Annie y visitando a su padre siempre que podía, la pobre apenas tenía tiempo de ver a Chris. Él pasaba algunas noches con ella, pero Sabrina decía que casi no tenían tiempo de hablar. Sabrina acababa cargándoselo porque Candy, aunque estaba también en la casa, era demasiado joven e inmadura como para ayudarla, parecía que tenía seis o doce años y no veintiuno.

Todo el fin de semana Tammy estuvo sola y reflexionando. El programa se había suspendido por la huelga, y ya sabían que la semana siguiente tampoco podrían rodar. El sindicato decía que estaban dispuestos a mantener la medida de fuerza durante dos meses. Si lo hacían, la cadena perdería una fortuna, pero Tammy no podía hacer nada. En esos momentos lo que realmente le preocupaba era su propia vida; así que pasó mucho tiempo con

Juanita, acariciándola lentamente mientras esta dormía en su falda, porque le daba sensación de paz. El domingo por la noche ya había reflexionado sobre qué era lo que deseaba hacer. La decisión había sido difícil; sin lugar a dudas era lo más arriesgado que había hecho en su vida.

El lunes por la mañana solicitó una entrevista con el productor ejecutivo del programa para esa misma tarde, y otra con el director de la cadena para el día siguiente. Quería hablar con los dos; se lo debía, y también se lo debía a ella misma.

Entró en la oficina del productor ejecutivo con aspecto sombrío. Él sonrió al verla.

—Cambia esa cara, la huelga no durará siempre. En un par de semanas estará resuelto y volveremos al ruedo. —Su visión de las cosas era más optimista que la del resto de la gente que trabajaba en el programa.

—Ojalá sea cierto —dijo ella, y se sentó. No sabía por dónde empezar.

—Por cierto, lamento mucho tu pérdida.

Era la expresión que Tammy más detestaba. Era una fórmula fácil y dicha por compromiso. Como «¡Feliz Navidad!» o «Te deseo todo lo mejor». ¿Qué es todo lo mejor? No era solo una pérdida; era la vida de su madre. Y los ojos de su hermana. Y era la razón por la que ahora estaba en la oficina del productor. Pero él no tenía la culpa; era un hombre agradable y un jefe decente. A ella le encantaba el programa; había sido como su bebé durante todo ese tiempo, y ahora estaba allí para decir que lo abandonaba, y se sentía como si abandonase a un hijo. Antes de que pudiera hablar, las lágrimas brotaron de sus ojos.

—Tammy, ¿qué pasa? Pareces deprimida.

—Lo estoy —dijo honestamente, sacando un pañuelo del bolsillo y secándose los ojos—. No quiero hacer lo que estoy a punto de hacer, pero debo hacerlo.

—No tienes que hacer nada que no quieras —dijo él con tranquilidad. Veía lo que se avecinaba e intentaba sacar el aire del globo antes de que explotase. Pero ya había explotado.

—He venido a presentar mi renuncia —dijo ella simplemen-te, mientras las lágrimas le rodaban por las mejillas.

—¿No te parece que es una decisión un poco extrema, Tam-my? —dijo él amablemente. Todos los días veía ese tipo de cri-sis, así que sabía cómo manejarlas. Y ella no era una excepción a la regla; sin embargo, Tammy tenía claro que en ese momento ese no era su lugar. Necesitaba irse a casa. Los Ángeles había sido su hogar desde que había comenzado la universidad; adoraba su trabajo y su casa, pero quería más a sus hermanas—. Es solo una huelga.

—No se trata de la huelga.

—Entonces, ¿qué es? —le hablaba como si fuera una niña. Aunque sintiera un enorme respeto por Tammy, ahora era solo una mujer histérica sentada frente a él en su escritorio. Sin em-bargo, una escena como esa era totalmente atípica en ella.

—Como sabes, mi madre murió en julio, y mi hermana se quedó ciega a causa del accidente. Y mi padre está muy mal. Ne-cesito ir a casa por un tiempo y echarles una mano.

—¿Quieres unas vacaciones, Tammy? —En circunstancias normales, él no podía prescindir de ella, pero tampoco quería perderla, ya que era vital para el programa.

—Me gustaría, pero no sería justo para vosotros. Quiero re-gresar a casa durante un año, así que he venido a presentar mi renuncia. Me encanta el programa, y le tengo mucho cariño a la gente; a veces me vuelve loca, es cierto, pero no lo cambiaría por nada... excepto por estar junto a mi familia. Ellos me necesitan en casa; mi hermana mayor se está haciendo cargo de demasia-das cosas, mi hermana menor es demasiado joven, y la que aho-ra es ciega necesita de toda la ayuda que podamos brindarle. Por eso me voy. —Realmente estaba desconsolada. Era el sacrificio más grande que había hecho en su vida, pero sabía que era lo co-rrecto. Dejar el programa era un poco como dejar su propia casa.

—¿Estás segura? —El productor estaba afectado por la re-nuncia, pero no tenía razones para rebatir lo que Tammy había dicho. Evidentemente, era un momento muy difícil para ella; extremadamente difícil, y él sabía lo unida que estaba a su familia. Era algo inusual.

—Sí, estoy segura.

—Estás renunciando a mucho.

—Lo sé, y sé que jamás volveré a tener un trabajo que me guste tanto como este. Pero no puedo abandonar a mi familia —dijo casi trágicamente. Y en su corazón lo sintió con claridad, certeza y pureza; se estaba atormentando desde que había regresado a Los Ángeles.

—En Nueva York no hay programas decentes en los que puedas trabajar.

—También lo sé; pero aunque tenga que trabajar en un programa inmundo, tengo claro que es lo que debo hacer por mi familia. Si no lo hago, no me lo perdonaré nunca. Al fin y al cabo, es solo un programa de televisión, y mi familia está enfrentándose a la vida real. Mis hermanas y mi padre necesitan mi ayuda.

—Es muy noble de tu parte, Tammy, pero al mismo tiempo es un sacrificio que puede tener grandes consecuencias sobre tu carrera.

—¿Y si me quedo? ¿Qué consecuencias tendrá sobre mí como ser humano? —le preguntó ella, clavándole la mirada. En ningún momento dudó de la resolución que había tomado, y él se quedó impresionado por la fuerza de la muchacha que tenía sentada al otro lado de su escritorio.

—¿Cuándo quieres marcharte? —preguntó, con cara de preocupación.

—Lo antes posible. Depende de ti. No me iré de repente, pero me gustaría estar en casa lo más pronto que pueda.

El productor no intentó disuadirla, se dio cuenta de que era inútil.

—Si nos das una semana, tal vez pueda conseguir traer a uno de los productores asociados. La huelga probablemente continuará, así que eso nos da algo de margen. —En ese negocio, nadie permanecía ni un minuto de más una vez que había anunciado su partida. De hecho, por lo general la persona que renunciaba era acompañada hasta la puerta por un agente de seguridad en cuestión de minutos. Pero él jamás le haría algo así a Tammy, y todo dependía de él. Ella estaba preparada para hacer lo que él quisiera, incluso si le pedía que se marchara en menos de una hora; la decisión ya había sido tomada.

—La semana que viene está bien. Lo siento, realmente lo siento mucho —dijo ella, y comenzó a llorar otra vez.

—Soy yo el que lo siente por ti —dijo él amablemente; luego se puso de pie, se acercó a Tammy y la abrazó—. Espero que todo sea para bien, y que tu hermana se recupere muy pronto.

—Yo también —Tammy sonrió a través de las lágrimas—. Gracias por ser tan comprensivo y no echarme a la calle de inmediato.

—No podría hacerte algo así.

— Pero lo entendería.

Él le dio las gracias nuevamente y le deseó buena suerte mientras la acompañaba hasta la puerta. Habían acordado que Tammy trabajaría hasta el viernes de la semana siguiente. Le quedaban nueve días de trabajo, y luego su carrera en televisión estaría virtualmente acabada. Al menos por el momento. Jamás volvería a tener un trabajo decente. Lo sabía al dejar la oficina del productor, pero sentía que realmente no tenía otra alternativa.

Su encuentro con el director de la cadena al día siguiente fue menos emotivo. Este primero se enfadó y luego se resignó. Creía que lo que hacía Tammy era una locura y que estaba tirando su carrera por la borda. Dejar el trabajo, que por otra parte era mucho más que un trabajo, no le devolvería la vista a su hermana, señaló. Tammy reconoció que tenía razón, pero que tal vez la ayudaría a pasar mejor ese momento tan terrible, y, sin duda, le haría más fáciles las cosas a sus otras hermanas. Él lo entendía, pero jamás hubiera tomado una decisión semejante, por algo había llegado a ser el director de una cadena, y ella no. Pero Tammy sabía que la vida familiar de ese hombre era un desastre: dos años atrás, su mujer lo había dejado por otro y sus dos hijos estaban metidos en las drogas. Así que quizá, desde el punto de vista de la carrera, estaba en lo cierto, pero en cuanto a lo personal, ella no hubiera cambiado su vida por la de él. Prefería arruinar su vida profesional que decepcionar a sus hermanas; y tal vez algún día surgiría otra oportunidad para ella, incluso en otra cadena. Ahora solo le quedaba confiar en el destino; ella, por lo pronto, estaba cumpliendo con su parte.

Tammy le agradeció su tiempo al director de la cadena y se marchó de la oficina. Lo peor ya había pasado; solo le quedaba terminar esas dos semanas. Había decidido no decirles nada a Annie ni a Sabrina, pues sabía que intentarían convencerla de que no lo hiciera. Era un regalo que les hacía, y tenía derecho a decidirlo ella.

Embaló sus cosas con tranquilidad durante esas dos semanas. Había decidido no alquilar su casa; por el momento, podía darse el lujo de mantenerla cerrada. Había sido muy cuidadosa con el dinero y tenía una buena suma ahorrada que le permitiría no trabajar durante un año, aunque planeaba buscarse algo en Nueva York. Nunca se sabe lo que podía ocurrir. Y, con suerte, en un año estaría de regreso, así que prefería no vender nada, no era cuestión de sumar más cambios drásticos a su vida. Así, al menos, aunque no tuviera trabajo, conservaría su casa.

Su último día en el programa fue descorazonador. Cuando se marchó, todo el mundo lloró, y ella también. Esa noche llegó a casa absolutamente desolada y se quedó tumbada en la oscuridad, con Juanita durmiendo sobre su pecho. Había guardado todo lo que se quería llevar en cuatro maletas grandes, el resto se quedaría allí. Al día siguiente, sábado, tomó el vuelo de las nueve de la mañana y aterrizó en el aeropuerto JFK de Nueva York a las cinco y veinte, hora local. Unos minutos antes de las siete tocó el timbre de la casa de la calle Ochenta y cuatro. No sabía si habría alguien, tal vez se habían ido a Connecticut a pasar el fin de semana, en ese caso tendría que quedarse en un hotel hasta el domingo por la noche.

Hasta pasados unos minutos no oyó ningún ruido dentro de

la casa; luego Sabrina abrió la puerta y se quedó pasmada al ver a su hermana, que la miraba solemnemente, de pie ante la puerta con sus cuatro maletas enormes y Juanita dentro del bolso.

—¿Qué haces aquí? —Sabrina estaba anonadada. No sabía que su hermana vendría, y eso era precisamente lo que Tammy quería. No era una decisión de sus hermanas, era solamente suya.

—Sabía que te sorprenderías. —Tammy sonrió mientras comenzaba a entrar las maletas. El clima todavía era cálido y suave en Nueva York.

—¿Traes todos estos bártulos para un fin de semana? —preguntó Sabrina mientras la ayudaba y se preguntaba por qué su hermana estaba allí, y por qué tenía ese brillo extraño en los ojos.

—No —dijo Tammy tranquilamente—. No he venido por el fin de semana.

—¿Qué quieres decir? —Sabrina se detuvo y la miró con preocupación.

—He venido a casa. Renuncié a mi trabajo.

—¿Qué has hecho qué? ¿Estás loca? Te encanta tu trabajo y ganas lo que no está escrito.

—No sé cuánto es lo que está escrito —respondió Tammy, sonriendo—, pero en este momento estoy en el paro, así que seguramente es más de lo que gano.

—¿Qué coño has hecho?

—No podía dejarte sola en esto —dijo Tammy sencillamente—; también sois mis hermanas.

—Estás como una cabra. Te quiero —dijo Sabrina, mientras la abrazaba—. ¿Qué vas a hacer aquí? No puedes quedarte todo el día en casa.

—Encontraré algo. Tal vez en un McDonald's —rió—. ¿Todavía está libre mi habitación rosa?

—Es toda tuya —Sabrina se hizo a un lado, y Annie apareció en el rellano de la escalera con los auriculares puestos. Había estado escuchando una lección de la escuela Parker, pero al quitárselos oyó la voz de su hermana.

—¿Tammy? ¿Qué haces aquí?

—Me estoy mudando —respondió, con una sonrisa de oreja a oreja.

—¿En serio?

—Sí, ¿acaso pensabais que os lo ibais a pasar bomba sin mí? —Mientras lo decía y veía los rostros de sus hermanas, se dio cuenta de que había tomado la decisión correcta. No había ninguna duda. Y mientras Sabrina la ayudaba a arrastrar sus maletas hasta la segunda planta, Tammy tuvo la certeza inapelable de que su madre hubiera estado encantada con la decisión. Mejor que eso, hubiera estado orgullosa de ella.

Justo cuando entraba en la habitación que sería suya durante un año, Sabrina se volvió, la miró con alivio y suspiró:

—Gracias Tammy. —Y esa mirada nada más hacía que todo hubiera valido la pena.

19

La llegada de Tammy cambió considerablemente la dinámica de la casa, pues era otra adulta que podía compartir las responsabilidades con Sabrina; había venido precisamente para eso. Sin embargo, y aunque Candy estaba de viaje, era una persona más en la casa, y todas sabían que cuando la hermana pequeña regresara el desorden sería aún mayor. Eran cuatro mujeres y tres perras en una casa relativamente pequeña. Chris dijo que se sentía superado por la cantidad de estrógeno, y no exageraba. Por todas partes había zapatos, sombreros, pieles, abrigos, sostenes y tangas. Después de estar allí una semana, Tammy llegó a la conclusión de que había dejado su trabajo para convertirse en criada.

—Esto no va conmigo —dijo finalmente un domingo por la mañana, después de poner la tercera lavadora de toallas. Candy había regresado la noche anterior con toda la ropa sucia; no había querido que se la lavaran en el hotel en el que se hospedaba, porque la última vez se la habían devuelto toda encogida, por lo que decidió que mejor la lavaría en casa; la diferencia era que ahora no estaba mamá, sino las hermanas. Y Tammy, como no estaba trabajando, se había convertido en la lavandera oficial.

—Chicas, yo os quiero mucho —anunció en el desayuno, y Chris se escabulló rápidamente. La semana anterior Annie lo había nombrado «hermana honoraria», pero a él no le había hecho ninguna gracia, aunque Annie lo había dicho como un cumplido. Chris dijo que se estaba empezando a sentir como Dustin Hoffman en *Tootsie*, o peor, como Robin Williams en *Sra. Doubtfire*—. Para ser completamente feliz necesito dos cosas: un trabajo y una señora de la limpieza. —Se había dado cuenta de que si continuaba sin trabajar se convertiría también en la cocinera oficial, además de chófer, criada y lavandera. Necesitaba salir de la casa, retomar su vida laboral y buscar a alguien que hiciera el trabajo doméstico. Jamás lo había hecho en su casa de Los Ángeles, ¿por qué debería hacerlo allí?

—Es una idea genial —dijo Sabrina distraída, mientras le pasaba el suplemento deportivo del *Times* del domingo a Chris. Estaban todos sentados alrededor de la mesa de la cocina y las tres hermanas mayores desayunaban bollos, pains au chocolat y magdalenas con arándanos. Chris ya había comido algo, y Candy no había tocado absolutamente nada. Todos lo habían notado, y también se habían dado cuenta de que había adelgazado en el viaje. Sin embargo, ninguno lo había mencionado; Sabrina pensaba hablarlo con Tammy más tarde.

—Veo que estáis muy entusiasmados con mi idea —dijo Tammy ofendida, mientras cogía otro bollo. A diferencia de Candy, ella estaba comiendo muy bien. No tenía nada que hacer, salvo comer, estar sentada mirando las musarañas y llenar lavadoras. Estaban usando las que había dejado el dueño de la casa—. Está bien, no os preocupéis por mí. Buscaré yo misma a una señora de la limpieza. —Y también un trabajo, aunque quién sabe qué le depararía el destino en Nueva York.

Esa tarde fueron al cine los cinco. Tammy notó que Annie se manejaba mucho mejor con su bastón. Solo tres semanas en la escuela Parker y ya se notaba una gran diferencia: se movía por la casa con más comodidad, usaba el microondas sin problemas y había aprendido algunos trucos útiles. Se divertía con Baxter en la escuela, y él la telefoneaba con frecuencia los fines de semana. A Brad Parker no se lo había vuelto a encontrar; seguramente tenía gente más importante que ella con quien charlar.

Annie no estaba muy entusiasmada con la película que habían elegido, pero fue de todos modos para compartir la tarde con sus hermanas y Chris. Y, por lo menos, pudo seguirla oyendo los diálogos, aunque al salir dijo que le había parecido una tontería. Después del cine fueron a comer pizza, y Candy bromeó con Chris, diciéndole que era el jeque de un harén.

—La gente está empezando a pensar que soy un proxeneta de lujo —se quejó este. Pero las cuatro hermanas eran inseparables; ahora que vivían todas juntas, Chris apenas podía estar a solas con Sabrina. No se quejaba, pero cada tanto le hacía saber que lo notaba. Y antes de que Tammy llegara, con Annie a su cargo, era muy raro que Sabrina pasara una noche en casa de Chris.

Era domingo por la noche, así que Chris, después de pasar un rato con Sabrina en su habitación, se marchó a su piso. En todas partes de la casa —ya fuera en la cocina, en el escritorio, en la sala, en el comedor o en la sala de juegos—, se encontraba uno con alguien. Era mucha gente viviendo bajo un mismo techo. Él era tolerante con la situación, pero Tammy le había sugerido a Sabrina que no abusara.

—Después de todo, Sabrina, es un chico. Debe de estar harto de vernos a todas nosotras cuando en realidad lo que quiere es estar contigo. ¿Por qué no te vas a su casa más a menudo?

—Es que cuando me voy os echo de menos. —Sabrina era muy consciente de que eso duraría solo un año, pero Tammy no estaba muy segura de que Chris lo tuviese tan claro; y a veces lo veía preocupado. Sabrina no estaba de acuerdo.

—Tú lo conoces mejor que yo —le dijo Tammy—, pero si fuera tú, no abusaría. Uno de estos días podría esfumarse.

A la mañana siguiente Tammy cumplió su promesa y llamó a una agencia para que le consiguieran una empleada de la limpieza; les explicó qué era lo que querían y la directora de la agencia le dijo que tenía a dos candidatas que podían irle bien. Una era una mujer que había trabajado en un hotel durante diez años y que no tenía problema en limpiar para varias personas. Sin embargo, solo estaba disponible dos días a la semana, lo cual no era suficiente. Con cuatro personas en la casa, más Chris que se apuntaba de vez en cuando, había demasiado que hacer. La otra candidata era un poco más «inusual», comentó. Era japonesa y no hablaba inglés, pero era muy limpia y trabajaba como una troyana. La agencia tenía excelentes referencias de ella y venía muy recomendada.

—¿Cómo nos entenderemos si solo habla japonés?

—Ella ya sabe lo que tiene que hacer; la familia para la que trabajaba tenía cuatro hijos, todos varones. Eso es mucho peor que limpiar la casa de cuatro mujeres adultas y tres perras.

—No estoy tan segura —comentó Tammy, pensando en su propia experiencia. Pero una empleada que no hablara inglés era mejor que nada, y mucho mejor que hacerlo ella.

—Su nombre es Hiroko Shibata. ¿Quieres que la envíe esta tarde y así la conocéis?

—Sí, claro —respondió Tammy. No tenía nada más que hacer.

La señora Shibata llegó puntual a la entrevista, vestida con un kimono. Resultó que no desconocía totalmente el inglés: sabía unas diez palabras que repetía con frecuencia, fueran o no apropiadas. Realmente tenía un aspecto inmaculado; al entrar dejó los zapatos al lado de la puerta. El único dato que la agencia no había mencionado, y probablemente no quería hacerlo, era que tenía alrededor de setenta y cinco años y no le quedaba ni un diente. Se inclinaba hacia Tammy cada vez que esta le hablaba, y eso hacía que ella se inclinara también. No parecía que le molestaran las perras; algo era algo. Incluso varias veces dijo «perros muy guapos». Mejor todavía. Apelando al lenguaje de signos, hablando en voz muy alta —lo cual no servía para nada—, y señalando su reloj, Tammy se las arregló para convenir con la mujer que regresara la mañana siguiente para hacer una prueba. No tenía idea de si regresaría, así que le hizo mucha ilusión verla llegar el martes.

La señora Shibata entró por la puerta principal, se quitó los zapatos y saludó educadamente a cada una de las hermanas: a Candy, que iba en tanga y con una camiseta transparente; a Annie, que salía rumbo a la escuela; a Sabrina, que se marchaba a trabajar, y a las perras varias veces —siempre que se las cruzaba—, y comenzó a trabajar frenéticamente. Para alegría de Tammy, se quedó hasta las seis y cuando se marchó todo estaba impecable. Había limpiado la nevera, lavado la ropa, cambiado las sábanas y hecho las camas con precisión militar. Las toallas estaban limpias y dobladas. Incluso le había dado de comer a las perras; el único inconveniente era que les dio unas algas que le habían sobrado de su propia comida, consistente en pepinillos picantes con algas y pescado crudo. Todo olía muy mal y las algas habían hecho que las perras se descompusieran. Tammy pasó más tiempo limpiando el desastre que habían hecho estas del que le hubiera llevado limpiar la casa, así que al día siguiente, cuando la señora Shibata llegó a trabajar —tal como le había indicado mediante pantomimas—, Tammy le señaló el pote de comida de las perras, las perras, las algas, e hizo gestos dignos del kabuki, pidiéndole encarecidamente que no lo volviera a hacer. La señora Shibata se inclinó al menos dieciséis veces en todas las direcciones, haciéndole saber que había comprendido.

Candy había traído amigos la noche anterior y la casa estaba patas arriba, así que había mucho trabajo que hacer. El arreglo estaba funcionando bien. Tammy le dijo a la agencia que contrataban a la señora Shibata y esta comenzó a encargarse de que todo estuviera limpio y en orden, y la ex productora se sintió una mujer libre. Nunca más tendría que lavar toallas o sacar la basura, lo cual era reconfortante, ya que solo ella lo hacía.

El primer problema estaba resuelto, ahora le tocaba resolver otro más importante antes de ponerse a buscar un trabajo. Había acordado con Sabrina que debían tomar medidas respecto al desorden alimenticio de Candy antes de que la destruyera por completo, así que esa noche la abordaron. Era el momento perfecto para hacerlo, ya que Chris estaba en un partido de baloncesto con unos amigos y esto les venía bien, pues seguramente los gritos de indignación y negación de Candy se oirían hasta Brooklyn. Sus hermanas mayores le dijeron que no les importaba cuál era la excusa que justificaba la pérdida de peso; tenía dos opciones: un hospital o un psiquiatra. Candy estaba muy sorprendida.

—¿Habláis en serio? ¿Cómo podéis ser tan crueles? Es muy desagradable que hagais una escena por mi peso. Mamá jamás hubiera hecho algo así; ella era mucho más buena que vosotras.

—Es cierto —aceptó Tammy—. Pero nosotras estamos aquí y ella no, y tú tampoco estarás por mucho tiempo si no haces algo. Candy, te queremos y nos parece que si continúas así enfermarás. Ya perdimos a mamá, no queremos perderte a ti también. —Eran afectuosas, pero firmes. Candy se encerró en su cuarto dando un portazo, se echó en la cama y lloró durante horas. Pero sus hermanas no se dejaron conmover. Ambas sabían que Candy tenía suficiente dinero como para mudarse a su propio piso, pero no lo hizo. No les dirigió la palabra durante dos días, en los que reflexionó sobre el asunto, y, finalmente, para asombro de todos, se dio por vencida y eligió la opción del psiquiatra. Decía que no tenía ningún problema alimenticio, que simplemente ellas no la veían cuando comía, y que lo que comía era saludable. Tal vez lo era para un canario, o para un hámster, pero no para una mujer que medía un metro ochenta y seis descalza. Las hermanas le aseguraron que no hacía falta que se pusiera gorda para complacerlas, y que no, no estaban celosas de ella. Candy incluso dijo que Tammy estaba engordando y lo cierto era que, aunque no estaba gorda, al ser bastante más baja, el peso que ganaba se le notaba. Había engordado unos dos kilos desde que había llegado a Nueva York. Pero eso no tenía importancia, ahora lo único que podía tener consecuencias, hasta donde ellas sabían, era que el problema alimenticio de Candy estaba fuera de control.

Tammy pidió cita con el psiquiatra y la acompañó a la primera entrevista. No entró con ella en el consultorio, pero llamó antes al médico y habló con él. Candy salió furiosa de la consulta, pero les dio una lista con alimentos, al menos ahora la veían comer y todos eran conscientes del problema. Para eso estaban allí. Se suponía que lo más importante era Annie, pero Candy también necesitaba apoyo. Y afortunadamente era mucho más fácil ocuparse de todo viviendo bajo un mismo techo.

—¿No tienes a veces la sensación de que este verano hemos dado a luz a dos niñas? —le preguntó Sabrina a Tammy, echada en el sofá tras un largo y duro día de trabajo. Había tenido tres comparecencias en el tribunal.

—Sí —sonrió Tammy—. Ahora siento más respeto que nunca por mamá; no sé cómo hizo para criarnos a todas.

Todavía estaban preocupadas por su padre, y no habían podido verlo en los últimos fines de semana. Estaban demasiado ocupadas, excepto Tammy, que se pasaba el día dando indicaciones a la señora Shibata con sus gestos de kabuki y llevando a Candy y a Annie a sus respectivos psiquiatras. Se sentía una madre de los suburbios con dos hijas adolescentes; y eso la motivó a ocuparse del tercer proyecto: conseguir trabajo. Sabía que no podría encontrar uno como el que tenía en California; no se hacía ilusiones, pero necesitaba encontrar algo, de lo contrario Candy tendría razón y lo único que haría sería estar sentada y comer. Necesitaba más que eso. Candy y Sabrina trabajaban, y Annie estaba yendo a la escuela; ella era la única que no tenía nada importante que hacer, excepto estar allí cuando todas llegaban por la noche. Se sentía un ama de casa y le parecía estar perdiendo su identidad.

El tercer proyecto le llevó más tiempo que los otros dos; hasta mediados de octubre no pudo conseguir algunas entrevistas. Habló con los responsables de varias telenovelas y le pareció que estaban muy mal estructuradas; comparadas con lo que había hecho antes, eran producciones de segunda línea. Finalmente, contactó con los realizadores de un programa del que había oído hablar, pero que jamás había visto. Era un reality show de pura cepa, escandaloso y absolutamente cursi, sobre parejas con problemas que tenían que pelearse por televisión.

Excepto puñetazos, todo estaba permitido. Una psicóloga seguía los casos; era una mujer horrorosa con aspecto de travesti. El programa se llamaba *¿Se puede salvar esta relación? ¡Depende de ti!* Sonaba tan horrible que, pese a sí misma, a Tammy le causó curiosidad. Profesionalmente, sería una vergüenza estar ligada a ese programa, pero los índices de audiencia eran buenos, y estaban buscando un productor desesperadamente. Habían comenzado con uno que los había dejado a medio camino por un programa de máxima audiencia en otra cadena, y no podían creer que alguien con el currículo de Tammy pensase siquiera sentarse a hablar con ellos. A ella también le costaba creerlo.

Tammy no les contó a sus hermanas que haría una entrevista para trabajar en ese programa; sabía que se horrorizarían tanto como ella, pero estaba harta de pasar el día en casa sin hacer nada, esperando que todos regresaran por la noche. Y Annie, después de cinco semanas en la escuela Parker, ya se manejaba muy bien sola. Y, sin embargo, Annie era ahora la única que no tenía un propósito en la vida; aunque no estaba arrepentida de haberse mudado para pasar un año junto a sus hermanas. Sentía que la necesitaban y que su presencia les hacía bien; así como a ella le hacía bien tenerlas cerca cuando apenas habían pasado tres meses y medio de la muerte de su madre.

Tammy fue a la entrevista un jueves por la tarde. Unos días antes les había enviado su currículo, por lo que estaban al tanto de que había creado un programa en Los Ángeles. Era una profesional de primera línea. Creían que, si estaba dispuesta a trabajar con ellos, podría darles algunas ideas para mantener el programa con vida. Este había comenzado a decaer un poco aunque, para sorpresa de Tammy, los índices de audiencia todavía eran altos y el tema fascinaba a sus espectadores. Parecía representar, o al menos reflejar, los problemas que la gente afrontaba en sus relaciones, desde los engaños hasta la impotencia, pasando por el abuso emocional o las intrusiones de las suegras. El abuso de sustancias prohibidas y los hijos delincuentes también encabezaban la lista de problemas que acercaban a la gente al programa. Era un catálogo de todo aquello que uno no desearía saber de la vida y las relaciones de los demás. Solo que a los espectadores del programa sí parecía interesarles. Las mediciones de audiencia de Nielsen así lo atestiguaban.

Tammy fue con inquietud a la entrevista con el productor ejecutivo. Para su sorpresa, parecía un ser humano normal; era psicólogo de profesión, formado en Columbia, pero había decidido trabajar en televisión. Llevaba treinta años casado y tenía seis hijos. Había sido consejero matrimonial durante algunos años, antes de dedicarse a la televisión. Se había iniciado con los deportes, y, luego, con el advenimiento de los reality shows, había empezado a trabajar en lo que realmente le interesaba. El programa era para él un sueño hecho realidad, tal como el de Los Ángeles lo había sido para Tammy. Solo que era un tipo de programa muy diferente. Y, como la mayor parte de los reality, apuntaba a los instintos más bajos de las personas. Aunque algunas de las parejas que habían participado eran bastante razonables, incluso para Tammy, la mayoría mostraba un comportamiento lamentable; y eso era, precisamente, lo que la audiencia prefería.

Tuvieron una conversación excelente, y Tammy tuvo que admitir que el hombre le caía bien, aunque el productor asociado era un imbécil y tenía una actitud muy desagradable hacia ella. Defendía su espacio, pues era evidente que quería que el puesto fuera para él, y ni siquiera había sido considerado.

—Entonces, ¿qué te parece? —le preguntó Irving Solomon, el productor ejecutivo, cuando la entrevista llegaba a su fin.

—Creo que es un programa interesante —respondió ella, con cierta sinceridad. No dijo que le encantaba, porque le estaría mintiendo. La verdad era que, en muchos aspectos, no le parecía nada atractivo; nunca le había gustado explotar los problemas de la gente ni rebajarse a ese tipo de corrupción emocional, pero, por otro lado, necesitaba trabajar. Y parecía que eso era todo lo que había disponible por el momento. Las opciones en Nueva York eran pocas—. ¿No han pensado en hacerlo un poquito más serio? —preguntó reflexiva. No estaba muy segura de cómo hacerlo, pero deseaba reflexionar sobre la idea.

—Nuestra audiencia no quiere algo serio. Ya tienen bastante dolor en sus vidas. Quieren ver a gente dándose de palos —verbalmente, por supuesto, no físicamente— del modo en que imaginan que lo harían con sus compañeros si se atreviesen. Nosotros somos su álter ego, y tenemos las agallas que ellos no tienen. —Era un modo de verlo, aunque Tammy no lo compartía del todo. Pero ellos no la contrataban para que cambiara el programa, ni para que lo mejorara, sino para que lo mantuviera en el aire, y para que, si podía, elevara los índices de audiencia. Esa era siempre la clave con los programas de televisión. ¡Cómo aumentar la audiencia! Lo que ellos querían era más de lo mismo—. Por cierto, ¿qué te trajo a Nueva York? Te has marchado de un programa magnífico en Los Ángeles. —A Tammy le pareció oír un tono de reproche en la pregunta y negó con la cabeza.

—No me he marchado de repente —aclaró—, anuncié mi renuncia con antelación. Este verano mi familia sufrió una tragedia, y quería estar aquí —lo dijo con dignidad, y él asintió con la cabeza.

—Lo siento. ¿Las cosas se han resuelto? —preguntó con cierta preocupación.

—Están mejorando; pero quiero quedarme para poder controlarlas.

—¿Tienes tiempo para trabajar en el programa?

—Sí —respondió Tammy con seguridad, y él pareció aliviado. Era una verdadera profesional, y sabía que no estaría allí hablando con él si no estuviera interesada. Deseaba que lo estuviera, pues ya sabía que la quería en el programa; no entrevistaría a nadie más, y se lo dijo a Tammy. Le dio algunas grabaciones del reality y le pidió que las viera, lo pensara y volviera. No querían cambiar algo que ya funcionaba, y quería que ella respetara eso.

—Volveré en un par de días —prometió ella. Quería ver las grabaciones. Al salir se cruzó con la psicóloga; tenía un aspecto inverosímil. Extravagante era decir poco: llevaba unas gafas con imitaciones de piedras preciosas y un vestido ajustado del que emanaban unos pechos enormes. Parecía la madame de un burdel de baja estofa; sin embargo, la audiencia y las parejas la adoraban. Su nombre era Désirée Lafayette, pero era evidente que no era su nombre real. Parecía un transexual; Tammy se preguntó si realmente lo sería. Tratándose de ese programa, nada la sorprendía, y menos que nada una psicóloga que alguna vez había sido un hombre.

Regresó a casa y puso el primer vídeo. Lo miraba muy concentrada cuando Annie llegó de la escuela. Esta se quedó unos instantes en el estudio y oyó lo que Tammy estaba viendo; luego preguntó con una amplia sonrisa:

—¿Qué coño es eso?

—Un programa que estoy analizando —respondió, todavía concentrada en la pareja que había en la pantalla. Eran unos impresentables, y se estaban diciendo de todo.

—Espero que no lo digas en serio.

—Me temo que sí. Me río un poco, al menos. ¿Cómo te fue en la escuela?

—Bien —nunca decía «genial», pero tampoco decía que lo había pasado mal, y sus hermanas sospechaban que le gustaba. Tammy miró su reloj; tenía que llevar a Annie a la psiquiatra y se lo recordó por si quería comer algo antes de salir.

—Tengo veintiséis años, no dos. Puedo ir en taxi si quieres quedarte viendo esa basura.

—Puedo verlo después —dijo Tammy, mientras lo apagaba. Ya había tomado la decisión. Era horrible, pero a fin de cuentas, ¿por qué no intentarlo? Désirée Lafayette era espantosamente ridícula, pero el programa tenía algo bueno: mostraba que tras toda esa miseria triste y sucia podía haber quizá una luz de esperanza. Y eso le gustaba a Tammy. Raramente le decían a la gente que se diera por vencida y rompiera la relación; Désirée trataba de darles ideas de cómo mejorar la pareja, aunque generalmente eran propuestas absurdas y la gente que participaba en el programa solía ser muy vulgar. La dignidad no era algo que estuviera muy presente.

—Debes de estar desesperada por trabajar —comentó Annie cuando salían de casa.

—Sí, debo de estarlo —admitió Tammy. Y pensó en ello mientras esperaba a Annie en el consultorio de la doctora Steinberg. Las entrevistas con la psiquiatra parecían estar haciéndole bien a su hermana; aceptaba mejor su situación y estaba notablemente menos enfadada. Y a Tammy le gustaba pensar que el hecho de vivir con ellas, a quienes quería apasionadamente, también la ayudaba.

Esa noche Tammy vio el resto de los vídeos en su habitación. Algunos eran mejores que otros. Iba a resultar raro en su currículo, especialmente después de los otros programas en los que había trabajado, que eran de muy alta calidad. Pero era el único trabajo que había conseguido en Nueva York. Había llamado a toda la gente que conocía, y por el momento nadie más necesitaba una productora. Y no tenía nada mejor que hacer.

Al día siguiente llamó a Irving Solomon y le dijo que estaba interesada. Él mencionó algunas cifras, y ella le pidió que lo hablara con su agente; este lo llamaría en breve. Ahora Tammy tenía que llamar a su abogado de Los Ángeles; le iba a costar explicarle por qué quería trabajar en ese programa. En su último contrato había una cláusula de «no puede trabajar para la competencia» que era válida por un año más, pero nada de este programa delirante competía con el anterior. Eso estaba muy claro. El salario que le habían ofrecido era razonable, y era un trabajo honrado, aunque el programa fuese bastante sórdido. Y además, después de todo, era un trabajo. Ella no era una persona a la que le agradara vaguear, pasar el día de compras o almorzar con amigas; además, no tenía amigas en Nueva York y sus hermanas trabajaban. Ella también quería hacerlo. Irving le dijo que si podían llegar a un arreglo rápidamente, le gustaría que comenzara a trabajar la semana siguiente. Ella le dijo que haría lo que pudiera para que su agente se pusiera en marcha enseguida.

Esa noche durante la cena anunció la noticia y sus hermanas se quedaron mirándola asombradas. Annie ya lo sabía, y Sabrina pensó que se había vuelto loca. Candy dijo que había visto el programa y que era bastante escabroso.

—¿Estás segura? —le preguntó Sabrina con preocupación—. ¿No te perjudicará después?

—Espero que no —dijo Tammy honestamente—. No lo creo; tal vez pueda parecer un poco extraño, pero no tiene nada de malo probar de nuevo con los reality. Ya lo hice hace algunos años, y no afectó mi carrera. Mientras no me dedique a esto para siempre...

Sabrina se sintió un poco culpable de que Tammy hubiera tenido que terminar en algo así solo por ayudarla a ella. Pero también lo había hecho para ayudar a Annie, que era lo importante. Sin embargo, Tammy no parecía lamentar haber dejado Los Ángeles; había cerrado la puerta de su programa y no había vuelto a mirar atrás. Y ahora estaba abriendo una puerta nueva, con parejas enfadadas y una psicóloga llamada Désirée Lafayette que estaba ansiosa por conocerla, algo que horrorizó a Sabrina e hizo reír a Tammy.

20

Una vez que Tammy comenzó a trabajar, el ritmo en la casa se aceleró. A Sabrina la sorprendió un otoño de muchísimo trabajo; la mitad de las parejas de Nueva York parecía querer divorciarse, y todas la llamaban a ella. Después del verano, y con los niños otra vez en la escuela, la gente visitaba a sus abogados y les pedía que los librara de ese infierno. Lo mismo sucedía después de Navidad.

Desde que había regresado de Europa, Candy hacía sesiones de fotos todos los días. La terapia para su desorden alimenticio la había ayudado un poco. No era bulímica, simplemente no comía; es decir, era anoréxica. Pero estaba un poco mejor; todas las semanas la pesaban, y Sabrina llamaba al médico para controlar la situación. En la clínica no estaban autorizados a decirle cuál era el peso de Candy, pero al menos le comunicaban si había asistido o no al control. Cuando no iba, las hermanas la ponían verde. Estaban muy pendientes del problema y les daba la impresión de que Candy había engordado al menos algunos gramos, aunque aún estaba muy por debajo de su peso. Por su trabajo tenía que tener un peso mínimo y ganaba una fortuna por estar así. Era una batalla muy dura, pero no estaban perdiendo terreno. Cuando Sabrina habló con el psiquiatra, este se había referido a la enfermedad con la expresión «anorexia de la moda». Candy no padecía problemas psicológicos originados en la infancia o en su paso a la edad adulta; simplemente le encantaba cómo se veía cuando estaba extremadamente delgada, al igual que las miles de mujeres que leían revistas de moda y aquellos que las producían. Se trataba de algo cultural, visual y financiero, no psiquiátrico, y, según el médico, ese era un factor importante. Pero las hermanas de Candy se preocupaban por su salud; no querían perder a otro miembro de la familia, aunque muriera espléndida, rica y siendo portada de *Vogue*. Tammy había dicho con franqueza: «Me importa un bledo todo eso».

Pasados dos meses en la escuela Parker, Annie parecía mejorar mucho, y se había hecho íntima amiga de Baxter. Algunos fines de semana se veían y hablaban de arte, opinaban sobre qué era lo que consideraban más importante y comentaban las obras que habían visto y los habían fascinado. Ella le hablaba durante horas de la galería Uffizi de Florencia y, en lugar de enfadarse, decía que estaba agradecida de haber podido verla antes de quedar ciega. Jamás nombraba a Charlie; él había sido una gran desilusión y aún se sentía traicionada. Pero se hubiese sentido peor si le hubieran contado la verdad; por eso sus hermanas nunca lo mencionaban. Baxter había conocido a un chico interesante en una fiesta de Halloween a la que había asistido en la ciudad. A Annie le parecía desagradable ir a un lugar así siendo ciego, pero lo cierto era que el chico parecía majo. Un día había comido con ellos en la escuela, y a ella le había parecido una buena persona. Les quitaba un poco del tiempo que compartían, pero a ella no le importaba. El chico tenía veintinueve años y trabajaba como diseñador en una importante empresa; había estudiado en la escuela de diseño Parsons. No parecía importarle que Baxter fuera ciego, lo cual era alentador para ambos y alimentaba su autoestima. Había vida después de la ceguera. Annie todavía dudaba de que a ella le pudiera pasar y decía que no le importaba estar sola, aunque nadie la creía. Con todo, estaba aprendiendo cosas útiles en la escuela.

Sabrina le había asignado la tarea de dar de comer a las perras. La señora Shibata era incapaz de hacerlo; les daba todo el tiempo alimentos que las descomponían. Una vez le había dado comida para gatos a Beulah, y la pobre había pasado una semana en el veterinario, lo cual les había costado una fortuna. Y todavía, de tanto en tanto, les colaba algunas algas en la dieta. Annie estaba en casa más tiempo que las demás, y salía antes de la escuela que sus hermanas del trabajo, así que Sabrina decidió asignarle esa tarea. Annie recibió la orden con indignación.

—No puedo. Y además, ya sabes que odio a los perros.

—No me importa. Necesitan comer, y nadie más tiene tiempo de ocuparse. Tú no tienes nada que hacer después de la escuela, excepto ir a la psiquiatra dos veces por semana. La señora Shibata las volverá a enfermar, y nos costará una fortuna en gastos de veterinario. Y tú no odias a nuestras perras. Además, ellas te quieren, así que aliméntalas. —La primera semana Annie estaba que echaba humo y se negó a hacerlo, lo cual desencadenó una batalla encarnizada con su hermana mayor; pero finalmente aprendió a usar el abrelatas eléctrico, a medir la cantidad de alimento y ponerlo en los comederos correspondientes, que eran de diferentes tamaños. Lo hacía de mala gana cuando llegaba a casa, pero lo hacía, e incluso agregaba trozos de fiambre para Juanita, que era una tiquismiquis y daba mil vueltas antes de comerse la comida envasada que le compraban. Un día la señora Shibata les volvió a dar algas mezcladas con sus pepinillos japoneses, como una ofrenda especial; las perras enfermaron y toda la casa apestaba, entonces Annie les preparó arroz. Tammy lo llamaba el encurtido milenario. Olía como si llevara años podrido y había estado a punto de matar a las perras.

—No es mi deber alimentar a vuestras perras —dijo Annie malhumorada—, ninguna de ellas es mía, ¿por qué tengo que hacerlo?

—Porque lo digo yo —respondió finalmente Sabrina. Tammy opinó que estaba siendo un poco dura.

—Exactamente. No podemos tratarla como a una inválida; me parece que ella también debe ocuparse de algunas cosas.

—Sabrina la enviaba al buzón a llevar cartas con mucha frecuencia, y le pedía que recogiera la ropa en la tintorería, ya que ella era la única que llegaba a casa antes de que cerrara.

—¿Qué soy yo? ¿La chica de los recados? ¿De qué murió tu último esclavo? —gruñía Annie. Estaban en medio de una batalla; Sabrina le pedía constantemente que hiciera recados, como comprar algo en la ferretería o conseguir un nuevo secador de pelo cuando el suyo se rompía. Su misión era lograr que Annie fuera independiente y ese era el mejor modo de conseguirlo, aunque en ocasiones le pareciera un poco cruel. Incluso la riñó una vez que dejó la comida de las perras desparramada por el suelo y le ordenó que limpiara todo antes de que la casa se llenara de ratas. Esa vez, Annie se puso a llorar y no le dirigió la palabra durante dos días; sin embargo, poco a poco se estaba volviendo más independiente y capaz de cuidarse a sí misma.

Tammy tenía que admitir que el programa estaba funcionando, pero era definitivamente una forma de amor bastante dura. Y muy a menudo, Candy se ponía del lado de Annie, pues no comprendía las secretas motivaciones de su hermana y decía que Sabrina era una cabrona. Era un continuo tira y afloja, con Tammy todo el tiempo oficiando como mediadora. Pero Annie estaba volviendo a ser una persona independiente y había perdido el miedo a salir a la calle. Ya no la asustaban el supermercado, la farmacia, el quiosco o la ferretería.

Su mayor problema era que no tenía vida social. No tenía amigos en Nueva York, y le daba vergüenza salir. Siempre había sido la menos sociable de sus hermanas y la más introvertida; pasaba muchas horas sola haciendo esbozos, dibujando y pintando; y perder la vista la había aislado todavía más. Sus únicas salidas eran las que realizaba con sus hermanas, que hacían todo lo posible por sacarla de casa. Pero era difícil: Candy llevaba una vida ajetreada rodeada de fotógrafos, modelos, editores y gente del mundo de la moda que Tammy y Sabrina consideraban inadecuada para ella; pero era la gente con la que trabajaba y era inevitable que saliera con ellos. Sabrina trabajaba muchas horas y cuando descansaba tenía ganas de estar con Chris, y durante la semana ambos estaban muy cansados como para salir. Y Tammy llevaba una vida de locos con su nuevo trabajo, en el que tenía tantas crisis como en el de Los Ángeles. Así que la mayor parte del tiempo Annie no tenía con quién salir y se quedaba en casa; solo salía, con gran esfuerzo, para ir a cenar con sus hermanas una vez por semana, y todas estaban de acuerdo en que eso no era suficiente, pero no sabían cómo resolver el problema. Annie insistía en que a ella le gustaba quedarse en casa; estaba aprendiendo a leer braille y pasaba largas horas con los auriculares puestos, escuchando música y soñando. No era una vida plena para una mujer de veintiséis años; necesitaba gente, fiestas, amigas y un hombre en su vida, pero nada de eso estaba sucediendo, y sus hermanas temían que nunca sucediera, y ella, aunque nunca lo decía, también lo temía. Su vida estaba tan acabada como la de su padre, que pasaba gran parte del tiempo sentado en su casa de Connecticut, llorando a su esposa muerta. Sabrina y Tammy se preocupaban por ambos y querían hacer algo para ayudarlos, pero ninguna de las dos tenía tiempo.

La vida de Tammy había comenzado a ser una locura. Irving Solomon había mostrado que lo que quería en realidad era cargarle el programa sobre sus espaldas, que ella se ocupara de todo. Él pasaba la mitad de la semana en Florida y siempre que podía se escapaba para jugar al golf. Estaba cansado y se quería jubilar pronto, pero el programa era una mina de oro. Cuando Tammy intentaba discutir algún asunto, él la expulsaba amablemente de su oficina diciéndole que ella había lidiado con problemas más importantes en el programa anterior, así que bien podía hacerse cargo de aquello. Confiaba ciegamente en ella.

—Mierda, ¿qué debo hacer? —le dijo Tammy un día al productor asociado—. Estoy produciendo un reality que consiste en que la gente se maltrate por televisión y ahora me cambian el horario, y tengo que competir con un programa de mucho éxito. Lo único que conocen son los índices de audiencia, y como estos son buenos, no quieren oír nada más.

Tammy planteó que sus «parejas» debían al menos tener un aspecto decente y le pidió a su asistente que se pusiera en contacto con Barneys para ver si podían proporcionarles ropa a cambio de publicidad en el programa. A la empresa le encantó la idea.

—Al menos no tendremos que ver esos tatuajes —dijo Tammy aliviada. Estaba intentando levantar el nivel del programa, darle un poco de clase, aunque sabía que era algo arriesgado.

—No intentes arreglar lo que no está roto —le advirtió el productor asociado, pero Tammy seguía su intuición y creía que la gente sintonizaría mejor y se tomaría las cosas más en serio si los participantes del programa en vez de parecer salidos de una caravana tenían aspecto de gente de clase media. Jerry Springer era hasta el momento el mejor en esa rama del negocio. Ella quería crear su propio nicho de público.

Contrató a dos peluqueros excelentes que habían trabajado en una famosa telenovela para que peinaran a las participantes e intentaran controlar un poco el aspecto de Désirée. A esta la enfureció darse cuenta de que a Tammy no le gustaba su aspecto, pero la audiencia aplaudió los resultados. Désirée comenzó a llevar trajes de famosos diseñadores de color beis y sencillos vestidos de seda que no hacían que se le cayeran las tetas hasta las rodillas, y de pronto comenzó a parecer una autoridad en su campo en lugar de un travesti. Hasta entonces, parecía que había salido de la jaula de las locas. En tres semanas de cambios instigados por Tammy consiguieron dos nuevos patrocinadores, uno de detergente y otro de pañales. Todo era impecable. Y los índices de audiencia se habían disparado.

Eso, sin embargo, no paliaba los innumerables problemas que tenían con las parejas. Un marido había apuntado con un arma al presentador porque este lo había provocado llamándolo «podrido tramposo». El tipo estuvo furioso el resto del programa y apenas acabó empujó al presentador contra una pared y le puso un revólver en la barriga. Nadie entendía cómo lo había hecho para atravesar el control de seguridad con un arma, pero allí estaba. Tammy lo vio de casualidad al pasar por el estudio.

—Estoy de acuerdo contigo, Jeff —le dijo ella con calma—. El tipo es un idiota. A mí tampoco me cae bien, pero no vale la pena terminar en la prisión por algo así. Y creo que ha quedado bastante claro en el programa que tu mujer todavía está enamorada de ti. ¿Por qué arruinarlo todo? Désirée piensa que tenéis posibilidades de solucionar vuestras cosas. —Tammy intentaba parecer convincente y tranquila, e incluso comprensiva, mientras calmaba al potencial asesino y esperaba que alguien de seguridad la rescatara a ella también.

—¿En serio? —preguntó el hombre, pero enseguida se volvió a poner nervioso—. Eso es algo que dices, pero en realidad nos estáis tomando el pelo.

—No, no es así. La audiencia os adora, y habéis tenido los mejores índices de toda la semana. —Su mujer estaba llorando fuera del plató porque durante el programa se había descubierto que él se había acostado no solo con su mejor amiga, sino también con su hermana. ¿Podrían salvar la relación? Con suerte, no. La mujer se había acostado con el hermano de su marido, y con el barrio entero, exceptuando al perro, para no ser menos. A Tammy le daba la impresión de que el lugar de esa gente era la cárcel, donde «Jeff» ya había estado dos veces por robo. ¿Qué hacían en el programa? ¿Y por qué ella lo estaba produciendo? Esa era la verdadera pregunta. Tardaron veinte minutos en calmar al marido; para entonces, ya había llegado la policía y se lo llevaron esposado. Al día siguiente la noticia salió en el *New York Post*, lo cual, naturalmente, aumentó los índices de audiencia. Tammy no tenía ninguna duda: era un programa morboso que apelaba a los más bajos instintos del público. Eran *voyeurs* de las relaciones y las alcobas de la gente, y lo que veían les fascinaba. A Tammy, en cambio, la mayor parte de las veces, la asqueaba.

—Bueno, esto ha sido divertido —dijo Tammy a su asistente cuando regresó a la oficina y se acomodó en su escritorio, con el rostro todavía pálido—. ¿Quién coño selecciona a esta gente y de dónde los sacan? ¿Han salido con libertad condicional de la cárcel de Attica? ¿Crees que existe la posibilidad de que se valore un poco más a estos lunáticos antes de meterlos en el programa? —Tammy armó un escándalo en la siguiente reunión de producción y el productor asociado se disculpó todo lo que pudo. Una vez ya alguien había disparado al presentador, razón por la cual había recibido un aumento de sueldo importante, y su trabajo pasó a considerarse de alto riesgo.

—¿Qué estoy haciendo aquí? —se preguntó Tammy mientras salía de la reunión; en ese momento Désirée la interceptó para decirle que le encantaba su nuevo vestuario y que le gustaría saber si era posible que llamara a Óscar de la Renta para que le diseñara un vestuario exclusivo. Le encantaban sus diseños. Hacía solo un mes que la vestían con las rebajas de Payless y ahora quería que Óscar de la Renta le diseñara el vestuario. Estaban todos locos.

—Lo intentaré, Desi; pero tal vez no sea su estilo de programa. —Especialmente si los participantes salían de allí esposados por la policía. El día anterior habían tenido otro incidente aunque menos traumático: una mujer había golpeado a su marido y le había roto la nariz; el estudio de grabación se quedó lleno de sangre. Y, por supuesto, los índices de audiencia se dispararon en un paroxismo de placer—. Me encantó el vestido que llevabas hoy.

—A mí también —dijo Désirée, feliz—. Y el de ayer, pero ese idiota me lo manchó con sangre. Lo único que yo había dicho fuera de cámara era que pensaba que su mujer era lesbiana. No me imaginé que él se lo diría a ella ante las cámaras. Además, ella me lo confesó, pero no quería que él lo supiese. Él se lo dijo y ella le rompió la nariz ante las cámaras. Imagínate —dijo Désirée, desconcertada—. Espero que puedan limpiar las manchas de sangre del vestido. —Había agregado una cláusula al contrato que la autorizaba a quedarse con la ropa usada en el programa. No era de extrañar que ahora quisiera que Óscar de la Renta le diseñara el vestuario. A Tammy también le hubiera gustado tener un guardarropa propio; en cambio, trabajaba casi siempre con tejanos, camiseta y unas zapatillas Nike. Necesitaba estar cómoda, ya que había un montón de problemas insólitos que tenía que resolver corriendo de un lado a otro.

—Es increíble —respondió, pensando que la psicóloga estaba loca. Sin embargo, en las dos siguientes semanas consiguió dos nuevos patrocinadores. El programa iba rumbo al estrellato, lo cual era embarazoso, y la revista *Variety* le atribuía el éxito a ella, lo cual era aún peor. Tammy había intentado mantener un perfil bajo, pero al parecer no lo estaba logrando. Sus viejos amigos de Los Ángeles comenzaban a llamarla y a desternillarse de risa por su trabajo en Nueva York.

—Pensé que habías vuelto para cuidar de tu hermana —le dijo uno de ellos.

—Sí, fue así.

—¿Y qué ha pasado?

—Ella va a la escuela, y yo me aburría.

—Pues con este programa ya no te aburrirás.

—No, probablemente terminaré en la cárcel.

—Lo dudo. Más bien es posible que acabes dirigiendo la cadena. Ya me lo estoy imaginando.

Fue todavía peor: poco después de que el marido apuntara al presentador con un revólver, la revista *Entertainment Today* le pidió una entrevista, e Irving quiso que fuera a toda costa. Ella intentó ser breve y lo más honesta posible, lo cual no era fácil. Y para completar el panorama, al día siguiente el presentador del programa la invitó a salir. Tenía cincuenta y cinco años, se había divorciado cuatro veces, llevaba fundas en los dientes del tamaño de chicles y un terrible implante capilar que se había hecho en México. En su juventud, había sido actor de reparto de telenovelas y tenía un físico de culturista. De lejos, tenía un aspecto decente, pero a poca distancia era aterrador. Y era un cristiano renacido, lo cual desquiciaba a Tammy, que prefería la espiritualidad en pequeñas dosis. Él le llevaba regularmente panfletos religiosos acerca de la salvación; tal vez los necesitaba para enfrentarse al riesgo diario de recibir un disparo en el programa.

—Eh... mmm... es muy amable de tu parte, Ed... pero tengo la política de no salir nunca con hombres de los programas en los que trabajo. Luego es un lío si las cosas no funcionan.

—¿Por qué no van a funcionar? Soy un tipo fantástico —dijo él sonriendo. Tenía siete hijos de sus cuatro ex mujeres, y los mantenía a todos, lo cual era honorable de su parte; como resultado, conducía un coche que tenía ya veinte años y vivía en un cuarto piso sin ascensor en la zona Oeste de la ciudad. Haber recibido un tiro en la barriga había mejorado su situación financiera drásticamente. Decía que el mes siguiente se mudaría a un barrio mejor—. Pensé que tal vez podríamos cenar alguna noche después del trabajo. Ya sabes, algo sencillo; en este momento estoy haciendo una dieta vegetariana.

—Oh, ¿en serio? —Ella intentó parecer interesada, para al menos ser amable—. ¿Te haces limpiezas de colon? —Todos los desquiciados que había conocido en Los Ángeles se las hacían. Era la primera clave para asegurarse de que no era el hombre apropiado; no quería salir con un tipo para quien el objeto más preciado era el maletín para hacerse enemas. Hubiera preferido meterse en un convento, y tal como iban las cosas, quizá algún día lo hiciera. La idea le parecía cada vez más seductora.

—No; creo que están más de moda en la costa Oeste. Tengo un amigo allí que se las hace todo el tiempo. ¿Tú te las haces, Tammy?

—No, soy una adicta a la comida basura. Mi idea de comida gourmet es KFC, y me encanta la bollería industrial. He sido así desde pequeña. En mi caso, las limpiezas de intestino serían una pérdida de tiempo.

—Eso es muy malo. —Parecía sentir pena por ella y bajó la voz—. ¿Has encontrado ya a Jesús, Tammy? —¿Dónde?, se preguntó ella. ¿Bajo su escritorio? ¿En el desván? ¿Lo decía en broma? ¿Tenía ella que «encontrarlo»? ¿No estaba en todas partes?

—Creo que se podría decir que sí, que lo he encontrado —dijo ella educadamente—. La religión ha sido importante para mí desde la infancia. —No sabía qué decirle, y en cierto modo era cierto. De niñas, habían ido a escuelas católicas pero, aunque creía en Dios, ya no era practicante.

—¿Pero eres cristiana? —La miraba con intensidad, y ella intentaba que los ojos no se le fueran al pelo, que estaba muy mal teñido. No sabía cómo no se había dado cuenta antes de que el presentador tuviera ese color tan feo en el cabello. La habían distraído los implantes.

—Soy católica —dijo ella sencillamente.

—No es lo mismo. Ser cristiano es mucho más que eso: es una manera de pensar, de ser, de vivir. No es solo una religión.

—Sí, estoy de acuerdo contigo. —Trató de mirar su reloj con disimulo. Tenía una reunión con la gente de la cadena dentro de cuatro minutos y era un problema serio: tenían que tratar de impedir una huelga; no podía perdérsela—. Creo que deberíamos hablarlo con calma en otra ocasión; tengo una reunión en cuatro minutos.

—Exacto. ¿Qué tal si cenamos? Hay un restaurante vegetariano genial en la calle Catorce. ¿Qué te parece esta noche?

—Yo... eh... no... ¿te acuerdas de mi política? Ningún hombre del programa. Jamás he roto esa regla, y, además, debo ir a casa a cuidar a mi hermana.

—¿Está enferma? —Él pareció preocuparse de inmediato.

Tammy se odió a sí misma por lo que estaba a punto de hacer, pero tal vez así podría quitárselo de encima. Con mudas disculpas para Annie, lo miró con gesto de dolor:

—Es ciega; y realmente no me gusta salir y dejarla sola.

—Oh, lo siento... no tenía idea... por supuesto... qué mujer más santa debes ser para cuidar de ella. ¿Vivís juntas?

—Sí. Sucedió hace unos meses, y solo tiene veintiséis años. —Era patético usar la discapacidad de su hermana, pero la causa lo justificaba. Hubiera inventado a una abuela moribunda si era necesario.

—Rezaré por ella —aseguró él— y por ti.

—Gracias, Ed —dijo Tammy con solemnidad, y se fue rumbo a su reunión con la cadena. Probablemente era una buena persona, solo que poco atractivo, casi desagradable. Su especialidad. Los hombres como él eran los únicos que la invitaban a salir, en la costa Oeste o en la costa Este.

Les contó todo a sus hermanas esa noche mientras arreglaban la cocina después de la cena. Annie vaciaba los platos y los colocaba en el lavavajillas; Sabrina había revisado los comederos de los perros para confirmar que su hermana les hubiese dado el alimento. Annie decía que Sabrina la trataba como a Cenicienta, y Sabrina no hacía comentarios. Tammy las hacía desternillar de risa con sus descripciones de Ed.

—¿Os dais cuenta de a qué me refiero? Esos son los únicos hombres que me invitan a salir. Dientes raros, implantes capilares, dietas vegetarianas y limpiezas de colon en Los Ángeles. Os juro que hace años que no tengo una cita con alguien normal; ya ni me acuerdo de cómo son los hombres normales.

—Yo creo que tampoco —admitió Candy—, todos los hombres que conozco son gays o bisexuales. No es que no les gusten las mujeres, pero les gustan más los hombres. Ya no veo heterosexuales.

Annie no dijo nada. Se sentía totalmente fuera de ese mundo, y en verdad lo estaba desde su accidente. En otro momento, ya hubiera superado la ruptura con Charlie y comenzado a salir con otros chicos. Pero ahora sentía que esa vida se había acabado para ella. El único hombre con el que había hablado en meses era su amigo Baxter; y la vida amorosa de este era mucho más feliz que la de ella: tenía un novio. Ella estaba segura de que jamás podría volver a salir con nadie.

—La única de la familia que no se puede quejar es Sabrina —comentó Candy—. Chris es el único hombre normal que conozco.

—Sí, yo también —acordó Tammy—. Normal y agradable. Es una combinación inmejorable. Cuando encuentro hombres normales, o que al menos lo parecen, resultan ser unos idiotas o estar casados. Supongo que siempre me quedan como recurso los participantes del programa. —Tammy les contó el incidente de esa mañana y Sabrina hizo un gesto de preocupación; todavía no podía creer que su hermana hubiera aceptado trabajar en la producción de ese programa. Dejar el trabajo de Los Ángeles había sido realmente un gran sacrificio. Tammy no decía nada, pero sus hermanas se daban cuenta. El programa en el que trabajaba ahora estaba en el otro extremo del espectro que va de lo sublime a lo ridículo. Ella jamás se quejaba, era muy tolerante, y estaba feliz de haber encontrado un trabajo. Y el productor ejecutivo, Irving Solomon, era un hombre bastante decente.

La semana siguiente, otro hombre invitó a salir a Tammy. Este era extremadamente atractivo, estaba casado y acostumbraba a engañar a su esposa, aunque explicaba que tenía un matrimonio abierto y que su mujer lo entendía.

—Tal vez ella sí —dijo Tammy con sequedad—, pero yo no. No es mi estilo; gracias de todos modos. —No le hizo caso, y más que halagada se sintió insultada. Siempre se sentía así cuando la invitaban a salir hombres casados, como si fuera una puta barata con la que pudieran pasar un buen rato y luego regresar a casa con sus esposas. Si alguna vez empezaba a salir en serio con alguien, lo cual comenzaba a parecer improbable, quería que fuera su propio hombre, y no uno que robaba o tomaba prestado de otra mujer. Acababa de cumplir los treinta, pero se preocupaba.

Sabrina y Chris se fueron de viaje de fin de semana para celebrar el treinta y cinco cumpleaños de ella. Chris le regaló una hermosa pulsera de oro de Cartier que ella ya no se quitó desde entonces. Su relación era, como siempre, cómoda, aunque él ya no dormía tanto en su casa como cuando vivía sola. Sabrina le recordaba regularmente que solo sería por un año, hasta que Annie estuviera preparada, y él casi nunca se quejaba ni hacía comentarios. Lo único que lo incomodaba a veces era que Candy anduviera por la casa medio desnuda, olvidando que, después de todo, él también era un hombre —tanta gente la veía sin ropa, o al menos con la parte superior del cuerpo desnuda, en los desfiles y en las sesiones fotográficas, que realmente ella ya no se daba cuenta—. Y, aunque las amaba, en ocasiones las perras le alteraban los nervios. Eso, sumado a la falta de privacidad, ahora que Tammy dormía en la segunda planta, a veces lo desquiciaba.

A principios de noviembre, a su regreso de una sesión fotográfica de tres días en Hawai, Candy trajo a casa a un hombre que los dejó a todos desconcertados. Sabrina dijo que había leído algo sobre él, Tammy comentó que no había oído nunca nada y a Annie le resultó bastante repugnante aunque, al no poder verlo, no podía precisar por qué. Parecía falso, como Leslie Thompson aquel día que le había llevado la tarta a su padre. Una especie de dulzura ñoña y exagerada, dijo Annie, que parecía ocultar segundas intenciones.

Él había dicho que era un príncipe italiano, el príncipe Marcello di Stromboli, y realmente tenía mucho acento. A Sabrina no le parecía verdad, y todos se quedaron impresionados de que tuviera cuarenta y cuatro años. Candy contó que lo había conocido la primera vez que estuvo en París, en una fiesta que dio Valentino; conocía a otra modelo que había estado saliendo con él y esta había dicho que era un hombre muy agradable. El príncipe llevó a Candy a todos los clubes nocturnos de Nueva York y a algunas fiestas fabulosas. Casi inmediatamente salieron en los periódicos, y cuando Sabrina, preocupada, le hizo algunas preguntas al respecto, Candy respondió que lo estaba pasando genial.

—Ten cuidado —le advirtió Sabrina—. Es un tipo bastante mayor que tú; a veces los hombres de esa edad andan a la caza de jovencitas. No vayas con él a según qué sitios ni te expongas a una situación violenta. —Sabrina se sentía como la mamá gallina preocupada todo el tiempo; su hermana pequeña rió.

—No soy estúpida. Tengo veintiún años y he vivido sola desde los diecinueve. Conozco a hombres como él todo el tiempo. Algunos son incluso mayores. ¿Cuál es el problema?

—¿Qué crees que busca él? —le preguntó Sabrina a Tammy con gesto de preocupación algunos días después. En las últimas dos semanas la pareja había salido en *W*, en varios periódicos y en la página 6 del *Post*. No había ninguna duda de que Candy era una modelo famosa y él una persona conocidísima en la alta sociedad neoyorquina. Su madre había sido una famosa actriz italiana, y él era noble. Los príncipes eran muy codiciados en los círculos sociales más altos y su estatus hacía que la gente pasara por alto una infinidad de pecados. Él había recogido a Candy varias veces en casa y había tratado a sus hermanas como si fueran las criadas que abrían la puerta. Ni siquiera se había molestado en hablarle a Annie, ya que ella no podía ver lo devastadoramente guapo que era. Ciertamente, era un hombre muy atractivo, de aspecto aristocrático, e iba vestido al estilo europeo. Llevaba hermosos trajes italianos, camisas perfectamente almidonadas, gemelos de zafiro, un anillo de oro con el escudo de su familia y zapatos diseñados por John Lobb. Y con Candy en sus brazos, parecía una estrella de cine; ambos lo parecían, y formaban una pareja deslumbrante.

—No pensarás que esto va en serio —le preguntó Sabrina a Tammy llena de pánico una noche, después de que él pasara a buscar a Candy en una limusina Bentley negra que había alquilado especialmente para esa ocasión. Candy llevaba un vestido de noche de satén color gris plata y unos tacones plateados. Parecía una joven reina.

—Ni por un minuto —dijo Tammy, sin preocuparse—. Veo a hombres como él en el mundillo del cine todo el tiempo. Van detrás de las actrices famosas o de las supermodelos como Candy. Solo quieren un accesorio más para su narcisismo. No está más interesado en Candy de lo que lo está en sus zapatos.

—Candy dijo que él quiere verla en París la semana próxima, cuando ella esté allí haciendo una sesión de fotos.

—Puede ser, pero no durará mucho tiempo. Aparecerá alguien más famoso y más importante. Esos tipos van y vienen.

—Espero que se vaya pronto; hay algo en él que me pone

nerviosa. Y Candy es como un bebé; puede que sea una de las modelos más importantes del mundo, pero bajo toda esa belleza y ese glamour, es apenas una niña.

—Sí, es cierto —acordó Tammy—. Pero nos tiene a nosotras. Al menos él sabe que estamos aquí, como si fuéramos sus padres, protegiéndola.

—No creo que le importemos una mierda —dijo Sabrina, aún inquieta—. Es mucho más astuto que nosotras; y no somos nadie en su mundo.

—Creo que Candy puede manejarlo —manifestó Tammy con confianza—. Conoce a muchos hombres como él.

—Yo, no —dijo Sabrina, sonriendo con pesar. Chris estaba a años luz del príncipe italiano, pero era mucho más valioso. Era un hombre íntegro. Y todos los instintos de Sabrina le decían que Marcello no; era fácil darse cuenta. Pero a Candy le parecía deslumbrante.

Cuando regresó de París dijo que lo había pasado de maravilla. Él la había llevado a un millón de fiestas, incluyendo un baile en Versalles, y le había presentado a medio París. Toda la gente que conocía tenía títulos de nobleza. El príncipe había mareado a Candy más de lo que Sabrina deseaba, y para colmo estaba empezando a adelgazar otra vez. Cuando se lo dijo, Candy respondió que había estado trabajando muy duro en París. De todos modos, Sabrina llamó al psiquiatra; este no hizo comentarios, pero le agradeció la llamada.

La semana siguiente fue el día de Acción de Gracias, así que todos viajaron a Connecticut a visitar a Jim. Él también estaba más delgado. Tammy, con gesto de preocupación, le preguntó si se sentía bien; él respondió que sí, pero estaba silencioso y parecía agradecido de que sus hijas lo rescataran de la soledad.

Ese fin de semana las chicas, por sugerencia de Jim, se ocuparon de la ropa de su madre. Eligieron lo que querían conservar; el resto lo donarían. Era duro hacerlo, pero el padre deseaba dejar todo vacío y ordenado. Ayudaron a Annie a elegir, describiéndole la ropa; siempre le habían gustado los jerséis de cachemira en colores pastel que tenía su madre, y le quedaban preciosos, ya que tenía el mismo color de pelo que ella.

—¿Cómo estoy? —preguntó, después de probarse uno—. ¿Me parezco a mamá?

Los ojos de Tammy se llenaron de lágrimas.

—Sí, te pareces mucho. —Tammy también se le parecía, aunque su pelo rojizo era más brillante y mucho más largo. Realmente entre las dos hijas y la madre había un gran parecido.

Fue un fin de semana tranquilo, apacible, sin eventos sociales. Las chicas cocinaron un pavo, y disfrutaron preparando el relleno y todas las verduras. Annie también ayudó.

Chris pasó con ellos el día de Acción de Gracias y luego se fue con unos amigos a esquiar a Vermont durante el fin de semana. Sabrina había preferido quedarse con sus hermanas y su padre. Era un fin de semana familiar, y era importante para ellos, especialmente ese año.

El sábado Tammy encontró un par de bambas de mujer en la habitación que había al lado de la cocina, donde su madre acostumbraba a preparar arreglos florales. Eran del número cuarenta y su madre usaba el treinta y seis. No pertenecían a ninguna de las hermanas, y la señora de la limpieza también tenía los pies pequeños.

—Papá, ¿de quién son estas bambas? —preguntó Tammy después de haber pasado el día seleccionando la ropa de su madre y poniéndola en montones—. No son de mamá.

—¿Estás segura? —dijo él vagamente, y Tammy rió.

—Sí, a menos que este año le hayan crecido los pies. ¿Las tiro?

—¿Por qué no las dejas donde las encontraste? Tal vez alguien las reclame. —Cuando ella le hizo la pregunta, él estaba ocupado arreglando algo de espaldas, así que Tammy no pudo verle la cara.

—¿Alguien como quién? —preguntó con curiosidad, y decidió ser descarada. Había tenido un pensamiento súbito—. ¿No estarás saliendo con alguien, papá? —Él se dio la vuelta como si hubiera recibido un disparo y la miró.

—¿Por qué lo preguntas?

—Solo se me ocurrió. Las bambas me parecen un poco raras. —Él tenía derecho a salir con quien quisiera. Era un hombre libre, pero a Tammy le parecía algo pronto. Su madre había muerto hacía cuatro meses y tres semanas.

—Invité a algunos amigos a almorzar hace un par de semanas. Tal vez alguna de las mujeres se dejó las bambas. Llamaré para preguntar. —No había respondido a su pregunta, y ella no quería entrometerse. Lo único que esperaba era que no fuese Leslie Thompson. No había traído ninguna tarta ese fin de semana y no había rastros de una mujer en la casa. Tammy se lo mencionó a sus hermanas cuando volvían en coche a Nueva York; habían salido el domingo por la mañana para evitar el tráfico del fin de semana.

—Deja de espiarlo —la riñó Candy—. Tiene derecho a hacer lo que quiera. Ya es mayorcito.

—Odio verlo caer en las garras de una mujer intrigante únicamente porque se siente solo sin mamá. Los hombres a veces lo hacen —dijo Sabrina con sincera preocupación. Desde el Cuatro de Julio su padre parecía muy vulnerable; y al menos durante el verano había tenido a sus hijas en casa, pero ahora apenas tenían tiempo de ir a visitarlo. Estaban planeando pasar la Navidad con él. Había sido un agradable día de Acción de Gracias, aunque todos echaban de menos a Jane. Los días de vacaciones eran los más duros.

—Creo que papá es lo suficientemente listo como para esquivar a las buscadoras de oro —afirmó Tammy. Tenía fe en él.

—Espero que tengas razón —dijo Sabrina.

Tan pronto como llegaron a casa, Candy se arregló para salir.

—¿Adónde vas? —preguntó Tammy sorprendida.

—Marcello me invitó a una fiesta. —Mencionó a algunas de las personas que Tammy había encontrado con frecuencia en los periódicos, y esta sonrió.

—Llevas una vida muy sofisticada, princesa —bromeó Tammy.

—Todavía no soy una princesa —respondió Candy, también con sorna. Pero con Marcello se sentía como si lo fuera; no se lo había comentado a sus hermanas, pero él era increíble en la cama. Habían tomado éxtasis un par de veces, lo cual hacía el sexo todavía más excitante. Ella sabía que él consumía cocaína de vez en cuando, y que usaba Viagra, aunque no lo necesitaba, para mantenerse erecto y poder hacerle el amor toda la noche. Era un hombre que dejaba mucha huella, y Candy empezaba a pensar que se estaba enamorando. Él le hacía insinuaciones acerca del matrimonio; ella era muy joven todavía, pero dentro de unos años... tal vez... le gustaría tener hijos con ella. Por el momento era más divertido solo tener sexo. Candy planeaba quedarse a dormir en su casa esa noche, y se lo mencionó vagamente a sus hermanas cuando salía. Habían quedado en encontrarse en el piso de él, así que ella llevaba un pequeño bolso. Candy se preguntaba si llegarían a la fiesta; a veces no alcanzaban a cruzar la puerta, saltaban a la cama o hacían el amor en el suelo. A ella no le importaba.

—Tal vez esta noche no vuelva a dormir —murmuró vagamente por encima del hombro, cuando atravesaba la puerta de la calle.

—Un momento... —dijo Sabrina—. ¿Qué quieres decir? ¿Dónde te quedarás?

—En casa de Marcello —dijo Candy alegremente. Tenía veintiún años y llevaba dos viviendo sola; sus hermanas no tenían derecho a decirle qué podía y qué no podía hacer. Ellas también eran conscientes de eso, pero se preocupaban de todos modos.

—Ten cuidado —dijo Sabrina, y salió a besarla—. Por cierto, ¿dónde vive?

—En un piso en el East Side, en la calle Setenta y nueve. Tiene unas obras de arte fantásticas. —Sabrina estuvo tentada de decir que eso no lo hacía una buena persona, pero no lo hizo. Candy llevaba una minifalda ínfima de cuero negro y unas altas botas de ante negro que le cubrían casi todo el muslo. Estaba increíble con ese jersey de cachemira negro pegado al cuerpo y una chaqueta gris de visón.

—Estás fantásticamente demoledora —dijo Sabrina con una sonrisa. Era una chica tan hermosa...—. ¿En qué número de la calle Setenta y nueve? Si sucede algo, está bien saber dónde estás. Y los móviles no siempre funcionan.

—No pasará nada. —Se enfadaba cuando Sabrina la trataba como si fuese su madre en lugar de su hermana, pero por esa vez lo dejó pasar—. El 141. ¡No vayáis a venir!

—No lo haremos —prometió Sabrina, y Candy se marchó.

Chris volvió de su fin de semana de esquí y ambos se retiraron a la habitación de Sabrina para charlar, abrazarse y mirar una película por televisión. Esa noche él se quedó a dormir con ella, y Tammy durmió en la habitación de Candy para que tuvieran la planta para ellos solos. Antes de irse a la cama, asomó la cabeza en la habitación de Annie; su hermana estaba haciendo los deberes de braille.

—¿Cómo va?

—Bien, creo —parecía decepcionada, pero al menos hacía el esfuerzo. Después de todo, las cosas le estaban yendo bien, y todas estuvieron de acuerdo en que había sido un buen fin de semana, aunque faltara su madre.

21

El lunes después del día de Acción de Gracias la vida retomó su curso normal. Sabrina y Chris salieron juntos hacia el trabajo, Tammy corrió a otra reunión con los responsables de la cadena y Annie cogió un taxi hacia la escuela. Planeaba comenzar a ir en autobús, pero aún no se sentía preparada. Hacía tres meses que asistía a la escuela Parker. Ese día, las cosas eran un poco más complicadas porque la noche anterior había nevado y el suelo estaba resbaladizo y traicionero. Cuando estaba a punto de entrar en la escuela, Annie pisó un trozo de hielo y se cayó, esta vez no de rodillas, sino de culo. Y, a diferencia de la primera vez, en lugar de llorar, se echó a reír.

Acababa de saludar a Baxter, que oyó el ruido que su amiga hizo al caer.

—¿Qué pasa? —preguntó él, intrigado por lo que estaba sucediendo. La voz de Annie venía de abajo, y era risueña.

—Estoy sentada en el suelo. Me he caído.

—¿Otra vez? Qué patosa eres. —Ambos rieron, y enseguida alguien la ayudó a levantarse. Era una mano firme y fuerte.

—Está prohibido hacer patinaje artístico en la puerta de la escuela, señorita Adams —bromeó una voz que Annie al principio no reconoció—. Para eso está el Central Park. —Mientras la ayudaba a levantarse, ella se dio cuenta de que se le habían mojado los tejanos, y que no tenía nada para cambiarse. E inmediatamente reconoció la voz: era Brad Parker, el director de la escuela. Annie no había hablado con él desde el primer día de clases.

Baxter oía hablar a Brad, pero sabía que se les hacía tarde, así que le dijo a Annie que la vería en el aula y que no se retrasara.

—Veo que sois amigos —dijo Brad con agrado, mientras apoyaba la mano de Annie en su brazo y la conducía hacia la escuela. El suelo estaba cubierto de hielo. Ese año había nevado muy pronto y siempre había alguien que se resbalaba en la entrada, aunque intentaban retirar toda la nieve.

—Es un chico fantástico —dijo ella, refiriéndose a Baxter—. Los dos somos artistas y los dos sufrimos un accidente este año. Creo que tenemos mucho en común.

—Mi madre también era artista —dijo Brad Parker—; pintaba, aunque en realidad lo hacía como hobby. Era bailarina en el ballet de París, y a los veinte años tuvo un accidente de coche que terminó con sus dos carreras. Sin embargo, hizo algunas cosas maravillosas desde entonces.

—¿Qué hizo? —preguntó Annie educadamente. Era increíble cuántas vidas se perdían o quedaban destrozadas a causa de accidentes automovilísticos. Había conocido varios casos en la escuela, y algunos de ellos eran artistas, como ella. Entre los ochocientos alumnos, había innumerables historias trágicas.

—Enseñó danza. Y era muy buena. Conoció a mi padre cuando tenía treinta años, pero siguió enseñando aun después de casada. Era una mandona nata —rió—. Mi padre era ciego de nacimiento y ella le enseñó a bailar. Siempre quiso fundar una escuela como esta; por eso lo hice yo cuando ella murió. Damos clases de baile también: bailes de salón y danza clásica. Deberías intentarlo alguna vez, quizá te guste.

—No creo, si no puedo ver —dijo Annie sin rodeos.

—A la gente que va a esas clases les gusta —dijo él impertérrito, al tiempo que notaba que ella se tocaba los pantalones mojados. Estaba empapada por la caída, y se preguntaba si la dejarían volver a casa—. Por cierto, tenemos un armario con

ropa de repuesto para este tipo de situaciones. ¿Sabes dónde está?
—Ella negó con la cabeza—. Te lo enseñaré. Te pondrás enferma
con esos pantalones mojados todo el día —dijo él amablemente.
Tenía una voz suave y cálida, y parecía una persona con sentido
del humor. Tras sus palabras había siempre una risa agazapada.
Parecía un hombre feliz —decidió ella— y agradable; y lo era de
un modo paternal. Annie pensó qué edad tendría; le parecía que
no era joven, pero no se atrevía a preguntárselo.

Brad la llevó hasta el almacén, donde había un armario con
ropa que habían donado para estudiantes sin recursos o para situaciones de este tipo. Rebuscó un poco y le dio unos vaqueros.

—Creo que estos te pueden ir bien. Hay un probador con
una cortina al fondo de esta misma habitación; yo esperaré aquí.
Y hay más, si quieres. —Ella se los probó con un poco de vergüenza y notó que le quedaban grandes, pero al menos estaban
secos. Salió del probador con el aspecto de una niña huérfana,
y él rió—. ¿Puedo doblarte el bajo? De lo contrario te volverás
a caer.

—Sí, claro —contestó ella, todavía avergonzada. Él le arremangó los pantalones hasta que le quedaron bien—. Gracias. Tenías razón; mis pantalones están muy mojados; pensaba volver
a casa a cambiarme cuando fuera la hora del almuerzo.

—Para entonces ya habrías cogido un resfriado —dijo él, y
ella rió.

—Pareces mi hermana. Siempre está preocupada pensando
que me haré daño, que me caeré, que enfermaré. Actúa como si
fuese mi madre.

—Eso no está tan mal. Todos necesitamos una madre a veces. Yo todavía echo de menos a la mía y hace casi veinte años
que murió.

Annie respondió en voz muy baja:

—Yo perdí a la mía en julio.

—Lo siento —dijo él, y pareció sincero—. Es muy duro.

—Sí, lo fue —dijo ella honestamente—. Y la Navidad será
difícil este año. —Annie estaba agradecida de que ya hubiera

pasado el día de Acción de Gracias. Pero todas temían la llegada de la Navidad sin la presencia de su madre. Habían estado hablando de eso mientras se repartían su ropa.

—Yo perdí a mi madre y a mi padre al mismo tiempo —dijo él, cuando ella se dirigía hacia la puerta, rumbo a su clase—. Fue en un accidente de avión. Cuando ya no hay nadie entre tú y el más allá, te ves obligado a crecer de golpe.

—Nunca lo había pensado de ese modo —dijo ella reflexiva—, pero tal vez tengas razón. Yo todavía tengo a mi padre. —Para entonces, ya habían llegado a la puerta del aula de Annie. Esa mañana tenía clase de braille y por la tarde entrenamiento para desenvolverse en la cocina. Debían preparar un pastel de carne, una comida que ella odiaba. Por suerte Baxter estaba en la misma clase y se divertían haciendo payasadas. Ahora Annie era capaz de hacer magdalenas perfectas y de cocinar pollo. Había preparado ambas recetas en casa y la habían ovacionado—. Gracias por los tejanos. Los devolveré mañana.

—Cuando quieras —dijo él amablemente—. Que pases un buen día, Annie. —Y luego agregó—: Juega mucho en el patio. —Ella se echo a reír. Él tenía una gran ventaja: podía verla, y aunque ella no, le parecía que tenía una hermosa voz.

Annie se sentó discretamente en su asiento en la clase de braille y Baxter empezó a meterse con ella.

—Así que ahora el director de la escuela te lleva los libros ¿eh?

—Oh, cállate —dijo ella, y rió por lo bajo—. Me acompañó a buscar unos tejanos secos.

—¿Y te ayudó a ponértelos?

—Basta ya. Y no, solo me los arremangó. —Baxter sofocó una carcajada y continuó bromeando con el tema toda la mañana.

—Por cierto, he oído que es muy guapo.

—A mí me parece que es un hombre mayor —dijo Annie con pragmatismo. Brad Parker no se le había insinuado, solo había sido servicial y actuado como el director de la escuela—. Además, tú no te molestaste en ayudarme cuando me caí de culo en la puerta de la escuela.

—No podía —dijo Baxter con sencillez—. Soy ciego, tonta.

—¡No me digas tonta! —Eran como niños de doce años. La profesora los riñó, y poco después Baxter añadió—: Creo que tiene treinta y ocho o treinta y nueve años.

—¿Quién? —Annie estaba concentrada en sus deberes de braille, furiosa porque había hecho mal casi la mitad de los ejercicios. Era más difícil de lo que se imaginaba.

—Parker. Creo que tiene treinta y nueve.

—¿Cómo lo sabes? —Annie parecía sorprendida.

—Yo lo sé todo. Divorciado, sin hijos.

—¿Y? ¿Qué significa eso?

—Quizá le gustes. Tú no puedes verlo, pero él a ti sí. Y la gente me ha dicho que eres guapísima.

—Te mintieron. Tengo tres cabezas y dos barbillas en cada una. Y Parker no flirteó conmigo, solo fue amable.

—No existe la amabilidad entre un hombre y una mujer. Se tiene interés o no se tiene. Tal vez él sí tenga.

—No importa si tiene o no tiene interés —dijo ella con pragmatismo—. Treinta y nueve años es mucho, es muy mayor para mí. Solo tengo veintiséis.

—Sí, tienes razón —dijo Baxter—, es mayor para ti. —Y, dicho eso, ambos volvieron al aprendizaje del braille.

Esa tarde, cuando Annie regresó de la escuela, sus hermanas todavía no habían vuelto del trabajo, Candy tampoco estaba, y la señora Shibata estaba a punto de marcharse. Annie le dio de comer a las perras y comenzó a hacer los deberes. Todavía estaba en ello cuando, a las siete, llegó Tammy. Suspiró profundamente al atravesar la puerta, se quitó las botas y, al ver a Annie, le dijo que estaba exhausta. Luego le preguntó cómo le había ido en la escuela.

—Bien. —Annie no le contó que se había caído, pues no

quería preocuparla. Sus hermanas siempre temían que se cayera y se golpeara la cabeza; ya había pasado por cirugía cerebral hacía cinco meses, y golpearse no era nada bueno. Pero ella solo se había golpeado el trasero. Sabrina llegó media hora después y les preguntó si habían visto a Candy. La había llamado al móvil varias veces esa tarde y siempre le había saltado el buzón.

—Debe de estar trabajando —dijo Tammy con tranquilidad, mientras comenzaba a cenar. Después de todo, su hermana menor ya no era un bebé, aunque la trataran como si lo fuera, y tenía una carrera importante—. ¿Te comentó qué iba a hacer hoy? —le preguntó a Annie, que negó con la cabeza, pero luego súbitamente se acordó.

—Tenía una sesión de fotos para un anuncio. Dijo que vendría a casa esta mañana a buscar su dossier de fotos y las demás cosas. —Cuando trabajaba, Candy solía cargar con un bolso lleno de maquillaje.

—¿Y ha venido? —preguntó Sabrina. Annie le dijo que había estado todo el día en la escuela y no lo sabía.

—Lo miraré —dijo Sabrina, y corrió escaleras arriba rumbo a la habitación de Candy. El dossier y el bolso de trabajo, un bolso Hermès gigante de piel de cocodrilo oscura, aún estaban allí. En él Candy a veces metía también a Zoe; pero la perrita había estado todo el día en casa con Juanita y Beulah. Sabrina tuvo un presentimiento extraño al ver el dossier y el bolso en la habitación. Quería llamar a la agencia de Candy para preguntar si había ido a trabajar, pero no quería actuar como una policía. Candy se enfadaría mucho si lo hacía, aunque las intenciones fuesen buenas; y realmente lo eran: solo estaba preocupada por su hermana pequeña.

—¿Y? —preguntó Tammy cuando Sabrina entró de nuevo en la cocina.

—Sus cosas están en la habitación —dijo Sabrina, con gesto de preocupación.

Después de cenar, la llamaron varias veces, pero les seguía saltando el buzón de voz. Era obvio que tenía el móvil apagado.

Sabrina tendría que haberle preguntado cuál era el número de teléfono de Marcello, pero no lo había hecho; solo sabía la dirección, y no podía ir a preguntarle si sabía dónde estaba su hermana. Candy se hubiera enfurecido. Al menos el tipo vivía en un buen barrio, si es que eso significaba algo. A medianoche aún no sabían nada de Candy. Annie se había acostado, pero Sabrina y Tammy seguían levantadas.

—Me parece que no podría ser madre —dijo Sabrina con tristeza—. Estoy muy preocupada. —Tammy no quería admitirlo, pero ella también empezaba a inquietarse. No era propio de Candy desaparecer así. Y no sabían qué hacer. De pronto, Tammy recordó que en la agencia de Candy había una línea telefónica a la que se podía llamar las veinticuatro horas del día, por si las modelos tenían algún problema. Algunas de ellas eran muy jóvenes, venían de otras ciudades o países, y podían necesitar ayuda o consejo. Tammy buscó en la agenda de Candy y encontró el número. Marcó, contestaron, y pidió que por favor la pusieran con la directora de la agencia. Dos minutos después oyó una voz soñolienta. Era Marlene Weissman en persona.

Tammy se disculpó por llamar a esas horas, pero le explicó que estaban preocupadas por su hermana, Candy Adams, que había salido con un amigo la noche anterior y desde entonces no había vuelto a casa ni se había comunicado con ellas.

Marlene Weissman se preocupó de inmediato.

—No ha venido a la sesión fotográfica de hoy. Jamás había hecho algo así antes. ¿Con quién estuvo anoche?

—Con el hombre con el que está saliendo, es un príncipe italiano, Marcello di Stromboli; es un poco mayor que ella. Iban a una fiesta en la Quinta Avenida.

Marlene se despertó de golpe. Habló rápido y con claridad.

—Ese tipo es un falso y un idiota. Tiene algo de dinero y anda a la caza de modelos. Tuvo algunos problemas con la ley, y ya ha golpeado brutalmente a dos de mis modelos. No sabía que seguía saliendo con Candy, de lo contrario se lo hubiera advertido. Por lo general busca chicas más jóvenes.

—Han salido en los periódicos varias veces —dijo Tammy, sintiendo que le temblaban las rodillas.

—Lo sé, pero pensé que él ya había cambiado de presa. Lo hace muy a menudo. ¿Sabéis dónde vive?

—Ella nos dio la dirección —Tammy se la leyó a Marlene.

—Nos veremos allí en media hora. Creo que es lo mejor; puede que la tenga allí drogada o algo peor. ¿Tienes novio o esposo? —preguntó sin rodeos.

—No, pero mi hermana sí —dijo Tammy.

—Pues llevadlo con vosotras. Si no nos deja entrar, llamaremos a la policía. No me gusta ese tipo, es una mala persona. —Era lo último que las hermanas deseaban escuchar. Gracias a Dios habían hecho esa llamada.

Sabrina llamó a Chris y lo despertó. Le explicó lo que estaba sucediendo y él le dijo que las pasaría a buscar en un taxi en diez minutos. Tammy no sabía si despertar a Annie para avisarle que se iban; estaba profundamente dormida y no había ninguna razón para pensar que se despertaría mientras ellas no estaban. Las dos chicas se pusieron las botas y unos abrigos gruesos, pues nevaba copiosamente. Al recogerlas, Chris les comentó que había tenido mucha suerte de encontrar un taxi una noche de nevada a las doce y media de la noche. Diez minutos más tarde estaban en el lugar en que vivía Marcello; iban deslizándose y patinando a través de las calles heladas. Marlene los esperaba allí, vestida con tejanos y un abrigo de visón. Era una mujer atractiva, de unos cincuenta largos, con el cabello gris y la voz muy suave.

Le habló al portero con autoridad; le dijo que el príncipe los estaba esperando y que no se molestara en llamarlo. Su actitud era tan abrumadora que, ayudado por un billete de cien dólares, el portero siguió las instrucciones y los dejó pasar a los cuatro, informándoles que el apartamento era el 5 E. Subieron en el ascensor en silencio; Tammy sentía los fuertes latidos de su corazón mientras observaba a esa mujer mayor con el cabello perfectamente recogido en un moño y envuelta en su elegante abrigo de visón.

—Esto no me gusta nada —susurró, y los demás asintieron con la cabeza.

—A nosotros tampoco —respondió Sabrina, apretando con fuerza la mano de Chris. Él estaba todavía medio dormido y no entendía muy bien qué estaba sucediendo, ni qué esperaban encontrar. Le parecía evidente que si Candy estaba allí era porque lo deseaba, y que se enfurecería al ver a los cuatro intrusos que venían a rescatarla. Especialmente si no quería ser rescatada. Pasara lo que pasase, sería una escena digna de verse.

Un momento después se encontraron frente a la puerta 5 E. Marlene dejó atónito a Chris al pedirle al oído que fingiera ser policía. La idea estaba lejos de entusiasmarlo. Empezaba a pensar que esa travesura les costaría unos días de cárcel.

—Soy abogado. No puedo hacer algo así —suspiró él. Lo podían acusar de hacerse pasar por policía.

—Él podría ser acusado de algo peor. Solo dilo —dijo ella con severidad, y, sintiéndose estúpido, Chris tocó el timbre, esperó a oír una voz masculina del otro lado, y se doblegó al juego que dictaba Marlene. Tammy y Sabrina estaban profundamente agradecidas con ella, y también con Chris, por haberlas acompañado.

—Abra la puerta. Policía —entonó Chris con convicción. Al otro lado se hizo un silencio, y tras una larga dubitación, se oyó el ruido de la cerradura al abrirse, aunque no quitaron la cadena. Chris se mostró duro y reaccionó enseguida—: He dicho que abra la puerta. Tengo una orden de arresto. —Sabrina lo miraba perpleja; tal vez las cosas estaban yendo demasiado lejos.

—¿Por qué? —Era Marcello, y tenía voz de dormido.

—Secuestro, privación ilegal de libertad y tenencia de drogas. —Las mujeres estaban detrás de Chris para que Marcello no pudiera verlas.

—Esto es ridículo —dijo, y quitó la cadena—. ¿Y a quién cree que he secuestrado, oficial? —No solicitó ver su placa ni su identificación, Chris interpretaba su papel a la perfección, con su abrigo y sus tejanos, de pie en la oscuridad. Era un hombre de buen porte y estaba en excelente forma, y, cuando quería, adoptaba un aire de imponente autoridad. En ese momento lo adoptó, aunque pensaba que todos se habían vuelto locos. Lo hacía por Sabrina. Para ese entonces, la puerta ya estaba completamente abierta. Chris entró en el apartamento de modo que Marcello no pudiera cerrar la puerta, era más grande que él, pesaba veinte kilos más y tenía una musculatura perfecta. Marlene entró junto con él y no se anduvo con rodeos.

—La última vez no levanté cargos contra ti porque la chica tenía diecisiete años y hubiera sido muy duro para ella. Esta vez, no. Ella puede levantar cargos contra ti, y yo también. ¿Dónde está?

—¿Dónde está quién? —dijo él, pálido, era obvio que conocía y odiaba a Marlene.

—Sujétalo —le dijo Marlene a Chris, y entró en el apartamento como si fuera suyo.

—Soy yo el que levantaré cargos contra ti —le gritó él—. Estás invadiendo mi casa.

—Tú nos dejaste entrar —dijo ella, mientras atravesaba el vestíbulo preocupada. Él actuaba como si Sabrina y Tammy no existieran, mientras Chris lo observaba muy de cerca. Corrió tras Marlene, pero ya era demasiado tarde; ella había abierto la puerta de la habitación, adivinando sin equivocación dónde estaba, y había encontrado a Candy inconsciente, con cinta adhesiva en la boca y los brazos y las piernas atadas con soga a los extremos de la cama. Parecía muerta. Marcello se descontroló al ver que los otros tres seguían a Marlene hasta la habitación. Candy estaba desnuda e inconsciente, tenía el cuerpo magullado y las piernas muy abiertas. Sus hermanas gritaron; Chris cogió a Marcello del cuello y lo empujó violentamente contra una pared.

—Hijo de perra —dijo, apretando los dientes y empujándolo con fuerza—; te juro que si está muerta, yo te mataré a ti. —Sabrina lloraba mientras ayudaba a Marlene a desatarla y Tammy marcó el 911 con manos temblorosas y trató de explicar lo que pasaba. Todos habían contenido la respiración. Marlene puso los dedos en la garganta de Candy para buscar el pulso: estaba viva. La cabeza le caía sobre el pecho mientras la desataban y la cubrían con una sábana. La ambulancia dijo que llegaría en cinco minutos.

—Llama a la policía —le dijo Chris a Tammy, mientras sostenía a Marcello ahogado contra la pared.

—Vienen con la ambulancia —dijo Tammy con voz ahogada. Candy aún parecía muerta; Marlene dijo en voz baja que seguramente estaría drogada. Más tarde seguro que la hubiera matado, pero afortunadamente habían llegado a tiempo.

Marlene quiso tranquilizarlos, pero no lo logró:

—La última chica tenía peor aspecto. Le había dado una paliza. —En ese momento se oyeron sirenas, y unos minutos después la policía y los médicos de urgencias entraban en la habitación. Examinaron a Candy, le pusieron un suero, una máscara de oxígeno, la colocaron en una camilla y se la llevaron en la ambulancia. Las hermanas apenas podían mantenerse en pie. La policía esposó a Marcello y Chris y Marlene describieron la escena que habían encontrado. Todos abandonaron el apartamento, con Chris y Marlene cerrando la marcha. Él le dijo en voz baja que jamás imaginó que se encontrarían con algo semejante, y ella le respondió que esperaba que no fuera así, pero que, sinceramente, lo temía.

Las chicas ya se habían marchado en la ambulancia, y Marcello había sido trasladado en un coche patrulla. A Candy la llevaron al Hospital Presbiteriano de Columbia. Marlene y Chris tomaron un taxi para encontrarse con Tammy y Sabrina en el hospital.

Allí el cuadro era desolador: heridos de bala, dos apuñalados, un hombre que acababa de morir de un ataque al corazón. A Candy la ingresaron en la unidad de traumatismos y las chicas se quedaron esperando. Después de todo lo que habían vivido ese verano con lo de su madre y Annie, para Tammy y Sabrina era un doloroso *déjà vu*.

Pero esta vez, cuando el médico salió a hablar con ellas, las noticias fueron mejores de lo que temían, aunque no eran buenas. Como bien podían imaginar, Candy había sido violada. Las contusiones eran superficiales, no tenía ningún hueso roto, y la habían drogado fuertemente. Dijo también que podrían pasar veinticuatro horas hasta que volviera en sí y se la pudieran llevar a casa. Habían tomado fotos de todas sus heridas para los archivos de la policía, y creían que no le quedaría ninguna secuela física, solo el trauma emocional por lo que había sufrido, que indudablemente era considerable. La única buena noticia era que el médico pensaba que Candy había estado inconsciente la mayor parte del tiempo, así que tal vez no recordara lo que le había hecho, eso sería una verdadera bendición.

Las dos hermanas lloraban mientras lo oían, y también Marlene. Chris tenía cara de asesino. Sentía deseos de matar a Marcello por haberle hecho algo semejante a una niña tan dulce como Candy.

—No tenéis idea de a cuántas modelos les suceden cosas como esta —dijo Marlene muy seria—; por lo general son las chicas más jovencitas las que no saben cómo cuidarse.

—Candy pensaba que era un tipo fantástico —dijo Tammy, enjugándose los ojos. La policía les había dicho que probablemente hablarían con todos ellos por la mañana. Tammy se ofreció a quedarse con Candy, de modo que Chris y Sabrina pudieran volver a casa con Annie, y Marlene quiso también pasar la noche en el hospital. Tammy dijo que no era necesario, pero la mujer insistió; ambas se sentaron una a cada lado de Candy toda la noche, hablando en voz baja de los demonios del mundo mientras la pequeña dormía.

A la mañana siguiente, pasadas las diez, Candy se despertó. No tenía idea de dónde estaba ni de qué había pasado. Lo único que sabía era que le dolía todo el cuerpo, y especialmente «allí abajo», decía.

—¿Dónde está Marcello? —preguntó, mirando a su alrededor. Lo último que recordaba era haber estado cenando con él en su piso, antes de ir a la supuesta fiesta. Estaba claro que le había puesto algo en la comida.

—En la cárcel, que es el lugar que le corresponde —respondió Marlene, y le acarició el pelo dulcemente. Después abandonó el hospital, con aspecto de cansancio y tristeza, pero aliviada de saber que Candy se encontraba bien.

Esa misma tarde a las cinco Candy fue dada de alta. Tammy había llamado a la oficina para avisar que no podría ir, y Sabrina salió más temprano del bufete para ayudar a Tammy a llevar a su hermana a casa. Le habían contado a Annie lo que había pasado y todos estaban muy preocupados e irritados. Sabrina había telefoneado a la psiquiatra de Candy para contarle lo sucedido; necesitarían su ayuda, tal vez por mucho tiempo. Ella les recomendó a una especialista en ese tipo de traumas, y Sabrina la llamó también. Era un nuevo desastre para ellas y lo último que necesitaban. Cuando la llevaron a casa, Candy lloraba sin saber por qué; no se acordaba de nada de lo que había vivido los últimos dos días, solo tenía la imagen del rostro de Marcello antes de quedarse dormida.

La policía había hablado con Sabrina y Chris esa mañana, antes de que se fueran a trabajar. También habían estado en el hospital entrevistando a Tammy y a Marlene, mientras Candy seguía vomitando a causa de las drogas. A Marcello lo habían acusado por violación, agresión, privación ilegal de libertad y secuestro, y por haberla drogado. Le habían hecho un interrogatorio muy duro; el juez había puesto una fianza de quinientos mil dólares, pero un amigo del imputado lo había pagado, así que ya estaba en libertad y listo para hacer otra vez de las suyas.

Sabrina y Tammy mimaron a Candy de todas las maneras posibles. Tenía los labios y los ojos hinchados, los pechos llenos de moratones y apenas podía sentarse. Era una experiencia que ninguna de ellas olvidaría nunca.

—Creo que, después de esto, dejaré definitivamente de salir con hombres —dijo Tammy sombría y, por primera vez en varios días, todas rieron.

—Yo no iría tan lejos, pero esto nos enseña que hay que ser extremadamente cuidadosa a partir de ahora. —Tal como había dicho Marlene en una visita a Candy, había gente muy peligrosa a la caza de chicas hermosas. Inmediatamente Sabrina pensó lo vulnerable que era Annie, que no solo era joven y bella, sino además ciega. Candy, a su manera, también había sido ciega. Marcello era encantador, pero estaba desquiciado.

Al acabar la semana, Candy ya estaba nuevamente en pie. Marlene le dijo que se tomara unas semanas de vacaciones, hasta que se le curaran las heridas. Candy iba a la psiquiatra todos los días, pero no tenía ningún recuerdo doloroso o atemorizante; lo único que le había quedado de esa experiencia eran las heridas, que poco a poco iban desapareciendo. Sin embargo, ni sus hermanas ni Chris olvidarían jamás lo que habían visto cuando la encontraron. Todos estaban profundamente agradecidos a Marlene por haber reaccionado tan rápido y con tanta valentía. Pese a lo que le había sucedido, se podía decir que Candy era una chica con suerte. Y, para alivio de todos, al terminar la semana a Marcello lo habían deportado y extraditado a Italia por otros cargos similares. Marlene había utilizado sus contactos para acelerar el proceso. No habría escándalo, ni comparecencias en el tribunal, ni prensa; sería castigado en su propio país y Candy no tendría que volver a verlo nunca. Se había marchado.

22

El último día de clase antes de las vacaciones de Navidad, Brad Parker se acercó a Annie para saludarla en el recibidor de la escuela.

—¡Que pases una hermosa Navidad, Annie! —Le deseó, aunque sabía que ese año las vacaciones serían duras para ella. Y luego hizo algo que jamás había hecho, pues tenía una regla inamovible, que decidió transgredir por ella. Había estado pensando en Annie desde aquel día en que la había ayudado a encontrar unos tejanos secos; era una chica tan agradable, inteligente y simpática, y parecía muy madura para la edad que tenía. Y ese año había sufrido muchas cosas, incluso más de las que él sabía, porque el reciente desastre de Candy la había golpeado fuertemente.

—Me preguntaba si algún día te gustaría tomar un café conmigo, ahora que estamos de vacaciones. —No habría clases hasta dentro de tres semanas.

Al principio, Annie se sorprendió y no supo qué contestar, así que aceptó. No quería ser maleducada; después de todo, era el director de la escuela. Al recibir la invitación se sintió como una niña, aunque ya no lo era; ese año había crecido inconmensurablemente. Además, antes de que sucediera el accidente ya vivía sola en Italia.

—Tengo tu número de teléfono en los archivos; te llamaré.

Tal vez esta semana. No sé si te gustan los dulces, yo soy muy goloso. Hay un lugar agradable, Serendipity, en el que hacen unos postres de escándalo.

—Me encantaría —dijo ella. Parecía inofensivo; seguro que no la atacaría por encima del chocolate caliente y la tarta de manzana. O al menos eso esperaba. La experiencia de Candy las había impresionado mucho a todas. Pero ella sabía que con Brad Parker no habría ningún problema; ni siquiera sus hermanas podrían poner objeciones.

Por el contrario, cuando él la llamó esa noche, se rieron, le hicieron burlas y lo festejaron como locas. Al colgar el teléfono, Annie estaba avergonzada; todas habían estado escuchando cómo ella y Brad se ponían de acuerdo para la cita.

—Son cien dólares, gracias —dijo Sabrina, y le tocó la mano. Annie parecía indignada.

—¿Por qué?

—Hicimos una apuesta en julio. Yo dije que en menos de seis meses tendrías una cita. Tú dijiste que no. Apostamos cien dólares. Eso fue exactamente hace cinco meses y una semana. Págame.

—Espera un momento. Esto no es una cita; es un café con el director de la escuela. No es una cita.

—Y una mierda —insistió Sabrina—. No especificamos los detalles; nadie dijo que tenía que ser una salida con corbata negra o una cena. Un café es una cita.

—No, no es una cita —dijo Annie con firmeza. Pero Candy y Tammy se pusieron de parte de Sabrina y le dijeron que tenía que pagar. Para alivio de todos, Candy estaba bastante bien; sus heridas se iban curando y tenía buen ánimo, considerando lo que le había pasado. Todas estaban de buen humor por la inminencia de la Navidad. Y, sobre todo, les tranquilizaba saber que Marcello estaba lejos y Candy no corría ningún riesgo de encontrárselo por ahí. Marlene también estaba encantada con la noticia; ese hombre era un peligro para cualquier mujer que se le cruzara. Pero Brad Parker era algo completamente diferente, y todas estaban contentas por Annie.

Él se ofreció a pasar a buscarla, pero ella le dijo que se encontrarían directamente en el restaurante. Y resultó que Brad tenía razón, los postres eran fantásticos. Ella tomó algo llamado *mochaccino* helado, que tenía helado de chocolate, hielo y café, todo mezclado, con nata montada y virutas de chocolate por encima; él, un sorbete de albaricoque sensacional; y ambos compartieron una porción de tarta de pacana.

—Me sacarás de aquí rodando —dijo ella, mientras se recostaba en la silla, sintiéndose a punto de explotar. Él le describió el restaurante; parecía cálido y de estilo victoriano, con lámparas Tiffany, mesas de heladería antigua y cosas divertidas a la venta. Él le contó que iba a ese sitio desde que era pequeño, cuando lo llevaba su madre. Annie había oído hablar del lugar pero no había estado nunca.

Hablaron de Italia y de arte, del tiempo que Annie pasó en Florencia y del de Brad en Roma. Él todavía hablaba un poco de italiano, y ella dijo que tenía el idioma un poco anquilosado. También charlaron un poco acerca de la escuela, y sobre las expectativas que Brad tenía en su expansión; esperaba poder abrir más sedes en otras ciudades. Ella admitió, aunque con cierta reticencia, que su experiencia hasta el momento había sido muy positiva.

—He aprendido a cocinar pollo —dijo, riendo— y a hacer magdalenas.

—Espero que podamos enseñarte algo más que eso. ¿Por qué no tomas clases de escultura? A todo el mundo le gustan mucho. He pensado en ir yo también, aunque no soy una persona muy dotada artísticamente.

—Yo tampoco creo que lo siga siendo —dijo ella con tristeza.

—Lo dudo. El cerebro se reacomoda cuando es necesario. Tal vez te agraden las clases. Y si no, siempre puedes dejarlas. Yo te doy permiso —ambos rieron.

Lo pasaron muy bien juntos; luego él la acompañó andando hasta su casa, mientras hablaban sobre una infinidad de temas.

Caminaron bastante, y a Annie le pareció de mala educación decirle adiós así sin más en la puerta, de modo que le preguntó si quería pasar un momento. Sabía que Candy y la señora Shibata estarían allí. Él dijo que se quedaría solo unos minutos, ya que esa tarde tenía que hacer las compras navideñas. Annie no sabía muy bien qué iba a hacer ese año con los regalos; planeaba pedir ayuda a sus hermanas.

Cuando entraron en la casa, la señora Shibata estaba pasando el aspirador, que hacía un ruido espantoso, y Candy tenía la música a todo volumen. Escuchaba a Prince. Las tres perras ladraban, sonaba el teléfono y, apenas lo vio entrar, Juanita intentó morderle un tobillo a Brad. La señora Shibata apagó el aspirador y se inclinó para saludarlo, y enseguida Candy apareció en lo alto de la escalera con un gorro navideño con campanitas colgando y un bikini que había comprado mientras buscaba los regalos de Navidad.

—¡Hola! —gritó desde lo alto de la escalera, y corrió a vestirse para ocultar las ya casi imperceptibles heridas.

—Es mi hermana Candy —explicó Annie—. ¿Está vestida? Con Candy nunca se sabe, incluso en invierno.

—En realidad, llevaba un bikini y un gorro de Navidad.

—Para ella, eso es ir bastante vestida. Por lo general lleva mucho menos. Lamento lo de los perros.

—Está bien. Me gustan los perros.

—A mí no. Pero te acostumbras. Aquí la mayor parte del tiempo la vida es una locura. Especialmente cuando estamos las cuatro.

—¿Siempre habéis vivido juntas? —Brad estaba fascinado. Desde el primer momento había percibido un ambiente cálido y acogedor; notaba que la gente que vivía allí se quería, y estaba en lo cierto. Daban ganas de quedarse para siempre. Se lo dijo a Annie, y esta se conmovió.

—En realidad, mis hermanas hicieron esto por mí este primer año. Alquilaron esta casa cuando el accidente para ayudarme hasta que me pueda organizar. Tenemos la casa solo por un año. Tammy renunció a un trabajo fantástico en Los Ángeles para poder estar con nosotras. Ahora trabaja en un reality show espantoso en el que la gente se intenta asesinar al menos una vez por semana. Se llama *¿Se puede salvar esta relación? ¡Depende de ti!*

—Dios mío, lo he visto —dijo él, riendo—. Es horroroso.

—Sí —dijo Annie orgullosa—, mi hermana Tammy es la productora. —Mencionó luego el programa en el que Tammy trabajaba antes, y él se quedó muy impresionado de que hubiera renunciado a ese trabajo para ir a Nueva York a estar junto a Annie—. Mi hermana mayor ya estaba en Nueva York. Es abogada. Tiene un novio, Chris, que pasa bastante tiempo aquí con nosotras. Él también es abogado. Yo vivía en Florencia hasta que tuve el accidente, y tal vez vuelva, aún no lo sé. Todavía tengo un piso allí. Me gustaría dejarlo, pero nadie tiene tiempo de ir a recoger mis cosas, de todos modos es muy barato, así que da igual. Y mi hermana Candy vive un poco por todas partes. Es modelo.

—¿Candy? ¿Es *Candy*? ¿La que sale en la portada de *Vogue* una vez al mes? —Parecía impresionado. Annie tenía una familia fuera de serie, y una jauría de perras revoltosas.

—La que has visto en bikini y con gorro navideño. Se ha tomado unas semanas de vacaciones. —Annie no mencionó el motivo. No era asunto suyo, y no era algo que quisieran airear. No había ninguna necesidad. Chris y Marlene eran las únicas personas fuera de la familia que lo sabían. Ni siquiera se lo habían contado a su padre; les había parecido que era demasiado para él en ese momento.

—¡Qué familia! —dijo Brad admirado—. Vivir aquí debe de ser fantástico. —Por un momento olvidó las terribles circunstancias que las habían reunido en esa casa.

—Sí, realmente es fantástico —dijo Annie, sonriendo feliz—. Yo estaba un poco nerviosa al principio, pero ha funcionado muy bien.

—¿Qué es fantástico? —preguntó Candy, uniéndoseles.

—Vivir juntas —explicó Annie—. ¿Estás vestida?

—Sí —respondió Candy, riendo—. Llevo una bata y un gorro navideño. Creo que esta noche deberíamos ir a comprar nuestro árbol de Navidad. —A pesar de lo que le había pasado, Candy no había perdido su espíritu navideño. Se sentía feliz por haber sobrevivido.

Brad no podía dejar de mirar a Candy; jamás en su vida había visto a una mujer tan hermosa. Ella estaba completamente relajada, y no había nada de vanidad en su modo de comportarse. Era como cualquier otra chica de su edad, solo que cien veces más guapa. Brad pensó que Annie era tan bella como su hermana, pero de otro estilo. Era más pequeña, tenía rasgos más delicados, y a él le encantaba su pelo castaño rojizo y ese corte de pelo de hadita que llevaba.

—Yo compré mi árbol anoche —dijo él, mientras Candy lo invitaba a bajar las escaleras para tomar una taza de té. Él dudó, pero era difícil resistirse a la tentación de pasar unos minutos más con ellas. Siguió a Candy escaleras abajo, con Annie detrás, y los tres se quedaron aturdidos por el desagradable olor que había.

—Madre mía —dijo Candy, y Annie le explicó a Brad cuál era la situación.

—La señora Shibata come esos encurtidos japoneses horribles. Huelen a algo muerto. —Él rió abiertamente ante la locura de esa casa. Al entrar en la cocina, la señora Shibata se inclinó para saludar y se llevó el tarro de comida. Puso un poco de algas en los comederos de los perros y Candy las quitó inmediatamente, comentándole a Brad que las algas que la señora Shibata le daba a las perras las descomponía.

—Me pareció que no te gustaban los perros —dijo él, mirando a Annie.

—No me gustan. No son míos, son de mis hermanas.

—Zoe es mía —dijo Candy, mientras levantaba a la yorkshire y Beulah ponía cara de indignación, giraba sobre sí y se acostaba. Él se agachó a jugar con ella, y Juanita intentó atacarlo nuevamente, pero al final se dio por vencida y le lamió la mano.

—Tú también deberías tener uno —dijo Brad a Annie. Ya le había sugerido que tuviera un perro lazarillo antes, y a ella no le había gustado la idea; finalmente, había acabado admitiendo que creía que un perro haría que todo el mundo supiera que era ciega. En cambio, el bastón blanco podía dejarlo a un lado cuando estaba en un lugar público o en un restaurante. Era un gesto de vanidad que no deseaba abandonar.

Brad se fue unos minutos después, muy contento con la visita. Le había gustado conocer a Candy, le encantaba hablar con Annie y estaba deseoso de conocer a las demás hermanas. Al día siguiente llamó e invitó a Annie a cenar tres días después, antes de que ella se fuera a casa de su padre a Connecticut por Navidad. Annie dudó un segundo, y luego aceptó. Le daba miedo salir con alguien a quien no podía ver. Pero le caía bien, y compartían muchas ideas y opiniones.

Sabrina llegó a casa justo después de que Brad llamara para invitar a Annie a cenar. Esta se dirigió hasta donde estaba sentada su hermana mayor, relajándose del ajetreo del día, y dejó cinco billetes de veinte dólares sobre su falda sin hacer ningún comentario. Sabrina la miró sorprendida.

—¿Qué pasa? ¿Ganaste la lotería? ¿A qué se debe este dinero?

—No, ni mucho menos —gruñó Annie, haciéndose la enfadada, aunque en realidad estaba contenta y excitada por la invitación de Brad. Después de todo, solo tenía veintiséis años, y era divertido tener una cita con alguien que parecía tan agradable. Simplemente había pagado la apuesta a Sabrina. Y cuando esta se dio cuenta, cogió el dinero victoriosa y soltó una carcajada.

—¡Te lo dije! —gritó, mientras Annie cerraba de un golpe la puerta de su habitación.

23

Las tres hermanas ayudaron a Annie a vestirse para la cita con Brad. Se probó cuatro conjuntos, y cada una tenía una opinión diferente sobre qué se debía poner una en la primera cita. Tacones, zapatos bajos, algo sencillo, algo más arreglado, un jersey sexy, colores suaves, una flor en el cabello, aretes, sin aretes. Al final, Candy eligió un jersey de suave cachemira color azul claro, una hermosa camisa gris, un par de botas bajas de ante, para que no corriera el riesgo de caerse con los tacones camino al restaurante, y unos aretes de perlas que habían sido de su madre. Estaba guapísima, juvenil, sencilla, y no parecía que tuviera la intención de impresionarlo o seducirlo. Todas estuvieron de acuerdo en que era el atuendo adecuado, y en ese momento sonó el timbre. Segundos más tarde, Brad se encontró rodeado por las cuatro hermanas y las tres perras.

—Qué comité de bienvenida —dijo, al tiempo que Annie comenzaba a presentarle a Tammy y a Sabrina. Dos minutos después, llegó Chris.

—Ahora los conoces a todos —dijo Annie alegremente, y enseguida se fueron rumbo a un pequeño restaurante italiano tan cercano que no necesitaron coger un taxi. Candy le había prestado a Annie su chaqueta corta de visón gris, así que estaba calentita y se sentía elegante en su primera cita real en meses. Era muy diferente de sus días de artista en Florencia junto a

Charlie. Esta le parecía una situación más madura. En la cena, Brad le dijo que tenía treinta y nueve años.

—Pareces más joven —dijo ella, y ambos rieron—. O tal vez debería decir que suenas más joven.

—Tú tampoco aparentas la edad que tienes. —Ella percibía que su voz era risueña—. Al principio, pensé que eras más joven. —Parecía avergonzado—. He mirado los registros de la escuela.

—¡Ahá! —Rió ella con satisfacción—. Información confidencial. No es justo; tú sabes mucho más sobre mí que yo sobre ti.

—¿Qué quieres saber de mí?

—Todo. A qué escuela fuiste, qué estudiaste, dónde creciste, a quién odiabas en tercero, con quién te casaste, por qué te divorciaste. —Él parecía sorprendido.

—Tú también tienes información confidencial. ¿Cómo sabes eso?

—Me lo dijo alguien en la escuela —admitió ella. Tenía mucha curiosidad sobre él; como no podía verlo, quería saber todos los detalles. Y aunque no estuviese ciega, hubiera querido saberlos. Ahora no podía ver las expresiones de su rostro, fueran de tristeza, de culpa o de arrepentimiento. Esos gestos eran importantes. Así que tenía que confiar en lo que oía, en el modo en que él decía las cosas.

—Me casé con mi novia de la universidad y estuvimos casados tres años. Es una chica maravillosa. Ahora se ha vuelto a casar y tiene tres niños. Somos buenos amigos, pero queríamos cosas diferentes de la vida; ella deseaba una carrera en la televisión, como tu hermana, y yo quería una familia e hijos. Perdí a mis padres cuando era muy joven y anhelaba una familia. Ella no. Es gracioso que ahora ella tenga hijos, los ha tenido en los últimos cuatro años; cuando tuvo al primero ya llevábamos muchos años divorciados. Nos separamos cuando yo tenía veinticinco, hace catorce años. En aquel momento nos enfadamos bastante el uno con el otro, ella se sentía presionada y yo traicionado. Crecimos en Chicago, pero ella quería vivir en Los Ángeles y yo en Nueva York. Yo quería inaugurar la escuela y ella odiaba la idea. Fueron tres años muy duros para los dos.

—¿Por qué no te has vuelto a casar?

—Miedo, cansancio, ajetreo. Comenzar con la escuela implicó muchísimo trabajo. Viví con una mujer durante cuatro años; era fantástica, pero era francesa y quería regresar a Francia; echaba mucho de menos a su familia. Y yo ya había empezado con la escuela y no quería mudarme. Supongo que he estado casado con la escuela dieciséis años. Ha sido mi esposa y mi bebé. Cuando te diviertes, el tiempo pasa volando; y yo me divierto.

Annie lo entendía. Sus dos hermanas mayores sentían lo mismo en relación con su trabajo, y a ella le pasaba algo parecido con el arte. Aunque no había influido en su vida sentimental; sí en la de Tammy y, hasta cierto punto, en la de Sabrina. Ambas eran adictas al trabajo. Tal vez también él lo era. Se paga un precio muy alto por ello, y puedes terminar solo.

—¿Y tú, Annie? ¿Hay algún hombre en tu vida? —Ella rió con cierta frialdad. No tenía ninguna cita desde que salía con Charlie en Florencia, y pensaba que jamás volvería a tenerla.

—Antes del accidente tenía un novio en Florencia. Me dejó por otra, pero no llegó a enterarse de que me había quedado ciega. —Siempre encontraba consuelo en eso—. Pensaba que teníamos algo serio, pero supongo que no era así; o al menos no era tan serio como yo pensaba. Y antes de eso, solo tuve un novio, después de la universidad. Siempre he estado muy comprometida con mi trabajo de artista como para poner energía en otra cosa. Ha sido un cambio terrible para mí el no poder tener ya mi arte. Ahora no sé qué seré cuando sea mayor. —Parecía desolada, luego se encogió de hombros y miró en dirección a Brad, aunque no podía verlo. Pero él sí podía ver lo hermosa que era, y le llegó al corazón su total franqueza. No había en ella ninguna afectación.

—Ya encontrarás algo —dijo él dulcemente. Era una chica aplicada, trabajadora, apasionada e inteligente; le parecía imposible que no encontrara tarde o temprano una actividad que le interesara. A Brad eso no le preocupaba en absoluto.

Pidieron la cena y continuaron conversando. Se quedaron allí hasta que el restaurante cerró y luego él la acompañó a casa. Esta vez Annie no lo invitó a pasar porque era tarde y no se sentía preparada para hacerlo; y probablemente sus hermanas estarían en pijama, relajadas. Le dio las gracias por la cena y entró en la casa. Antes de cerrar la puerta, se dio la vuelta, le sonrió y le deseó una feliz Navidad. Le hubiera encantado poder ver su rostro. Él era alto, rubio, y de hombros anchos. Los dos pensaron que hacían una buena pareja.

—Feliz Navidad para ti también, Annie —dijo Brad en voz baja—. Lo he pasado muy bien esta noche.

—Yo también —dijo ella, y cerró la puerta. En casa ya estaban todos durmiendo, así que entró en su habitación de puntillas, sintiéndose feliz. Había sido una primera cita muy hermosa, y valía cada centavo que había pagado a Sabrina por la apuesta.

El último día de programa antes del parón de Navidad fue previsiblemente delirante. Los invitados estaban histéricos y frenéticos por la inminencia de las vacaciones, y más crueles que de costumbre con sus compañeros sentimentales. Una de las parejas empezó pegándose y tuvieron que ir a publicidad para salvar la situación. Y por primera vez en la historia del programa, golpearon en la cara a Désirée, la psicóloga, y tuvo un ataque de nervios. Se tomó un xanax, llamó a su abogado y amenazó con poner una demanda que, dijo, les saldría muy cara. Y, para completar el cuadro, la mayor parte del equipo estaba con resaca y dolor de cabeza por la fiesta de Navidad que habían organizado la noche anterior.

—La vida a tope —comentó Tammy a alguien mientras corría a buscar hielo para Désirée. La pareja de los golpes había hecho las paces en directo, y Tammy le dijo a la psicóloga que era una importantísima victoria para ella.

A toda esa locura, que por lo demás era frecuente, se sumaba el hecho de que ese día había en el estudio dos ejecutivos del canal que querían ver el programa. Deseaban saber a qué se debía tanto escándalo; desde que Tammy trabajaba allí, los patrocinadores hacían cola para participar y los índices de audiencia se habían disparado. En una de sus idas y venidas para llevar hielo a Désirée, fue interceptada para presentarle a los ejecutivos. Uno de ellos le preguntó si tomaba clases de defensa personal para trabajar en el programa.

—No, solo entrenamiento de primeros auxilios de la Cruz Roja —dijo ella, con la barra de hielo en la mano—. Si se nos van de las manos, les practicamos terapia de electroshock. —Él se rió, y cuando Tammy salió del camerino de Désirée vio que todavía estaba allí. Finalmente, la tormenta se había calmado.

—¿Hay alguna razón especial por la que quieras trabajar en un manicomio? —preguntó él. Pensaba que, aunque de un terrible mal gusto, el programa era hilarante. Había cierta humanidad y profundidad, pero, en líneas generales, hasta la propia Tammy era consciente de que era pésimo.

—Es una larga historia. He venido a Nueva York por un año, así que tuve que dejar mi trabajo en Los Ángeles. —Era más que un trabajo; él sabía en qué programa había estado y no podía creer que lo hubiese dejado. Nadie podía creerlo.

—Por un chico, supongo —dijo él con complicidad, pero ella negó con la cabeza, sonriendo.

—No, por mi hermana. Sufrió un grave accidente y otras hermanas y yo decidimos cuidarla durante un año. Nos mudamos todas juntas, y ha sido genial. Así que aquí estoy, la enfermera Ratched en el manicomio, llevando y trayendo hielo y tranquilizantes. —Él se sintió inmediatamente intrigado, le parecía una mujer asombrosa; era un poco mayor que ella y acababa de mudarse a Nueva York desde Filadelfia. A Tammy también le gustó y pensó que era un hombre relativamente normal, es decir, un loco disfrazado.

—Mira... me voy a St. Bart's con mi familia por Navidad,

pero me encantaría verte a la vuelta, después de Nochevieja. Sería estupendo encontrarnos entonces.

—No te preocupes —dijo ella, sonriéndole—. No he tenido una cita en Nochevieja desde el parvulario. Y lloro cuando oigo «Auld Lang Syne». Que lo pases muy bien en St. Bart's.

—Te llamaré cuando regrese —prometió. Ella sabía que esa era la fórmula educada de decir «espero no tener que verte nunca más y tiraré tu número de móvil al inodoro o se lo daré a mi gato con la comida». No tenía absolutamente ninguna expectativa de volver a oír noticias de él. Era demasiado guapo y parecía demasiado normal. No tenía aspecto de vegetariano ni de haberse hecho una limpieza de colon.

—Gracias por visitar el programa —dijo ella amablemente, y corrió a atender las crisis diarias, olvidándolo rápidamente. Él dijo que su nombre era John Sperry y ella estuvo completamente segura de que jamás volvería a saber de él.

Al día siguiente, las hermanas partieron hacia Connecticut. Chris fue con ellas, y todos asistieron a la misa del Gallo junto con Jim. Era un momento solemne para pensar en su madre, pues hasta entonces siempre habían ido todos juntos. Tammy vio que su padre lloraba, así que lo rodeó con un brazo. Y en el momento de darse la paz, todos se abrazaron. Fue un momento tierno, lleno de recuerdos y de amor, y también, en cierto modo, de esperanza. Seguían estando juntos y, pasara lo que pasase, se tenían los unos a los otros.

Hacía frío en Connecticut y durante el fin de semana nevó varias veces. Las chicas y Chris hicieron batallas en la nieve y construyeron un muñeco. Finalmente, su padre comenzaba a ser un poco el de antes. Fue un fin de semana de Navidad perfecto. Al día siguiente comieron en la cocina un abundante almuerzo que habían preparado entre todos.

Sabrina notó que su padre estaba callado y asumió que era porque pronto se marcharían y se quedaría solo otra vez. Sabía que odiaba estar solo. Al terminar la comida, Jim carraspeó con incomodidad y les dijo que tenía algo que contarles. Tammy temía que les comunicara que iba a vender la casa y a mudarse a la ciudad; ella adoraba esa casa y no quería que la vendiera, así que esperaba que no se tratara de eso.

—No sé muy bien cómo deciros esto —dijo con pena—. Vosotros sois muy buenos conmigo y os quiero muchísimo. No quiero parecer desagradecido. —Estaba al borde de las lágrimas, y todos sufrían por él—. Sin vuestra madre, los últimos seis meses han sido los peores de mi vida. Hubo un momento en que pensé que no sobreviviría; pero luego me di cuenta de que sí lo haría, y de que mi vida no había acabado. Y eso os lo debo a vosotros.

Sus hijas se conmovieron y sonrieron al oírlo.

—Y no creo que vuestra madre quisiera verme solo e infeliz; yo tampoco hubiese deseado eso para ella. La gente de nuestra edad no debería estar sola; se necesita compañía y alguien que esté pendiente de nosotros —explicaba él, y todos comenzaban a intuir de qué hablaba, aunque se estaba desviando en una dirección que cada vez tenía menos sentido; por un momento Tammy y Sabrina se preguntaron si no se estaría poniendo senil. Tenía solo cincuenta y nueve años, pero tal vez el impacto de perder a su madre había sido demasiado para él. Ambas fruncieron el ceño, y él continuó hacia la conclusión del discurso—. Estoy terriblemente solo; o más bien, lo estaba. Y sé que este será un golpe para vosotras, pero espero que entendáis que no es una falta de respeto hacia vuestra madre, a quien amé profundamente. Ha habido algunos cambios en mi vida... me casaré con Leslie Thompson. —Sus cuatro hijas mientras él hablaba iban asintiendo con la cabeza de modo complaciente, y de repente recibieron el golpe. Tammy fue la primera en oírlo.

—¿Que harás qué? Mamá murió hace seis meses ¿y tú te casarás? ¿Es una broma? —Estaba senil, tenía que estarlo. Y luego se dio cuenta de con quién se casaría, y le pareció aun peor—. ¿Leslie? ¿La puta? —La palabra se le escapó, y él reaccionó con indignación.

—No vuelvas a referirte a ella de ese modo. ¡Ahora será mi mujer! —Los dos estaban sentados uno frente al otro mirándose fijamente, y los demás observaban horrorizados. Tammy se hundió en la silla con la cabeza entre las manos.

—Oh, Dios mío, por favor, dime que esto no está sucediendo. Estoy soñando. Es una pesadilla. —Miró directamente a su padre con los ojos llenos de angustia—. No es cierto que te casarás con Leslie Thompson, ¿verdad, papá? Solo estás bromeando. —Ella le suplicaba y él parecía devastado.

—Sí, me casaré con ella. Y espero que podáis al menos ser comprensivas. No sabéis lo que es perder a la mujer que has amado durante treinta y cinco años.

—¿Por eso vas y buscas un reemplazo en seis meses? Papá, ¿cómo has podido? ¿Cómo puedes hacerte algo así a ti mismo, y a nosotras?

—Vosotras no estáis aquí; tenéis vuestras vidas. Y yo necesito tener la mía. Leslie y yo nos queremos.

—Voy a vomitar —anunció Candy a la mesa en general. Se levantó y desapareció; Sabrina miraba fijamente a su padre.

—¿No te parece que es un poco precipitado, papá? Ya sabes que se suele sugerir a la gente que ha sufrido grandes pérdidas que no tome decisiones importantes al menos durante un año. Tal vez te estás apresurando un poco. —Sin duda estaba fuera de sí por el dolor, o experimentaba algún tipo de locura. Y además, ¿Leslie Thompson? Oh, no... cualquiera menos ella... Sabrina tenía ganas de llorar. Todas tenían ganas de llorar. Y también su padre. Parecía amargamente decepcionado por la actitud de sus hijas; había soñado que estas celebrarían su matrimonio con otra mujer y que estarían felices por él—. ¿Cuándo piensas casarte? —Sabrina intentaba parecer tranquila, aunque no lo estaba; Chris se puso de pie sigilosamente y salió al jardín. Tenía la sensación de que no debía estar allí, y no se equivocaba. Era un asunto puramente familiar.

—Nos casaremos el día de San Valentín, dentro de siete semanas.

—Qué fantástico —dijo Tammy, con la cabeza aún entre las manos—. ¿Cuántos años tiene ella, papá?

—La semana pasada cumplió treinta y tres. Sé que hay una gran diferencia de edad, pero no nos importa. Somos almas gemelas, y sé que vuestra madre lo aprobaría.

Tammy se enderezó en la silla y se quitó los guantes. Estaba furiosa con su padre.

—Mamá se moriría de un ataque al corazón si no estuviera muerta ya. ¿Estás loco? ¡Ella jamás te hubiera hecho algo así! ¡Jamás! ¿Cómo puedes hacerle algo así a ella y a su memoria? Es muy desagradable.

—Lamento que lo veas de ese modo —dijo él con la mirada fría. Planeaba casarse con una mujer veintiséis años menor que él y solo siete meses después de la muerte de su mujer, y esperaba que sus hijas se alegraran. Pero eso no sucedería ni en cien millones de años. Tammy se puso de pie indignada y lo mismo hizo Sabrina, justo cuando Candy volvía a entrar en la cocina. Todos notaron que había estado llorando después de vomitar.

—Papi, ¿cómo puedes hacer algo así? —dijo con tristeza, rodeando el cuello de su padre con sus brazos—. Es más pequeña que Sabrina.

—Cuando quieres a alguien, la edad no tiene importancia —dijo él, y sus hijas se preguntaron cómo era posible que su padre hiciera el tonto de esa manera. No sabían si Leslie lo quería, pero realmente no les importaba. Querían que desapareciera. Candy dio un paso atrás y miró a su padre con total desesperación.

—Papá, ¿por qué no lo pospones un poco? —Sabrina intentaba razonar con él y evitar que hiciera una locura—. ¿Por qué no esperas un año?

De pronto Tammy pensó en otra cosa y le dio pánico:

—¿Está embarazada?

—Por supuesto que no. —Su padre parecía muy ofendido. Finalmente, Annie abrió la boca. Los había estado escuchando a todos; podía percibir la furia en la voz de Tammy, el miedo en la de Sabrina, el dolor en la de Candy y la desilusión en la de su padre.

—No sé si te interesa mi opinión —dijo Annie, mirando en dirección a Jim—. Lo dudo, pero pienso que probablemente esta es la estupidez más grande que has hecho en tu vida; y no por nosotras, sino por ti. Es algo horrible hacia mamá, papá. Y nos acostumbraremos, si tenemos que hacerlo; pero casarte siete meses después de la muerte de mamá de esa forma tan apresurada te hace quedar como un tonto. ¿Por qué tiene tanta prisa Leslie? ¿No se da cuenta de que es el modo más seguro de hacer que la odiemos? ¿Por qué no podéis esperar un año, por respeto a mamá? Casarse tan pronto es como un gran «que os jodan» a todas nosotras, y en especial a mamá. —Luego se puso de pie y dijo lo que realmente sentía—. Estoy muy decepcionada. Siempre pensé que eras mejor que esto. Lo eras cuando te casaste con mamá. Supongo que a Leslie le importa una mierda cómo nos sintamos nosotras, o cómo quedes tú. Dice mucho sobre ella y también sobre ti. —Annie cogió su bastón blanco y salió de la habitación. En la sala se encontró con Chris, que estaba sentado, en silencio. Había sido un modo espantoso de acabar la Navidad.

Sabrina quitó la mesa, puso los platos en el lavavajillas y, tan pronto como hubo terminado, todos se despidieron de su padre y se marcharon rumbo a Nueva York sin hacer ningún otro comentario.

En el coche, todo explotó. Tammy juró que no lo volvería a ver, Sabrina temía que su padre tuviera Alzheimer y que Leslie estuviese aprovechándose de él, Candy dijo que sentía que estaba perdiendo a su padre en manos de una puta y lloró todo el camino a casa, y Annie dijo en voz baja que era el tonto más tonto del planeta y que nadie podría convencerla de asistir a la boda. En todo caso, como señaló Sabrina, él no se lo había pedido. Ni siquiera sabían dónde se celebraría; lo único que sabían era que odiaban a la novia y que estaban furiosas con su padre. Y Chris, sabiamente, no pronunció una sola palabra en todo el viaje.

24 ·

Esa semana ninguna de las chicas llamó a su padre; sin embargo, como las cuatro estaban de vacaciones, tuvieron mucho tiempo para debatir el tema entre ellas. Y, aunque le diesen miles de vueltas al asunto, siempre llegaban a la conclusión de que estaban indignadas por la falta de respeto hacia su madre, odiaban las agallas de Leslie y estaban furiosas con su padre. Y esos sentimientos crecían cada día que pasaba.

No tenían ningún plan para Nochevieja, así que habían decidido pasarla tranquilamente en casa. A Sabrina y a Chris no les gustaba salir esa noche, Tammy no tenía con quién y Candy dijo que un amigo de Los Ángeles viajaría a Nueva York y que planeaban pasar la noche en casa. Y dos días después de Navidad, Annie recibió una llamada de Brad invitándola a salir en Nochevieja; ella le propuso que fuera a su casa con su familia. Le parecía más agradable que andar por ahí.

Chris y las chicas prepararon la cena. Brad llevó algunas botellas de champán. Él y Chris estuvieron hablando antes, durante y después de la cena, pero la sorpresa más grande la dio el amigo de Candy de Los Ángeles. Era el actor joven más famoso del momento; se habían conocido tres años atrás en una sesión fotográfica y se habían hecho buenos amigos. Él siempre salía con Candy cuando ella estaba en Los Ángeles. No había nada entre ellos; simplemente ella lo consideraba una fantástica compañía. Los hizo reír a carcajadas toda la noche; Brad estaba deslumbrado por la clase de gente que pasaba por esa casa, y Annie insistía en que ni siquiera sabía que su hermana lo conocía.

—Sí, claro. ¿Quién más vendrá? ¿Brad Pitt y Angelina Jolie?

—No seas tonto —dijo ella, riendo—. Te juro que la mayor parte del tiempo solo estamos nosotras, las perras y Chris.

—A ver, repasemos: tu hermana es la supermodelo más importante del país, y tal vez del mundo; tu otra hermana fue una de las productoras más importantes de Los Ángeles y ahora produce el peor programa de Nueva York; acabamos de cenar con un actor que hace que todas las mujeres de entre catorce y noventa años se derritan, ¿y yo debo creer que sois gente normal? ¿Cómo quieres que me crea eso?

—Vale, tal vez ellas no, pero yo sí. Hasta hace seis meses era una artista hambrienta en Florencia. Ahora, ni siquiera eso.

—Sí lo eres —dijo él dulcemente—; ya encontrarás otros senderos para tu arte. No desaparece de un día para otro; solo debes darle un poco de tiempo para que vuelva a emerger de un modo diferente. —Brad parecía confiado.

—Tal vez —dijo ella, aunque sin creerle demasiado. A las doce todos brindaron y se abrazaron. Brad se quedó charlando con ellos hasta las tres de la madrugada, el actor amigo de Candy se durmió en el sofá, después de tomar mucho champán, y Chris y Sabrina se escabulleron temprano. Él le pidió que subieran a su habitación apenas pasada la medianoche y ya no se los volvió a ver.

Chris cerró la puerta de la habitación y besó a Sabrina. La privacidad era algo difícil de conquistar en esa casa. Había subido dos copas y una botella de champán que había comprado él mismo. Sabrina le sonrió. Había sido un año infernal; habían pasado tantas cosas, se habían enfrentado a tantas tragedias, y Chris siempre estaba allí. Este último escándalo con su padre había sido solo un bache más en el camino y ella sabía que podía contar con que Chris estuviese a su lado, pasara lo que pasase.

Mientras la besaba, él sacó una pequeña caja del bolsillo, la abrió y le colocó un anillo a Sabrina. Al principio ella no se dio cuenta de qué pasaba, pero luego reaccionó y se miró la mano. Llevaba puesto un bellísimo anillo de compromiso que él había elegido y que venía en una cajita de Tiffany. Lo había estado planeando durante meses.

—Dios mío, Chris, ¿qué haces? —Sabrina estaba atónita.

Él hincó una rodilla en el suelo antes de responder, y la miró solemnemente.

—Te pido que te cases conmigo. Te quiero más que a nada en el mundo. ¿Quieres casarte conmigo? —Los ojos de Sabrina se llenaron de lágrimas. No era eso lo que tenía en mente. Era un nuevo sobresalto. Y había pasado por demasiados en muy poco tiempo: la muerte de su madre, la ceguera de Annie, la agresión a Candy, y ahora la boda de su padre con una mujer a la que le doblaba la edad y que siempre les había parecido una puta. Simplemente, era demasiado. No estaba preparada para casarse; realmente no estaba lista. Quería terminar ese año dedicada a cuidar a Annie y a vivir con sus hermanas; y tal vez después de eso ella y Chris podrían recuperar su antigua vida, pero no quería casarse. Todavía no se sentía preparada. Lo amaba, pero no tenía necesidad de casarse. Lo que tenían ya le parecía bien.

Sabrina se quitó el anillo y se lo devolvió; las lágrimas le corrían por las mejillas y tenía el corazón roto de pena.

—Chris, no puedo. En este momento, ni siquiera puedo pensar con claridad. Han pasado tantas cosas este año. ¿Por qué tenemos que casarnos?

—Porque yo tengo treinta y siete años y tú treinta y cinco, quiero tener bebés contigo, llevamos casi cuatro años juntos y no podemos esperar el resto de nuestra vida para crecer.

—Tal vez yo sí pueda —dijo ella con tristeza—. Te amo, pero no sé lo que quiero. Me encantaba lo que teníamos antes, cada uno viviendo en su propio espacio y viéndonos cuando nos apetecía. Sé que no ha sido fácil para ti convivir con mis hermanas, y te quiero por eso; pero simplemente no estoy lista para asumir un compromiso para el resto de mi vida. ¿Y si arruinamos lo que tenemos? Cada día en el bufete veo a personas iguales a nosotros, que pensaron que estaban haciendo las cosas bien, se casaron, tuvieron niños y luego todo fue fatal.

—Es un riesgo que tenemos que asumir —dijo él, angustiado—. En la vida nunca hay garantías; tú lo sabes bien. Tienes que respirar hondo, saltar a la piscina y dar lo mejor de ti.

—¿Y si nos ahogamos? —preguntó ella abatida.

—¿Y si nos va bien? Lo único que sé es que no quiero continuar así; la vida está comenzando a pasar por delante de nuestras narices. He esperado mucho tiempo, pronto seremos demasiado mayores para tener niños, o tú lo serás. Y nunca tendremos una vida real, que es lo que quiero tener contigo. —Su mirada era suplicante y el corazón se le ahogó al ver que ella negaba con la cabeza.

—No lo haré. No puedo —parecía que le iba a dar un ataque de pánico—. No lo haré. Te mentiría si te dijera que estoy segura.

—No tienes que estar segura —él intentaba razonar con ella—. Solo hace falta que nos queramos, Sabrina. Con eso es suficiente.

—No para mí.

—¿Qué más quieres? —dijo él, comenzando a enfadarse.

—Quiero una garantía de que es lo correcto.

—Esa garantía no existe.

—A eso me refiero; tengo demasiado miedo para asumir el riesgo. —Él todavía tenía el anillo en la mano; lo guardó en la caja y la cerró—. Te amo, pero no estoy segura de que alguna vez vaya a querer casarme —admitió Sabrina. No podía mentirle. Simplemente no lo sabía y no se sentía preparada para comprometerse, por mucho que lo quisiera.

—Supongo que esa es tu respuesta —dijo él. No se arrepentía de habérselo propuesto; tarde o temprano tenía que enfrentarse a eso. Se puso de pie, fue hasta la puerta y luego se volvió para mirarla—. Sabes, creo que tu padre es un tonto por hacer lo que está haciendo, especialmente tan cerca de la muerte de tu madre y con una mujer más joven que tú; pero aunque nos pueda parecer estúpido, al menos debes respetarlo por tener los cojones de asumir el riesgo.

Sabrina asintió con la cabeza. No lo había pensado de ese modo; estaba furiosa. Pero Chris tenía algo de razón; a su padre le quedaba todavía bastante vida por delante como para arriesgarse.

—Supongo que esa es la clave: no tengo los cojones que hacen falta.

—No, no los tienes —dijo él, y luego salió de la habitación. En lugar de comprometerse, como él esperaba, habían roto. No era la Nochevieja que había planeado. Había soñado con ese momento durante mucho tiempo y la reacción de Sabrina lo había puesto al borde del abismo. Ella se quedó sentada en su habitación, llorando.

Las demás no supieron nada hasta la mañana siguiente, mientras desayunaban; y cuando Sabrina se lo contó, se quedaron perplejas.

—Pensaba que habíais pasado la noche juntos como dos tortolitos —dijo Tammy asombrada.

—No, se fue antes de la una. Le devolví el anillo y se marchó —parecía descorazonada, aunque sabía que había hecho lo correcto. No quería casarse, ni siquiera con Chris. Para ella, lo que tenían era suficiente; más hubiera sido demasiado.

Todas se entristecieron al enterarse de lo que había sucedido, aunque ninguna tanto como Sabrina. Realmente lo quería; simplemente no quería casarse y esas cosas no se podían forzar, ni siquiera con un hermoso anillo y un novio adorable.

Entre la ruptura con Chris y la furia por el casamiento de su padre, enero fue un mes lúgubre en la calle Ochenta y cuatro. Chris no volvió a llamar y ella tampoco lo hizo. No había ningún motivo; no tenía nada nuevo que decirle, y él estaba todavía muy disgustado como para llamarla. Se sentía destrozado por el rechazo y no quería continuar con la relación que tenían. Quería más. Ella no. Y de pronto ya no había nada más que decir, ni ningún lugar al que ir que no fuese el de seguir cada uno por su lado.

Las primeras semanas de enero las hermanas estuvieron de capa caída, pero pronto las cosas comenzaron a mejorar. Annie salió a cenar varias veces con Brad; siempre lo pasaban bien. Él la convenció de que tomara clases de escultura y ella realmente lo estaba disfrutando. Aunque no fuera capaz de ver lo que hacía, sus trabajos eran sorprendentemente buenos. Él le contó que estaba intentando organizar un ciclo de conferencias sobre teatro, música y artes plásticas, y le pidió que considerara la posibilidad de dar una sobre la galería Uffizi. A Annie le encantó la idea y escribió toda la conferencia en braille. La dio a finales de enero, con gran éxito.

Candy se fue a París la tercera semana de enero para participar en algunos desfiles. Fue la novia de Karl Lagerfeld para Chanel. Le pagaron una suma exorbitante para que desfilase solo para ellos, y la alojaron en el Ritz. Y, por si fuera poco, en el avión de regreso a Nueva York conoció a un hombre interesante: trabajaba de fotógrafo asistente para realizar las prácticas de un posgrado que estaba haciendo en la universidad de Brown, tenía veinticuatro años y ambos fueron riéndose durante todo el trayecto. Se llamaba Paul Smith y acabaría su máster en fotografía en junio, tras lo cual planeaba abrir su propio estudio fotográfico. Dijo que, hacía dos años, había trabajado con ella en una sesión fotográfica en Roma, pero entonces él era apenas un humilde aprendiz y no habían tenido ocasión de conocerse.

Ella le contó lo de Annie y lo de su madre, y también que su padre se casaría dentro de dos semanas con una chica de treinta y tres años.

—Guau, qué complicado —dijo él, comprensivo. Sus padres se habían divorciado cuando él tenía diez años y ambos se habían vuelto a casar. Dijo que sus padrastros eran enrollados—.

¿Y tú cómo te sientes? —preguntó, refiriéndose al casamiento de su padre.

—La verdad, fatal —dijo ella con honestidad.

—¿Conoces a la novia? —preguntó interesado.

—En realidad, no. La conocía de pequeña. Mis hermanas la llamaban «la puta» porque trató de robarle el novio a mi hermana mayor cuando tenía quince años.

—Tal vez deberíais darle una oportunidad —dijo él, cauteloso.

—Tal vez sí, pero nos parece que es muy pronto para que nuestro padre se vuelva a casar.

—La gente hace cosas estúpidas cuando está enamorada —dijo él con sensatez, y luego cambiaron de tema. Él era de Maine y adoraba navegar, así que le habló de sus carreras y de sus aventuras náuticas.

Compartieron un taxi para ir hasta la ciudad; él la dejó en su casa y prometió llamarla la próxima vez que estuviera en Nueva York. Al día siguiente se marchaba a Brown, en Rhode Island, y estaría allí hasta su graduación, en junio. Era agradable para Candy estar con alguien de su edad, que además realizaba actividades sanas e iba a la universidad.

Cuando Candy llegó a casa, sus hermanas no estaban. Ahora que no salía con Chris, Sabrina trabajaba más que antes; Tammy, como siempre, vivía enloquecida con el programa, y Annie parecía estar tomando más clases que nunca en la escuela y salía mucho con Brad los fines de semana. Así que fue un alivio cuando Paul la invitó a visitarlo en Brown dos semanas después. Estaba haciendo una exposición de sus fotografías. Fue un fin de semana fantástico para ambos y a ella le encantó conocer a sus amigos, que se quedaron estupefactos al darse cuenta de quién era ella. Sin embargo, por primera vez, todos la trataron como a una chica más. Fue lo más divertido que Candy había vivido en años, incluso más que la vida nocturna de Nueva York.

Tammy estaba nuevamente reunida con la gente de la cadena

cuando se encontró con el hombre que había conocido antes de las vacaciones de Navidad, el que se iba a St. Bart's con su familia y que no llamó cuando regresó. Ella jamás pensó que lo haría, así que no sufrió ninguna desilusión. Después de las reuniones, él volvió a presentarse. Le dijo que su nombre era John Sperry y que lamentaba no haberla llamado.

—He estado dos semanas con una gripe —dijo apenas la vio. Era una excusa bastante pobre, pero buena como cualquier otra. Tammy lo miró y sonrió. Si hubiera sido un loco, seguramente la hubiera llamado—. Piensas que te miento, ¿no? Te lo juro, he estado muy enfermo, casi cogí una neumonía.

Ella estuvo a punto de reírse; ya había oído esa historia antes.

—Podías haber dicho: perdí tu número. Eso también me lo creería. —Claro que siempre podría haberla llamado al programa.

—No tenía tu número —le recordó él, avergonzado—. Pero ahora que lo pienso, ¿por qué no me lo das? —Ella se sintió tonta dándoselo, y además, de todos modos, no tenía tiempo para salir con él. Tenían un millón de problemas en el programa. Había vencido el contrato del presentador y este pedía el doble de dinero. Le habían disparado una vez y lo habían agredido otras dos. Sentía que merecía el mismo sueldo que un soldado en activo por trabajar en ese programa, y en verdad no estaba equivocado. Además, la audiencia lo adoraba, así que tenía a los productores entre la espada y la pared. Tammy había estado discutiendo el problema con Irving Solomon y con la gente de la cadena toda la mañana. Ella estaba tentada a dejarlo ir, pero temía que eso repercutiera en los índices de audiencia, lo cual disgustaría a los patrocinadores.

Volvió a su oficina y se olvidó nuevamente de John Sperry. En su escritorio encontró algo sobre un programa especial de San Valentín y, al verlo, pensó en su padre. Se casaría el día de San Valentín y ni ella ni sus hermanas habían hablado con él desde el día después de Navidad, cuando se lo había contado. No sabía qué hacer. No podían rechazarlo para siempre, pero todavía no estaba preparada para tratar con Leslie y asumir el matrimonio. Ninguna de las cuatro lo estaba.

Esa noche, Tammy lanzó el tema en casa y preguntó a sus hermanas qué harían con su padre. Él tampoco las había llamado. Evidentemente, se sentía herido por sus reacciones, y ellas estaban horrorizadas por lo que él hacía. Creían que estaba traicionando a su madre. Hacía cinco semanas que ninguna de ellas hablaba con él, algo que jamás había sucedido antes.

—Quizá alguna de nosotras debería llamarlo —sugirió Sabrina, pero ninguna se ofreció como voluntaria.

—No quiero ir a esa boda —dijo Candy rápidamente.

—Ninguna de nosotras quiere ir —dijo Tammy con un suspiro—. ¿Cómo vamos a ir? Sería una terrible falta de respeto hacia mamá.

—Pero es nuestro papá —dijo Candy dubitativa.

—¿Por qué no salimos algún día a almorzar con él, o lo invitamos a comer aquí? —propuso Annie. Ella también había estado meditando el asunto durante semanas. Y la verdad era que todas lo echaban de menos. El problema era que no querían a Leslie en sus vidas; al menos no todavía, y quizá no la querrían nunca; todo dependía de cómo se comportara. Pero, por el momento, ninguna de las cuatro estaba preparada para incluirla en la familia. Era un dilema terrible porque tampoco querían perder a su padre.

—¿Habéis pensado que podrían llegar a tener un bebé? —mencionó Sabrina, y Tammy gimió.

—Por favor, no digas eso que me harás enfermar —dijo Tammy con pena.

Al final, tras horas de debate, decidieron invitarlo a tomar algo en casa. Era menos violento que sentarse frente a una comida en un restaurante rodeados de extraños. Y, por ser la mayor, decidieron que fuese Sabrina quien lo llamara. Esta estaba insegura y nerviosa cuando marcó el número de la casa de Connecticut. ¿Y si la atendía Leslie?

Su padre respondió enseguida, y parecía tan emocionado de oírla que Sabrina sintió pena; era obvio que él tampoco quería perderlas. Aceptó sin dudar la invitación para el día siguiente y no mencionó a Leslie en ningún momento; de hecho, por un instante, Sabrina llegó a desear que hubiese cambiado de idea. Pero sabía que, de haberlo hecho, las habría llamado para decírselo.

Esa tarde todas regresaron más temprano del trabajo y, al ver a su padre, notaron que estaba nervioso. Lo hicieron pasar a la sala y se sentaron.

—Asumimos que sigue en pie el casamiento el día de San Valentín —comenzó Tammy, con una chispa de esperanza en los ojos que pronto se apagó.

—Sí, así es. Nos casaremos en Las Vegas, lo cual suena un poco tonto, lo sé, pero sabía que ninguna de vosotras querría asistir y es muy pronto para dar un escándalo.

—Es muy pronto para que te cases —dijo Tammy, y su padre la miró directamente a los ojos.

—Si me habéis llamado para disuadirme, os aviso que no lo lograréis. Sé que os parece demasiado pronto, pero a mi edad no se tiene mucho tiempo. No hay ninguna razón para que tengamos que esperar.

—Podrías haber esperado por nosotras —señaló Sabrina— y por mamá.

—¿Seis meses más hubieran sido una gran diferencia para vosotras? —preguntó él—. ¿Os hubiera gustado más Leslie entonces? No lo creo. Y es nuestra vida, no la vuestra. Yo jamás interfiero en lo que vosotras hacéis. No le digo a Sabrina que debería casarse, que Chris es un chico fantástico y que debería hacer algo al respecto si es que quiere tener hijos. No le digo a Tammy que tendría que dejar de trabajar en esos programas delirantes y buscarse un chico decente. Ni a Candy que debería ir a la universidad. Ni a Annie que debería buscar un trabajo, aunque esté ciega. Vuestra madre y yo siempre os hemos respetado. No siempre estábamos de acuerdo con lo que hacíais, pero os dimos el espacio para que cometierais vuestros propios errores y tomárais vuestras decisiones. Ahora tenéis que darme el espacio para que yo tome las mías. Tal vez lo que estoy haciendo sea una locura. Tal vez Leslie me deje dentro de seis meses por un tipo más joven, o tal vez seamos felices por el resto de nuestras vidas y ella me cuide cuando sea mayor. Necesito saberlo. Eso es lo que quiero. No es lo que vosotras queréis para vosotras mismas y para mí, pero es lo que yo quiero hacer y lo que creo que necesito. Leslie es una buena mujer y nos queremos. Y, además, haga lo que haga, vuestra madre no volverá. Ella fue el amor de mi vida, pero se ha ido, y la verdad es que no quiero estar solo. No puedo estar solo, soy muy infeliz. Y Leslie es una buena compañía. Nos queremos, aunque de un modo diferente del que yo quería a vuestra madre; pero ¿por qué no puedo tener una segunda oportunidad? —Ellas lo escuchaban sin interrumpirlo y, ciertamente, lo que decía tenía algo de sentido. Respiraron profundamente de forma colectiva y Candy lo abrazó. Pensaba en lo que Paul le había dicho en el avión, sobre darle a Leslie una oportunidad. El tiempo lo diría. Por el bien de su padre, deseaba que fuese una mujer decente, aunque a ella no le gustara. Era demasiado pronto para ellas.

—Te queremos, papá —dijo Tammy—. Es solo que no queremos que cometas un error, o salgas perjudicado.

—¿Por qué no? Vosotras lo hacéis. Todos lo hacemos; los errores son parte de la vida. Si es un error muy grande, llamaré a Sabrina y lo solucionaremos. —Él y su hija mayor intercambiaron una sonrisa.

—Espero por ti que esto funcione —dijo ella en voz baja. Estaban tan felices viéndolo otra vez; lo habían echado mucho de menos.

—Yo también. Lo único que puedo hacer es intentarlo. Y lamento que no os guste, sé que es duro para vosotras. Para mí también es un gran cambio. —Y era demasiado pronto para ellas.

—¿Tenemos que verla, papá? —fue Annie quien lo preguntó. Ninguna quería verla, pero entendían que debían hacerlo. Él fue más razonable de lo que esperaban. Todavía era el padre que tanto amaban.

—Tomémonos un tiempo —dijo con sensatez—. Volvamos al punto de partida; pensé que nunca más sabría de vosotras. —Había pasado un mes horroroso.

—Te hemos echado mucho de menos —dijo Candy.

—Yo también —admitió él, mientras Sabrina abría una botella de vino. Tomaron un trago, se abrazaron y prometieron volver a verse pronto. Poco después, él se marchó. La reunión había ido mejor de lo que imaginaban. Su padre se casaría, pero al menos volvían a hablarse y él no esperaba que acogiesen a Leslie, ni siquiera que la viesen por ahora. Tenía la esperanza de que, pasado un tiempo, se acostumbraran a la idea. Y les dijo que ese año no habría fiesta del Cuatro de Julio; sería muy duro para todos, y ahora ese día era el aniversario de la muerte de su madre, no una fiesta. Dijo que él y Leslie se irían a Europa en julio, y que ellas eran libres de hacer otros planes. Era un alivio para todos; nadie hubiera podido soportar esa fiesta nunca más, y menos todavía con Leslie rondando por la casa.

—¿Qué haremos para el Cuatro de Julio? —preguntó Candy.

—No nos preocupemos por eso todavía —dijo Sabrina sabiamente. Al menos ahora se hablaban con su padre. Y todas estuvieron de acuerdo en enviar flores y champán a Las Vegas el día de San Valentín. Era una señal de tregua que sabían que le agradaría a su padre. Sin embargo, no dejaba de ser rarísimo pensar que tendrían una madrastra más joven que su hermana mayor. No habían imaginado nada parecido al morir su madre. Tampoco lo había hecho su padre; Leslie había pasado por su casa y el amor simplemente había surgido.

Todavía estaban hablando cuando sonó el móvil de Tammy, no imaginaba quién podía ser a esas horas. Era John Sperry, invitándola a almorzar al día siguiente. Ella se quedó perpleja al oír su voz.

—No puedo creer que me hayas llamado —dijo con asombro.

—Te dije que lo haría, ¿por qué estás tan sorprendida? —Ella estuvo tentada de contestar: porque los chicos normales no me llaman nunca; solo los locos y raros. Tal vez él también lo fuera y su normalidad solo era una apariencia. ¿Cómo saberlo? Ya no se creía capaz de reconocer a un chico normal aunque lo tuviera frente a sus narices.

—No sé por qué estoy sorprendida. Supongo que porque la mayoría de la gente no hace lo que dice. Por cierto, ¿cómo te fue en St. Bart's?

—Divertido. Voy allí con mi familia todas las Navidades. Tengo tres hermanos, y ellos llevan a sus esposas e hijos.

—Yo tengo tres hermanas —dijo ella, sonriendo. El cuadro que él había hecho de su familia era atractivo, y similar al de ella, con la excepción de que ninguna de sus hermanas estaba casada ni tenía hijos.

—Lo sé. Dijiste que habías renunciado a tu trabajo y venido a Nueva York para cuidar de tu hermana. Eso me impresionó. —Y, de verdad, estaba muy impresionado—. ¿Qué le pasó a tu hermana? —Tammy había salido de la sala para hablar más tranquila.

—Es una larga historia, pero ahora ya está bien —y, al decirlo, se dio cuenta de que ya habían cumplido con la mitad del contrato, y sintió tristeza. Le encantaba vivir con sus hermanas. Tal vez cuando su contrato expirara podrían conseguir otra casa; ninguna planeaba irse a otra parte. Quizá vivieran juntas para siempre. Cuatro solteras en una casa. El único que parecía haber encontrado un amor verdadero era su padre, aunque a Annie también le estaba yendo bien con Brad, y el chico que Candy había conocido en el avión le caía bien. Pero su vida amorosa y la de Sabrina estaban estancadas. La suya lo había estado durante años. A cambio, tenía un reality show.

—Dijiste que tu hermana tuvo un accidente, ¿qué le pasó? —parecía interesado. Quizá era solo curiosidad, pero hablar con él le resultaba agradable. Parecía un buen chico. Y era inteligente, guapo y tenía un trabajo relativamente importante.

—Perdió la vista. Fue terrible para ella. Es artista, o más bien lo era. Está haciendo un entrenamiento especial en la escuela para ciegos Parker.

—Qué curioso —dijo John, pensativo—. Uno de mis hermanos es sordo, y todos sabemos el lenguaje de signos. Pero él nació así. Debe haber sido duro para ella perder la vista de mayor.

—Sí, lo es. Pero ha sido muy valiente.

—¿Tiene un perro lazarillo? —preguntó él, interesado.

—No —sonrió Tammy—, detesta los perros. Tenemos tres en casa, cada una tiene uno, pero son pequeños, bueno, dos de ellos son pequeños; mi hermana mayor tiene un basset que se llama Beulah. Sufre una depresión crónica. —Él sonrió ante la imagen.

—Tal vez necesite un psiquiatra —dijo él, bromeando.

—Nosotras ya tenemos varios.

—Eso me recuerda algo que quería preguntarte. Por favor, dime la verdad sobre Désirée Lafayette: ¿antes era un hombre? —Tammy soltó una carcajada.

—Siempre me he preguntado lo mismo.

—Parece un chico de esos que hacen striptease.

—Seguramente le encantaría saber que piensas eso. Quiere que consiga que Óscar de la Renta le diseñe el vestuario. Todavía no he tenido el valor de preguntárselo; o, más bien, no he tenido el presupuesto necesario.

—Estoy seguro de que se puede arreglar.

—Yo espero que no.

Ambos estuvieron haciendo bromas sobre el programa durante varios minutos; luego él reiteró su invitación para almorzar y sugirió un restaurante que a Tammy le gustaba mucho. Era una oferta atractiva y era agradable salir alguna vez de esa oficina. No lo hacía con frecuencia, por lo general estaba demasiado ocupada apagando incendios como para detenerse a comer. Quedaron para almorzar al día siguiente a la una.

Cuando cortó y regresó a la sala, sus hermanas le preguntaron con quién hablaba.

—Una persona de la cadena con la que me he encontrado varias veces en reuniones. Me invitó a almorzar —respondió ella, con cierta reserva.

—Parece divertido —dijo Sabrina con una triste sonrisa. No había salido desde que ella y Chris habían roto, hacía ya un mes. Iba de casa al trabajo y del trabajo a casa; no tenía ganas de nada más. Solo pensaba en Chris, lo echaba muchísimo de menos y no sabía absolutamente nada de él. Continuaba pensando en el hermoso anillo y en la proposición que tanto la había horrorizado. No era tan valiente como su padre. O tan tonta. No creía que su matrimonio con Leslie pudiera funcionar. Sin embargo, le deseaba lo mejor, aunque pensara que se había comportado de manera muy irrespetuosa hacia la memoria de su madre. Sin embargo, pese a todo, lo quería, y estaba feliz de que hubieran vuelto a hablarse. Al menos era algo. De todos modos, seguía preocupada, al igual que sus hermanas, por el modo en que ese matrimonio influiría en ellas y en cómo trastocaría la relación que tenían con su padre.

Al día siguiente, Tammy almorzó con John Sperry. Era un tipo inteligente e interesante y, lo que es más importante, le gustaba. Tenía un millón de proyectos laborales y personales, hacía deporte, le encantaba el teatro y era ambicioso en su trabajo. Estaba muy unido a su familia y tenía treinta y cuatro años. Al acabar el almuerzo, ambos se habían dado cuenta de que tenían mucho en común.

—¿Qué hacemos ahora? —preguntó él mientras salían del restaurante—. ¿Cena u otro almuerzo? —Pero inmediatamente se le ocurrió una idea mejor—. ¿Qué tal un partido de tenis en mi club el sábado por la mañana?

—Soy una jugadora deplorable —advirtió ella. Sin embargo, le pareció divertido.

—Yo también —reconoció él—, pero lo disfruto de todos modos. Luego, si tienes tiempo, podríamos almorzar en el club, o en algún otro sitio. —Iba poco a poco, y eso a Tammy le agradaba. No le gustaban los hombres que en la primera cita ya querían meterla en la cama. Y además, no le hubiera molestado en absoluto que solo fueran buenos amigos. No tenía muchos amigos en Nueva York; todos sus amigos estaban en Los Ángeles y nunca tenía tiempo de viajar para verlos.

Tammy regresó al trabajo de muy buen humor. Al día siguiente, John la llamó para saber cómo estaba, y le envió un memorando desde su oficina con una broma que ella celebró a carcajadas. Tammy pensó que había hecho un buen fichaje para su vida. No era un relámpago —precisamente lo que no quería—, sino más bien la tranquila aparición de alguien confiable. Ella sentía su presencia, pero no la alteraba ni la ponía tensa; por el contrario, era algo muy cómodo. Y además, no hacía ninguna dieta extraña ni era fanático de ninguna religión. Con solo eso ya le parecía una maravilla.

Tammy habló muy poco de él a sus hermanas; la relación todavía no significaba nada. El sábado volvió a casa feliz, relajada y cansada tras el partido de tenis que John había ganado con facilidad; jugaba mucho mejor de lo que había dicho, pero ella no hizo ningún comentario al respecto. Y después del partido habían almorzado y caminado por el parque. Todavía hacía frío, pero no tanto como para no disfrutar de un paseo. Cuando regresaba a casa, se encontró con Annie y Brad, que iban a una exposición táctil de arte conceptual. Brad había leído algo al respecto y pensaba que a Annie le gustaría. Iban conversando animadamente; él quería que ella diera más conferencias en la escuela y pensaba que tal vez podría hacer un ciclo sobre museos, o sobre las obras de arte que había en cada una de las ciudades italianas que Annie había visitado. Tenía una memoria excelente y había muchas cosas que podía compartir con sus compañeros.

—¿Dónde has estado? —preguntó Annie. Parecía feliz con Brad, y Tammy los miraba encantada. Candy se había ido a Brown a visitar a Paul y era ya el segundo fin de semana consecutivo.

—He ido a jugar al tenis con un amigo —respondió Tammy con tranquilidad—. ¿Está Sabrina en casa?

—Sí, en su habitación. Creo que se está poniendo mala. Tiene la voz fatal.

Tammy asintió con la cabeza. Sabrina parecía enferma desde Nochevieja.

—Pasáoslo bien. Os veré luego.

—Volveremos tarde; después de la exposición iremos a cenar.

—Vale, divertíos. —Tammy entró en la casa riendo para sí. Annie estaba tan radiante con Brad, y se los veía tan a gusto juntos; todo parecía ir de maravilla. Estaba feliz de que Sabrina hubiese ganado la apuesta.

Subió las escaleras para ver cómo estaba Sabrina; la encontró acostada con la habitación a oscuras. Tammy sospechaba que no estaba enferma, sino deprimida. Lamentaba tanto que hubiese roto con Chris; era un hombre fantástico, y siempre había sido tan bueno con Sabrina. Le parecía vergonzoso que su hermana tuviera tanta aversión al matrimonio. Si albergara el más mínimo deseo de casarse, Chris sería el hombre indicado. Pero aparentemente ella no podía; parecía incluso preferir perderlo a casarse.

—¿Cómo estás? —preguntó Tammy dulcemente, y su hermana se echó a temblar. Estaba pálida, ojerosa, y parecía exhausta. La ruptura no había sido para ella una liberación, como sucede a veces, sino, por el contrario, una enorme pérdida, y todavía lo era. Llevaba un mes sufriendo.

—No muy bien —dijo Sabrina, y se giró para ponerse de cara al techo—. Tal vez papá tenga razón cuando dice que en la vida uno debe asumir riesgos. Pero no me imagino casada con nadie, nunca. Ni teniendo hijos; es una responsabilidad terrible y me aterra.

—Pero tú estás cuidando de todas nosotras —le recordó Tammy—. Haces de madre, sobre todo de Annie y de Candy. ¿Cuál es la diferencia entre cuidar hermanas y cuidar hijos?

—La diferencia es que a vosotras os puedo mandar a paseo, a los hijos, no. Y si te equivocas, los jodes de por vida. Lo veo todos los días en mi trabajo.

—Deberías haberte dedicado a organizar bodas en lugar de resolver divorcios. Sería mejor para tu futuro.

Sabrina respondió con una sonrisa.

—Sí, quizá sí. Chris debe de odiarme. Fue tan dulce esa noche con el anillo, pero yo no podía aceptarlo. No es por él, Dios sabe cuánto lo quiero. Incluso no me importaría vivir juntos; es solo que no quiero papeles de por medio. Luego es un lío deshacerlo. De este modo, si quieres separarte, dices adiós y listo; no necesitas un serrucho para separar las vidas.

—¿Y tú eres un serrucho?

—Ese es precisamente mi trabajo —confirmó Sabrina. Lo veía de ese modo—. Investigo todo lo que la gente tiene, el corazón, la cabeza, la billetera, los niños. Parto a los pequeños por la mitad y le doy, legalmente, una parte a cada padre. Dios mío, ¿quién puede desear pasar por todo eso?

—Mucha gente se casa. —Tammy no estaba tan preocupada por el tema como Sabrina, aunque también la inquietaba—. Eso me recuerda algo: no quise decirle nada a papá, pero espero que firme un acuerdo prematrimonial.

—Espero que no sea tan estúpido de no hacerlo —dijo Sabrina, sentándose en la cama. Había estado horas acostada pensando en Chris—. Le enviaré un e-mail y se lo recordaré. No es asunto mío, pero alguien tiene que decírselo.

—¿Ves a lo que me refiero? Tú cuidas de todos. ¿Por qué no hacerlo con tus propios hijos en lugar de con adultos? Debe de ser más divertido con niños.

—Quizá sí. —Sonrió, aunque no parecía muy convencida.

Luego bajó a comer y le preparó también algo a Tammy. Candy llamó un rato después para avisarles de que estaba bien; después del terrible incidente con Marcello, llamaba constantemente y les decía dónde estaba. Jamás iba a la casa de nadie, e incluso en Rhode Island se alojaba en un hotel. Sabrina pensaba que ella y Paul todavía no habían dormido juntos. Candy era ahora extremadamente cautelosa y a Paul no parecía importarle, lo cual hablaba bien de él. Y además era joven y sano; no parecía alguien a quien le gustara maltratar chicas. El que sí era bastante mayor era Brad. Pero, por alguna razón, la diferencia de edad entre él y Annie no parecía tener la menor importancia. Annie era una chica muy madura para su edad y Brad era un hombre protector, lo cual tranquilizaba a sus hermanas mayores, e incluso a Candy. Todas aprobaban el romance de Annie y Brad.

Sabrina y Tammy pasaron una noche tranquila; vieron películas, hicieron los crucigramas del *Times* entre las dos y se relajaron de sus frenéticas semanas laborales. El domingo John llamó a Tammy y estuvieron hablando un rato. Esa noche, Tammy bañó a las perras. Annie salió nuevamente con Brad a una cena con amigos.

—Llevamos una vida bastante exótica, ¿no? —comentó Tammy, mientras secaba a uno de los perros y Sabrina pasaba con un montón de toallas limpias. Se sonrieron y respiraron aliviadas cuando, un poco más tarde, Candy llegó a casa.

—¿Cómo te fue? —preguntó Tammy, mientras la hermana menor apoyaba su bolso en el suelo.

—Genial. Pasamos mucho tiempo con sus amigos —estaba excitadísima por el fin de semana, parecía disfrutar mucho de estar con gente de su edad.

Esa noche, finalmente, las cuatro hermanas se reunieron en casa. Dejaron abiertas las puertas de sus habitaciones, así que se dieron las buenas noches a gritos. Cada una en su cama sonreía y pensaba en la suerte que tenía de poder contar con las otras, no importaba qué pasara con los hombres que había en sus vidas.

25

El día de San Valentín tuvo sus altibajos. Todas se despertaron con el malestar de saber que ese día su padre se casaba en Las Vegas. Les dolía pensar en esa boda, que provocaba que echaran de menos todavía más a su madre. Estuvieron serias y calladas en el desayuno. Habían enviado a la habitación del hotel de su padre y Leslie un ramo de flores y champán. Y Sabrina había escrito el e-mail sobre el acuerdo prematrimonial dos semanas antes. Jim le había respondido que ya lo había pensado y se había ocupado del tema, lo cual tranquilizó a Sabrina. Al menos, si no funcionaba, Leslie no se marcharía con todo lo que su padre tenía.

Esa noche, Brad llevaría a Annie a cenar para celebrar San Valentín; y Tammy estaba asombrada porque John la había invitado a cenar y luego al cine. A ella le pareció perfecto, pues no era molesto ni demasiado romántico, teniendo en cuenta que acababan de empezar a salir. Y Paul iría a Nueva York para ver a Candy. Todas tenían algo que hacer, excepto Sabrina, que pensaba quedarse trabajando. Las demás se sintieron fatal al dejarla sola en casa. Cuando salía, Tammy vio que su hermana mayor se estaba preparando una sopa y se sintió culpable.

—No seas tonta —la tranquilizó Sabrina—, estaré bien. —Sonrió tratando de alentarla y le dijo que estaba muy guapa. Ya le había dicho que le gustaba mucho John. Era guapo, pero lo más importante es que parecía un hombre inteligente, agradable y despierto. Estaba lleno de energía y de ideas brillantes, al igual que Tammy, y trabajaba en el mismo campo. También le gustaba Paul Smith; era una bocanada de aire fresco comparado con los hombres que normalmente rodeaban a Candy, siempre esperando sacar provecho de ella de algún modo. Y le encantaba Brad. Antes de que saliera le dijo a Annie que estaba muy guapa. Tammy la había ayudado a vestirse y Candy la había peinado, y había aprovechado para recortarle el pelo otro poco. Estaba absolutamente hermosa y delicada. Al llegar, Brad se quedó perplejo ante aquella belleza; se notaba que estaba loco por ella, y también a Annie se la veía enamorada. La relación parecía ir en serio.

Hacia las nueve, Sabrina ya se había quedado sola. Se sentó en la cocina, mirando la sopa, pensando en Chris y preguntándose cómo había llegado hasta allí. Acababa de perder al hombre que había amado durante casi cuatro años. Finalmente, se dio por vencida y tiró la sopa en el fregadero; no podía comer ni trabajar. Lo único que podía hacer era pensar en él y en todo lo que lo echaba de menos. No había tenido ninguna noticia suya desde Nochevieja; él no había vuelto a llamar desde que ella lo rechazó y le devolvió el anillo de compromiso.

Dio algunas vueltas por la sala; fue al estudio e intentó ver la televisión, pero no podía concentrarse. Luego subió a su habitación y permaneció un rato observando a través de la ventana cómo empezaba a nevar. Ya no podía seguir así; necesitaba verlo, al menos una vez más. Bajó las escaleras, se puso las botas, sacó un abrigo del armario y caminó hasta la casa de Chris bajo la nieve. Tocó el interfono y oyó su voz por primera vez en casi dos meses. Con solo oírlo se llenaba del oxígeno que le había faltado esas seis semanas.

—¿Quién es?

—Soy yo. ¿Puedo subir?

Se hizo un largo silencio y luego se oyó el zumbido eléctrico con que se abría la puerta. Sabrina la empujó, entró y subió las escaleras hasta el piso de Chris. Él estaba en la puerta con el ceño fruncido; llevaba vaqueros, un jersey e iba descalzo. Se miraron largamente, luego ella se aproximó y él salió a su encuentro. Al entrar, Sabrina miró a su alrededor y comprobó que nada había cambiado, ni en la casa ni en Chris. Seguía siendo el hombre que amaba, aquel con el que no se podía casar.

—¿Sucede algo malo? —preguntó él con gesto de preocupación. Ella estaba fatal y no tenía buen aspecto—. ¿Estás bien?

Sabrina lo miró con tristeza.

—No, no estoy bien, ¿y tú? —Él se encogió de hombros. Había pasado seis semanas horrorosas.

—¿Quieres tomar algo? —Le ofreció él, ella negó con la cabeza. Todavía estaba muerta de frío; se sentó en el sofá con el abrigo puesto—. ¿Por qué has venido? —Ella no mencionó que era el día de San Valentín. Nada tenían que celebrar ya ese día, al contrario que sus hermanas, que habían salido todas con los hombres que ocupaban sus corazones.

—No sé por qué estoy aquí —dijo ella con honestidad—. Tenía que venir. Todo ha sido horrible sin ti. No sé qué me pasa, Chris, tengo terror al matrimonio. No eres tú, soy yo. Y mira mi padre, casándose con cualquier casquivana cinco minutos después de la muerte de mi madre. ¿Cómo es que no tiene miedo? Debería tenerlo, yo lo tengo, odio lo que el matrimonio le hace a la gente cuando va mal.

—No siempre va mal —dijo él dulcemente, mientras se sentaba frente a ella en un gran sofá de cuero que adoraba. Solía pasar allí horas junto a la perra—. A veces funciona.

—No muy a menudo. Y supongo que esas son las parejas que yo no veo. ¿Hace falta que nos casemos? ¿No podemos pensar en otra alternativa?

—Ya lo hemos hecho. No quiero quedarme en el mismo sitio para siempre, Sabrina. Espero más de la vida. Y tú también deberías. Estuve a punto de llamarte —dudó—, yo también he estado pensando en todo esto. Odio renunciar a lo que realmente deseo y tú tampoco deberías hacerlo. Pero ¿por qué no vivimos juntos un tiempo? No para siempre, tal vez seis meses, hasta que te acostumbres a la idea. Podría ser cuando dejéis la casa. Si quieres, puedes vivir aquí o podemos buscar un lugar nuevo, no lo sé. Quizá deberíamos probar y ver qué pasa; y así a lo mejor tú perderías el miedo a dar el siguiente paso. —Su voz se iba apagando al ver que Sabrina negaba con la cabeza.

—No hagas eso, si no es lo que quieres. No te conformes, Chris —dijo ella con tristeza, tratando de defender los intereses de él, aunque fueran en contra de los propios. Lo hacía por amor.

—Yo te quiero a ti —dijo él con toda sinceridad—. Tú eres lo único que quiero, Sabrina. Y es lo que he querido desde el día en que te conocí. Tú y tu vida de locos, tus hermanas, tu padre, nuestra perra tonta... y, algún día, nuestros propios hijos. Cuidas de tus hermanas como si fuesen tus hijas. Déjalas crecer; lo harán de todos modos. Nosotros podemos tener nuestros propios hijos.

—¿Y si nos odian? ¿O son adictos a las drogas o delincuentes juveniles? —Sus ojos eran dos pozos oscuros llenos de terror. Chris sintió pena por ella y tuvo deseos de abrazarla, pero se contuvo. Se quedó mirándola y deseando que las cosas fuesen más fáciles para ella.

—Si es contigo, no tengo miedo —dijo él—. Nada me da miedo. Y si son delincuentes juveniles, nos desharemos de ellos y conseguiremos unos nuevos. —Le sonrió—. Solo te quiero a ti, corazón. Y del modo que sea mejor para ti. Si prefieres que vivamos juntos, lo haremos. Solo prométeme que si tenemos hijos nos casaremos; quisiera que fueran legítimos. Algún día podría ser importante para ellos. —Ella asintió con la cabeza, en una lenta sonrisa.

—Tal vez después de seis meses viviendo juntos me sienta preparada.

—Espero que sí —dijo él, y se puso de pie para sentarse junto a ella. La rodeó con un brazo y la atrajo hacia sí, y ella apoyó la cabeza en su hombro. Esa era la parte de sí misma que echaba de menos desde Nochevieja. Perder a Chris había sido peor que perder una parte de su cuerpo.

—Lamento haber sido tan idiota aquella noche —dijo ella dulcemente—. Estaba asustada.

—Lo sé. Está bien, Sabrina. Todo irá bien... ya verás...

—¿Por qué tú estás tan seguro y yo tan loca? —Tras los sucesos del último año se sentía más insegura que nunca. La ausencia de su madre había alimentado sus miedos y la había desestabilizado emocionalmente. Chris tenía razón: ella cuidaba de todo el mundo, ¿por qué no podía cuidar de él? Y tal vez también de sus propios hijos—. Te amo, Chris —dijo ella, levantando la mirada.

—Yo también. Era muy desgraciado sin ti. Estaba pensando en ir a verte esta noche, pero temía que me dieras con la puerta en las narices. —Ella negó con la cabeza y él la besó. No habían resuelto todos sus problemas, pero era el principio.

—Me mudaré aquí cuando dejemos la casa —prometió ella—, aunque echaré de menos a mis hermanas; ha sido maravilloso vivir con ellas.

—¿Cómo está Annie? —preguntó él. También las había echado mucho de menos a todas. Desde hacía tiempo eran su familia; hubiera sido una pérdida muy grande tener que renunciar a ellas. Sabrina sentía lo mismo respecto de Chris, y por eso había ido esa noche hasta su casa.

—Está bien. Se está enamorando de Brad; creo que la relación va en serio. Él ha logrado que se apunte a un montón de clases; y está haciendo escultura y dando conferencias sobre el arte en Florencia. Brad quiere que el próximo año dé clases en la escuela; también está intentando convencerla de que tenga un perro.

—Es un buen tipo; me cae muy bien. —No le preguntó a Sabrina si creía que se casarían. Era muy pronto todavía; llevaban solo dos meses saliendo. Por el momento, el único miembro de la familia que se casaba era el que no debía hacerlo: el padre. El mundo estaba patas arriba.

Él la llevó a la cama y pasaron la noche juntos. Sabrina llamó a sus hermanas para avisarles de que estaba bien, aunque no especificó dónde estaba. Tammy estaba convencida de que se encontraba en casa de Chris, pero no habían querido llamar.

Por la mañana, fueron a la casa de la calle Ochenta y cuatro; se sentían un poco avergonzados, pero felices de estar juntos nuevamente. Las hermanas abrazaron a Chris como a un hermano que hubiera estado perdido mucho tiempo. Era una reunión feliz para todos.

—Bienvenido a casa —dijo Sabrina en voz baja, besándolo. Beulah ladraba frenéticamente y meneaba la cola como un metrónomo.

26

Marzo fue un mes emocionante para todas. Tammy lo estaba pasando genial con John Sperry, y el día de San Patricio recibió una llamada que no hubiese esperado ni en un millón de años. La cadena tenía una idea para un nuevo programa y querían que ella la llevara a cabo; iría en el horario de máxima audiencia. Se trataba de tres mujeres jóvenes que vivían juntas —una médica, una abogada y una actriz— y las dificultades que se les iban presentando en la vida. Lo filmarían y estaría ambientado en Nueva York. Querían contar con actrices famosas e importantes actores secundarios. Ya tenían patrocinadores, y deseaban que Tammy lo produjera. Se parecía a lo que había hecho en Los Ángeles, solo que más a lo grande y mejor. Era exactamente lo que habría deseado si se hubiese atrevido a soñarlo; no podía creer que le ofrecieran una oportunidad tan fabulosa, así que la aceptó de inmediato. Esperaban que pudiera estrenarse la próxima primavera, lo cual significaba que Tammy debería quedarse en Nueva York más tiempo del que cubría el contrato de la calle Ochenta y cuatro. Así que vendería su casa en Los Ángeles y se compraría algo allí. Su propio Brownstone. Tal vez sus hermanas también querrían vivir con ella, ya que ese año de convivencia había sido todo un éxito.

La cadena ya le había proporcionado una oficina, una asistente y una secretaria. Ella podía elegir a los productores asocia-

dos; le daban carta blanca y un presupuesto que la dejó boquia-
bierta. Lo único que le pedían era un premio Emmy en el futuro, y estaban seguros de que ella podía conseguirlo.

Tammy no veía la hora de salir de la oficina para contárselo a John. Deseaban que comenzara a trabajar en junio, pero podía organizar su agenda como quisiera. Eso le daba tiempo de
avisar con tres meses de antelación al programa en el que estaba trabajando, de modo que pudieran buscar a otra persona
que produjera *¿Se puede salvar esta relación? ¡Depende de ti!*
Probablemente era el peor programa que había producido en
su vida, pero lo había disfrutado mucho más de lo que esperaba.
Y, en cierto modo, echaría de menos a algunas de las personas
con las que trabajaba. El programa había sido bueno para ella:
la había mantenido ocupada, le había permitido ganar algo de dinero y había sido un salto para en solo seis meses conseguir algo
mejor. El nuevo programa era la mayor oportunidad que había
tenido en su carrera, y cuando se lo contó a John, este se sintió
infinitamente feliz por ella. Dijo que él no estaba enterado de absolutamente nada, y Tammy lo creyó.

—Será el programa de mayor audiencia —le confirmó él.
Durante el almuerzo, charlaron animadamente sobre el tema,
y, por la noche, al llegar a casa, Tammy se lo contó a sus hermanas.

—¡Qué guay! —dijo Candy con excitación. Al día siguiente se iba a Japón dos semanas para realizar varias sesiones fotográficas. Le pagaban mucho dinero; y ya había quedado en que
cuando regresara, iría a Brown a visitar a Paul. Annie estaba feliz con Brad. Chris estaba de vuelta. Todo iba bien en ese mundo
que compartían.

Las hermanas felicitaron a Tammy por su nuevo trabajo y,
al día siguiente, esta avisó en el programa de que se marchaba.
Irving Solomon lamentó perderla, pero le dijo que había hecho
un excelente trabajo y que había elevado los índices de audiencia. Efectivamente, esa era la especialidad de Tammy.

Annie debía graduarse ese mes, pero Brad la convenció para

que ampliara el curso e hiciera el entrenamiento con un perro lazarillo. A ella no le seducía la idea, pero dijo que lo intentaría. Eligió una labrador color chocolate y en mayo se graduaría con la perra. Baxter dejó la escuela a finales de mayo, pero ambos prometieron seguir en contacto. Se había convertido en un amigo muy especial para Annie, y desde el primer día hizo más agradable la escuela. Ahora le pasaba el testigo a Brad, que quería que en primavera Annie diera algunas clases de pintura y de historia del arte. Ella no se imaginaba cómo podía pintar sin ver, pero Brad le sugirió que probara con el arte abstracto. Annie había descubierto que la escultura no era lo suyo, aunque sí le gustaba trabajar con cerámica y horno; hizo algunas hermosas piezas que le regaló a Brad.

Cuando a principios de abril Candy regresó de Japón, las chicas y sus novios planearon un viaje juntos. Tammy y John organizaron unos días de esquí en Vermont, y alquilaron una casa para un fin de semana. Todos esquiaron, excepto Annie, que se dedicó a hacer largas y placenteras caminatas; había llevado a su nueva perra para que le hiciera compañía, ya que todavía no había comenzado el entrenamiento. Le había llamado Jessica, era muy dulce y se llevaba de maravilla con las demás perras de la casa.

El fin de semana de esquí fue perfecto. Annie subía y bajaba por el ascensor de la pista, y una noche Brad la llevó a esquiar; era algo que siempre le había gustado y se dio cuenta de que todavía podía hacerlo si iba cogida del brazo de alguien. Lo pasaron genial. Paul viajó desde Brown para estar allí con Candy. Sabrina y Chris jamás habían estado tan felices; se sentían muy bien con su nuevo acuerdo. Hasta que las hermanas dejaran la casa, pasados cuatro meses, nada cambiaría, pero luego se irían a vivir juntos. Las cuatro habían hablado con su padre cuando este regresó de su luna de miel en Las Vegas, y les había dicho que todo iba bien. Las chicas le dijeron que lo verían pronto, pero estaban dejando pasar un tiempo prudencial para que las cosas se reacomodaran.

El último día de esquí se pusieron de acuerdo para hacer otro viaje todos juntos en el verano. Discutieron sobre dónde ir hasta que Annie sugirió un barco. Siempre había adorado navegar, era una marinera insaciable. Acordaron cuánto dinero podía poner cada uno y lo planearon para julio. Brad, Paul y Annie estarían libres de sus actividades escolares; Chris y Sabrina se podían tomar unas vacaciones es ese momento; John dijo que haría una escapada del trabajo; Candy estaría de regreso de sus desfiles y Tammy podía organizarse la agenda del nuevo programa con total libertad. La única gran decisión que debían tomar era qué tipo de barco sería, si a vela o a motor. Era muy emocionante.

Dos semanas después de volver de esquiar, las chicas telefonearon a su padre y lo invitaron a almorzar. Se encontraron en «Club 21» y él se mostró incómodo todo el tiempo, incluso más de lo que lo había estado en los encuentros anteriores. Aquel día después de Navidad, cuando les había contado lo de Leslie, parecía que le iba a dar un ataque de pánico; esta vez, en cambio, como Sabrina señaló más tarde, estaba más bien avergonzado.

Esperó hasta el final del almuerzo para hablar. Fue un golpe duro para todas, aunque lo cierto es que ya nada las sorprendía demasiado. Cuando finalmente encontró las palabras, les comunicó que Leslie tendría un bebé en noviembre. Acababa de saberlo y todas pensaron que probablemente lo había concebido la noche de bodas, un detalle que no querían ni necesitaban saber.

—Me dejas sin palabras, papá —dijo Tammy—. Te deseo buena suerte, pero ¿tú te ves a ti mismo criando otro hijo? Yo ya casi no puedo imaginarlo a mi edad. Tú tendrás setenta y ocho años cuando comience la universidad.

—No puedo negarle a Leslie que tenga un hijo —dijo él con tranquilidad—; es muy importante para ella.

—No lo dudo —dijo Candy. Una vez que tuviera un bebé, poseería más derechos en caso de divorciarse, aunque ninguna le mencionó esto a su padre. Él seguía ilusionado, pues estaba convencido de que se habían casado por amor. ¿Y quién era ella para decir que no era cierto? Sabrina no pudo reaccionar cuando su padre le comunicó la noticia. Comparado con todo lo que les había pasado en el último año, el bebé no parecía el fin del mundo, sería bastante con que no se tratara de mellizos.

La graduación de Annie fue muy conmovedora; todos, familia y amigos, estuvieron allí. Había trabajado muchísimo para obtener el diploma y le estaba yendo bien con la perra, aunque todavía le quedaban algunas cosas por aprender.

Había invitado a su padre, diciéndole que prefería que no fuese con su esposa. Al principio, Jim se había sentido herido, pues deseaba que las chicas aceptaran a Leslie, pero luego se dio cuenta de que en realidad Annie se lo pedía porque deseaba estar con él sin compartir su amor con su nueva esposa. Nadie mencionó a Leslie ni su embarazo; querían continuar fingiendo que no pasaba nada todo lo que pudieran, pues a partir de noviembre ya no sería posible. Entonces, ya no se trataría solo de Leslie, sino también del hijo que ella tendría con Jim. Sabrina dijo que no quería ni pensarlo, y sus hermanas confesaron que les sucedía lo mismo. La perspectiva de su padre con un nuevo bebé era muy desalentadora. Les parecía demasiado mayor para tener hijos; afortunadamente, Leslie era joven.

No habían tenido noticias de ella desde aquel día de la tarta de manzana. Ciertamente, le había sacado muchos beneficios a una simple tarta y un plato de porcelana que debía ser devuelto. Las chicas se preguntaban si se estarían equivocando con ella. Esperaban que sí, y que su padre tuviera razón. Deseaban que él fuera feliz, pero las cosas no podían volver a la normalidad así como así; todos se daban cuenta de que eso llevaría un tiempo. No dejaban de amarlo, lo querían tanto como siempre; pero abrir sus corazones a su nueva mujer les resultaba muy difícil; quizá alguna vez, pero no todavía.

En mayo alquilaron un velero en Newport, Long Island, para el viaje de julio. El barco venía dotado de una excelente tripulación y en el folleto parecía muy hermoso. Tenía un capitán, dos miembros de la tripulación y cuatro camarotes para los viajeros. Sería una travesía memorable.

Dos días antes de ir a buscar el velero a Newport, Tammy recibió una oferta que la dejó aturdida. Los responsables del programa rival que ella estaba a punto de comenzar a producir querían que produjera la siguiente temporada. Eso significaba mudarse otra vez a Los Ángeles, recobrar su casa, sus amigos, todo lo que le había costado tanto abandonar en septiembre. Ahora tenía dos superofertas: el programa para el que estaba trabajando en Nueva York y el nuevo que le acababan de ofrecer en Los Ángeles. Si quería, podía volver a su casa de Los Ángeles ya. Era una decisión difícil. Después de meditarlo cuidadosamente durante una noche entera, llegó a la conclusión de que le gustaba el programa en el que estaba trabajando en Nueva York, y de que le gustaba aún más estar cerca de sus hermanas. Así que el día antes de partir de viaje rechazó la oferta de Los Ángeles. Se lo contó a John después de haberlo decidido y él sintió un alivio enorme. En los seis meses que llevaban juntos la relación se había hecho más fuerte, y Tammy estaba más feliz de lo que lo había estado en muchos años. Los locos y los raros habían pasado a la historia. No podía creer que finalmente hubiese encontrado al hombre de su vida; John era sensato, sensible, inteligente, estaban locos el uno por el otro, se llevaban bien y querían a sus familias.

La noche antes de coger el barco, las chicas recibieron una llamada totalmente inesperada. Estaban nerviosas preparando el equipaje; Candy llevaba cinco maletas; las demás, una cada una, y las perras ya habían sido embarcadas. La perra de Annie todavía estaba en período de entrenamiento; ella y Annie no estaban aún completamente unidas, pero estaban en camino. En medio de ese caos, llamó la agente inmobiliaria para avisarles que el dueño de la casa se había enamorado de Viena y su proyecto de investigación le llevaría más tiempo del que había planeado, por lo que se preguntaba si no querrían quedarse en la casa hasta fin de año, extendiendo el contrato cinco meses más.

Tuvieron una reunión familiar: Sabrina dijo con pena que ella no se quedaría porque no podía hacerle eso a Chris; le había prometido mudarse a su casa el primero de agosto. El pobre había sido paciente durante tanto tiempo que no se animaba a pedirle que esperara un poco más. El inquilino de Candy se marchaba del *penthouse* y ella planeaba regresar allí, pero la idea de quedarse un tiempo más en la casa era tentadora. Tammy estaba encantada con la oferta; tenía tanto trabajo con el nuevo programa que no le quedaba un minuto para ponerse a buscar un lugar donde mudarse. Y Annie sonrió traviesa y dijo que encajaba perfectamente con sus planes. Acababa de cumplir veintisiete años. Así que al menos dos de las hermanas estaban decididas a quedarse, tal vez tres. Dijeron que echarían de menos a Sabrina, pero todas estuvieron de acuerdo en que era hora de que se mudara con Chris, que ya había esperado lo suficiente.

La mañana siguiente los ocho —las cuatro hermanas y sus novios— volaron a Providence. Al llegar, una camioneta los trasladó desde el aeropuerto hasta el muelle en Newport, donde los esperaba el barco que habían alquilado. Era primero de julio, y lo tendrían durante dos semanas. Planeaban navegar cerca de las islas Martha's Vineyard y Nantucket, y visitar a algunos amigos durante el viaje. La segunda semana irían a visitar a la familia de Paul en Maine.

Para las chicas era difícil creer que hubiera pasado un año desde la muerte de su madre. Estaban agradecidas a su padre por haber cancelado la fiesta del Cuatro de Julio, el viaje les parecía una manera mejor de pasar ese primer aniversario. Juntas, rodeadas de las personas que amaban, en un lugar diferente de aquel en el que, hacía justo un año, había sucedido el accidente.

La mañana del Cuatro de Julio las cuatro llevaron a cabo una silenciosa ceremonia en la cubierta del barco y cada una lanzó una flor al mar. Tammy advirtió que Annie lanzaba dos.

—¿Por quién fue la segunda? —le preguntó luego en voz baja.

Annie dudó un instante y respondió:

—Por mis ojos.

Poco después, zarparon y pasaron el día cerca de Martha's Vineyard, y a la hora de la cena pusieron en marcha el motor para ir hasta el puerto a pasar la noche. Hasta el momento había sido un crucero mágico. Durante la cena, Brad estrechó la mano de Annie; ella respiró hondo y esperó a que hubiera una pausa en la conversación, pero los momentos de silencio eran raros, así que Brad hizo sonar una copa con su cuchillo. Annie lo tenía cogido de la mano y sonreía.

—Tenemos algo que deciros —confesó ella, emocionada y casi sin aliento. Sabrina y Chris intercambiaron una mirada cómplice y sonrieron. Si era lo que pensaba, Chris esperaba que fuese contagioso. Pero no se podía quejar, Sabrina esos días parecía más valiente para enfrentarse al futuro. Incluso había hablado de hijos en una o dos ocasiones—. Nos casaremos en diciembre —dijo Annie, mirando a Brad—. Trabajaré en la escuela con Brad... y seré su esposa —agregó, y el grupo explotó en un mar de felicitaciones.

—¡Ostras! —exclamó Sabrina un minuto después—; debería haber apostado más. ¿Recuerdas lo que dijiste hace un año? Que no volverías a tener una cita, que serías una vieja solterona... y que nunca tendrías hijos. Podría haber ganado una fortuna. —Todos se rieron, y Brad rodeó a Annie con un brazo y la besó. Se los veía tan felices juntos. Chris besó a Sabrina y la abrazó. Y poco después Tammy anunció que en agosto se iría de vacaciones con John y sus hermanos. Candy y Paul simplemente sonrieron. A su edad, el matrimonio era algo que ni siquiera se les pasaba por la cabeza. Solo querían estar juntos y pasarlo bien, como lo habían hecho los últimos cinco meses.

Sentadas en el velero, las cuatro mujeres se miraron. No necesitaban decir nada; estaban pensando en su madre. El legado que había dejado a cada una de ellas, las hermanas, era el mejor que existía.

—¡Por las hermanas! —dijo Sabrina, levantando su copa—.

Y por sus hombres. —Las ocho copas se elevaron, y las chicas brindaron silenciosamente por su madre, por el amor que les había dado, por las lecciones que les había enseñado y por el lazo indestructible que había tendido entre las cuatro. Pese al dolor, ese año había sido, en algunos aspectos, el mejor de sus vidas.